LES EXILÉS MEURENT AUSSI D'AMOUR

DU MÊME AUTEUR

KHOMEINY, SADE ET MOI, Grasset, 2014.

ABNOUSSE SHALMANI

LES EXILÉS MEURENT AUSSI D'AMOUR

roman

BERNARD GRASSET
PARIS

Photo de bande : © J.-F. Paga.

ISBN 978-2-246-86233-8

À ma mère

« Les hommes se trompent lorsqu'ils pensent être libres et cette opinion consiste en cela seul qu'ils sont conscients de leurs actions et ignorants des causes par lesquelles ils sont déterminés. »

Spinoza, *L'Éthique, Livre II*

« Le mythe raconte qu'Apollon avait reconstitué Dionysos démembré. C'est l'image neuve, inventée par Apollon, d'un Dionysos sauvé de son déchirement asiatique. »

Nietzsche, *La Vision dionysiaque du monde*

« Sa logique violente et atroce aboutissait toujours au meurtre. Tous ses principes demandaient du sang. Sa société ne pouvait se fonder que sur des cadavres et sur les ruines de tout ce qui existait. Il poursuivait son idéal à travers le carnage, et pour lui le seul crime était de s'arrêter devant un crime. »

Lamartine, *Histoire de Girondins*

Prologue

Toute histoire commence un jour, quelque part. Un jour anodin, pareil à tous les autres où soudain tout s'accélère, tout s'emballe et se détériore. Ou bien un jour singulier, espéré, peut-être redouté, une croix rouge sur un calendrier, passage radical d'un *avant* à un *après*.

Cette histoire débute un jour où un avion décolle de Téhéran pour atterrir à Paris. Dans cet avion, il y a une majorité d'Iraniens. Des Iraniens tendus, ce sont des vaincus : des royalistes obtus qui regretteront, pour le restant de leurs jours, le dernier shah d'Iran ; mais aussi des communistes figés, révolutionnaires amnésiques, qui maudissent les Américains en levant le poing. Ils ont passé d'innombrables contrôles de sécurité, montré passeports et visas, répondu aux questions intrusives, évité les regards ombrageux des gardiens-de-la-morale-mon-cul. Et pourtant. Ils scrutent, anxieux, la piste de décollage puis les nuages, suivent des yeux les hôtesses, chuchotent, sursautent au moindre bruit. Ils savent tous que c'est un jour comme celui-là. Une transition qui entérine leur défaite.

Enfin, l'hôtesse de l'air aux couleurs d'Air France annonce que l'avion vient de quitter l'espace aérien iranien et que l'alcool est dorénavant autorisé. On entend alors un long soupir de soulagement, les femmes retirent leur voile d'un geste brusque et définitif. À l'atterrissage, il n'y a plus une seule goutte d'alcool dans l'avion et c'est en titubant que ces Iraniens foulent le sol parisien.

Parmi eux, il y a une femme, Niloophar (surnommée Niloo) et son mari Siamak qui a les cheveux blonds et les yeux verts du nord de l'Iran, et leur petite fille, Shirin, qui a les cheveux du père, les yeux noirs, la peau très blanche et le nez grec (on se demande encore d'où lui vient ce nez inédit dans la famille, on se le demande en plissant les lèvres, en interrogeant le passé, les guerres, les invasions qui ont introduit ce nez grec dans ce visage déjà si peu persan). Et dans le ventre de Niloo, il y a aussi le tout petit frère.

Ils quittent leur pays de naissance, le pays où ils ont vécu jusqu'alors, ils partent en abandonnant presque tout, et en n'espérant presque rien. Ils sont des exilés comme les autres, tourmentés par les mêmes questions, étouffés par les mêmes doutes, assommés par l'Histoire. Niloo n'attend qu'une seule chose : retrouver ses trois sœurs (Mitra, Zizi et Tala) réfugiées à Paris. Siamak est déjà un fantôme qui déambule et se cogne contre les murs : les tantes, l'oncle, le grand-père, sa femme et le destin. Shirin va retrouver son grand amour d'enfance – sa tante Tala. Nul ne sait encore rien du tout petit frère ; et personne dans cet avion n'ose se poser, ce jour-là, davantage de questions, sinon ils retourneraient vers le pays natal, à la banalité de leur vie et oublieraient tout le reste. Le reste, à savoir : la révolution islamiste, la guerre et leur défaite. Nous sommes en septembre 198… et Téhéran est bombardé presque chaque soir.

Je n'avais que huit ans, je portais le prénom d'une antique reine arménienne dépressive (certainement vierge), et mon visage était un point d'interrogation.

Première partie

An I de l'exil

Si je ne m'imaginais pas retrouver une maison équivalente à celle que je venais de quitter à quelque 4215 kilomètres de là – mes parents m'avaient prévenue –, je ne m'attendais pas à ça. Trois fois deux pièces dans la même résidence, dans le même immeuble, les uns au-dessus des autres, mes deux tantes célibataires au dernier étage dans un appartement que Mitra avait baptisé *l'Atelier*, et qui m'était interdit tant les toiles de Zizi, les tubes de peinture, les pinceaux, les sculptures de Tala, la glaise, le plâtre, le marbre parfois, les photographies, les dessins, les livres d'art et les nus, les nombreux nus, occupaient tout l'espace.

C'était laid. Un balcon filant, mais vide. Le gris des immeubles pour seul horizon. Le minimalisme bétonné de la fin des années 70. Alors qu'une musique iranienne qui se voulait joyeuse prenait tout le monde à la gorge, Mina, la fille de Mitra et du Chinois, nouveau-née à la pilosité excessive, dormait. Je regardais autour de moi, tout me semblait banal : les assiettes, la moquette râpeuse, les ampoules nues, le papier peint d'un beige vieillot avec des motifs bambou. Quelques bibelots de valeur, rapportés entre les pulls de nos valises, juraient avec le décor. D'un an mon aîné, mon cousin Pejman (l'autre enfant de Mitra et du Chinois), se tenait dans un coin et, toujours effrayé, toujours silencieux, bâtissait des constructions tortueuses en Lego qui tenaient pourtant debout. Immobile sur le seul fauteuil confortable, grand-père Mahmoud, le père de Niloo et de mes tantes, n'avait pas desserré les dents depuis l'exil – je pensais qu'il était devenu gaga et parfois, en passant près de lui, j'agitais ma main devant son visage pour vérifier qu'il était encore en vie. Il me lançait alors un regard vide et je m'éloignais, en précisant à celui que je croisais que le grand-père était bien vivant.

Je fis le tour de l'appartement. J'en refis le tour. Je tentai de pousser les murs, espérant une porte cachée, une suite dans cet espace trop petit : mais où allais-je dormir ? La réponse vint rapidement. Par terre. Sur des matelas, dans le salon-salle-à-manger-bibliothèque-bureau avec mon père et ma mère – et le tout petit frère dans le ventre de ma mère.

L'exil, c'est d'abord ça : un espace confiné, entouré d'un monde inconnu et vaste, et d'autant plus inaccessible qu'il paraît impossible de s'échapper de la cage où s'amassent les restes misérables du pays natal.

J'étais coincée.

Le vrai drame de ce premier jour de septembre fut l'absence de Tala. Elle était belle et n'avait que dix ans de plus que moi. Les cheveux noirs et longs, la peau mate, les yeux bridés, cernés de khôl noir, auréolés d'épais sourcils en accent circonflexe, les lèvres charnues, tout en elle respirait la sensualité qui enrobait la rondeur de son corps d'impatience. Elle était trop maquillée, trop brusque, trop bruyante, presque vulgaire, mais personne ne lui ressemblait. Je l'aimais. J'attendais son retour, le ressentiment le disputant à la tristesse : je ne l'avais pas vue depuis si longtemps, était-il possible qu'elle ne m'aime plus ?

Comme moi, Zizi attendait Tala. Zizi – c'était son surnom, personne alors ne savait qu'en France, Zizi voulait dire pénis, qu'importe, d'ailleurs, Zizi resterait toujours Zizi. Elle s'était assise à côté de moi, son carnet de dessin sur les genoux, son crayon à papier dans la main. Mais elle ne dessinait pas, elle ne me parlait pas, elle attendait Tala. Zizi était à ce point pathétique que ses futurs psys s'endormiraient lors des séances : elle refusait obstinément de faire le lien entre son amour absolu pour Tala, son désir des femmes et sa tendance autodestructrice. Zizi, un vers de Baudelaire : « Je suis belle, ô mortels ! comme un rêve de pierre. » Elle aussi doutait de l'amour de Tala.

Quand le doute de l'exil vous prend, vous êtes foutu. Peut-être était-ce ce doute, manifeste dans l'instabilité des corps qui ne savent plus comment se tenir, ni à Paris ni dans les conversations, qui hésitent, bifurquent, reprennent sans logique, peut-être était-ce ce doute qui me fit chanceler dès le premier jour. C'est quelque chose, l'exil : une claque qui vous déstabilise à jamais. C'est l'impossibilité de tenir sur ses deux pieds, il y en a toujours un qui se dérobe comme s'il continuait de vivre au rythme du pays perdu.

*

À Paris, personne n'avait de bureau où se rendre le matin, pas de rendez-vous, aucun retard. On s'agitait beaucoup plus qu'à Téhéran, tout le monde semblait très occupé mais il ne se passait rien. Les gens parlaient politique, les idées se heurtaient les unes aux autres. Tout ça me paraissait bizarre. Je me disais qu'ils avaient pris un coup de vieux, qu'ils étaient maintenant comme grand-père Mahmoud qui ne travaillait plus. Mais à Téhéran, même grand-père Mahmoud passait ses journées dans son bureau où d'autres grands-pères venaient le voir, et parlaient de tout ce qu'ils ne pouvaient plus décider.

Tala faisait comme tout le monde, comme si nous étions encore à Téhéran, comme si nous attendions d'autres invités, comme si tout ne s'était pas rétréci. Les premiers jours furent la brume : les personnages étaient les mêmes mais effacés, sans continuité, comme les premières aquarelles de Zizi qu'il fallait regarder très longtemps pour y reconnaître un visage. Je tendais la main, et s'il y avait toujours quelqu'un pour me la tenir, je n'avais plus aucun refuge. Je ne savais pas encore que mes racines avaient été coupées. Je constatais simplement que plus personne ne s'occupait de moi, que Tala ne m'aimait plus, qu'il n'y avait plus de sonnerie de téléphone, plus de livraisons de robes, de fleurs, de spiritueux, de chocolat, plus de listes d'invités, plus d'invitations à des mariages, plus d'école, plus d'amis, plus de temps perdu. La famille continuait de déboucher des bouteilles de vin ou de se disputer en citant des tas d'hommes célèbres. Ils déclamaient la révolution alors qu'il n'y avait plus personne pour les entendre. Rien n'était plus comme à Téhéran. Seul mon père ne participait pas au jeu du « voilà exactement pourquoi ça n'a pas marché » et « il faut lutter contre les-putains-d'enculés-de-fascistes » – mais il ne me parlait pas davantage, alors ça ne changeait rien pour moi.

Dans cette famille, la révolution s'était incrustée partout, sorte d'oxygène indispensable à la vie. Chacun avait un destin et un rôle politiques à tenir, chacun incarnait un idéal qui n'était jamais advenu. Communistes, radicaux de gauche, activistes. Mon oncle Behrouz et une cousine – ils étaient amants, mais ça nous l'avons su des années plus tard quand est apparue une petite cousine/petite nièce américaine – avaient passé de longues années en prison pour communisme aigu. Un des grands-oncles de ma mère était mollah, et personne ne le fréquentait plus avant la révolution : il deviendrait quelqu'un dans le nouveau régime et nous enfoncerait avec la hargne de ceux qui n'ont pas été assez aimés. Niloo, ma mère, était passée de toit en toit, armes sur le dos, fuyant les descentes de police pour préserver la famille, elle se cassa finalement une jambe. Mon père, Siamak, qui théorisait sur « comment transformer la dictature communiste en démocratie », fut un perdant dès le premier jour de sa vie. Tala avait alors une dizaine d'années, et la gourmande servait d'alibi à son frère Behrouz pour faire circuler le journal de l'opposition rouge dans différents salons de thé de la capitale. Des cousins avaient des connexions avec l'extrême gauche internationaliste londonienne et passeraient sept mois dans les camps d'entraînement palestiniens pour combattre les colons qui n'étaient pas encore seulement des juifs. Le Chinois (surnommé ainsi parce qu'il était, en Iran, un homme d'affaires redoutable et que les Chinois sont généralement redoutables en affaires) finançait à coups de billets la révolution qu'il espérait, bien qu'il ne sache pas ce qu'elle racontait, tandis que Mitra chauffait les esprits, flattait les hommes, couchait en douce avec tout ce que son frère comptait d'alliés politiques et souriait aux lendemains qui chantent – même s'ils ne chanteraient que pour les autres.

Quand j'étais petite, les livres que m'offraient mes oncles et mes tantes venaient directement de Chine. Ils étaient écrits en chinois et les images montraient des petites filles obéissantes qui jardinaient, faisaient leurs devoirs consciencieusement et dénonçaient les méchants voleurs. Ma mère me lisait en cachette des contes où il était question de marâtre et de prince amoureux, jusqu'au jour où mon père m'offrit tous les albums du capitaliste Tintin – et je fus perdue pour la cause. (Plus tard, je cherchai à retrouver les livres chinois de mon enfance et découvris que Zizi les gardait religieusement.) Mitra m'utilisait pour voler des sacs à main, faire les poches, détourner l'attention d'untel, ou de tel autre lors des grandes soirées qu'elle organisait, ou encore pour transporter des journaux interdits dans mon cartable qu'elle récupérait devant l'école quand il n'y avait plus de gardiens-de-la-morale-mon-cul pour nous surveiller. Moi aussi, j'étais devenue un rouage de la révolution.

*

Mitra réfléchissait beaucoup. Elle sortait le matin et ne revenait que le soir. Ma mère disait : « Mitra réfléchit » et chaque fois, elle semblait aller mieux. Pour tous les autres – sauf mon père – Mitra allait nous sauver. Elle était la plus réussie des sœurs Hedayat. Tout le monde s'éprenait d'elle. Diplômée en psychologie, sociologie et anthropologie, parlant parfaitement l'anglais, elle avait de longs cheveux roux, les yeux gris, la peau d'un blanc légèrement doré, les lèvres fines et élégantes, elle était l'inaccessible étoile de la féminité et l'âme de la famille. Mais l'exil allait révéler le vrai visage de Mitra : son intolérance, son arrogance, sa pulsion de mort. À Téhéran, c'était impossible, la maison était trop grande, les activités trop nombreuses, la vie sociale servait de cache-misère : Mitra manipulait son monde en marionnettiste, invisible et silencieuse. Mais, ici, à Paris, la promiscuité, le manque, l'échec, le déclassement, l'avenir brouillé et le présent qui se dérobait, allaient la placer sous la lumière crue de la vérité. Et elle serait effrayante.

Mitra portait en elle les germes qui allaient détruire la famille. Jamais elle ne pardonnerait au reste du monde la mystérieuse maladie qui bientôt la défigurerait, faisant entendre en un écho entêtant qu'elle avait été une si belle femme, et nourrissant son ressentiment déjà considérable. Depuis l'enfance, elle était envieuse, et le fut avant même de voir le jour. Mitra avait une jumelle qui n'avait pas survécu à son avidité. À sa naissance, sa jumelle ressemblait à un champignon déshydraté et noirci, comme si Mitra

– un beau bébé de cinq kilos huit cents – avait aspiré toute vie en elle. Mitra me raconta l'histoire de sa sœur mort-née, pour que je la craigne à défaut de l'aimer. Elle n'aurait pas supporté une autre Mitra, elle n'aurait pas supporté de partager sa beauté ou son intelligence, elle avait détourné toute la nourriture destinée à sa jumelle et l'avait tuée dans l'œuf.

Finalement, Mitra n'eut pas besoin de nous sauver, les attentats qui furent perpétrés un mois après notre arrivée s'en chargèrent. Car les révolutionnaires, même de salon, ne se reposent jamais. Leurs auteurs se répartissaient en deux groupes : les uns (les méchants Iraniens qui avaient gagné la révolution) voulaient tuer un maximum d'inconnus dans le métro, et les autres (les révolutionnaires français) avaient une grosse dent contre les bourgeois qui étaient tous des-putains-d'enculés-de-fascistes, alors ils mettaient des bombes dans des banques, pour tuer l'argent.

Les commentaires fusaient, les yeux brillaient, personne ne pensait à manger, la panique gagnait du terrain. Il y eut comme un souffle de vie. Fini, les discussions mortifères autour de la révolution qui avait déjà eu lieu à leur désavantage, la révolution était là, à Paris, à quelques pas. L'occasion de craindre de nouveau pour leur vie. Si les méchants de Téhéran étaient à Paris, ils étaient là, eux aussi, qui avaient eu des responsabilités dans les rouages du Parti. Ils existaient de nouveau, et les voisins devenaient curieux et empathiques. La menace était si sérieuse que ma mère cessa de pleurer et de faire le ménage chez tout le monde.

Puis un jour, Mitra entra comme une tornade dans le salon-salle-à-manger-bibliothèque-bureau et annonça simplement : « Amir est à Paris. » C'est alors que l'histoire commença pour de bon. Ou plutôt, elle reprit pour eux, et commença pour moi.

Histoire d'Othmân Kheyri

Othmân Kheyri était un cheikh soufi très respecté dans sa ville de Nishâpouri. On y louait sa vertu, son honnêteté et sa bienveillance. C'est pourquoi, le plus riche marchand de la ville lui confia sa plus belle esclave, avant de partir pour un long voyage. Ni une ni deux, le cheikh tomba amoureux de la belle esclave. Mortifié par la honte, il se prosterna devant son supérieur. Ce dernier lui conseilla de trouver le cheikh Yousif Ibn Husayn dans la ville de Rey.

Othmân Kheyri se mit donc en route, brava le mauvais temps et le soleil brûlant, évita les bandits et les tentations, et parvint enfin à Rey où, cherchant Yousif Ibn Husayn, on lui répondit que c'était un impie, un hérétique, un mauvais homme.

Mais notre héros n'avait pas effectué un si long voyage pour rien et se rendit chez le cheikh félon. La porte étant ouverte, il entra et le découvrit assis près d'un beau jeune homme, tous les deux buvaient du vin en bavardant joyeusement. Othmân Kheyri fut tellement choqué qu'il s'assit sans y être invité. Yousif Ibn Husayn fit alors signe au jeune homme de les laisser puis se tourna vers son invité qui, n'y tenant plus, lui demanda la raison de ce libertinage assumé au grand jour.

Le cheikh Husayn lui répondit que le jeune homme était son fils et que la carafe ne contenait qu'un innocent jus de raisin. Othmân Kheyri lui demanda alors pourquoi il ne rectifiait pas l'opinion que tous se faisaient de lui, pourquoi il laissait les mauvaises langues se déchaîner. Alors Yousif Ibn Husayn répondit : « De manière à ce que, si quelqu'un veut partir en voyage, il ne me confie pas sa belle esclave, que je ne tombe pas amoureux d'elle et que je ne sois pas obligé de supporter la peine d'un grand périple jusqu'à Rey. »

1.

Amir ne regardait personne dans les yeux et, depuis la révolution, qu'il vente ou qu'il neige, il ne quittait jamais sa veste kaki de l'armée américaine – tous les étudiants, tous les gauchos et même les barbus en portaient une. Amir buvait – vodka, la moins chère, rien d'autre. Et comme Hô Chi Minh, Amir fumait des Bastos. Je me suis toujours demandé si, comme son camarade viêt-cong, il ne poussait pas la référence jusqu'à substituer aux bastos dégueulasses les impérialistes Philip Morris.

Chaque fois qu'Amir apparaissait dans l'entourage familial, la peur, ou quelque chose qui y ressemblait, chargeait l'atmosphère. En sa présence, tout le monde frôlait les murs et parlait un ton plus bas. Amir ne se déplaçait jamais sans raison. La dernière fois que je l'avais vu, c'était en pleine nuit, à Téhéran, cinq minutes à peine : le lendemain, Mitra et le Chinois rejoignaient précipitamment Londres avant de s'installer à Paris.

En Iran, quand Amir venait nous voir, on m'enfermait dans ma chambre. Mais à Paris, impossible de m'isoler, et personne ne remarquait que je vivais sous le canapé. J'y avais rassemblé des bonbons et des livres, un dictionnaire, du papier et des stylos, je m'y installais pour être seule et surveiller le monde (j'avais bien essayé les cabinets mais trop de buveurs de thé vivaient sous le même toit). Ainsi, j'appris qu'Amir faisait partie d'une internationale révolutionnaire, qu'il connaissait tout le monde et que tout le monde le connaissait, qu'il y avait un groupe en France dont il pouvait se rapprocher, des bourgeois qui s'engueulaient tout le temps pour une question de juifs et de hiérarchie meurtrière : fallait-il tuer d'abord les patrons ou tous les-putains-d'enculés-de-fascistes, y compris les travailleurs ? Ma main demeura suspendue au-dessus du paquet de bonbons et je m'imaginai morte si on me trouvait là, parce qu'Amir ne rigolait pas du tout. Il conseillait de s'installer à Londres : ici, affirmaient-ils, les révolutionnaires n'avaient plus de couilles. Personne ne le contredisait – de toute façon, il ne s'adressait qu'à Mitra et cette dernière hochait la tête à chacune de ses sentences révolutionnaires.

(Quelques années plus tard, dans une maison au bord de la mer, chez les mêmes bourgeois qu'il voulait égorger, je me retrouvai nez à nez avec Amir, un verre de jus d'orange à la main. Il portait un costume col mao, sa barbe qu'il taillait avec soin avait poussé. Amir arborait un air que je ne lui connaissais pas : l'amabilité. Je parvins à l'éviter jusqu'à ce que l'oncle de mon compagnon, un chroniqueur très cultivé et très creux, qui votait à droite mais baisait à gauche, m'attrape par le bras pour m'entraîner vers *mon brillant compatriote*. Amir me reconnut. Il me fut présenté comme un progressiste en lutte contre les tyrans, un défenseur de la liberté et un *pur démocrate musulman*. Il était la preuve que spiritualité et politique pouvaient aller de pair. Il ne se défila pas, pérora sur la république. Quand l'oncle chroniqueur s'éloigna pour ameuter d'autres esprits éclairés et leur présenter sa dernière trouvaille, Amir me regarda enfin.

— Je n'aurais jamais imaginé que tu puisses être jolie un jour.

— Je n'aurais jamais imaginé que tu puisses être autre chose qu'un assassin.

— Tu tiens de Mitra et de Tala, me dit-il en riant.

— Non !

Pour lui répondre, j'avais pris ma voix d'enfant, paniquée à l'idée de ressembler à mes tantes.

— Ne rêve pas, petite fille, les Hedayat sont trop forts pour toi.

Amir était le chouchou des salons parisiens comme il fut toujours celui de ma famille – à l'exception de mon père. Il passait à la télévision et si *paix et justice* étaient les mots qu'il utilisait le plus, je savais qu'il trichait, qu'il avait juste trouvé plus efficace que la kalachnikov et la clandestinité. Il n'avait jamais abandonné, jamais capitulé, jamais il n'avait été saoulé par le goût du sang. Amir restait le même homme, désormais vêtu d'un nouveau costume bien coupé.)

Dans le salon de Mitra, Amir demanda où se trouvait Tala. Il la voulait, dans son groupe et dans son lit. Un frisson parcourut la pièce. Mitra serra les dents : elle avait été la maîtresse d'Amir, et personne d'autre ne devait la remplacer. Elle avait exploité sa prestigieuse liaison, et gagné, par le cul, son statut de pure révolutionnaire, sans jamais aller sur le terrain, mais en assistant à toutes les réunions où le danger n'existait pas. Il y a toujours quelqu'un de plus malin que les autres dans un groupe d'insurgés. Le dindon de la farce avait été ma mère qui cachait les livres, les armes, se rendait aux rendez-vous dangereux et refusait d'en tirer la moindre gloire, parce que la gloire allait beaucoup mieux au teint de sa belle aînée.

Mitra ne voulait rien partager avec sa petite sœur dont elle jalousait l'existence. Tala, la jeune Tala, qui en Iran n'avait pas l'âge de participer à la lutte, avait tout de suite compris l'opportunité que représentaient les attentats parisiens, pour prouver qu'elle en était : elle prenait la parole pour ne plus la lâcher. Elle fréquentait des étudiants français, chiliens, argentins, espagnols, tchèques et même des Iraniens, on la voyait de moins en moins. Ce qui ne plaisait pas du tout à tante Mitra que je surpris, un soir, dans la cuisine, demandant à Zizi de décrire le « fasciste » que Tala fréquentait. Zizi se mit à pleurer, Mitra ne la prit pas dans ses bras, et affirma avec un ton sec qui me fit sursauter : « Il ne fera jamais le poids. » Je pensais qu'elle parlait de Tala, que Tala ne pouvait pas aimer un homme, elle ne pouvait m'aimer que moi – et ses sœurs. Mais Mitra parlait d'elle. C'était elle qui décidait, choisissait, ostracisait. Je ne savais pas encore – personne ne le savait, même pas Tala – qu'un « fasciste » allait tout bouleverser en faisant entrer dans la famille un sentiment inconnu : l'amour.

La fronde contre Tala grondait, les conversations se faisaient chuchotements, je sentais qu'elle était en danger, je me blottissais contre elle, je la protégeais de mes bras, sans oser lui demander qui était le « fasciste » qui détournait son attention. Le désaveu s'exprimait sous diverses formes : des regards sur sa tenue (elle était dans une période total look jean) ; des remarques sur le nombre de verres qu'elle buvait (or elle ne buvait pas plus que les autres), ou sur les cigarettes qu'elle fut la première à fumer devant grand-père qui quittait le salon en guise de réprobation divine (pourtant si perles et diamants étaient sortis du pays natal cachés dans les cons des femmes, l'opium avait voyagé dans le cul de grand-père) ; des haussements de sourcil quand elle frappait du poing et réclamait l'anarchie ; des soupirs quand elle quittait la table en claquant la porte derrière elle sans que personne sache où elle passait la nuit.

À vingt ans, avec son air de provoquer en duel tous ceux qu'elle croisait et une conscience farouche de sa sensualité, elle était belle à voir. Elle était notre seul lien avec le monde extérieur, mieux, elle l'incarnait. Elle était des mondes où il y avait de la danse et des engueulades, des prénoms inconnus dans des conversations enflammées, des nuits blanches et des meetings politiques qui s'achevaient en chansons, elle était les concerts de Santana, la musique tout le temps et les banderoles pour les manifestations, et les toiles abstraites qui disaient la rage de son impuissance, mais surtout, l'amour. Elle était électrique.

Après le départ d'Amir, Mitra prit les choses en main. Tala fut enfermée dans l'Atelier (8e étage, impossible de fuir), le téléphone coupé, Zizi en larmes nous rejoignit au 3e dans le salon-salle-à-manger-bibliothèque-bureau aussi longtemps que dura l'« incarcération » de Tala. Elle resta prisonnière pendant plus d'un mois et je n'eus pas le droit de lui rendre visite. Je n'avais jamais vu mon père hocher la tête si souvent, il avait cessé de parler. Il inaugurait la première grève pacifiste d'une longue série : la grève des mots. Encore quelques années et il ne quitterait plus le carnet de notes qui lui servait à transmettre des informations strictement indispensables à la vie en commun. Sa protestation lui ressemblait : en sourdine.

La quarantaine prit fin quand le Chinois rentra, un soir, l'arcade sourcilière en sang et la mâchoire défoncée. C'était l'amoureux de Tala – « le fasciste » – qui l'avait libérée. Un autre frisson secoua la famille et ce soir-là, j'eus le droit de regarder *Dallas*.

2.

Le lendemain, je prenais un cours de français avec mon ex-directrice d'école (exilée comme nous et qui sentait fort de la bouche). Je n'étais pas encore inscrite à l'école, mes parents et moi n'avions pas encore de papiers. Soudain, une dispute éclata dans la chambre à coucher. Je me dépêchai de planter ma grammaire pour aller aux toilettes et coller mon oreille contre la mince cloison : Mitra refusait de l'argent à ma mère, pour les courses.

— Tu n'as qu'à en demander à ton mari. Je vous loge, je ne peux pas en plus vous nourrir ! Tu vas avoir un deuxième enfant !

— Mais… c'est toi qui as notre argent…

La voix de ma mère était celle d'une enfant prise en faute. Elle protestait si mollement que j'avais envie de la battre.

— Ah ! revoilà ton égoïsme qui se révèle ! C'est toujours dans la merde qu'on reconnaît les siens ! Si tu préfères bouffer ton argent au lieu de travailler, vas-y ! Je te le donne tout ton argent (elle disait ça avec un dédain prononcé pour l'argent de ma mère) et ton mari pourra continuer à jouer l'étudiant ! C'est ce qu'il fait de mieux, non ? L'étudiant qui rase les murs ! Il se souvient qu'il a un enfant et un autre en route ? Tu l'auras ton argent et tu perdras ta famille !

Le silence de ma mère me fit baisser la tête. Une porte claqua, les pas autoritaires de Mitra longèrent les toilettes. Elle partit. Ma mère était seule. Je regagnai le salon-salle-à-manger-bibliothèque-bureau – l'ex-directrice aussi. Elle avait collé son oreille contre une porte et s'empresserait d'aller raconter allégrement que la famille Hedayat avait des problèmes d'argent, que la pauvre Niloo était encore la dernière roue du carrosse, ce qui était normal avec le mari qu'elle avait, tout le monde sait ce qui arrive dans les familles où les femmes sont trop belles, surtout dans celle-là…

J'avais honte de ma mère. Mais en même temps, quelque chose que je repoussais avec force me disait que je devais en vouloir à Mitra.

L'ex-directrice trouva une excuse pour filer. L'heure du dîner approchait, pourtant ma mère ne ressortit pas de la chambre. Mina dormait – elle dormait tout le temps –, Pejman n'était pas encore rentré de l'école. J'avais appelé Tala mais elle n'était pas là et Zizi était dans un de ces jours où elle ne parlait pas. Elle peignait. Mon père rentra et comprit tout de suite qu'il se passait quelque chose parce qu'il ne sentit pas d'odeur de cuisine. Il fila droit vers la chambre à coucher. Il ressortit dix minutes plus tard et se rendit compte que personne n'était allé chercher Pejman. Il se précipita. Pejman attendait sagement dans la loge du gardien. Il dessinait des tourbillons et des vagues sans fin. Le gardien s'était étonné de son calme et dit à mon père qu'il était rare qu'un gamin oublié paraisse soulagé d'être abandonné. C'était peut-être le cas. Mon père nous fit une omelette sans sel et une salade qu'il n'avait pas lavée. Je ne mouftais pas, j'avalais ce qu'il y avait dans mon assiette tandis que Pejman me lançait des regards implorants devant le désastre de ce dîner. Ma mère resta cloîtrée. Mitra et le Chinois n'étaient pas rentrés. Mon père passa des coups de fil à des amis iraniens. Il parla d'argent, de papiers et d'appartements. Je m'endormis en rêvant à une chambre où je pourrais être seule. Le lendemain, ma mère s'agitait de nouveau comme si de rien n'était, s'occupait des longs cheveux roux de sa sœur et faisait les courses qu'elle n'avait pas pu faire la veille.

*

Quelque chose n'allait pas. J'étais prisonnière de cet appartement, de cet immeuble, coincée sous le canapé à observer ce qu'était devenue ma famille : des inconnus qui vivaient entre quatre murs dans un monde qui n'existait plus. Paris devait être minée pour que personne ne me demande jamais d'aller chercher une baguette, ou ne me laisse descendre dans le jardin qui s'étendait à nos pieds. Je regardais par le balcon les enfants qui rentraient de l'école, qui jouaient à grimper sur les fontaines en hiver et à faire des batailles d'eau en été : ils n'avaient pas l'air en danger. Je me consolais en me répétant que j'étais importante parce qu'iranienne et que les Iraniens risquaient la mort à Paris. Les cafés qui me faisaient tellement envie dans les films étaient aussi des lieux risqués, des lieux ouverts, des lieux où des inconnus pouvaient vous reconnaître, vous dénoncer, vous tuer.

J'ai longtemps gardé les séquelles de ces premiers mois et appréhendé l'idée de sortir de chez moi. Il me fallait vérifier mille fois mon sac, m'assurer que j'avais des chaussettes de rechange, un pull en cas de froid, des pansements et des médicaments, et mon nécessaire de couture miniature et tous les papiers importants, sans oublier quelques photos et encore une barre énergétique en cas de pénurie alimentaire, mais aussi des carnets et deux stylos si l'un venait à lâcher – voire trois si j'étais dans une phase d'angoisse. Et toujours un petit couteau qui devait me défendre contre la folie des hommes. Il ne faut pas faire peur aux enfants, ils ne l'oublient jamais. Toute leur vie, ils traînent derrière eux l'ombre de l'imprévu qui paralyse. Il m'aura fallu des années pour réapprendre la spontanéité.

Après la dispute entre ma mère et Mitra, je sus qu'il fallait fuir avant qu'il ne soit trop tard. Avant que quelque chose de grave ne se passe avec Amir, et avant que mes parents n'abandonnent la partie.

3.

À Téhéran, Zizi était fiancée à un musicien, un joueur de ney – la flûte de roseau qui produit ce son si particulier, et si proche du souffle humain. Bahram arborait une magnifique barbe douce, il était kurde et héroïnomane – il ne devint jamais son mari, il était trop souvent sur les routes, trop obsédé par la drogue, trop amoureux aussi, il voulait que Zizi soit libre et elle ne pouvait ni se détacher de Tala, ni fuir les autres pour se sauver de cette inconfortable place d'avant-dernière, si souvent oubliée. Bahram était un virtuose. Il accompagnait les plus prestigieuses formations, les plus grandes voix, dont la célèbre chanteuse Sima Bina qui l'avait présenté à Zizi. Quand ils venaient dans la grande maison, le temps s'arrêtait, je m'asseyais aux pieds de la grande Bina, je buvais sa voix, je fermais les yeux pour sentir les vibrations de la musique. Bahram, qui m'aimait vraiment (et qui avait tristement constaté que je n'avais aucune oreille musicale), m'apprit patiemment les danses kurdes. Quand Sima Bina chantait, je dansais. J'avais le sentiment de faire partie du groupe, et soudain, l'« âme kurde » m'habitait (au grand désarroi de mes tantes). J'avais emporté avec moi quelques-uns de mes trésors à paillettes, deux robes décorées de mini-miroirs qui réfléchissaient la lumière, un pantalon bouffant et une longue veste verte brodée de fleurs or et rouge. Mes tantes refusaient que je les mette dans les rues de Paris, elles trouvaient que cela me donnait l'air d'une gitane. Alors, je ne les portais qu'à la maison, nourrissant l'espoir de partir en tournée avec Bahram.

Ces vêtements, c'était l'appel du large, la liberté. Je craignais qu'un jour tante Mitra ne jette mes robes fétiches, alors je les avais dissimulées dans un baluchon que je planquais sous le canapé. Peut-être le baluchon m'en avait-il donné l'idée (c'était un vieux sac kaki, imperméable et solide, qui faisait la moitié de ma taille et dont Zizi se servait à Téhéran quand elle partait en randonnée), peut-être n'y avait-il que ça à faire avec un baluchon : y mettre des vêtements, des gâteaux secs et des billets patiemment volés dans les poches et les sacs. Le désir du large me titillait les pieds, l'immobilité de l'exil me déprimait. Ici, il n'y avait rien. Et puis j'avais le sentiment de prendre de l'avance : plus personne ne faisait attention à moi, alors autant partir avant qu'ils ne m'oublient définitivement.

*

Le mercredi sans école était un jour difficile. Tout l'après-midi, les rires, les voix des enfants heurtaient mes oreilles. Si je devais fuir, je choisirais un mercredi, où je passerais inaperçue dans la rue parmi les autres enfants. De plus, ce jour-là ma mère était de garde auprès du grand-père et prenait Mina avec elle. J'avais un cours de français, puis, durant une bonne heure, je restais seule avec interdiction de m'approcher et du balcon et de la cuisinière et de la chambre à coucher et de la télévision et des livres dans la bibliothèque (je me demande encore en quoi les œuvres complètes de Lénine pouvaient représenter un danger pour une enfant de bientôt neuf ans).

Les secondes passaient, interminables, et je serrais les dents. Ce jour-là, je ne fis pas mes pages d'écriture personnelle – mon père m'offrait depuis le premier jour de l'exil des carnets vierges et m'exhortait à décrire en français ce que je voyais autour de moi. Au début, je ne voyais rien qui pût s'écrire en français. Puis j'ai commencé par décrire Tala, ses cheveux, ses petits pieds qui donnaient à sa démarche un je-ne-sais-quoi d'enfantin qui contrastait avec sa forte poitrine et ses fesses proéminentes, en mélangeant le persan et le français. De plus en plus de mots s'imposèrent en français, les mains de ma mère qui s'envolaient en arabesques magiques quand elle réparait les meubles, son regard qui s'adoucissait, et c'était comme si elle n'était plus sur terre, mais là où rien ne pouvait l'atteindre. Très vite, je remplis mes carnets de détails que je glanais depuis mon poste d'observation sous le canapé, je notais tout, les dates, les heures, les noms : les amis mystérieux de Mitra que je ne connaissais pas et qui allaient directement dans la chambre et en ressortaient encore plus vite, l'air coupable ; le Chinois qui cachait un peu partout ce que je découvris être des liasses de billets (quelle ne fut pas ma surprise de trouver de l'argent dans ce qui était devenu « ma chambre », je le glissai dans mon baluchon) ; Zizi qui, après s'être coupé le bras avec la pointe d'un couteau de cuisine, saupoudrait la blessure de sel et souriait d'avoir enfin neutralisé une douleur par une autre ; Tala qui disparaissait deux ou trois jours, le plus souvent en Allemagne, à Londres parfois ; mon père qui regardait dans le vide depuis qu'il avait appris que la famille avait eu l'idée incongrue d'investir son argent dans un hôtel sur les Champs-Élysées ; grand-père Mahmoud, immuable sur son fauteuil, qui toisait avec répulsion ses filles et m'inspirait un malaise que je ne parvenais pas à expliquer ; ma mère qui refusait de voir que Mitra et le Chinois préparaient quelque chose et feignait d'ignorer les liasses de billets ou les documents qui s'amoncelaient dans les recoins de l'appartement.

Personne n'imaginait que mon carnet d'enfant contenait de quoi les envoyer tous en prison. Mais je n'avais plus rien à écrire, les jours se ressemblaient et je savais que dehors, ailleurs, d'autres choses existaient qui ne demandaient qu'à être racontées.

Ce jour-là, quand l'ex-directrice fut partie, je me précipitai, enfilai mon pantalon bouffant et ma veste brodée. Je posai une coiffe d'homme traditionnelle kurde sur ma tête, pris mon baluchon et un maximum de carnets vierges et tous les stylos que je pouvais trouver puis, après une courte hésitation, le plus grand couteau de cuisine et, ayant jeté un dernier coup d'œil à toute cette laideur que je laissais derrière moi, j'ouvris la porte et la claquai – je la claquai bien fort pour marquer le coup et rendre définitive ma première fugue parisienne. Je n'avais pas pris les clefs.

*

Voilà, j'étais dehors, libre. Je partis le visage buté vers mon destin d'âme kurde. Je me disais que je trouverais un groupe de musique qui m'engagerait comme danseuse (mes tantes tenaient les danseuses en très mauvaise estime car elles finissaient toujours nues). Je ne connaissais que le chemin vers le bassin de l'Arsenal, car parfois ma mère se rappelait qu'elle avait une fille et me sortait dans le square qui s'y trouvait. Souvent, mon cousin Pejman nous accompagnait. Je n'osais aborder les autres enfants, par méfiance et manque de vocabulaire. Mon cousin bâtissait des châteaux de sable si impressionnants qu'ils rassemblaient autour de lui des gamins surpris et admiratifs. Pejman était un enfant méticuleux, sérieux et timide. Très apprécié, il était pourtant le déshonneur de sa mère qui le trouvait faible et inutile. Pejman gardait toujours ses distances avec ses parents, comme avec ses camarades de classe. Il était invité tous les mercredis et tous les samedis après-midi à des goûters d'anniversaire, mais jamais il n'eut de véritable ami. Je l'aimais, il était tendre et reposant. En observant les gestes amicaux, les gâteaux que les enfants lui offraient, les petits mots que lui écrivaient déjà les filles, je souffrais de ma solitude, j'étais incapable de communiquer. Alors, je leur abandonnais mon cousin et le château de sable, et je m'éloignais, je fermais mes oreilles et mes yeux à la réalité et je m'imaginais, aventurière, pirate ou prince valeureux, Sherlock Holmes ou Tancrède (toujours des hommes, jamais de femme) et je grimpais sur les murs, sur les attractions, je m'enfuyais ou je poursuivais le méchant que je visualisais mieux que les autres qui m'observaient, moi, fol enfant sautant dans tous les sens, se planquant derrière un banc avant de surgir tel le diable qui tombe sur sa victime, faisant semblant de se battre ou de tirer à la carabine sur des cibles mouvantes. Le regard de ma mère était désespéré. Quand elle me voyait fuir le réel, quand je m'isolais, quand je me foutais des autres et de ce qu'ils pouvaient bien penser – ou pire, quand je cherchais à me faire remarquer –, elle constatait douloureusement qu'elle ne disposait pas du logiciel pour me comprendre.

J'adorais ce parc où un bateau servait de terrain de jeux, et quand je grimpais tout en haut du mât, les jambes écorchées – car ma mère continuait de m'habiller en petite fille modèle de Téhéran entre cours de danse classique et d'équitation, alors que je ne rêvais que d'aventures en pantalon –, j'apercevais ma mère et son ventre de plus en plus gros, les mains devant la bouche retenant un cri de terreur, levant des yeux implorants vers moi, n'osant m'adjurer de descendre devant tous ces étrangers. Bravache, je demeurais tout là-haut, près du ciel, me demandant si le ciel était le même qu'à Téhéran. Je ne redescendais que lorsque mes mollets se mettaient à trembler et que mes égratignures tiraient trop sur la peau, alors ma mère m'attrapait le bras, le serrait de colère comme de soulagement et jurait que jamais plus je ne sortirais de la maison… Puis, nous repartions vers le deux-pièces de Mitra et du Chinois et le même sketch se répétait encore et encore.

*

Dans la rue, les passants se retournaient sur mon passage, ce qui renforçait mon sentiment d'exister. Les mères revenaient du square ou d'un anniversaire avec leurs enfants, qui étaient bien les seuls à ne pas s'étonner de ma tenue – ils devaient penser que je sortais d'une fête déguisée. Je fus surtout frappée de remarquer à quel point tout le monde était différent. Quel contraste avec ces quelques mois d'enfermement et les dernières années à Téhéran, où chacun se ressemblait puisque vêtu d'un uniforme. Ce jour-là, tout au long de cette rue de la Roquette, je vis parader une multitude de personnages. (Très vite, avec l'école et le début de la vraie vie, la magie s'envola, les Parisiens de la rue de la Roquette étaient comme tous les autres, finalement : ils éprouvaient le besoin rassurant d'afficher leur appartenance sociale, culturelle, sexuelle, en effaçant leur singularité.)

J'hésitai devant l'entrée du square : peut-être pouvais-je faire un tour de bateau, juste en passant, monter sur le mât et regarder où aller, mais impossible d'abandonner mes affaires, c'était tout ce qui me restait. C'est à ce moment-là que je sentis la première crispation au niveau du cœur : hésiter devant le square, c'était espérer qu'on viendrait m'y chercher. Mais j'avais déjà trop lu, vu trop de films, je voulais m'extraire non seulement de l'ennui, mais aussi de la violence en pointillé, des silences et des manigances. Tant pis, je poursuivis ma route.

Au sortir du square, le monde commençait : jamais je n'étais allée aussi loin. Bien sûr, les premiers jours de l'exil, avant que la dislocation familiale n'envahisse tout, il y avait eu quelques excursions dans Paris : faire les courses, c'était découvrir des produits inconnus hier encore, des pâtés, toute sorte de jambons, des asperges et des endives, la raclette, la fondue savoyarde, qui nous laissa tout aussi perplexes que la viande crue. Je me souviens aussi de la panique qui m'avait étreinte quand le premier mercredi du mois à midi, une alarme m'avait fait me redresser et rassembler quelques affaires pour descendre aux abris. J'avais déclenché le rire moqueur des mes tantes et mon père m'avait caressé la tête car je n'avais même pas crié, j'étais prête, tremblante mais prête, à affronter n'importe quelle guerre. Je me souviens de la beauté de certains boulevards comme sur de vieilles photos, et de la lumière féerique des quais en hiver ; des boutiques étonnantes un peu partout et non pas rassemblées par catégorie comme dans le bazar ; du métro où tout le monde se mélangeait et avec lequel on pouvait aller n'importe où – je passais des heures devant les plans de Paris, cherchant un lien entre le nom de la station et les noms de rue ; des taxis qui n'étaient plus collectifs et qui me rappelaient le chauffeur de mon enfance préposé à ma seule personne, et surtout, le silence relatif qui régnait dans la ville contrairement à Téhéran et à son épuisante cacophonie – sans compter les bombardements de la dernière année. Mais ce jour-là, quand je quittai le square du bassin de l'Arsenal, Paris n'avait encore jamais existé pour moi seule.

Je vis un pont, j'aimais les ponts, c'était mon chemin – le destin tient à peu de chose. Soudain, je m'arrêtai net : à gauche il y avait un pont métallique et des immeubles modernes en verre et j'avais l'impression que c'était New York, comme dans *Tintin*, et à droite c'était la pointe d'une île et Notre-Dame qui s'élançait avec ses arches immenses. C'était la maison d'Esmeralda, je le savais parce que mon père m'avait offert le livre et il y avait un dessin ressemblant sur la couverture. J'étais subjuguée. Je regardais à droite puis à gauche, émerveillée. C'était ça Paris ! En face, il y avait un jardin, un autre jardin à deux pas du square au bateau. Que faire ? Le jardin qui semblait immense me tentait. Un homme s'était arrêté, il me parlait. Sa voix me paraissait familière mais je ne le connaissais pas et mes oreilles bourdonnaient, je venais de découvrir que Paris était belle, j'en perdais mon français accumulé au fil des jours passés sous le canapé – en fait, cet homme s'exprimait en persan. Je lui souris bêtement et j'avançai. Je me donnais jusqu'au bout du pont pour choisir mon chemin. Sans remarquer que l'homme qui m'avait interpellée me suivait à distance raisonnable.

Le jardin qui s'ouvrait devant moi m'attirait et pourtant je demeurais immobile. Je ne retrouverais plus jamais le jardin de la grande maison de Téhéran, je ne reverrais plus jamais mes chats et ne cueillerais plus jamais les fraises sauvages le long des allées de fleurs patiemment entretenues. C'était fini et le jardin devant moi me le rappelait. Ma témérité commençait à fléchir, des larmes me venaient. Depuis que nous étions à Paris, tout était tellement nouveau, bizarre, tout était tellement différent d'*avant*, que j'en avais oublié la maison où j'habitais, le jardin où je jouais, les amis que je ne reverrais plus. Et soudain, devant ce jardin dont les effluves me rappelaient mon enfance, je ne pouvais plus avancer. Chaque pas m'éloignait de ce qui avait fait ma joie. C'est alors que l'homme me toucha l'épaule. Je me retournai et je l'entendis enfin me parler dans ma langue maternelle, et toute mon ambition de danseuse nue s'effondra. Je me réfugiai dans ses bras pour pleurer à chaudes larmes.

Omid me ramena à la maison, il me parla doucement en français et je reconnus quelques mots, j'aimais la mélodie de sa voix, la chaleur de sa main qui tenait bien serrée la mienne – j'aimais ne rien comprendre à ce qu'il me disait, il y avait trop de mots qui faisaient mal en persan. Parfois, je le regardais à la dérobée et je trouvais beau son profil, un nez très droit, des joues creuses, un large front, des cheveux bruns et fins qui lui retombaient sur les yeux, qu'il avait noirs aux très longs cils dans lesquels le rire brillait. Il avait la peau mate et ne portait ni barbe ni moustache, ce qui n'était le cas d'aucun homme de mon entourage. Je ne savais pas qui il était, mais je le trouvais beau, certainement parce qu'il avait quelque chose de féminin dans le visage. J'agrippais la main d'Omid et plus nous approchions de l'immeuble où ma famille vivait, moins je me demandais qui était cet homme qui savait où j'habitais alors que je ne lui avais rien dit. Il était là et c'était bien.

*

Parvenus devant la porte, nous entendîmes les cris de Mitra et du Chinois, et le long mugissement de ma mère. Omid me sourit comme s'il savait ce que c'était de vivre avec eux, de n'avoir que des cris pour fond sonore, comme s'il savait pourquoi j'étais partie – peut-être même le savait-il mieux que moi. Il me serra la main pour me donner du courage et il sonna.

Mon père nous ouvrit et n'eut pas l'air surpris. Il ne se baissa pas, il ne me prit pas dans ses bras. Il nous invita à entrer sans dire un mot. Mon père et Omid échangèrent un regard et se dirent des tas de choses.

Et ce fut un bourdonnement de voix, de cheveux noirs et roux, de mains qui me palpaient. Tante Mitra me retira brutalement mon chapeau et j'eus tellement peur qu'elle le jette que je me précipitai sur elle en poussant un cri de guerre, je la fis tomber et le silence revint.

Alors que je restais collée à lui, Omid expliqua à Mitra où il m'avait récupérée. On l'invita à dîner pour le remercier.

*

— Et si on l'attachait ?

— Mais enfin ! On ne va pas l'attacher comme un chien !

— On ne peut plus la laisser seule. Cette enfant ne sait pas se contrôler.

— On sait de qui elle tient.

— Elle a peut-être des problèmes psychologiques. Pauvre enfant, ce serait bien la première dans la famille. La première. La toute première (c'était Tante Mitra qui insistait comme ça. Et j'aurais dû me douter que cette insistance cachait la vérité).

— Enfin Niloo, à quoi tu pensais quand tu l'as laissée seule ? T'es complètement inconsciente ! (Et je crus qu'Omid allait se lever pour foutre une claque à Mitra : il semblait savoir que ma mère me laissait seule le mercredi pour garder Mina et faire le ménage chez leur père.)

— Peut-être qu'en demandant à G. (c'était la directrice d'école qui sentait mauvais) de rester plus longtemps…

— On peut aussi lui donner un somnifère après son cours de français pour la tenir jusqu'au dîner.

— C'est dommage qu'on ne puisse laisser père avec les enfants… on pourrait l'attacher, lui ?

Curieuse suggestion de Zizi suite à laquelle tout le monde se tut et plongea le nez dans son assiette. La conversation de Zizi était une poésie dadaïste. Quand on lui parlait trop vite, on voyait bien qu'elle ne suivait bientôt plus : elle était dans un autre monde, son monde où elle tissait des liens entre des mots et des images, et sautait d'une idée à l'autre. Au milieu des tragédies, elle avait toujours l'air de s'être réveillée à l'instant, d'attendre que le café soit prêt et la décision prise. Ses connexions neuronales empruntaient des voies que personne n'aurait su identifier. Ma mère qui détestait le silence (et qui, dans son affolement, gaffait toujours pour le casser) fit une nouvelle tentative infructueuse pour relancer la conversation en demandant où était le Chinois, mais Mitra lui jeta un regard de mafieuse et tout le monde comprit qu'il était à une réunion politique dont il ne fallait rien dire. Je vis un sourire ironique passer sur les lèvres d'Omid et ce sourire-là me fit étrangement plaisir, comme si je ressentais déjà qui il était, et combien j'allais aimer cette ironie qui durant dix années accompagnerait toutes les étapes importantes de ma vie. Et encore après. Et toujours aujourd'hui.

Mais surtout : il fut la première personne que je rencontrais qui ne prenait pas Mitra au sérieux.

Tala était en retard. Et le Chinois aussi. Omid écoutait sans rien dire, comme mon père et ma mère qui ne cessait de remplir mon assiette et qui ne me quittait pas des yeux tandis que je n'avais d'yeux que pour Omid. Je voyais bien qu'il était surpris d'entendre tout ce qu'il entendait. Les tantes qui parlaient de mon père comme s'il n'était pas là, leurs idées farfelues, ma mère qui ne pensait qu'à faire manger les uns et les autres… Toutes les femmes, même Mitra, dévisageaient Omid et je compris qu'elles aussi le trouvaient beau. Omid jetait des regards désolés vers mon père, des regards acérés vers Mitra, des regards pathétiques vers ma mère, des regards sombres vers grand-père et des regards aiguisés sur tout le monde. Mais toujours avec un sourire. Un sourire ironique telle une bouée de sauvetage au milieu de tant d'absurdité.

Tante Mitra m'observait, constatant que j'avais grandi, que je n'étais plus l'enfant adorable, celle qu'elle aimait comme la fille qu'elle n'avait pas eue avant Mina – qui était un accident – puis elle se désintéressa de moi, me sachant dorénavant capable de la faire tomber.

Soudain, Tala entra et se figea devant la table qui occupait tout l'espace disponible quand on y rajoutait des rallonges. Omid se leva, la prit dans ses bras, l'embrassa et tout le monde se dressa comme des marionnettes autour de la table, avec le buste en avant et les fesses vers l'arrière, sauf le grand-père toujours assis dans son fauteuil. Omid, c'était l'amoureux de Tala.

C'est le moment que choisit le Chinois pour revenir et il pointa du doigt Omid, incapable d'articuler un son. Lui aussi venait de reconnaître l'homme qui lui avait cassé la gueule pour libérer Tala.

— Tu dois avoir faim ! Je vais te réchauffer une assiette.

Ma mère traîna son ventre lourd vers la cuisine, redonnant vie aux marionnettes qui se lancèrent dans toute sorte de conversations (dont une, surréaliste, à propos des bienfaits du fenouil sur la digestion entre tante Mitra et Zizi) tandis qu'Omid offrait une chaise à Tala. Elle n'avait encore rien dit – et ne dirait rien. Elle se tiendrait près d'Omid, un peu en retrait, comme si le corps de son amant pouvait la cacher. Omid expliqua qu'il n'avait rien dit car personne ne lui en avait laissé le temps et il avait saisi l'opportunité de démentir l'idée que chacun se faisait de lui. Encore sous le coup, les tantes Mitra et Zizi reprirent le fil décousu de la conversation sur les vertus du fenouil et l'intestin, tandis que Mitra scrutait Omid, que le Chinois toisait Mitra, que Zizi, le menton tremblant comme si elle était à deux doigts de pleurer, évitait de croiser le regard de Tala et que mon père jouait contre lui-même au backgammon. Tante Mitra ne perdit pas le nord et demanda, entre deux banalités affligeantes, des renseignements sur la famille d'Omid, ce qu'il faisait en France et depuis combien de temps il y était installé. Avant qu'il n'ait eu le temps de répondre, et à l'instant où Zizi évoquait les effets d'une cure de fenouil sur le transit, ma mère fit son entrée avec le thé (que préparait mon père, personne ne savait cuire[1] le thé comme mon père) mais à son dixième mois de grossesse, elle ne pouvait pas se baisser, alors Omid se leva, attrapa le plateau (je restai bouche bée : personne n'avait jamais aidé ma mère à faire quoi que ce soit et encore moins le service), et il fit le tour de l'assemblée jusqu'à parvenir devant le grand-père installé dans son éternel fauteuil. Là, tout le monde put voir le visage impassible et carnassier du grand-père se métamorphoser en une grimace qui le fit lâcher la tasse de thé fumant sur son entrejambe. Il poussa un cri et tout le monde se précipita – ou plus exactement ma mère se précipita sur lui.

Tous se tournèrent vers Omid et tous (sauf mon père et ma mère, trop occupée avec les couilles en feu de son père) eurent un mouvement de recul effrayé, hargneux, quasi démoniaque, tels des vampires devant un crucifix. Tala était devenue rouge écarlate puis blanche comme neige, n'osant regarder l'étoile qu'Omid avait autour du cou. Même moi je l'avais reconnue parce que ma meilleure amie en Iran avait exactement la même. C'était une étoile de David. Omid était juif.

Ma mère aperçut sa famille repliée dans un coin puis se tourna vers Omid, nota l'étoile, et sourit. Elle sourit vraiment. Pas contraint, pas mondain, pas triste, un vrai sourire. Ma mère sauva le peu qui restait à sauver de cette famille. Ma meilleure amie était juive en Iran, car elle

1. En Iran, tout comme en Russie, le thé est cuit, et non infusé, selon la méthode du samovar. Il suffit de faire longuement cuire une petite quantité de feuilles de thé, et ensuite de le rallonger, avec de l'eau bouillant selon l'intensité désirée.

était la fille de la seule amie de ma mère, Wanda, une juive polonaise qui avait survécu par une série d'heureux et improbables hasards à la mort dans les camps, où la quasi-totalité de sa famille avait péri. Un oncle l'avait recueillie, un oncle ingénieur marié à une Iranienne ; elle avait donc grandi à Malâyer et épousé un juif iranien. Ma mère et elle étaient devenues très proches (au grand dam de la famille maternelle : Mitra mettait systématiquement du sel dans le thé de Wanda, Zizi bourrait ses chaussures avec de la bouse, quant au frère Behrouz, il lui avait tout bonnement interdit l'entrée de la maison parce qu'elle avait une mauvaise influence sur ma mère : elle lui faisait lire de la littérature juive). Wanda était la seule personne au monde qui s'était vraiment intéressée à ma mère à chaque étape de sa vie. Ma mère parlait souvent de la guerre et de la Shoah parce que Wanda lui avait tout raconté, et les seuls livres que ma mère avait lus racontaient l'horreur des camps et l'horreur de survivre, et c'est ainsi que le cœur de ma mère demeura juif pour le restant de ses jours.

Wanda ne quitta jamais l'Iran. Les premières années, ma mère l'appela toutes les semaines, puis de moins en moins, puis plus du tout. Leurs existences étaient trop éloignées, et ma mère trop embourbée dans les filets de son malheur parisien. Peut-être ne pouvait-elle pas avouer à Wanda que ses sœurs étaient cruelles. C'eût été les trahir et elle n'avait rien d'autre à raconter. Ma mère pensait souvent à Wanda mais elle n'osait plus prendre le téléphone, alors elle relisait les romans que son amie lui avait fait découvrir et c'était comme si elle était toujours un peu là. Je ne revis jamais ni Wanda, ni Sofia, sa fille.

Zizi relança la conversation en allumant la télévision, qui diffusait la série *Les oiseaux se cachent pour mourir*, mes tantes l'adoraient mais ce n'était pas assez sérieux et politique, alors elles se mirent à la dénigrer quoiqu'il eût fallu être idiot pour ne pas remarquer qu'elles pensaient exactement le contraire. Même moi, je le voyais bien. Omid était retourné à sa place près de Tala, il essaya de l'embrasser mais elle le repoussa. Il était comme battu. Il l'aimait. Pourtant, il le comprit ce soir-là, c'était fini. Il n'eut pas le courage de la quitter avant que tout s'effrite. Il était cynique.

(Je l'ai su tout de suite alors que j'avais recopié la définition d'« idéaliste » dans mon carnet quelques jours plus tôt. C'était un soir où Tala avait particulièrement râlé, mon père l'avait soutenue et Mitra l'avait traité de « collabo », ce qui n'avait pas du tout plu à mon père qui lui avait répondu qu'elle n'était qu'une idéaliste de pacotille. Ce soir-là, je décidai pour de bon que l'idéalisme, c'était pourri. Que tous ces gens autour de moi seraient beaucoup plus heureux s'ils cessaient de vouloir changer les autres pour qu'ils leur ressemblent. Le lendemain, je cherchai le mot « idéalisme » dans le dictionnaire français et je possède encore le carnet sur lequel je notai, d'une écriture appliquée :

> n.m – 1749 ; de idéal **1.** PHILOS. Système philosophique qui ramène l'être à la pensée, et les choses à l'esprit. *Idéalisme platonicien. Idéalisme transcendantal* (de Kant), *dialectique* (de Hegel). **2.** (2e moitié du XIXe) COUR. Attitude d'esprit ou forme de caractère qui pousse à faire une large place à l'idéal, au sentiment, pour améliorer l'homme. « L'idéalisme est l'intransigeance de la jeunesse » (Romains). – PÉJ. Tendance à négliger le réel, à croire

à des chimères. « Chaque peuple a son mensonge qu'il nomme son idéalisme » (R. Rolland). **3.** (Opposé au réalisme) Conception qui donne pour fin à l'art la représentation d'une nature idéal. CONTR. Réalisme ; matérialisme ; cynisme.

Suivirent les définitions des nombreux mots, noms propres et noms communs que je ne connaissais pas et ils étaient nombreux.

Et puis, il y avait mes phrases à moi. Ce que j'avais compris sur ma famille.

Je suis pas contente de leur idéalisme. Ils veulen améliorrer l'homme mais pourquoi pas eu ? C'est bête. Et très méchant pour le vrai monde. Je détèst beaucoup les idéalistes. C'est beaucoup de caca et de mensonge.

J'ai su que je détestais ceux qui viennent à moi avec des idées trop précises, trop exaltées, trop belles, dégoulinantes de chimères, étouffantes d'illusions, qui finissent par faire beaucoup trop de cadavres. Je ne savais pas alors que l'idéalisme que je refusais avec tant de force allait se recycler dans l'amour, dans l'Absolu. Je n'avais pas le vocabulaire, je n'avais pas d'exemples, et l'amour devint, sans même que je le remarque, l'Absolu qui allait me piétiner toute ma vie, comme mon père (« Ceux pour qui rien n'est jamais assez quelque chose », disait Aragon en parlant de sa Bérénice qui avait le goût de l'Absolu). Et le CONT. – diminutif que je mis une bonne semaine à comprendre – donc, le contraire d'un idéaliste, son opposé, c'est un cynique.)

Ce que Tala n'avait pas assumé ce soir-là, jamais elle ne l'assumerait. Des cris éclateraient certainement, des portes claqueraient mais elle n'irait jamais tout à fait au bout.

Comme ma mère, elle ne pouvait pas abandonner ses sœurs. Tala n'avait pas les épaules pour l'amour. Ce soir-là, quand Tala refusa le baiser d'Omid après la découverte de son étoile de David, j'eus une pointe d'espoir. Et je me sentis un tout petit peu coupable. Juste un peu. J'aimais Tala plus que tout. Mais je venais de découvrir un autre sentiment. Plus fort que ce que j'éprouvais pour Tala. Cela commençait à me tourmenter. J'étais incapable d'y apposer un mot mais l'image d'Omid allait de pair avec ce sentiment.

Cet homme-là ne ressemblait en rien à ceux que j'avais connus. Peut-être un peu à mon père mais en plus assuré, en plus drôle et en plus affectueux. Le jour où Omid est entré dans ma vie, je n'ai pas compris ce qui m'attirait chez lui et éloignait mes tantes, mon oncle et grand-père Mahmoud. Cela ne tenait pas au seul fait qu'il fût juif mais parce qu'il disait ses sentiments, les montrait au grand jour, les étalait sans crainte, les assumait à haute voix. Or, personne, jamais, ne s'était ainsi comporté autour de moi.

Avant de partir, Omid se tourna vers mon père, lui proposa de me donner des cours de français et de s'occuper de moi. Il raconta rapidement combien il avait été perdu à Paris quand il était arrivé quinze ans plus tôt pour finir ses études de mathématiques. Il n'était jamais retourné en Iran. J'appris, collée à mon père pour ne pas perdre une miette d'information sur mon Lawrence d'Arabie, qu'il était prof à la fac (il avait dix ans de plus que Tala), qu'il aimait les musées et les romans, et qu'il jouait du piano. Mon père le remercia. Ma mère le remercia. Tous les autres oublièrent de le remercier de m'avoir ramenée saine et sauve de ma première fugue parisienne. Personne ne lui dit « à bientôt ». Et Tala, tête basse, partit avec lui sans que personne n'ait entendu le son de sa voix. J'avais honte. De moi, de Tala, des oiseaux qui se cachent pour mourir, de grand-père, de l'étroitesse de l'appartement, de mon âge à un seul chiffre. De tout le monde, sauf de mes parents. Ce fut un choc. Je m'endormis en pleurant. Je ne savais pas encore que je venais de rencontrer l'amour. Et cet amour-là, plus qu'aucun autre, ne pouvait finir que tragiquement.

*

Le lendemain, mes vêtements kurdes disparurent, et ma mère coupa à la garçonne mes longs cheveux fins – il lui semblait évident qu'il existait un lien entre mes cheveux longs et mon comportement de Kurde ou de gitane. Et ma chevelure fut sacrifiée sur l'autel de la superstition comme si, en la perdant, j'allais perdre ma capacité à fuir l'enfer de l'exil.

Pour la première fois, mes parents firent bloc face à Mitra et à tous les autres. Ils acceptèrent la proposition d'Omid. Il me ferait visiter Paris et me donnerait des cours de français. Mitra fit vivre un enfer à ma mère – en fait d'enfer, il lui suffisait de ne plus lui adresser la parole et de refuser qu'elle peigne ses longs cheveux roux –, pourtant ma mère ne céda pas. Confusément, elle sentait qu'il fallait prendre une décision me concernant, et que cette décision impliquait de m'éloigner de ses sœurs. Elle fut incapable, bien sûr, de formuler cette brutale évidence, elle n'avait jamais aimé que les membres de sa famille, mais Omid était juif, comme Wanda. Et si elle refusait d'admettre le mal que ses sœurs lui faisaient, elle ne pouvait oublier l'amitié de Wanda.

4.

Depuis l'exil, j'observais davantage ma mère, et même si je la trouvais globalement nulle, même si les trois autres sœurs me paraissaient toutes plus belles (avec son carré court à frange, ses yeux bridés, sa peau blanche et son corps menu, ma mère ressemblait à une adolescente vietnamienne), plus intéressantes (elle parlait très rarement et quand elle le faisait c'était pour répéter les mots de ses sœurs), mieux habillées (ma mère ne quittait jamais son uniforme : un pantalon ajusté et une chemise large), pour la première fois, je lui trouvais quelque chose de plus qu'aux autres : l'espoir. Jamais elle n'abandonnerait. Elle continuerait de sauter par-dessus des bougies s'il n'y avait plus de feux de joie, elle cuisinerait le plat de sa mère quitte à devoir planter elle-même son safran, elle garderait en mémoire les fêtes d'avant, et elle transformerait tant qu'elle le pourrait un banal deux-pièces en salle de bal – grâce à de nouveaux rideaux et une magnifique batterie de cuisine en cuivre.

Dès notre arrivée à Paris, elle commença à ramasser des vieux meubles, des chaises défoncées, des tables à trois pieds dans les rues pour les restaurer. Le balcon devint son laboratoire et c'était incroyable de la voir transformer une étagère cassée qui avait perdu sa couleur d'origine en une étagère rouge décorée d'oiseaux dorés. Je constatai que ma mère savait bricoler, dessiner, coudre, peindre, tricoter. En quelques mois, elle transforma tout l'appartement de Mitra et du Chinois, mais aussi celui de son père et l'Atelier de ses deux sœurs – elle fabriqua une étagère murale sur mesure pour y ranger les tubes de peinture et les pinceaux, ce qui réjouit tellement Zizi qu'elle en oublia de remercier ma mère. C'étaient les seules heures où elle semblait profondément heureuse. Elle ponçait, clouait, sciait, soudait et il n'y avait alors plus aucune trace de souffrance sur son visage. Je pris l'habitude de la regarder dans son laboratoire, admirant sa patience, sa concentration, ses choix, ses mains qui n'hésitaient jamais, sa volonté qui ne connaissait pas l'impossible. D'une table basse boiteuse elle faisait deux tables qui se superposaient, l'une rouge, l'autre noire agrémentée de roses.

Devant les colonnes mystérieuses du dictionnaire, je cherchais des mots à mettre sur ce monde inconnu qui se déployait autour des trois appartements familiaux de l'exil, et c'est ainsi que je découvris que ma mère était une authentique alchimiste. Capable de transformer le plomb en or. J'en éprouvai une amorce de fierté : ma mère était l'alchimiste et le balcon son laboratoire. Je fus si fière de ma trouvaille que je l'annonçai à Tala. « Tala ! Tala ! Maman est une alchimiste ! », je ressentais l'orgueil d'avoir trouvé une place pour ma mère entre l'autoritaire Mitra et les artistes Zizi et Tala, mais aussi la gloire d'exhumer un mot nouveau que je n'avais jamais entendu dans la bouche de quiconque. Elle éclata d'un rire mauvais.

— Si ta mère savait transformer le plomb en or, ça se saurait ! Et tu ne dormirais pas par terre dans le salon. Et puis, c'est quoi ce mot ? Où est-ce que tu as lu ça ? Tu ferais mieux d'apprendre des mots qui te serviront à l'école.

Tala avait tort. Je peinais à le reconnaître : Tala n'avait pas toujours raison et là, elle avait même franchement tort. Ma mère était un elfe, une créature féerique qui possédait le don de rendre beau le laid. Par la grâce de la langue française, de boniche je l'avais métamorphosée en alchimiste. Et c'était exactement à ça que servaient les mots, tous les mots : à colorer autrement les humains en leur donnant une forme nouvelle. La langue française se métamorphosait en baguette magique pour combattre le réel et sauver ce qui restait de l'enchantement de l'enfance. Comme ma mère le faisait avec les vieux meubles cassés, je transformais la réalité devenue si laide, je la sublimais par les nouveaux mots que je découvrais chaque jour dans le dictionnaire, qui devint mon laboratoire à moi.

Comme tous les exilés, j'apprenais le français avec acharnement. Je cherchais les mots dans le dictionnaire, je fouillais les phrases à la recherche d'une familiarité et rien ne me faisait davantage plaisir que de reconnaître au moins un mot dans une obscure définition. C'est la raison pour laquelle la majorité des exilés parlent un français anachronique. Ils tentent si fort de comprendre ce qui se dit dans le nouveau pays, ils sont tellement à l'affût de précision et d'outils pour se faire entendre, qu'ils prennent les mots pour argent comptant, ils les accumulent, ceux qui servent et ceux que tout le monde a oubliés, les mots qui disent les métiers d'antan comme ceux qui décrivent un point de couture. Ils se rendent compte beaucoup plus tard que leur français impeccable, leurs mots justes, leur grammaire précise, ne sont qu'un signe supplémentaire de leur exil. Les exilés vivent à contretemps : la langue qu'ils parlent est une langue apprise, une langue domptée, une langue morte. Ils ne parlent pas le français d'aujourd'hui mais celui d'avant-hier.

Mitra aussi se moqua ouvertement de ma mère. Elle aurait mieux fait de convaincre son mari de trouver un travail lucratif pour s'offrir ce qu'elle s'échinait à fabriquer de ses mains. Mais ma mère ne s'arrêta jamais, malgré les moqueries et malgré ses mains calleuses qui n'avaient rien à voir avec celles de ses sœurs, manucurées et décoratives.

5.

Pour Shabe Yalda, ma mère s'était surpassée. De nouveaux tapis étaient apparus, mais aussi des lampes art déco et une vaisselle en porcelaine qui me rappelait Téhéran. Je sautais de joie, c'était presque comme dans mon enfance, ces fêtes qui mobilisaient une armée de domestiques, mes tantes et ma mère comprises, et qui s'achevaient au petit matin dans les vapeurs d'alcool tandis que quelques belles voix chantaient jusqu'au chant du coq. Juste avant le Noël des Français se tient une importante fête iranienne, restes inoubliables de l'antique Perse zoroastrienne qu'aucune des invasions grecque, arabo-musulmane, mongole, khomeiniste n'a jamais réussi à effacer. À l'heure du solstice d'hiver, les Iraniens mais aussi des Kurdes, des Afghans, des Ouzbeks, des Kazakhs, des Kirghizes, des Parsis d'Inde, des Hindous du côté du Cachemire et même des Chinois de la vallée du Qinghai, célèbrent la Nuit du Destin ou la Nuit des Rois : Shabe Yalda. On y commémore la naissance de la déesse du soleil, Mithra, on se nourrit de grenades et de pastèques, fruits au cœur rouge qui rappellent le feu sacré du soleil, on couronne les sapins d'une étoile, et on se réjouit des jours qui vont rallonger en accueillant le premier jour d'hiver. Cette année-là, c'était le premier Shabe Yalda que nous passions à Paris, et Mitra (ma tante, pas la déesse) décida de faire les choses en grand. Elle courut la capitale pour trouver de la pastèque, invita la doctoresse pédiatre du 7e étage et son troisième mari qui votaient communiste, mais aussi Amir. Mitra convia notre médecin de famille en exil, un charlatan notoire (mais très riche) et mon ex-directrice d'école de Téhéran qui sentait fort de la bouche. Après moult cris, portes qui claquent, larmes et chantage au suicide, Omid fut également convié.

Le dîner rassemblait donc non seulement des Français mais aussi des Iraniens étrangers à la famille et cela mettait tout le monde dans un état d'hystérie et de panique : Mitra donnait les ordres, ma mère et Zizi les exécutaient – sauf quand Zizi s'enfermait pour peindre, c'est-à-dire tout le temps –, Tala remettait en cause la moindre décision, mon père se faisait de plus en plus petit, le Chinois faisait semblant de diriger, et je déambulais entre les membres disloqués de ma famille maternelle en attendant de fuir de nouveau.

*

Pour l'occasion et sur mon insistance, ma mère m'avait maquillée et avait discrètement redessiné mes sourcils pour me donner l'air plus civilisée, ce qui n'avait pas du tout plu à tante Mitra qui avait interdit qu'on touche à mon visage jusqu'à mes dix-huit ans.

En Iran, plus les sourcils sont épais, plus ils sont beaux. Dans tous les poèmes, il existe une référence aux sourcils. On ne dit jamais d'une femme qu'elle a de beaux yeux, mais que ses sourcils et ses yeux sont beaux. Les yeux tout seuls ne valent rien, il faut les sourcils pour les habiller. Les miens étant blonds, j'étais forcément moche. Mon visage ne ressemblait pas à ceux de mes tantes aux traits orientaux ronds, épanouis et agressifs – Mitra me trouvait trop fade, trop claire, trop européenne. Ce visage dont je souffrais enfant, puis adolescente, parce qu'il était sans lien avec la famille à laquelle je ne ressemblais pas, fut certainement ma chance : faisant de moi une bâtarde, une « non-reliée », mon visage m'offrit une place à part. Mais avant, il y eut la douleur de ne pas ressembler à Tala, ni à une Iranienne. En trente ans d'exil, pas une seule fois je ne fus reconnue comme telle. Je les repérais bien, moi, les Iraniens, hommes, femmes, enfants, que je croisais au hasard des rues, du métro, des cafés. Mais eux passaient devant moi, indifférents.

Le pire était peut-être mon corps : désespérément sec, sans formes, longiligne, nerveux, dénué de sensualité. Ma mère, incapable de dire son amour ou son ressenti depuis l'enfance, cuisinait pour compenser et sa cuisine-amour était forcément trop abondante, enrichie de tout ce qu'elle avait sur le cœur et qui n'était jamais passé par ses lèvres. Elle me nourrissait et je ne grossissais pas. Elle pensait que je ne l'aimais pas, que je refusais son amour en refusant les kilos. Surtout, elle avait tant enduré, à cause de son physique éloigné des standards iraniens, qu'elle craignait que je ne subisse le même sort. Elle désirait que je ressemble à ses sœurs. Moi aussi. Surtout ce soir-là. Car cette Nuit du Destin revêtait une importance fondamentale pour moi : j'allais revoir Omid.

6.

Cette nuit-là, nous aurions tous dû noter à quel point Mitra ressemblait à son père. La doctoresse du 7e avait accepté l'invitation comme un anthropologue se plonge dans l'étude d'une société inconnue. Des Iraniens, des vrais Iraniens nouvellement arrivés qui célèbrent une fête païenne juste avant Noël ! C'était délicieusement exotique, elle avait prévenu les amis et la famille, et le déjeuner du 25 qui l'attendait chez les siens lui promettait un succès qui la consolait d'être le mouton noir de sa famille conservatrice – trois mariages et aucun enfant. Elle ignorait quelle tragi-comédie l'attendait.

Champagne, petits fours maison, musique iranienne pour la touche cosmopolite dans le salon où étouffait une dizaine de personnes, blagues persanes traduites en français par Mitra, l'inévitable Mitra ; explications historiques et spirituelles sur la Nuit du Destin doublées d'un nationalisme farouche qui affirmait que Noël n'en était qu'une pâle copie ; réponses précises et longues aux questions sur les spécificités culturelles iraniennes suivies d'exclamations amusées ou admiratives ; questions inévitables sur l'état de l'Iran, la guerre, les forces militaires en présence – devant des Français, il était interdit de dévoiler la révolution qui se préparait en famille. Je ne quittais pas des yeux la doctoresse du 7e. C'était la première Française que je pouvais observer. Elle portait un tailleur pantalon, avec des épaulettes qui lui donnaient l'air d'un robot, elle n'avait pas l'air maquillée comparée à mes tantes, mais elle l'était dans des teintes pâles avec un rouge à lèvres qui brillait tant, qu'il lui donnait l'air de réclamer désespérément un baiser, et ses cheveux étaient drôlement bouclés comme de la mousse – c'était une permanente, je n'avais aucune idée des ravages que cela faisait sur des cheveux fins, personne n'a les cheveux fins en Iran – sauf moi. Elle ressemblait aux présentatrices télé (toutes les Françaises me donnaient l'impression de ressembler à des présentatrices télé), ses gestes étaient mesurés, son rire silencieux. De son regard perçant, elle observait tout ce petit village d'exilés avec gourmandise. Son mari ne buvait que du vin rouge en reniflant bruyamment dans son verre avant de le porter à ses lèvres avec une moue dubitative.

Mitra et Zizi souriaient comme des candidates à un concours de beauté et ma mère, à chaque amorce de chanson iranienne, se levait pour rejoindre la cuisine, pleurer un peu, puis revenir avant le début de la chanson suivante. Je ne me souviens plus du tout de mon père. Il pratiquait l'art de disparaître. Omid arriva en retard avec Tala. Amir entra sans sonner, la porte était demeurée entrouverte et quand il pénétra dans le salon avec sa veste kaki et son air de tueur, toute l'assemblée s'immobilisa jusqu'à ce que Mitra se lève et lui tende la main pour l'entraîner vers la doctoresse et son troisième mari. Ce soir-là, ils firent un chèque important pour la cause. Mais le plus surprenant, c'est que je vis Amir sourire. Mieux : il parla des enfants palestiniens avec tant de détails (le peu qu'ils mangeaient, les mots qu'ils disaient, les vêtements qu'ils portaient), qu'un semblant de sanglot engloutit ses derniers mots. Il raconta son arrestation et les tortures qu'il avait subies. Puis, il digressa sur les malheurs du monde qui naissent du manque de générosité de ceux qui possèdent tout. J'avais déjà entendu à Téhéran mes tantes et mes oncles parler ainsi à des amis qui n'étaient pas encore pris dans les filets de la cause. Ils disaient « la cause » comme s'ils parlaient d'un vaccin, d'un médicament censé vous guérir de votre manque de compassion. Ils discouraient ainsi, surtout quand ils venaient d'achever le dîner, que les ventres étaient pleins et qu'ils savaient qu'un lit douillet les attendait pour abriter leur bienheureux sommeil. Amir n'attendait pas la fin du dîner, il attaquait d'emblée. Il mettait les autres au pied du mur en listant leur inhumanité sans jamais les désigner comme coupables. Ces derniers se sentaient alors tellement mal qu'ils signaient des chèques, offraient des appartements et des vêtements pour les enfants palestiniens. Amir adorait les enfants palestiniens. C'est peut-être pour ça qu'il ne m'aimait pas.

Je ne quittais pas Omid des yeux, tentant de m'approcher de lui, mais depuis ma fugue, dès que je m'éloignais de quelques pas, ma mère et mes tantes s'affolaient. Je restai donc sur une chaise à observer Omid, il cherchait Tala qui l'avait fui pour retrouver Amir dans le laboratoire d'alchimiste de ma mère, fumer des cigarettes et comploter. C'était le moment de lui réclamer un cours de français, une visite de musée, n'importe quoi qui ne fût pas le deux-pièces de l'exil. Mais quand je voulus m'adresser à lui, il avait disparu.

Alors que j'empruntais le couloir, espérant le coincer dès sa sortie des toilettes, je le surpris dans la chambre du Chinois et de Mitra, fouillant le secrétaire puis sous le lit et même les tiroirs de vêtements. Je compris immédiatement comment je pourrais le revoir : il me suffisait de lui dire où Mitra et le Chinois cachaient l'argent. Je ne fis pas de bruit et m'enfermai dans les toilettes en épiant le bruit de ses pas, pour faire mine de tomber sur lui par hasard. Mais j'ouvris la porte si brutalement qu'il la prit dans le visage. Cela engageait mal mon entreprise de séduction. Je m'excusai et j'en profitai pour glisser ma main dans la sienne pour le lier à moi, et le retenir à jamais. Mais il avança vers le salon en riant : « Tu as essayé de m'assommer petite fille ! » Je le tirai par le bras.

— Ils cachent tout dans le laboratoire d'alchimiste de maman.

— Ils cachent quoi ?

— Ce que tu cherches dans la chambre.

— Et qu'est-ce que je cherche ?

Omid souriait. Il ne me croyait pas. Il ne savait pas que je voyais tout.

— À Téhéran, tu aurais cherché des armes et des livres et de l'argent. Ici aussi.

Omid s'arrêta et s'accroupit à ma hauteur. Il me regardait avec insistance. Il doutait.

— Qu'est-ce que tu as vu ?

— Je vis sous le canapé, tu sais.

— De quoi tu parles, petite fille ?

— Je vis sous le canapé. Je regarde tout. Et le Chinois, il va souvent dans le laboratoire d'alchimiste de maman quand elle est pas là. Tu sais ce que c'est, hein, alchimiste ? Bon. Et Mitra aussi… mais moins. Elle fait pas les trucs bizarres, tante Mitra. Comme à Téhéran. Elle donne les ordres. Je le sais. Plein de fois, elle m'a demandé de voler le sac à main d'une invitée pour lui donner et ensuite le remettre à sa place. J'ai super réussi. Et une autre fois, j'étais dans le bureau d'oncle Behrouz – je m'y cachais pour manger des glaces, il était pas souvent là – quand les-gardiens-de-la-morale-mon-cul sont arrivés, et il y avait un tas de livres qu'oncle Behrouz cachait dans le coffre, et là, ils étaient sur la petite table près du fauteuil. Alors j'ai tout caché dans le coffre derrière la fausse porte qu'on ne voyait pas parce qu'elle se fondait parfaitement dans le mur. Il y avait au moins dix pistolets dans le coffre. Alors, tu vois, je sais quand quelqu'un cache quelque chose. C'est pareil ici et là-bas. Mais ici c'est pas assez gros pour être des armes ou des livres. C'est de l'argent. Plein d'argent. Et des papiers. Beaucoup de papiers.

Je repris mon souffle, j'avais parlé très vite pour ne pas lui laisser le temps de fuir. Omid resta accroupi quelques minutes. Peut-être qu'il cherchait à savoir si j'étais capable de l'aider. Peut-être que je lui faisais de la peine. Peut-être mesurait-il aussi à quel point j'étais déjà contaminée, et par quels moyens il pourrait me sauver. En tout cas, je voyais bien qu'il se disait des tas de choses qui me concernaient. Il se releva avant que la voix de ma mère, au bord de l'affolement, ne surgisse :

— Où est Shirin ?? Où elle est ? SHIRIN !!!! SHIRIIIIIIIN !!!!

Nous retournâmes dans le salon et cette fois c'est Omid qui me prit par la main.

*

L'heure vint de passer à table. Ils voulaient de la bouffe iranienne, du dépaysement dans l'assiette. Ils ne furent pas déçus. Ma mère avait déployé toute l'étendue de ses talents : pas moins de cinq ragoûts accompagnés de trois sortes de riz. Le troisième mari montrait du doigt les différents mets, en levant un regard d'enfant perdu vers sa femme, qui répétait : « Mais qu'est-ce que c'est ? » Ils s'attendaient à un classique couscous. Mitra reprit sa respiration et demanda, avec tout le calme dont elle était capable, ce qu'était un « couscous » ? Les Français nous apprirent l'existence de la semoule et des légumes. Nous n'avions jamais mangé de couscous. Outrée d'avoir été prise pour une Arabe, Mitra se mit à expliquer chaque plat et l'existence du *rice cooker* et du riz grillé, et le repas refroidit sous le regard mouillé de ma mère.

Plus belle que jamais, les lèvres rouges, une robe courte, les gestes provocants, Tala était assise entre Omid et Amir et moi j'étais entre mon père et Omid. L'atmosphère était joyeuse – presque surprise, je constatai qu'il était possible de rire à Paris comme à Téhéran. Tout le monde se pressait autour du révolutionnaire Amir, mais personne ne s'occupait d'Omid qui refusait de soutenir les communistes à cause de tous les morts et de leur mauvaise foi.

La doctoresse, contaminée par la flamme d'Amir, appuyait son menton sur son poing et penchait légèrement la tête de côté en faisant des mouvements étranges avec sa bouche, comme si elle avalait littéralement ses mots – j'avais vu dans des films des femmes très maquillées, le regard implorant, faire ce même mouvement qui finissait toujours par un baiser. La doctoresse se sentit donc obligée de prouver qu'elle en était et déclara à Omid que les idées ne sont jamais coupables : les hommes pourrissent les idées, les abîment par cupidité, et les crimes commis au nom de l'idéal restent encore à démontrer. Omid lui répondit que les idées naissent des hommes et non du ciel, que ce sont bien les hommes qui prennent des décisions. Que les idées ne sont donc pas orphelines : elles ont des parents très consciencieux et une famille nombreuse qui les nourrit, les gâte, et pourrit le monde avec. La doctoresse était outrée. Son mari aussi (ou bien il n'aimait pas le vin, on ne savait pas très bien) et pour prouver qu'ils soutenaient Amir (qui n'avait pas décroché un mot), ils tournèrent légèrement le dos à Omid. La doctoresse lança un regard désolé à Tala qui se décala légèrement vers Amir (il lui caressa imperceptiblement la main pour la consoler et je fis la même chose à Omid. Le regard qu'Omid me lança, je ne l'oublierais jamais. Non seulement il me remerciait mais je vis qu'il reviendrait, qu'il ne me quitterait plus parce qu'il ne fallait pas me laisser seule sous le canapé. Ou bien je l'espérerais suffisamment fort pour le croire).

Il y avait autre chose : Amir n'était pas un gentil. Il faisait semblant pour faire plaisir à Mitra, et peut-être à Tala, mais aussi pour l'argent. Quand il venait seul, il ne souriait pas, il ne parlait pas des malheurs du monde, seulement de ceux qu'il mettait hors-jeu et combattait. Au contraire d'Omid qui était tout le temps le même, Amir était un comédien. Pourtant, c'était lui que tout le monde préférait. Depuis la révolution à Téhéran, je savais qu'il existait des comédiens. Des traîtres, des amis qui avaient dénoncé, des collègues qui avaient écrit des lettres anonymes, des voisins qui préparaient leur avenir en espionnant les autres. J'entendais depuis toujours qu'il fallait taire ce que je voyais, ce qui se disait, ce qui se pleurait dans le cercle familial, fermé. Que le danger était partout. Il ne fallait faire confiance à personne et se méfier des gens trop gentils. Des comédiens. Je voyais bien qu'Amir agissait exactement comme tous ceux que nous détestions à Téhéran parce qu'ils envoyaient nos amis et nos cousins en prison et parfois au cimetière. Malgré tout, personne ne s'en méfiait.

Je me souvins alors d'un conte que m'avait raconté Bahram, le joueur de ney, à Téhéran, une nuit où les bombardements avaient été particulièrement nourris et où nous nous étions réfugiés dans la cave de la grande maison. Je n'avais pas eu peur, c'était devenu habituel et personne encore n'était mort. De plus, il se passait dans la cave des choses que le quotidien et son lot de portes closes, de conversations sous-entendues, de documents brûlés, interdisaient. Les mensonges et les murmures s'évanouissaient sous le poids de la mort qui traversait le ciel dans un interminable et répétitif boucan. C'était peut-être la dernière heure, la dernière fois, la dernière lueur. Alors, dans l'obscurité et la promiscuité forcées, on se tenait la main plus longtemps, on se touchait, on se parlait vraiment. Les conversations avaient des allures tranchantes, saccadées. Vite, vite ! Avec peu de mots, des mots précis, il fallait dire ce qui ne se dit pas, ce qui se coince dans la gorge en plein jour, ce qu'on dit si c'est la dernière fois. On était pudique, on ne criait pas. Il suffisait de tendre l'oreille, d'attraper au vol des informations, des désirs. *Les armes sont cachées derrière les machines à laver au rez-de-chaussée ; n'oublie pas de boucher la trappe qui mène au nord de la cave ; tu sais que je n'ai jamais oublié ce que tu as fait à ma première arrestation ; j'ai envie du nougat qui était servi au mariage de Mitra ; tu crois qu'on fera des enfants un jour ? Les prospectus sont chez M., il faut les récupérer avant le 23 ; tu sais que je t'ai épousé par amour. Mais jamais tu ne le croiras. Et on sera malheureux tous les deux ; il ne se passera rien. Tout va bien ; je veux que tu la retrouves après moi ; tu préfères ton ney à moi. Et je préfère ma peinture à toi ; je ne voulais pas d'enfant.*

Autant d'aveux, de mises au point, de froides vérités qui se cachent du soleil. Cette nuit-là dans la cave, Bahram, le joueur de ney, a dû sentir que trop de choses se murmuraient dans l'ombre, il a dû se dire que ce n'était pas bon de laisser déverser, dans l'oreille d'une petite fille, tant de ratages d'adultes. Alors il m'a raconté une histoire, celle d'Othmân Kheyri, ce cheikh soufi qui craignait tant d'avoir mauvaise réputation, qu'il s'attira les pires ennuis au cours d'un trop long voyage qui lui fit perdre jusqu'à sa foi. Je m'en souvins alors qu'Amir *jouait* la belle âme et récoltait les lauriers tandis qu'Omid refusait les illusions humanistes, et décidai de raconter ce conte à Omid pour le consoler : lui seul était dans la vérité. Depuis lors et ce premier Shabe Yalda à Paris, je ne crains pas la mauvaise réputation, mieux : je la cherche, je l'alimente, je la chéris. Avoir mauvaise réputation, c'est être dans le vrai.

Le dîner s'acheva sous une avalanche de compliments adressés à Mitra. Ma mère ne se manifesta pas, elle ne dit pas « non, c'est moi qui depuis trois jours, découpe, taille, marine, émince, c'est moi qui décore, qui dresse, qui organise, qui nourris, qui aime. C'est moi », elle sourit simplement à sa sœur et personne ne rectifia. D'ailleurs, pourquoi l'auraient-ils fait ? Niloo s'en fout, non ? Elle adore cuisiner ! C'est une passion ! Une vocation ! Pourquoi la remercier ?

7.

Mitra annonça que l'heure était venue de lire Hâfez et se tourna vers mon père : il lisait les poèmes mieux qu'aucun autre. Elle détestait reconnaître une qualité à mon père, mais elle voulait briller devant les Français, cela valait donc bien une entorse à son mépris. Il faut ici s'arrêter un instant pour une parenthèse culturelle à laquelle s'appliquèrent justement Mitra et le Chinois à l'adresse des Français. Hâfez de Shiraz est un poète mystique, ou plus exactement LE poète mystique persan qui préside au destin des Iraniens depuis le XIVe siècle. Cet homme inspiré a su réunir dans un unique recueil de poèmes, tout l'éventail des questions et des espoirs, des peurs et des joies, de l'amour charnel et divin, de l'ivresse et de la piété, tout ce qui, un jour ou l'autre, prend les hommes à la gorge et les pousse à interroger le ciel, un imam, un père, une mère, une étoile filante, un livre saint pour savoir de quoi sera fait demain. Depuis le XIVe siècle, à chaque solstice d'hiver, les Iraniens, tous les Iraniens, analphabètes compris, se saisissent de l'unique livre de poésie de Hâfez et chacun, tour à tour, demande au poète de l'éclairer. La personne la plus sage – ou plus exactement celle qui sait tout bonnement lire – ouvre le recueil au hasard et lit le poème censé offrir une réponse, souvent énigmatique. Chaque *ghazal* s'achève par une strophe qui associe le poète avec l'« interrogeant ». Dans la pensée soufie, le poète et le récitant ne font qu'un :

Au désert de la Quête, il y a danger de toute part,
Mais Hâfez, cœur perdu, avance paisible vers Ton amitié.

Hâfez est l'interrogeant, c'est lui qui, *cœur perdu, avance paisible*... L'interprétation peut aller de la résolution d'une histoire d'amour à un questionnement sur la foi, à un problème de stérilité, etc. Chacun adapte les vers sacrés de Hâfez à ses tourments – du jour de sa mort jusqu'à ce jour où j'écris ces lignes, la tombe de Hâfez à Shiraz n'a jamais été et ne sera jamais désertée (pour avoir abrité les deux immenses poètes que sont Hâfez et Omar Khayyam, la ville a acquis la réputation d'abriter les plus beaux yeux du monde). À toute heure du jour et de la nuit, un récitant, un malheureux, un guéri, un admirateur, un pénitent, un amoureux s'y tient, une main posée sur la stèle, l'autre tenant le livre, récitant des vers qui toujours signifient quelque chose pour un cœur qui doute – ou qui aime, ce qui revient au même. Jugez comment il est impossible d'oublier d'être persan quand il existe un poète devenu roi des âmes et devin des cœurs dont la tombe n'a jamais été abandonnée en six siècles, même aux heures les plus sombres.

Mon père tenait le livre entre ses mains et je pus constater que tout le monde – même Tala pour laquelle tout ce qui venait d'Iran était archaïque – réclamait encore un peu de magie du pays natal, ne serait-ce qu'un vers, un coin de ciel bleu auquel se rattacher avant de se réveiller le lendemain dans l'inconnu. Je voulais mon poème pour l'apprendre par cœur, comme tous les ans depuis que j'avais compris le jeu. Grand-père Mahmoud leva la main et mon père tira le premier poème, le *ghazal 250*. Ce fut un drame. De ces drames qui n'existent que dans ma famille, passée maître dans la réécriture historique mais qui, pour ne pas tout à fait perdre la tête entre le vrai et le faux, a érigé quelques anecdotes familiales en légendes noires.

Le *ghazal 250* de Hâfez est une sorte d'hymne familial maudit. Celui qui impose le silence. Celui dont nous ne récitons jamais les vers. Celui qui avait été repris plusieurs fois par de nombreux chanteurs iraniens, dont Sima Bina, et diffusé à tous les mariages et à toutes les fêtes, tétanisant ma famille tout entière. Parce que Sima Bina fréquentait ma famille, elle ne la chantait jamais quand elle était invitée dans la grande maison du nord de Téhéran ou dans celle non moins grande des week-ends. Mais elle ne pouvait pas non plus rayer de son répertoire la plus renversante de ses interprétations.

Le jour où la chanson avait été enregistrée, mon oncle Behrouz, le seul garçon parmi toutes ces sœurs, avait été arrêté une première fois. Il le fut à nouveau, la nuit où Mitra et Zizi l'entendirent à un mariage. Mais la malédiction avait commencé bien avant : mon arrière-arrière-arrière-grand-père avait posé une banale question à Hâfez un soir d'hiver, et le lendemain, pouf ! Il avait disparu. Envolé. Ne restait de lui que le recueil ouvert sur le dernier poème, le *ghazal 250*. La légende raconte que sa femme versa tant de larmes sur la page ouverte du livre béant, que les sillons de ses larmes creusèrent son beau visage, comme des scarifications. Elle vécut cent six ans et jamais elle ne perdit l'espoir de voir revenir l'homme qu'elle aimait – il ne revint jamais. Le *ghazal 250* avait précédé la disparition. C'était aussi le dernier poème que mon père avait tiré à Téhéran la veille du départ – mais ça, je ne l'ai su que des années plus tard.

Joseph, qui fut perdu, reviendra en Canaan, ne te désole pas !
Un jour la cabane aux chagrins deviendra roseraie, ne te désole pas !

L'état de ce cœur affligé va s'améliorer, ne te décourage pas !
Et cette tête troublée va s'apaiser, ne te désole pas !

Si deux jours durant la rotation du firmament n'est pas allée à notre gré,
la marche du Temps n'est pas toujours de même sens, ne te désole pas !

Si le printemps de la vie se déploie sur la banquette des parterres,
Oiseau chanteur, tu te couvriras de l'ombrelle de la Rose, ne te désole pas !

Si le torrent du néant arrache les fondements de l'existence, mon cœur,
Puisque Noé est ton pilote, du Déluge ne te désole pas !

Hé ! ne te désespère pas : tu n'es pas au fait du secret du monde invisible.
Sous le voile sont les jeux dérobés, ne te désole pas !

Si par passion de la Kaaba tu veux marcher au désert,
Si l'épine de la ronce t'aiguillonne, ne te désole pas !

Si même l'étape est fort périlleuse et le but très éloigné,
Nul chemin n'est sans fin, ne te désole pas !

Notre situation, séparés de l'Aimé, harcelés par Son gardien,
Dieu qui inverse les situations la connaît toute, ne te désole pas !

Hâfez, au recoin de la pauvreté, dans la solitude des sombres nuits,
Tant que tu t'astreindras à prier, à étudier le Coran, ne te désole pas !

Ce poème est positif. Il célèbre l'espoir. Rien n'est aussi fort que cet appel à ne jamais abandonner. J'ai lu et relu le *ghazal* interdit. J'ai cru que les derniers vers étaient trop religieux pour ma famille d'athées avant d'entrevoir que la religiosité n'avait jamais cessé de nourrir la morale familiale – l'athéisme n'était qu'une posture sociale qui allait bien avec le communisme.

Bien sûr, Hâfez avait menti à mon arrière-arrière-arrière-grand-mère. Bien sûr, il lui avait promis un retour qui n'est jamais advenu. Mais. Mon aïeul était un coureur. Non pas de jupons mais de lutteurs. Il s'était tiré avec un lutteur, son amant. Je pense qu'il avait laissé le poème à l'intention de sa femme. Pour qu'elle espère le retour du bonheur auprès d'un homme qui aimait les jupons. La vérité est arrivée jusqu'à moi près d'un siècle plus tard – par l'entremise de Zizi un jour où elle était assommée par l'opium et l'angoisse. Elle en profita pour me dire que l'aïeul homo était devenu patron d'une des plus prestigieuses écoles de lutte d'Iran. Qu'il avait été heureux. Et qu'il n'avait laissé derrière lui que des amants lutteurs heureux.

Ce que rappelle ce *ghazal* à ma famille, c'est que, pour elle, il ne faut jamais regarder la vérité en face et encore moins la dire (la dire, c'est l'accepter et c'est intolérable), et si le mari est homosexuel, mieux vaut raconter une histoire qui deviendra un mythe, une plaie béante dans le cœur des descendants. Le départ inexpliqué et les scarifications de mon arrière-arrière-arrière-grand-mère sont le beau conte d'une morale douteuse. Je crois que ce vrai-faux coming-out (le premier d'une longue suite) a exercé une influence néfaste sur le cœur des femmes de ma famille qui n'ont jamais plus été amoureuses. Le désir a été emporté avec mon arrière-arrière-arrière-grand-père qui rendit si heureux les hommes de sa vie. Il y a trop de larmes dans cette histoire. Et une haine hystérique et irrationnelle de l'homosexualité qu'exprima un jour tante Mitra à sa fille Mina : « Si tu mâches du chewing-gum, tu deviendras lesbienne » (non seulement Mina préféra toute sa vie les femmes, sans jamais en toucher une ni de près ni de loin, mais celle qu'elle aima avec le plus d'ardeur fut justement sa mère dont les portraits tapissaient sa chambre d'adolescente).

Hâfez nous mettait en garde. Tremblez ! L'espoir est là ! Et vous êtes dans la merde ! J'ai vu le sourire de mon père, j'ai vu les larmes de ma mère et le regard noir de Mitra, son visage qui se durcissait, sa volonté qui se raffermissait. La doctoresse et son mari n'y comprenaient rien et Omid, au fait de nos mythes familiaux, me glissa à l'oreille : « Ta tante Mitra va croire que ton père l'a fait exprès… »

Je jubilais : Omid était désormais mon complice. Je ne le laisserais plus jamais partir.

Mitra se leva, prit brutalement le livre des mains de mon père, le rangea dans la bibliothèque comme si rien ne s'était passé et, avant qu'elle ne revienne s'asseoir, grand-père Mahmoud fit une syncope ou quelque chose de ressemblant. Depuis le début du dîner, il se tenait à sa place, sur l'unique fauteuil confortable, les mains posées à plat sur ses cuisses, le regard carnassier, une branche du sapin effleurant son crâne chauve. Il arborait une cravate et un costume devenu trop grand sur ce corps de vieillard qu'on avait transporté de Téhéran à Paris sans lui demander son avis. Et voilà qu'il s'effondrait au milieu du salon, le corps secoué de spasmes. Immédiatement, les cris et les larmes se succédèrent. Dans la précipitation, le Chinois écrasa la main gauche du grand-père, et notre médecin de famille qui s'éventait avec sa serviette, sans quitter son siège, répéta : « Qu'il prenne l'air ! Qu'il prenne l'air ! » Mon père n'avait pas bougé comme s'il photographiait la scène, tante Mitra tentait de faire sortir les enfants hurlants et, moi, je me cachais sous le canapé tandis que ma mère agenouillée, avec son gros ventre, pleurait silencieusement en se passant les mains sur le visage, sans que l'on sache si c'était parce qu'une nouvelle chanson de son Iran natal couvrait les cris ou parce que son père s'était effondré. Finalement, une ambulance arriva et le premier Shabe Yalda parisien s'acheva à l'hôpital avec la doctoresse du 7e (je ne peux m'empêcher d'imaginer l'arrivée aux urgences, le cortège de femmes couvertes de bijoux, de robes griffées, de bouches rouge sang, de cravates de soie, d'exigences princières, tout ce drame si oriental, disproportionné, plus grand que la vie ne l'exige).

Quand ils furent tous partis, il ne resta plus que mon père, Omid, Tala et Zizi. Il y avait quelque chose dans le presque sourire de Zizi, quelque chose dans la soudaine boulimie de Tala qui se précipita dans la cuisine pour réchauffer les restes qu'elle mangea debout, quelque chose dans l'indifférence feinte de mon père et dans les blagues d'Omid auxquelles je ne comprenais rien. Ce quelque chose dans les regards qu'ils échangèrent. Étaient-ils heureux que le grand-père soit presque mort ?

8.

Dans les jours qui suivirent la syncope de grand-père Mahmoud, les ragots de Mitra occupèrent toutes les conversations. On ne parlait ni d'Amir et de la révolution, ni d'Omid qui n'aimait pas les enfants palestiniens, ni du grand-père qui avait fait une overdose. D'ailleurs, pour Mitra, Omid n'existait pas. Elle ne relevait jamais son prénom quand il venait dans la conversation. Elle l'effaçait déjà. L'overdose du grand-père fut maquillée en insuffisance cardiaque. Grand-père Mahmoud n'avait pas le cœur fragile (je le savais déjà, cet homme n'avait pas de cœur du tout, je ne me souviens pas de l'avoir vu la mine réjouie ou bien lever la main pour autre chose que donner des ordres et compter son argent), il était bêtement opiomane. Au cours de la Nuit du Destin, il avait fait une overdose. Et il avait préparé son coup. Il ne voulait pas d'une pute française et de son troisième (troisième !) mari à sa table. Sans compter le juif. Il savait qu'il n'en crèverait pas, il voulait juste pourrir la soirée. Enfin, c'était ce qu'affirmait mon père. Ma mère, elle, pensait que son père était juste nerveux avant sa première fête parisienne. Mon père ne la contredisait plus quand ils bavardaient au lit (enfin, par terre), persuadés que je dormais déjà. Mon père abandonna dès le premier jour. Chaque fois qu'ils n'étaient pas d'accord, il abdiquait, embrassait ma mère sur le front (elle le repoussait alors avec un grognement de dégoût), puis se tournait vers l'insomnie qui s'installait pernicieusement dans sa vie comme une maîtresse qui manœuvre pour prendre la place de la légitime.

Ce fut pire encore avec le retour de grand-père Mahmoud et de sa main gauche plâtrée. Il ne fallait plus laisser le patriarche seul, ma mère et Mitra se relayaient donc pour lui tenir compagnie, et il était interdit de faire du bruit quand il était dans les parages. Je ne voyais pas le lien avec l'opium. La doctoresse du 7e, si. Elle raconta sa soirée à tous ceux qui voulaient l'entendre. Des Persans opiomanes, ça se raconte. Des années plus tard, des familles dans la résidence se souvenaient encore de l'overdose du grand-père, résumée par cette sentence définitive : la drogue et les Iraniens, c'est culturel.

Depuis Téhéran, on ne me laissait jamais seule avec le grand-père. Mais à Paris, j'étais souvent sous le canapé quand le grand-père lisait dans le salon de Mitra et du Chinois. Un jour où mes parents étaient absents, grand-père Mahmoud quitta son fauteuil et s'installa sur le canapé. Il projeta un film. J'écrivais la dernière dispute entre Mitra et Tala, en cherchant dans le dictionnaire des mots pour décrire leurs corps (Mitra qui s'immobilisait, économisant son énergie, articulait méticuleusement chaque mot, débitant sa comptine révolutionnaire avec l'assurance propre aux fanatiques qui ne clignent jamais des yeux, tandis que Tala s'agitait, rejetant ses cheveux en arrière, son corps accompagnant chacune de ses phrases, se levant, s'asseyant, prenant sa tête entre les mains, s'épuisant à convaincre, et finissant par retomber sur une chaise pour allumer une cigarette ou partir en claquant la porte). Des halètements et des petits cris attirèrent mon attention et j'aperçus, entre les pieds écartés du grand-père, un couple nu sur l'écran. L'homme se tenait derrière la femme à quatre pattes et la pénétrait avec force en faisant des allers-retours entre ses fesses. Je sursautai. C'était baveux et poilu. Grand-père Mahmoud faisait maintenant chorus avec les personnages du film et je sentais les mouvements réguliers de son bassin au-dessus de ma tête. Cela dura assez longtemps pour que l'anatomie féminine et masculine n'ait plus de secret pour moi. Je savais déjà comment on faisait les bébés. Mon père me l'avait expliqué très posément, sans baisser les yeux, sans mentir. Il m'avait également confié que les amoureux ne faisaient pas seulement l'amour pour concevoir des enfants mais juste pour le plaisir. Il avait dédramatisé ce qui préoccupait généralement les autres enfants qui imaginaient beaucoup trop sans rien savoir du tout. Mais j'ignorais qu'il était possible d'être amoureux à trois (même si je pensai tout de suite à Omid, Tala et moi) et mon père n'avait rien dit de la fellation et du cunnilingus. Les mouvements de grand-père Mahmoud s'accéléraient, il poussa un râle continu qui explosa dans un grognement, et ce fut fini. Il ne bougea plus pendant un long moment puis se leva, alla éteindre la télévision, sortit la cassette VHS et quitta l'appartement. Grand-père était vraiment baroque et ce n'était pas possible que les amoureux soient si laids quand ils sont nus.

Après ce jour-là, je ne suis plus jamais restée sous le canapé quand grand-père était seul dans l'appartement. Quand on me répéta qu'il ne fallait jamais être seule avec lui, je fus soulagée, sans savoir pourquoi. J'ai alors rempli des pages de questions qui tournaient toutes autour de la même image : Omid et Tala faisant l'amour en se tirant les cheveux et se griffant le dos, Omid donnant régulièrement la fessée à Tala alors qu'elle criait « Non », « Oui », « Encore » et lui répétant « T'aimes ça salope, t'aimes ça ! ».

*

Depuis qu'il avait voulu me convaincre qu'il savait voler en montant sur la rambarde du balcon, les bras en croix, alors qu'il était sous ma surveillance et que je l'avais laissé faire, fascinée par sa contagieuse certitude, je n'avais plus le droit de rester seule avec Pejman (ma mère intervint à temps pour sauver son neveu). Pejman cherchait à fuir, lui aussi. Mais il fuyait dans sa tête. Tout le temps. Il fallait le secouer pour le faire revenir dans le monde réel, inutile de l'appeler : il n'entendait rien. Pejman avait aussi la phobie de la télévision. Parfois, les images le faisaient crier. C'était surtout les films et les dessins animés qui le rendaient malade, les émissions, les infos, les images de guerre ne le faisaient pas réagir. Dans le salon, il s'asseyait toujours dos à la télévision, des Lego ou des feuilles blanches devant lui, et il s'évadait, très loin de nous. Il avait tout aussi peur de l'herbe qui lui chatouillait les chevilles, de l'eau qui le faisait tomber dans les pommes et du sourire de la Joconde. Mona Lisa était sa pire phobie. Il se réveillait souvent en pleine nuit en hurlant, et je savais qu'il venait de croiser son visage dans un des tunnels de ses cauchemars. Parfois, Mitra lui montrait une reproduction du tableau et il hurlait en tremblant, tandis qu'elle le tenait fermement. Elle riait, affirmant qu'il devait saisir le ridicule de son effroi pour en guérir (pourtant Mitra était phobique des araignées, mêmes les plus petites, et je l'imaginais mal plonger sa main dans un bocal rempli de mygales pour combattre sa frayeur). Chaque fois que je vois *La Joconde*, je pense à Pejman. Quelle était la cause de sa terreur ? Son calme, son détachement, son regard franc, son sourire à peine perceptible ? Quels signaux macabres le visage de la Joconde envoyait-il à Pejman ? Des années plus tard, quand je lui posai la question, il avait oublié. Comme si le souvenir pouvait réactiver la peur et le silence assourdissant de ses premières années dans notre prison familiale.

9.

Dans l'exil, les films vus au cinéma se sont transformés, ils sont devenus, pour ma famille, les points d'ancrage de la mémoire, indissociables de la vie d'antan : les restaurants, les anniversaires, les week-ends à la campagne, l'obtention des diplômes, les premières ivresses, les soirées au bord de la mer Caspienne, les premiers baisers, les amis disparus ou éparpillés à travers le monde, les folles espérances de la jeunesse, le service militaire, les amants et les maîtresses qu'ils avaient failli épouser et qui en avaient finalement épousé d'autres, ailleurs. Il n'y avait plus de dates pour marquer le temps, il n'y avait plus que des films pour se raccrocher à la réalité de plus en plus floue de ce qui avait été. *Mais non ! Il a eu son diplôme l'année de la sortie d'*Amarcord*! Tu te souviens ? Ce petit restaurant où ils servaient un canard braisé divin ? Nous y avions dîné après la projection de* 2001 : l'Odyssée de l'espace. *Je l'avais embrassé cette année-là ! Chacun avait embrassé sa chacune cette année-là, c'était l'année des* Damnés*! Mais non ! Farah a appris qu'elle était enceinte à la sortie du* Guépard*! Ah ! L'été des* Nuits de Cabiria*… j'en suis certaine, il avait fait une chaleur insupportable.*

La projection, en 196…, de *Lawrence d'Arabie* marquait une date importante : la grand-mère était morte et Tala était devenue belle après avoir été une adolescente ingrate. (Mais *Lawrence d'Arabie* c'était d'abord Omar Sharif, autrement dit une histoire et un acteur qui étaient proches de tous les Orientaux, physiquement et culturellement. Le visage et le corps d'Omar Sharif, c'était la reconnaissance du métèque, le glamour qui leur manquait, leur Clark Gable à eux.)

Les films d'avant la révolution furent ainsi sanctifiés. Ils me racontent un bout de mes parents, un bout de mes tantes et oncles, un bout du pays où je suis née et où jamais je n'ai remis les pieds. Ces films-là sont le terreau dans lequel ma mémoire a poussé. En lieu et place des livres saints ou traditions ancestrales, ils sont mon héritage familial. Je le sais parce qu'il suffit que quelqu'un en mentionne un pour que nous devenions tous un peu plus sombres, un peu plus concernés, et que nous nous rappelions avec force que nous sommes encore une famille. Ces films-là les faisaient sourire malgré le souvenir de la mort, sourire à cette jeunesse qui leur semblait d'un autre monde. La révolution leur avait fait ça aussi : *l'avant* était devenu un monde mythique, aujourd'hui inaccessible.

*

À Paris, chaque mardi soir, je prenais l'ascenseur, accompagnée de ma mère et d'un gâteau, et elle me déposait à l'Atelier où Tala et Zizi m'attendaient pour une soirée cinéma. Libérée de mes parents, de Mitra et de tous les adultes, assise sur le lit, dans une pénombre rassurante, serrée contre mes tantes, je me souviens des gélatines rouges autour des lampes, de l'odeur de Tala, du plaid violet qui appartenait à ma grand-mère, du sucre glace sur le gâteau au chocolat qui faisait éternuer Tala, de son trop large pull noir qu'elle portait comme une robe sur des collants épais, des mains de Zizi qui retournaient sans cesse vers son carnet de croquis, de ses bras striés de cicatrices, de son profil sublime et impassible dans le clair-obscur et de sa joie de retrouver Tala qu'elle aimait plus que moi encore – car je voyais bien qu'elle souffrait plus que moi de ses absences et de ses rêveries : tous ces détails sont inoubliables. Ce furent mes plus heureuses soirées parisiennes. Et aussi celles qui ressemblaient le plus à Téhéran.

Le mardi qui suivit la Nuit du Destin, nous avions donc choisi *Lawrence d'Arabie* (à Téhéran, quelques jours avant le départ de Tala et Zizi pour Paris, nous avions passé une nuit devant des films, armées de pop-corn et autres friandises et nous nous étions endormies en le regardant). J'y pensais depuis une semaine. Je m'installai entre mes deux tantes et aussitôt, je quittai la rue de la Roquette, l'immeuble, l'appartement. J'étais apaisée, de retour au pays natal. Mais au milieu du film, on sonna à la porte. Je me cachai sous le plaid qui sentait le léger parfum fleuri de Zizi, craignant que tante Mitra ne vienne gâcher ce moment de plaisir avec sa révolution imminente. J'entendis distinctement une voix d'homme qui parlait en persan. Zizi s'était immobilisée, le visage tendu vers le couloir menant à la porte d'entrée. Je me levai, échappant aux mains de Zizi et j'avançai sur la pointe des pieds quand j'aperçus Tala avec Amir.

Il lui donnait des petites boîtes fermées et en retour, Tala lui offrait plusieurs statuettes qu'elle avait sculptées et qui représentaient des mendiantes indiennes accroupies, les mains tendues, les pans de leur sari faisant comme une cape autour de leur corps décharné. Avec beaucoup de précautions, Amir emballait les statuettes dans du papier bulle avant de les ranger dans un carton tapissé de polystyrène. Amir avait finalement mis la main sur Tala. Je serrai les poings et pensai à Omid. Quand il eut fini de ranger les sept statuettes, Amir se redressa et sans plus de manière, il attrapa Tala par la taille et l'embrassa. Elle se laissa faire au début puis elle le repoussa. Je vis le regard d'Amir, sa bouche peu amène, son regard féroce et je me dis qu'il devait faire l'amour comme dans le porno et que Tala devait avoir mal. Zizi me rappela près d'elle, je la retrouvai sous les couvertures et nous eûmes soudain froid. Nous fixions la porte, toutes deux orphelines de l'affection de Tala. Elle revint, joyeuse, les lèvres entrouvertes et je compris pourquoi les hommes s'acharnaient à l'attendre tous les jours pour lui voler un baiser, pour la tenir dans leurs bras et même pour lui donner des petites boîtes en échange de mendiantes implorantes. Moi aussi j'avais envie de l'embrasser. Comme Zizi.

*

Quelques jours plus tard, mon père décida de louer des films français, qui n'avaient jamais été projetés en Iran. Le cinéma français était trop intimiste, trop centré sur le couple, le sexe, l'adultère, l'intime. Ce fut un choc culturel monstrueux : qu'est-ce que ma famille pouvait bien comprendre devant *Les Valseuses* ?

Mon père trouvait dommage de ne pas profiter du cinéma pour appréhender le pays où l'on avait débarqué – c'était aussi le meilleur moyen de ne plus entendre Mitra.

Je le soupçonne par ailleurs d'avoir voulu m'offrir une définition de l'amour. Il ne savait pas en parler. Mais l'avant-veille, il m'avait observée. Nous étions tous devant la télévision chez Mitra, quand j'avais vu Tala sortir discrètement sans refermer la porte d'entrée. Je l'avais suivie. Dans le vestibule, derrière un mur de verre dépoli menant à l'escalier de secours, je l'avais épiée dans les bras d'Omid. En ombres chinoises, leurs corps ne faisaient qu'un, puis les mains étaient entrées en scène, s'étaient cherchées, lui retirant le pull de Tala, elle attrapant sa nuque, lui la soulevant, elle l'enlaçant de ses cuisses, tous deux mêlés, avant de s'éloigner, tremblants, incertains, s'explorant tout en cherchant l'espace nécessaire pour parcourir les mystères de l'autre. C'était beau et brutal et ça n'avait rien à voir avec le film du grand-père. Je le regardai, hypnotisée, et je fus rassurée. Mon père qui se tenait derrière moi dut longuement appuyer sa main sur mon épaule pour me détacher de ce spectacle inédit – grâce auquel je compris pourquoi Tala fuyait pour rejoindre Omid.

— Viens, je vais te lire des poèmes, me dit alors mon père en m'entraînant vers la cuisine.

Je le suivis en prenant garde de ne pas claquer la porte pour permettre à Tala de revenir sans éveiller les soupçons qui attendaient de se déchaîner.

Je n'ai aucun souvenir du poème de Hâfez que mon père me lut alors. J'hésitai à lui parler du film de grand-père Mahmoud. Je devais sentir qu'il s'agissait d'une affaire d'adultes. Mon esprit s'égara plutôt vers Tala dans les bras d'Omid. Je fermai les yeux, mon père dut me croire poète. Il devait espérer en ma jeunesse et en l'exil, se dire qu'il était encore possible de m'inoculer le virus de l'amour, que c'était le plus sûr moyen de me prémunir contre les perversions idéologiques. Mais il espérait aussi que je ne suive pas sa voie, que je ne réitère pas ses erreurs. Je ne savais pas encore qu'il avait su aimer un jour.

Les Valseuses commençait quand mon père me mit dans les mains un dictionnaire franco-persan. Mais ma surprise, mon embarras et ma fascination ne laissèrent aucune place au vocabulaire. Quant à la famille, elle appliqua une méthode dont elle était coutumière : faire comme si de rien n'était. Me sortir de la pièce, ç'aurait été admettre qu'il y avait à l'écran quelque chose qui n'était pas de mon âge (ils ne savaient pas à quel point j'avais dépassé mon âge). Nous sommes ainsi restés devant le film et le porno du grand-père perdit définitivement son pouvoir d'attraction-répulsion. Avec des bites et des cons, des orgasmes en voiture, un suicide par le vagin, un viol dans un train, beaucoup trop de seins et de cul, *Les Valseuses* fit entrer les mots et le rire dans le sexe, lui rendant sa juste place, celle du plaisir et de la liberté. *Les Valseuses* désamorça le drame de la chair sans désir, créa le lien qui me manquait, donna un sens aussi absurde fût-il, à toutes les laideurs, toute la violence, toute la grossièreté des rapports humains. Voilà ce qu'était la France : à poil et en voiture. Le contraire de l'immobilité et de la prison de l'exil. Fascinant et salutaire. J'étais sauvée.

Les autres étaient hostiles à ce film avant même qu'il ait commencé – c'était le choix de mon père, *El diablo*. À la fin, Mitra et le Chinois se tournèrent vers ma mère en la fusillant du regard et ma pauvre mère, plus surprise qu'eux (elle n'avait jamais couché qu'avec mon père et je la soupçonne de n'avoir jamais ouvert les yeux pendant l'amour), ne sut pas comment réagir – soucieuse de ne pas me choquer davantage. Mon père estima qu'il n'était pas tout à fait idiot d'expliquer cette suite ininterrompue de sexe à une enfant de presque neuf ans. Il me raconta le film avec des mots simples, m'expliquant qu'il s'agissait de cinéma et qu'un réalisateur décidant de raconter l'histoire d'une femme qui ne sait pas jouir n'était pas différent d'un réalisateur qui racontait l'histoire d'un officier anglais qui se prenait pour un prince arabe (je fus ravie de savoir que la jouissance valait la gloire politique). Mitra et son diplôme de psychologue se levèrent, la tête haute couronnée de morale gluante, et quittèrent la pièce. Ma mère déversa sur mon père un flot d'insultes silencieux, et le Chinois prit un livre dans la bibliothèque pour se donner une contenance (sans doute *Le manifeste du Parti communiste* qu'il avait oublié de lire). Et c'est ainsi que *Les Valseuses* fit son entrée dans la liste des films qui m'apprirent à faire la vie – même si je ne découvris que « les valseuses » étaient synonymes de couilles que quelque vingt ans après le premier visionnage. C'est long de devenir français.

C'est pourtant comme cela que nous le sommes devenus, mon père et moi, en les regardant vivre sur l'écran, ces Français dont nous ne savions rien. Il y avait du sexe partout, tout le temps – je ne me suis jamais tout à fait défaite de l'impression qu'en France, la politique est une excuse pour séduire les femmes. La culture française nous montrait son cul et nous ouvrions des yeux grands comme des soucoupes devant tant de passions et de corps-à-corps fugaces. Ce fut un choc pour tout le monde. Peut-être ai-je voulu être française à ce moment précis. Même sur le petit écran, les Français paraissaient plus vivants et plus heureux que nous ne l'avions jamais été. Et ils étaient amoureux. Moi, je ne savais pas ce qu'était l'amour. Personne ne s'aimait d'amour dans ma famille, ils étaient en couple pour plein de raisons mais jamais pour l'amour. La France m'offrait cet ailleurs-là, une autre manière de voir et de vivre. Enfermée dans l'Iran de l'exil, je remarquais ce qu'il m'était impossible de discerner à Téhéran : ma famille était obsédée par l'idéal et c'était un moyen d'éviter les émotions. Ce qui était caché par les fêtes, les carrières, l'artifice de la vie quotidienne, m'apparaissait aveuglant à Paris : ils ne savaient pas vivre, seulement discourir. Mais surtout, ils ne s'étaient jamais aimés et ne pouvaient plus le dissimuler dans l'exil.

Le corps ne servait qu'à parader avec des vêtements minutieusement choisis pour impressionner les voisins et cacher la misère de l'exil. Regarder les corps français, c'était déjà comprendre que quelque chose n'allait pas avec le mien. Je n'avais pas le mode d'emploi, je ne savais pas comment on vivait dans son corps, ni comment l'aimer. Le porno du grand-père et *Les Valseuses* m'y aidèrent en m'offrant des corps différents, des corps contradictoires, des corps à penser. En imaginant Tala nue dans les bras d'Omid, en fantasmant des variations charnelles et en enrobant leurs corps de phrases d'amoureux qui se murmurent dans un râle, je donnais une place à mon corps en le liant à la parole. C'est le lien ténu entre le sexe et la parole, entre le sexe et le rire, entre le sexe et des histoires à raconter, qui me permit de ne pas totalement m'effondrer devant les questions que soulevaient le pourquoi des baisers, le pourquoi d'un porno, le pourquoi du grand-père qui n'aimait pas ses filles. Pour ma famille, le corps n'était pas tabou, juste médical. Le corps était omniprésent mais jamais sexué. On ne se touchait jamais, on ne s'embrassait jamais. Le sexe passait par les blagues, jamais par la chair. En découvrant que j'avais un corps et qu'il pouvait faire autre chose qu'ingérer de la nourriture ou souffrir, je fus la première de ma famille à désirer faire l'amour pour faire l'amour. Et c'est peut-être la raison pour laquelle je n'ai jamais su dire « non » à un baiser.

10.

— Julie Récamier peinte par Jacques-Louis David. Elle est belle, tu ne trouves pas ? Le peintre rend très bien ce côté lointain, inaccessible, romantique de la muse. Qu'est-ce que tu remarques de particulier ?

— Elle est habillée comme les Grecques qu'on a vues avant.

— Exactement. C'est elle qui lança la mode « directoire » !

— Et elle a des cheveux bouclés. Et elle est pieds nus. Elle semble assez seule mais pas malheureuse. Elle sait qu'on la regarde.

— Autre chose ?

Le décor était inexistant mais la lumière très belle. Et c'est ce que je dis à Omid.

Il m'expliqua que le tableau n'était pas terminé, que Julie Récamier trouvait le peintre trop lent et qu'elle l'avait vexé. En représailles, il garda le tableau inachevé dans son atelier.

— Elle était originaire de la bourgeoisie lyonnaise. Après le couvent, elle rejoignit ses parents qui lui firent épouser l'amant de sa mère, un très riche banquier, qui était certainement son père.

Dans ces moments-là, je me remémorais *Les Valseuses* mais aussi les films de Truffaut ou de Louis Malle, et en concluais que pour connaître les Français, il fallait mettre le nez dans leur lit.

— Le mariage ne fut jamais consommé, bien entendu. Elle fut exilée par Napoléon tout comme sa grande amie Germaine de Staël. Elle s'installa en Italie puis revint à Paris. Elle tint un salon littéraire remarquable toute sa vie. Son grand amour fut Chateaubriand. Tu t'en souviens ?

Tu parles que je m'en souvenais : le même Chateaubriand qui était amoureux de sa sœur. Là, je comprenais très bien car je devinais déjà que Zizi était amoureuse de Tala.

— Le même Chateaubriand qui a sa tombe au milieu de la mer ?

— Oui, le même. À Saint-Malo. Beaucoup d'hommes célèbres aimèrent Julie Récamier. Elle était pleine d'esprit et savait les mettre en valeur dans son salon.

— Elle n'était pas juste belle. Et les femmes ?

— Quoi les femmes ?

— Elles ne l'aimaient pas ?
— Si, justement, elle était assez agréable et bienveillante pour que les femmes l'aiment aussi.
— Ce n'était pas une Mitra.
Quand je faisais référence à mes tantes, Omid ne souriait plus. Il me regardait intensément comme s'il tentait de voir en quoi je leur ressemblais. Heureusement, il fut rassuré : je n'avais rien d'elles.
— Oui, le contraire de ta tante Mitra.
— D'accord. Julie Récamier, Jacques-Louis David, 1800.
Et je me répétais le nom, le peintre, la date à haute voix pour les retenir. De retour à la maison, je prendrais un carnet et je noterais tout avec les remarques d'Omid – avec des petits cœurs devant son prénom. À force de l'entendre parler d'amour, à force de passer du temps avec lui, je commençais à faire le lien entre lui, l'amour et les petits cœurs.
— Et tu vois ce drôle de canapé sans dossier ? Eh bien, en hommage, on l'appelle un récamier.
Je voulais un récamier pour m'y allonger en robe blanche, les pieds nus, les cheveux relevés.

Omid m'invitait à découvrir l'Histoire par le petit trou de la serrure, et par la chair des vivants disparus (depuis, je parle toujours du passé au présent). Notamment au Père-Lachaise : à chaque tombe correspondait une histoire de fesses. Comme l'érection légendaire du gisant de Victor Noir qu'il est coutume de caresser pour faire revenir un amour disparu (il devait se marier le lendemain de son assassinat par le prince Pierre-Napoléon Bonaparte) – et dont l'enterrement fut l'occasion d'une manifestation monstre contre le Second Empire. A-t-on vu, ailleurs qu'en France, un artiste révolutionnaire sculpter un symbole de l'injustice et de la tyrannie tout en y célébrant la chair ? A-t-on vu, ailleurs qu'en France, un mouvement ouvrier et populaire s'effacer, au fil du temps, pour devenir un vœu d'amour éternel ? Omid me raconta aussi l'aventure politique du général Boulanger : un populiste qui promettait tout pour n'exaucer rien tout en clamant le contraire (malgré les mensonges, les prisons, les interdits, les morts, les populistes sont très aimés car les gens préfèrent croire plutôt que voir), et qui après une élection gagnée d'avance mais perdue finalement – et heureusement, rajoutait Omid –, se suicida à Bruxelles sur la tombe de sa maîtresse, Madame de Bonnemain. Tout commençait et finissait toujours dans les bras d'une maîtresse.

La politique selon Omid ne ressemblait pas du tout à la politique telle que l'entendait ma famille : c'était beaucoup moins idéal. Il y avait toujours quelque chose d'intime, de profond, des sentiments contrariés qui renversaient le cours de l'Histoire avec un baiser, un divorce, une promesse. On s'engageait en politique par amour ou par haine.

Omid savait raconter, il me transportait de siècle en siècle comme nous passions d'une rue à l'autre lors de promenades quasi quotidiennes. Les rues de Paris étaient surprenantes, aux frontières invisibles. Il existait des rues moches, vides et sales, puis soudain, parfois même au milieu d'une rue, l'atmosphère et les visages changeaient, les restaurants gastronomiques fleurissaient toujours aux côtés d'une galerie, d'une boutique de créateur ou d'un antiquaire. Et quand il n'y avait pas de restaurant, de galerie ou de boutique, les maquillages et les habits évoluaient, les femmes étaient soudain moins fatiguées et pressées, les hommes avaient de bonnes chaussures, des vestes qui tombaient bien et l'air certains d'avoir de quoi manger le lendemain. Ce contraste me frappa à Montmartre que j'ai tout de suite détesté : un décor de cinéma, des rues de pacotille, un Sacré-Cœur qui dégoulinait comme une meringue ratée. C'est à Montmartre que je découvris ces frontières qui me mettaient mal à l'aise : j'étais de ceux qui étouffaient à l'ombre de la butte, quand d'autres y demeuraient et ne voulaient pas voir ce qui se jouait à leurs pieds. Paris ressemblait à un millefeuilles. L'Histoire qui transpirait dans ses rues traçait des frontières nettes entre pauvres et riches, hier et aujourd'hui, métèques et français : Paris n'était pas accueillante. Il n'y avait pas d'horizon, pas de perspective pour fuir ou pour rêver. On était bien obligé de s'y faire et de choisir son clan. De s'ancrer pour ne pas être écrasé. (Ce fut une illusion aussi : j'ai longtemps cru qu'en me plongeant dans la France je finirais par avoir son visage. Mais l'exilé n'a pas d'autre visage que celui de l'exil : il ne sera jamais son pays d'adoption, pas davantage que le pays natal. J'ai fini écrasée comme tous les exilés entre un souvenir et un espoir.) Il y a quelque chose d'immobile dans Paris mais pour une enfant exilée, c'est un avantage : on visite Paris comme on visiterait l'Histoire, comme si les arcades du Palais-Royal étaient encore le terrain de jeux des putes et des éditeurs, comme si Sylvia Beach et Adrienne Monnier lisaient encore assises devant leurs librairies le manuscrit de Joyce, comme si Sartre attendait encore Beauvoir dans le décor inchangé des Deux Magots. C'est intimidant mais c'est un bon entraînement pour mesurer la France qui grandit en vous.

Je me découvris des refuges inattendus, des exilés consolateurs. Baudelaire était un exilé. Et le poète préféré d'Omid (il en riait : c'était le poète des ados et lui ne s'était jamais remis de son spleen d'adolescent, de cette exagération de l'âme, de cette nostalgie ironique de ceux qui n'ont pas encore vécu mais se drapent déjà de souvenirs). C'était le poète de Paris et de l'exil : la nostalgie d'une terre qui n'a jamais existé, la mémoire qui empoisonne le présent, les rêves inaboutis, les fantasmes impossibles. Ce poète-là plus que tout autre possède tout le bréviaire du déraciné. Il souffre avant même d'avoir vécu.

*

C'est ainsi qu'Omid m'offrit des morceaux de France tandis que je lui donnais des morceaux d'Iran. Tous les dimanches, Omid m'emmenait au Louvre et en échange, je lui remettais mon carnet d'espionne avec les heures de dépôt et de retrait des billets cachés dans le laboratoire d'alchimiste de ma mère ; la description, et parfois même les noms, de ceux que rencontrait Mitra ; des bribes de conversation que j'entendais ; le nombre de statuettes que Tala sculptait ; les passages d'Amir ; les scarifications de Zizi (un lien m'était apparu entre les crises de Zizi et les disparitions de Tala) ; les larmes de ma mère aussi. Je me consolais de ma vie en me disant que tant que je vivais sous le canapé, je pourrais voir Omid.

Parfois mon père nous accompagnait au Louvre. C'est avec lui que nous avions visité les salles consacrées à la Perse antique. Bas-reliefs, sculptures cassées, bijoux reconstitués, vases, ustensiles, fragments d'Iran dont on ne savait plus l'utilité, animaux aux ailes brisées. Un Iran qui n'existait plus que par morceaux. Je m'y sentais bien, je m'y reconnaissais. Moi aussi j'étais en morceaux, des morceaux qu'il me fallait relier pour devenir quelqu'un. Pendant la visite, mon père racontait et Omid écoutait. Jamais je n'avais autant entendu la voix de mon père. Et jamais je n'avais vu quelqu'un l'écouter avec autant d'attention. Outre nos silences complices face à la fureur de mes tantes, nous avions donc un autre point commun : nous aimions raconter des histoires. Mais moi j'aimais être entendue. Mon père n'en avait cure. Savoir lui suffisait pour être heureux.

11.

La vie retrouvait du sens grâce à Omid qui restait souvent dîner avec Tala, quand Mitra et le Chinois s'absentaient. Ils avaient de nouveaux amis, des Français, des « politiques » d'après Zizi. Quant à Tala, elle changeait imperceptiblement. Elle était toujours en colère, s'en prenait à Omid auquel elle reprochait le temps qu'il m'accordait. Pas ouvertement, mais elle en plaisantait. Tala ne voulait pas nous accompagner dans les musées, elle disait tout connaître déjà. Et elle détestait les cimetières. Et les promenades. Et les restaurants où elle prétendait étouffer au milieu de tous ces bourgeois qui, les pieds sous la table, ne se préoccupaient pas de ceux qui trimaient en cuisine – pas plus qu'elle ne se préoccupait de ma mère s'activant aux fourneaux. En revanche, elle la prenait à part, la prévenant qu'il fallait faire attention, que les histoires de putes (c'était comme ça qu'elle appelait les cours d'Histoire qu'Omid me prodiguait) étaient moins importantes que les mathématiques. La nuit, ma mère rapportait ses propos à mon père, recherchant son soutien, et s'interrogeant sur le bien-fondé des histoires de putes. Au fond, elle savait que Tala avait tort mais l'avouer, c'eût été s'inscrire en faux vis-à-vis de ses sœurs.

Un soir, Tala avait trop bu (c'est en tout cas ce que voulut nous faire croire Omid, mais je voyais bien qu'elle avait moins bu qu'à son habitude), et elle lui demanda ce qu'il savait de la pédophilie. Ma mère n'en savait rien, mon père la regarda avec beaucoup de déception et de tristesse dans les yeux. Omid ne réagit pas à la provocation de Tala mais sa main vint caresser mes cheveux courts et je dus fermer les yeux pour que personne ne remarque les petits cœurs qui y clignotaient. Mais ils n'échappèrent pas à Tala. Le lendemain, je cherchai le mot « pédophilie » dans le dictionnaire. Tala, ma Tala, ma tante préférée, ma plus proche amie, Tala pensait des choses aussi horribles que Mitra. En même temps, si elle avait vu juste, il y avait encore de l'espoir pour moi dans le cœur d'Omid. Ce soir-là, Tala ne cria pas et ne prit pas part à la conversation sur la littérature – elle détestait autant la littérature que son frère

Behrouz: selon elle c'était une perte de temps –, alors que le monde crevait sous les assauts des-putains-d'enculés-de-fascistes. Il fut question d'un auteur libanais dont je notai le nom, Amin Maalouf, et de son livre, *Léon l'Africain*. Ce titre contradictoire éveilla ma curiosité, avec ce prénom d'ici venu d'ailleurs. Ce roman venait d'être publié et Omid comme mon père appréciaient le « bonhomme » comme ils le désignaient. Il racontait tous les ponts qu'il faut bâtir entre deux rives pour avoir moins la trouille de traverser l'inconnu. Sans doute mon père et Omid pensaient-ils à leur monde à eux, un monde où Léon était africain. Ils avaient des rêves aussi, mais beaucoup moins compliqués et qui nécessitaient beaucoup moins de morts qu'Amir et Mitra. Je décidai alors de devenir « Shirin, la Française » pour soutirer un espoir à mon père et Omid.

Ce soir-là, quand Tala arrêta d'éructer des méchancetés, quand mon père n'eut plus rien à rajouter sur la beauté de Léon, Omid passa, de nouveau, sa main dans la paille de mes cheveux, et me demanda si je connaissais l'origine de mon prénom. Je savais que mon père l'avait choisi, que Shirin était une princesse chrétienne, épouse du roi Khosrow Parwis, et que Farhad, un artiste génial et fou d'elle, lui avait sculpté les fabuleuses grottes de Taq-e Bostan.

C'était l'histoire officielle, celle des manuels scolaires. Deux lignes en tout. Mais pour Omid, la vraie Shirin ne pouvait qu'être mythologique : celle que je portais dans mon prénom avait la dimension des dieux.

Histoire de Shirin

Shirin était une belle Arménienne, fille unique de la reine d'Arménie, Mahin Bânu. Elle était amoureuse du prince Khosrow qui l'aimait en retour (ils s'étaient vus en portrait). L'intrépide Shirin prit donc la décision d'aller le rencontrer dans son palais. Sur la route, Shirin s'arrêta près d'un lac et s'y baigna.

Pendant ce temps-là, Khosrow apprit que son ennemi Bahram, qui voulait prendre le trône, conspirait contre lui et il dut s'échapper. Sur la route, il croisa une femme sublime en train de se baigner et tomba instantanément amoureux. Shirin (c'était elle) ressentit la même chose et, craignant de mettre en danger son amour pour Khosrow – qu'elle ne reconnut pas car il était déguisé en mercenaire –, sauta sur son cheval et fila vers le palais où on lui apprit la fuite de son amoureux.

Ils se ratèrent une première fois.

Pendant ce temps, Khosrow pleurait dans les bras de Mahin Bânu, la mère de Shirin. Cette dernière était sur le chemin du retour quand Khosrow fut informé de la mort de son père, et dut repartir vers la capitale pour préserver son trône.

Ils se ratèrent une deuxième fois.

Alors que Khosrow se battait contre Bahram, Shirin le rejoignit enfin, dans un pavillon de chasse où, sur les conseils de sa mère et malgré son désir, elle se refusa à lui, de peur qu'il ne veuille plus l'épouser, de crainte d'entacher sa réputation. Khosrow en fut blessé. Il prit alors le chemin de Byzance, le cœur lourd de tant de ressentiment qu'il en épousa la fille de l'empereur, Maryam. Quant à Shirin, elle devint reine après la mort de sa mère qui lui fit encore promettre de ne pas se donner à Khosrow avant le mariage – les parents sont généralement toxiques.

Ils se ratèrent une troisième fois.

Les années passèrent durant lesquelles Khosrow et Shirin ne cessèrent de s'aimer à distance. Un sculpteur spectaculaire, juste, beau, doué et répondant au nom de Farhad vint pourtant semer le trouble. Il se consumait d'amour pour Shirin, elle appréciait sa compagnie. Khosrow eut vent de la romance, et employa Farhad sur des chantiers lointains. Quand celui-ci eut achevé ses travaux, il demanda au roi de libérer Shirin de son emprise amoureuse. Ne pouvant s'y résoudre, Khosrow annonça à Farhad la mort de Shirin. Farhad se jeta du haut d'une montagne.

C'est le moment que choisit Maryam, la femme du roi, pour mourir. Ah!!! me disais-je, ils vont enfin se retrouver en enjambant tous ces cadavres. Mais non. Nous sommes en Perse, où la jouissance est toujours un cri de douleur. Au lieu d'épouser Shirin, pour laquelle il venait de pousser au suicide un artiste incomparable, Khosrow eut envie de convoler avec une autre femme.

Ils se ratèrent une quatrième fois.

Mais la chair est triste après le désir assouvi. Le roi s'ennuyait auprès de sa ravissante idiote et à force de lettres, rencontres, promesses d'éternité, Khosrow et Shirin se marièrent. Enfin ! Joie !

Mais non.

Durant la cérémonie, le fils de Khosrow et feu Maryam tomba éperdument amoureux de Shirin. Ni une ni deux, il assassina son père, durant la nuit de noces.

Ils se ratèrent une cinquième et dernière fois.

J'oubliais :

Shirin se suicida sur la tombe de Khosrow.

Fin de l'histoire.

12.

Notre premier Norouz à Paris eut un goût d'amertume et d'isolement, le premier d'une longue série : ici, il ne s'agissait pas d'une fête nationale, et il sembla déplacé de se souhaiter la bonne année devant les voisins un 21 mars. Mon père décida d'accompagner Tala et Omid à la Cité universitaire où une fête était organisée à la maison de l'Argentine. Ma mère protesta mollement : elle aussi voulait mettre le nez dehors, danser et croiser d'autres visages. Le reste de la famille réprouva, mais à la façon iranienne. Tante Mitra regarda ma mère en hochant la tête comme si elle lui avait annoncé vouloir entamer une carrière dans le crime, le Chinois ricana méchamment en imaginant à haute voix mes parents presque quarantenaires dans une fête d'étudiants, Zizi n'osa pas avouer qu'elle nous accompagnait (de nouvelles scarifications étaient apparues sur ses jambes, les bras étaient trop encombrés et chacun continua de les désigner comme des taches de naissance), quant au grand-père Mahmoud, le temps qu'il comprenne de quoi il retournait, la fête était déjà passée (il remarqua tout de même que le riz était trop cuit, le poisson trop sec, le vin bouchonné et c'est ainsi qu'il nota l'absence de ma mère pour Norouz).

J'eus l'autorisation de porter ce que je voulais et comme je voulais plus que tout être Tala, j'enfilai un jean. Et une veste. Et un tee-shirt blanc. Ma mère me les avait achetés récemment (et en avait profité pour rhabiller tout le monde de neuf, dont une veste grise très chic en cachemire destinée à mon père et qui finit sur le dos du Chinois). J'eus enfin l'air d'autre chose que d'un garçon déguisé en poupée pour une présentation à la cour.

Nous partîmes tous ensemble – sauf Zizi qui dînait en famille et nous rejoindrait sans rien dire aux autres –, Omid nous attendait sur place. C'était inédit comme fête, tout le monde était en jean, tout le monde buvait dans des verres en plastique (à Téhéran, même quand nous pique-niquions, la vaisselle s'alignait dignement dans des paniers en osier que tante Mitra avait achetés à Londres), et tout le monde parlait à haute voix en s'interpellant. Le long des murs, il n'y avait pas de chaises où les vieilles femmes et les vieilles filles s'installaient pour critiquer tout le monde. Il y avait bien un ou deux canapés, mais ceux qui s'y asseyaient le faisaient pour parler ou rouler des cigarettes puis, à mesure que la soirée avançait, pour s'embrasser goulûment sans que personne ne leur jette de regards scandalisés.

Ce qui importait, ce n'était pas tant la décoration, elle était inexistante sauf, dans un coin, un *haft sin* de misère pour la touche culturelle (le *haft sin* est l'équivalent du sapin de Noël. C'est une table sur laquelle sont posés sept symboles (*haft sin*) commençant par la lettre S : du blé germé (*sabzé*), du vinaigre (*sérké*), des pièces d'or (*séké*), une jacinthe (*sombol*), une épice acide de couleur bordeaux (*somak*), le fruit séché du jujubier (*senjed*), de l'ail (*sir*) mais aussi des œufs peints, un poisson rouge, un miroir, le recueil de poèmes de Hâfez pour les athées, et le Coran pour les croyants – oui, je sais bien qu'il y a plus de sept symboles mais Norouz se fête depuis plus de trois mille ans. Les rajouts et les retraits, l'autorité des rois, la schizophrénie des reines, les victoires et les défaites, le syncrétisme, bref, l'Histoire qui passe au gré des personnalités qui l'habitent, ont encombré la table de Norouz. Dans le doute, nous mettions tout sur la table). Ce qui comptait dans ce rez-de-chaussée de la maison de l'Argentine, c'était d'être là, réunis pour boire et pour rire. C'était une fête sans enjeu (plus tard, je comprendrais qu'il y en avait un et pas des moindres : ne pas dormir seul. Tout le monde cherchait à coucher, il fallait donc être enthousiaste et excitant. Il n'y a pas de pire enjeu, ni plus brutal, puisqu'il rend tout le monde méchant).

Ma mère arborait une longue robe bleue et portait seulement un rouge à lèvres très rouge (Mitra avait dissimulé son nécessaire de maquillage, ma mère ne possédait donc que ce rouge à lèvres) et je remarquai qu'à part son énorme ventre, elle était très mince et que les étudiants la regardaient beaucoup. Elle venait de se couper les cheveux, toute seule, devant le miroir de la salle de bains, elle m'avait demandé de monter sur un tabouret pour tenir un autre miroir derrière sa tête et lui permettre de couper droit. (Avant qu'elle n'ait eu le temps de ramasser les mèches de cheveux, Mitra était arrivée et avait râlé de voir sa salle de bains transformée en salon de coiffure.) Son carré très court avec frange rajeunissait ma mère. Elle était jolie. Elle souriait beaucoup. Mon père aussi la regardait en souriant et il semblait aussi surpris qu'heureux. Et moi, je me baladais entre les étudiants. Les étudiants ! Le monde de Tala mais aussi le monde de mon père, car il parlait souvent de son service militaire et de ses années estudiantines avec des rires dans la voix et des regrets dans les yeux.

J'eus l'impression qu'ils étaient tous beaux et tous heureux, qu'ils parlaient de la droite qui allait revenir au pouvoir sans avoir l'air plus inquiets que ça, mais en répétant qu'à la première occasion, ils descendraient dans la rue pour manifester. Ils ne terminaient jamais une conversation politique autrement que par un rire. Sauf tante Tala. Elle était très entourée et pour une fois elle n'était pas en jean. Elle portait une longue jupe et un pull noir à col roulé, avec ses longs cheveux noirs parsemés de rouge qui lui descendaient jusqu'à la taille et ses yeux cernés de khôl, on ne voyait que sa bouche grenat. Elle m'impressionna. Tala ne riait pas à la fin des conversations politiques, elle se dressait sur la pointe de ses tout petits pieds et parlait de l'Iran et de l'Allemagne nazie, elle disait que tout commence toujours par les urnes et qu'après il est trop tard pour manifester avec des banderoles. Je m'étais rapprochée d'elle, sans prêter attention à ses mots que je connaissais par cœur à force de les avoir entendus, mais certains l'écoutaient, et ils n'étaient pas comme les autres étudiants. Ils étaient davantage comme mon père quand il s'effaçait dans le salon-salle-à-manger-bibliothèque-bureau de Mitra et du Chinois : ils avaient déjà perdu. Ils buvaient sec mais sans joie, ils fumaient cigarette sur cigarette et parfois, des éclairs méchants passaient dans leurs yeux, des envies de tuer. Ils me faisaient alors penser aux manifestants de mon enfance avec leurs regards fixés sur un improbable idéal, leur poing levé vers le ciel qui se refermait sur eux, et les bouches tordues par le désir de coudre toutes les autres lèvres. C'est exactement ce qui arriva. Omid s'approcha du groupe – j'étais planquée derrière la jupe de Tala en me disant qu'au cas où, je pourrais toujours la protéger si on s'en prenait à elle – et il prit Tala dans ses bras pour l'embrasser alors qu'elle n'avait pas fini de pérorer sur le risque de voir ce gouvernement inique renvoyer tous les réfugiés politiques se faire tirer une balle dans la tête à l'abri des caves des dictatures fascistes. Il voulut l'entraîner sur la piste pour danser, elle résista.

— Putain ! Arrête ! Tu vois pas que je parle ? C'est quoi ton problème ? Tu crois qu'avec tes papiers français tu es protégé ? Tu crois que ça m'amuse d'être vigilante pour deux alors que toi tu ne penses qu'à danser sous prétexte que…

— Sous prétexte que c'est Norouz, que le monde n'a que deux jours et que tu es belle et que la droite ne renverra personne se faire tirer une balle dans la tête, même pas les Chiliens !

Avant qu'il ait pu finir, un poing s'abattit sur le nez d'Omid – c'était le poing d'un Chilien. Omid réagit au quart de tour : après avoir chancelé, il attrapa le type par la chemise et le frappa en retour. Un autre Chilien cogna par-derrière alors qu'une Palestinienne lui donnait des coups de pied dans le tibia. J'étais toujours dans les jupes de Tala. Les étudiants déjà ivres s'approchaient, chacun attrapait quelqu'un pour le bastonner alors qu'un autre essayait de les séparer. Je levai alors les yeux vers Tala et ce que j'aperçus me glaça : elle jubilait.

Et soudain, je compris pourquoi Amir voulait Tala dans son lit et ce qu'il avait vu en elle qui pouvait aider la révolution. Elle aimait le goût du sang. Tala n'était pas juste brutale, elle était affamée de violence. Qu'est-ce qui la rendait si dure, si insensible à l'affection ? Dans un accès de lucidité et de déception, je décidai de la pousser dans le dos. Je répondais à la violence par la violence. Elle se cogna d'abord à un Grec qui avait maille à partir avec un Iranien qui tentait de se débarrasser d'une Italienne qui lui martelait l'épaule et, prise au milieu de la cohue qu'elle avait provoquée par refus d'amour, elle reçut un grand coup dans les côtes – je suis incapable de me souvenir de quelle nationalité venait le coup – enfin, elle s'effondra. Personne ne m'avait vue. Seule Tala avait dû sentir dans son dos mes poings qui refusaient si rageusement de laisser s'ébrécher le modèle de mon enfance. Mais surtout : ce soir-là, lors de ma première fête parisienne, je constatai que j'avais aussi en moi ce besoin de détruire. Et à quel point c'était facile. Je m'extirpai de la foule d'étudiants excités, juste assez vite pour voir ma mère en grande conversation avec un étudiant qui semblait vouloir la convaincre de le suivre à l'extérieur. Et c'est ce qu'elle fit, non sans jeter un regard coupable derrière elle, en lui tenant la main. Elle avait l'air d'une adolescente sur le point d'oublier les conseils martelés par sa mère.

Je cherchai alors mon père, non pour lui dire que maman était partie avec un étudiant, mais je craignais que ces deux-là profitent de notre première sortie sans les tantes pour foutre le camp, et être heureux ailleurs. Soudain, je remarquai Zizi. Discrète Zizi que personne n'avait vue arriver, elle était vautrée contre un homme sur le canapé et l'embrassait comme jamais je n'avais vu de baisers dans les films : elle se fondait en lui. La salle s'embrasait, les coups pleuvaient, Tala jetée par mes poings dans la mêlée s'y défoulait rageusement, ma mère et son énorme ventre venaient de fuguer, mon père tentait désespérément de séparer les lutteurs et Zizi faisait l'amour tout habillée avec un étudiant. Zizi était décidément l'artiste de la famille. Il suffisait pour s'en convaincre d'ouvrir un de ces carnets où elle notait tous les matins ses rêves de la nuit depuis l'âge de six ans. C'était un déluge de rats violets qui naissaient de champignons géants en coton, de vaches laitières qui ne donnaient pas de lait mais de la peinture bleue qui servait à un manchot pour peindre le ciel avec sa bouche, c'était un homme avec des lèvres collées en guise d'yeux et un pied pour nez, une femme dont les membres étaient éclatés et qui buvait aux tétons d'un enfant de sexe masculin, un vagin qui accouchait d'enfants sans sexe et dont les yeux étaient d'un jaune pareil à celui des serpents. Ce carnet de rêves, nous le connaissions tous puisque Zizi les reproduisait en tableaux que personne ne pouvait regarder longtemps. Bien sûr, c'était dérangeant d'être tellement dans la tête de Zizi, mais le pire était sa capacité à reproduire la sensation de tomber dans nos rêves. On était bien obligé de se crisper de toutes ses forces pour ne pas chuter. C'était épuisant.

13.

Ma mère aimait Norouz autant qu'elle le craignait. Elle y greffait chaque année ses espoirs d'une vie meilleure et croyait dur comme fer à chaque signe. Elle scrutait chaque œuf légèrement ébréché, chaque poisson rouge un peu lent, chaque pièce d'or terne, chaque jacinthe trop vite fanée, chaque bol de blé jauni trop vite aux extrémités. Une année, alors que j'étais adolescente, le poisson rouge mourut quelques heures avant la nouvelle année. Panique. Ma mère courut en racheter un autre qui creva un quart d'heure après. Elle repartit en courant, elle lava le bocal trois ou quatre fois, rajouta des plantes en plastique, des petites pierres et elle veilla sur le poisson rouge jusqu'à ce qu'on se congratule avec hystérie en gardant le poisson à l'œil. Ma mère appréhenda donc cette année-là – le poisson rouge étant mort deux fois. À raison : cette année fut l'une des pires de notre exil. Tout se dérégla avec force et fracas, l'image du poisson rouge qui refusait de vivre chez nous ne me quitta pas. Malgré tous mes efforts pour ne pas me laisser contaminer par la superstition de ma mère, je ne peux m'empêcher d'être à l'affût du néfaste quand vient l'heure de changer de saison et d'année. Je résiste, je me débats, je refuse de vérifier trente-six fois l'agencement du *haft sin*, de regarder si le blé n'est pas déjà en train de moisir, les œufs de pourrir… En vain. Je ne le répète à personne. Je le garde en moi comme un lien incongru avec le pays natal.

Ce premier Norouz épuisa ma mère : elle avait décidé d'être heureuse pour tout le monde, elle prépara le *haft sin*, peignit les œufs aux couleurs préférées de chacun (elle poussa le raffinement et l'amour à en peindre deux façon « jean » pour Tala), lava l'appartement du sol au plafond, repeignit la chambre à coucher de Mitra et du Chinois, habilla tout le monde de pied en cap (il fallait s'habiller tout de neuf pour le Norouz, mais l'argent manquant, on privilégiait les culottes et les chaussettes). Pourtant, personne ne la remercia de tous ses efforts pour rendre tout événement plus joyeux, chaque fête plus grandiose et transformer la laideur en sublime.

Le lendemain, quand elle se leva pour le premier jour de l'année iranienne à Paris, elle vit que le vinaigre avait été renversé sur le *sabzé*, que le poisson rouge avait été exterminé à la vodka, les œufs amoureusement peints cassés, le miroir ébréché… Et, comble du comble de ce massacre, la jacinthe avait été minutieusement mise en morceaux. Ses pétales gisaient autour du vase. Tout ce que j'avais encore d'enfance en moi disparut devant le regard monstrueusement démuni de ma mère. Comment rester enfant quand des adultes assassinent Norouz ? Mon père, qui s'en foutait habituellement, et n'avait jamais eu un geste tendre envers personne, entourait ma mère de ses bras et je me tenais près d'eux, pour une fois solidaire des calamités que subissait ma mère. Mitra et le Chinois allaient et venaient, ignorant les trois membres de leur famille qui se tenaient debout devant le *haft sin* assassiné, la tête basse. Mitra ne mesura pas l'étendue du désastre, elle croyait être une grande dame avec son air détaché, hypocrite et sadique.

— Les enfants ont joué, ça arrive, ce n'est pas une raison pour ne pas nous régaler d'un caviar d'aubergines.

C'était trop. Je me retournai vers elle.

— Tu es une fieffée salope ! (Je l'avais entendu dans un film.)

Mitra s'immobilisa et son regard me transperça, mais je restai impassible. Mon père se retourna et, sans me toucher, fit bloc à mes côtés pendant que ma mère demeurait interdite devant le *haft sin* profané. Nous fûmes soudain une famille privée de ses ramifications, de son passé, de son avenir, nous étions seuls.

— Bien, bien. À ce rythme-là, ta fille (cette fois j'étais bien la fille de mon père) va devenir une vulgaire caissière.

— Tu es une *fieffère* salope, répondit mon père et, même s'il avait fait une faute, c'était beau.

Ma mère ne partagea pas mon avis.

— Je t'interdis de parler comme ça à mes sœurs. Tu te prends pour qui ? Tu n'es pas capable de trouver un appartement et un travail et tu insultes ma sœur qui nous loge et nous nourrit ? Mais comment ta mère t'a élevé ? Toute ma vie je vais te subir, toute ma vie, pourquoi je t'ai épousé, je ne sais pas, toute ma vie, pourquoi j'ai fait ça ? Pourquoi ?

Et ma mère regagna la cuisine pour servir un caviar d'aubergines à sa fieffée salope de sœur tout en entonnant la mélopée de son malheur fabriqué de ses propres mains.

Ce jour-là, j'appris qu'il valait mieux être une salope qu'une sacrifiée, une connasse qu'une boniche, un monstre qu'un ange. Car le rôle de sainte que ma mère avait endossé fit plus de mal que de bien, détruisit davantage la famille qu'il ne la souda, humilia davantage mon père qu'il ne combla ses sœurs. Cet Amour, elles n'en voulaient pas, tant il dégradait ma mère et tant il semblait dangereux de lui en donner en retour, par peur d'être contaminé par sa médiocrité. Cette scène opéra comme un électrochoc. Je redoublai d'effort sous le canapé pour qu'aucun mouvement de Mitra, du Chinois, de Tala ou de Zizi n'échappe à mon carnet que je remettais à Omid tous les dimanches. Ma famille m'apparaissait dorénavant comme le négatif de la France. Je savais qu'il fallait absolument les arrêter avant qu'il ne soit trop tard, avant qu'ils ne contaminent la France avec leur trop-plein d'idéal et leurs grandes idées qui faisaient se battre tout le monde et empêchaient de tomber amoureux. Je devais sauver ma mère. Pour qu'elle cesse de nourrir ceux qui ne l'aimaient pas.

Et pourtant. La veille, ma mère s'était laissé entraîner par le bel étudiant chilien à l'extérieur de la maison de l'Argentine. Elle lui avait abandonné sa main, ses bras et ses lèvres. Elle s'était laissé embrasser par un jeune homme de vingt ans son cadet. Elle l'avait laissé caresser ses seins, ses fesses, sa nuque. Elle s'était abandonnée à un autre homme que mon père. Elle avait obéi à un désir. Elle me confessa cet épisode, qu'elle continuait d'appeler son « adultère », alors que j'atteignais la quarantaine : elle avait une banale grippe et pensait sincèrement en mourir. C'est long, trente ans, pour avouer un baiser.

14.

Très vite, je compris que la France ne devait pas changer. Je découvris aussi (folle découverte) que les Français choisissaient leurs députés ; les gens décidaient vraiment de leur avenir, grâce à un bout de papier glissé dans une urne, et ils le faisaient en souriant, alors que personne ne souriait jamais en Iran quand il s'agissait de choisir des hommes politiques. Cette première élection législative fut une affaire sérieuse pour ma famille : le président était de notre côté, celui des exilés de gauche, la future Assemblée risquait de changer la donne. Entretemps, il y avait eu un mort, un type de gauche tué par d'autres types qui le détestaient (ça je le comprenais très bien, en Iran, beaucoup d'amis qui mangeaient à la maison ne venaient plus et je savais qu'ils avaient été assassinés ; longtemps j'ai cru que personne ne mourait de mort naturelle, mais toujours assassiné par des gens qui n'étaient pas d'accord avec eux). Cet événement mit toute la famille en émoi, y compris mon père qui me répondit, quand je lui posai la question : « Si la France se met à tuer pour des idées, autant retourner en Iran. » Oui, très vite, je sus qu'il ne fallait pas que la France change : ici on pouvait mourir dans son lit sans même avoir d'idées et ça c'était sacrément encourageant.

La droite représentait donc un danger imminent. Dès qu'on se réunissait devant les informations, à chaque apparition d'un présentateur ou d'un chanteur ou d'un acteur, on le jaugeait selon sa couleur politique. Avec Delon, le dilemme fut terrible : il était très à droite mais il avait joué dans des films importants que ma famille appréciait particulièrement. Nous mettions sa dérive sur le compte de l'âge, comme grand-père : dès que je voyais Delon sur l'écran, je pensais à grand-père et aux mouvements de son bassin sur le canapé. Longtemps, je fus mal à l'aise avec les gens de droite, c'était leur faute, pensais-je, si l'on m'empêchait de jouer dans le jardin avec des enfants de mon âge. Je me souviens des affiches que nous croisions, les rares fois où nous sortions : « Au secours, la droite revient », ce qui voulait dire pour nous : « Attention ! Il faut refaire les bagages ! » ou prendre les armes, mais ça, seule Tala osait le dire – depuis son trafic avec Amir, elle regardait tous les autres d'encore plus haut et criait plus fort encore, le soir des élections législatives – j'avais un mal de chien à prononcer ce mot, je le recopiais sans cesse pour qu'il passe sur ma langue et sorte de ma bouche.

Le cinéma fut prohibé pour cause d'attentat, les restaurants pour cause d'hygiène, le théâtre et l'opéra pour une cause oubliée, ou plutôt : parce que ma famille n'osait pas y aller. Elle sentait le déclassement à plein nez et se révélait incapable de l'assumer. Paris me tendait les bras, ceux de ma mère et de ses sœurs m'emprisonnaient. L'appréhension du dehors nous étouffait – même avant les attentats. L'extérieur, c'était la France, cette grande inconnue de moins en moins mystérieuse, où l'on mourait aussi de mort violente ; c'était cette langue qui devenait certes de plus en plus familière mais dont la pratique se limitait aux murs de l'exil ; c'étaient ces femmes et ces hommes si différents mais pas tant que ça, qui portaient tout autant d'idéaux impossibles et pleuraient aussi leurs morts, victimes des mêmes bombes.

*

Au soir du second tour, Tala rentra, habillée tout en jean, ses cheveux noirs parsemés de mèches rouge sang. Mitra en conclut qu'elle allait vite devenir chauve – et elle l'espérait si fort que c'en était bruyant. Ma mère observait avec angoisse grand-père Mahmoud qui ne détachait pas ses yeux vitreux de sa cadette – c'était l'opium (Mitra et le Chinois géraient le « stock » pour éviter une nouvelle syncope, ce qui ne l'empêchait pas de planer). Nous étions devant la télévision et l'inquiétude se lisait sur tous les visages, sauf, bien sûr, celui de mon père. Les insultes fusaient chaque fois que la droite prenait la parole.

Les résultats furent annoncés : la droite l'emportait. Hochements de tête, débats tragiques, commentaires définitifs. Pour Tala, il s'agissait du début d'une terrible cohabitation qui détruirait le peu qu'avaient accompli ces traîtres de socialistes (très facile à comprendre, la cohabitation : c'étaient mon père et Mitra obligés de dîner ensemble tous les soirs et de se retrouver tous les matins face à face sans utiliser les couteaux pour autre chose que tartiner le beurre), et il ne faisait aucun doute que le grand raciste élégant, qui n'aimait ni le bruit ni les odeurs, serait nommé Premier ministre. Raciste : ce mot barbare qui irritait la gorge marquait la frontière entre ceux qui nous aimaient, et les autres. C'est un mot de l'exil, raciste. Je n'ai pas souvenir d'avoir entendu ce mot à Téhéran, mais il devait exister puisque ma famille n'aimait pas grand monde et encore moins ceux qui étaient différents (ils détestaient les Arabes et n'aimaient pas les Kurdes, ils le disaient à haute voix mais comme tous les Iraniens en faisaient autant, je croyais que c'était normal). Tala jubilait : les fascistes étaient revenus au pouvoir, il n'y avait plus de temps à perdre – pour quoi faire ? Ça, c'était encore obscur. Ma tante préférée m'offrit alors un carnet à dessin vierge et partit comme elle était venue : en faisant beaucoup de bruit. Je me demandais ce que je pouvais bien faire d'un carnet à dessin, et je fus blessée que Tala ne se souvienne pas que mes pommes ressemblaient désespérément à des poires malgré les heures que j'avais passé à m'exercer avec Zizi. Mais surtout, Tala n'avait pas remarqué que j'apprenais seule à faire des mots en français. Je n'ai jamais utilisé ce carnet. Il est quelque part dans mes affaires, je ne l'ai pas jeté, je l'ai traîné de déménagement en déménagement, vierge comme au premier jour. Chaque fois qu'il tombe entre mes mains, je me souviens du malaise qui s'était alors emparé de moi : Tala ne savait plus qui j'étais. Ou bien elle s'en foutait. Et la droite avait gagné.

15.

Il est pour le moins traumatisant d'être réveillé à l'aube par des hommes cagoulés qui défoncent votre porte au bélier, arme au poing. Traumatisant pour ceux qui ne sont pas nés en Iran, avec la révolution et la guerre.

Quand, un mois après les élections, au petit matin, la brigade antiterroriste fit une bruyante intrusion dans l'appartement du Chinois et de Mitra, ses hommes furent surpris de trouver des enfants et des adultes couchés sur le ventre, les bras croisés derrière la nuque. Au point que les assaillants baissèrent leur arme, aidèrent ma mère et son gros ventre à se redresser et à s'asseoir sur une chaise – d'où elle s'empressa de leur proposer un thé. Quand Mitra, moulée dans son déshabillé de soie jaune, fit son entrée dans le salon, les agents de l'antiterrorisme ravalèrent leur salive en évitant de loucher vers la poésie de ses seins et la tentation de ses fesses pleines. Ils interrogèrent mon père, puis ma mère, puis Mitra (le Chinois n'était pas rentré de la nuit, ce qui n'inquiétait personne), et j'observai leurs allers-retours avec ce qui ressemblait à une sérieuse migraine. Ils ne comprenaient rien. Nous non plus, mais nous en avions l'habitude : en Iran, les descentes quotidiennes des gardiens-de-la-morale-mon-cul, ou de la-police-des-mœurs-mes-fesses, ou des anciens de la Savak avaient pour but de créer la panique, ils cassaient tout, hurlaient sur tout le monde et repartaient parfois avec un membre de la famille pour le libérer deux ou trois heures plus tard. Ma mère en profitait pour leur tendre une tasse de thé et une tartine de caviar, ce qui leur donnait le sentiment d'être tombés dans un monde parallèle et ils finissaient par accepter, s'asseyant, la tartine dans une main, le thé dans l'autre.

La même scène se rejoua dans les trois appartements familiaux de l'immeuble. L'antiterrorisme passait d'un étage à l'autre, la moue dubitative. Tala gueula et se défendit, elle fut menottée et gagna ses premiers galons de révolutionnaire. Elle faisait un boucan tel que du 3e étage nous l'entendions protester au 8e : ils n'avaient pas le droit de l'interroger sans la présence de son avocat, c'était le Reichstag qui brûlait encore, libérez les prisonniers politiques et à mort Pinochet ! Zizi se tenait recroquevillée sur une chaise et fut tout à fait oubliée – c'était impossible d'exister près de Tala, preuve en est, quand les agents de l'antiterrorisme s'installèrent derrière leur machine à écrire pour taper leur rapport, ils n'avaient rien à déclarer concernant Azadeh Hedayat et ils en déduisirent qu'elle était absente lors des perquisitions.

Quant à grand-père Mahmoud, il n'avait pas ouvert la bouche, il était resté assis sur son lit, le temps qu'on fouille son appartement. Puis on l'installa sur une chaise tandis que le lit était retourné, dévoilant son impressionnante collection de VHS pornographiques et un nombre important de magazines tout aussi pornographiques. Ce butin me stupéfia davantage que la descente tonitruante de la police française (qui criait nettement moins que l'iranienne).

Enfin, en milieu de journée, alors que tout l'immeuble et tout le voisinage savaient que l'antiterrorisme venait de mettre la main sur la famille iranienne opiomane qui posait des bombes meurtrières dans tout Paris, un homme en civil, dépêché par le ministère des Affaires étrangères, nous libéra. C'était un malentendu : le Chinois avait été interpellé alors qu'il passait les portiques de sécurité d'une banque. Quand les portiques s'étaient mis à sonner, la sécurité s'était jetée sur mon oncle et sa gueule de métèque. Il portait la veste en cachemire gris que ma mère lui avait offerte pour Norouz. Après une fouille minutieuse, l'antiterrorisme avait découvert un antivol sur la veste. Mais mon père n'était pas dupe : Mitra avait l'air trop fière, et Tala ne cessait de s'agiter, faisait tout pour être arrêtée. C'était louche, ça ressemblait trop à Téhéran.

Mon père avait raison. Et il l'apprit avant tout le monde : quand le téléphone sonna, un agent répondit avant de tendre le combiné à mon père qui, sans un mot, s'en saisit. C'était Omid. Puis il raccrocha, ne regarda personne et se rassit. Même s'il avait très envie de voir le Chinois sous les barreaux pour le restant de ses jours, Omid savait que Tala avait quelque chose à voir avec la présence de mon oncle dans une banque surveillée, banque où plusieurs comptes étaient reliés aux terroristes, nouveaux copains de la famille. Le Chinois était leur comptable, qui soulevait des fonds, organisait des quêtes, blanchissait de l'argent, permettait aux terroristes de dormir, manger, recruter, voyager, fabriquer des bombes, acheter des armes, tuer. Omid le savait, voulait protéger Tala et la dissuader de poursuivre sa révolution meurtrière. Il avait donc intercédé en faveur du Chinois.

Mon père ne s'étonna pas qu'Omid soit au courant : il savait déjà qu'Omid « aidait » le gouvernement français – aide qui consistait à transmettre les infos égrenées dans la communauté d'exilés. Si Omid avait accepté ce rôle, c'est qu'il savait que ni la lutte contre les fascistes, ni contre les religieux, ni contre aucun autre totalitarisme ne devrait passer par le terrorisme aveugle. Mon père partageait cet avis et, après notre première rencontre avec les forces de l'ordre à Paris, il ne regarda jamais plus le Chinois sans une moue de répugnance. Il trouvait indécent pour une famille qui avait connu la torture et l'emprisonnement, qui se cachait pour lire comme pour débattre, de retomber dans ces travers au sein d'un pays refuge qui les autorisait à se battre en plein jour avec des idées et des convictions, des conversations à voix haute et des débats contradictoires qui ne s'achèvent pas dans le sang. Mon père ne pouvait concevoir que l'on tue pour imposer ses idées. À Téhéran, il avait aidé la révolution bien sûr, en cachant des livres ou en les faisant circuler, mais il avait toujours refusé de toucher aux armes ou d'aider ma mère et d'autres militants à les transporter. Il pensait sincèrement que l'isolement de l'exil guérirait ma famille de sa tentation meurtrière. Peine perdue. Le Chinois avait été arrêté, alors qu'il devait vider un compte en banque, alimenté par les révolutionnaires, et récupérer l'argent du terrorisme pour une opération. L'antivol sur la veste en cachemire l'avait sauvé (mais personne ne pensa à remercier ma mère qui la lui avait offerte).

Mon père ignorait alors, tout comme moi, que pendant que le Chinois s'occupait de l'argent, Mitra aidait des amis d'Amir (qui avaient des problèmes avec les juifs et l'argent et les bourgeois) à fabriquer une bombe. Elle avait pris tous les clous de ma mère qui, depuis une semaine, demandait à haute voix ce qu'elle en avait fait.

16.

Le Chinois rentra en début de soirée, comme s'il revenait de la guerre. Grand-père Mahmoud, la larme à l'œil (ou c'était l'opium), fier d'avoir retrouvé une place – fût-elle de terroriste – dans le nouveau pays, serra longuement la main du Chinois sans prononcer un seul mot, mais par ce geste il adouba son héritier. Le geste fut suivi de discrètes exclamations, sortes de petits gémissements de contentement comme devant des bébés qui font un truc trop mignon. Tout cela m'échappait. Qu'est-ce qu'un propriétaire terrien, qui avait épousé sa cousine germaine pour ne pas perdre une parcelle de terre, qui possédait la moitié de la banque de Téhéran, qui serrait des mains à faire frémir bien des hommes justes, qui ne lut jamais jusqu'au bout un essai politique, qui n'aimait rien plus que regarder des matchs de catch à la télévision, des combats de boxe en salle, et marcher dans la pénombre rassurante des forêts, pouvait avoir à faire avec le terrorisme ?

Dans sa jeunesse et plus tard en Iran, l'idéal politique avait un certain chic : défendre l'ouvrier quand on est patron, c'est le summum du snobisme et c'est ainsi que le Chinois créa une sécurité sociale pour ses ouvriers agricoles, qu'il fonda une école pour leurs enfants et un planning familial avant l'heure pour les femmes – et même si tout cela était merveilleux sur le papier, et même si tout cela permit de sauver bien des hommes, bien des femmes et bien des enfants, même s'il envoya plus de 65 % des enfants de ses ouvriers à l'université, même si jusqu'au bout, les ouvriers de mon oncle l'aimèrent et le remercièrent un genou à terre, il me fut toujours interdit de jouer avec les enfants de ces mêmes ouvriers. Et quand un de ses ouvriers chéris hérita d'un petit pactole et décida d'investir dans une parcelle de terre non loin de la ferme de mon oncle, s'y installant avec femme et enfants, sa ferme fut incendiée et l'un de ses enfants périt dans les flammes. De même, quand la veuve d'un ouvrier, diplômée en ingénierie agricole, se proposa de prendre la place de son mari au service laitier, elle fut violée et défigurée. Et quand on découvrit, grâce à la ferveur qui entourait mon oncle et poussait ses ouvriers à tout lui rapporter, que Zizi fréquentait la fille de son métayer, qu'elles se voyaient tous les jours derrière le champ de tournesols pour se lire des poèmes (et s'embrasser et se caresser mais cela fut étouffé), le Chinois la punit et fouetta Zizi.

Un homme prend de l'âge, et ses cheveux blanchissent, et son ardeur faiblit, et sa situation se dégrade, et tout ce qu'il a accompli de mauvais ou criminel est oublié, rangé dans des tiroirs, l'affaire est classée : regardez donc cet homme pas encore vieux mais déjà sage. Foutaises. Un salaud reste un salaud, quel que soit l'état de sa prostate.

Le Chinois était un tyran domestique et un patron autocrate. S'il désirait des femmes instruites, ce n'était pas pour qu'elles prennent la place des hommes mais pour qu'elles sachent tenir une conversation mondaine. Si la bonne santé de ses ouvriers lui importait, c'était moins par humanisme que par crainte des épidémies. Si toute cette simagrée de patron socialiste était importante, c'était pour sa réputation, pour qu'on le cite en exemple dans des grands restaurants et sous les arcanes du pouvoir. Mais il y eut une justice au fond : on l'encensa tellement avant la révolution, qu'il fut aussi l'un des premiers en danger. Le Chinois aurait pu être fasciste, monarchiste ou nationaliste. Il avait décidé d'être communiste par opportunisme.

Le Chinois parvint à s'en tirer, malheureusement. S'il avait été emprisonné, les uns et les autres auraient peut-être arrêté de jouer aux cons, ils auraient compris que le chaos est nécessaire lorsque l'ordre est pourri jusqu'à l'os, corrompu, assassin. Mais la France des années 80 ce n'était pas cela. La Savak ne torturait pas dans les caves, il n'y avait pas d'enlèvement d'opposants politiques, ni de coup d'État à chaque élection. Les membres de ma famille avaient quitté le chaos de la révolution et l'avaient emporté avec eux. Et quand les bombes sautaient à Paris, elles réactivaient leur volonté de détruire. Réflexe pavlovien : au bruit des bombes, ils se rangeaient en ordre de bataille, rêvant d'une révolution imminente.

*

Mon père sortit sans son manteau. Je l'avais vu fouiller dans le sac de Zizi et monter au 8e étage. À son retour, il portait un carton qu'il dissimula dans l'armoire de l'entrée que personne n'ouvrait jamais, sauf ma mère, car on y rangeait tous les produits ménagers, puis il remit le trousseau de clefs dans le sac de Zizi. Il retourna dans le salon, s'assurant que tout le monde était occupé à fêter la révolution. J'en profitai pour ouvrir le carton : il contenait toutes les statuettes de mendiante sculptées par Tala. Je n'eus pas le temps d'en prendre une que mon père vint récupérer le carton avant de filer.

Tala n'avait rien remarqué, elle venait de faire son entrée dans la famille pour de bon : les traces des menottes sur ses poignets étaient la preuve de son implication. Le lendemain, quand elle découvrit que ses statuettes avaient disparu, elle prit peur. Tout comme Mitra, Tala discourait beaucoup mais elle n'était pas faite pour le sacrifice. Elle cessa de fabriquer les statuettes qui permettaient à Amir de transporter des microfilms contenant des adresses, des informations, des ordres, que sais-je ! Mais elle disparut souvent deux, trois, quatre jours, pour rejoindre Amir à Marseille, à Londres, à Munich. Ils se retrouvaient dans des hôtels de passe, ou des immeubles abandonnés, ou un palace à Genève. Elle l'aidait à transmettre des infos, vider des casiers dans les gares, laisser un livre sur un banc. Une fois, elle hébergea une femme d'une cinquantaine d'années qui parlait par monosyllabes et foutait la trouille à Zizi : elle mangeait tout ce qu'on lui servait avec un couteau qu'elle sortait de sa poche d'un coup sec et avait une manière bien à elle, angoissante, d'enfoncer une carotte, un morceau de jambon ou un bout de fromage dans sa bouche en vous regardant droit dans les yeux. Tala fit donc quelques excursions dans le terrorisme, mais seulement pendant les vacances.

Tala n'était pas faite pour la clandestinité, incapable de supporter la faim et les planques sans eau ni électricité. Elle était lâche. Les lâches sont les plus dangereux : éclaboussés de sang, ils gardent les mains dans le dos en regardant ailleurs. Le petit pas en arrière de Tala allait de pair avec la radicalisation de son discours et son intransigeance révolutionnaire renouvelée. Elle distillait le poison par les mots.

17.

Les idéalistes ne devraient jamais soustraire le mélodrame, la passion impossible, l'engagement romantique au bréviaire révolutionnaire. Pour convaincre, rien de plus efficace qu'un personnage qui cristallise les rêves de jours meilleurs. Sans sa gueule de rebelle, sans cette photo qui l'immortalisa, mais surtout, sans l'enchanteur Castro qui ne cessa de chanter sa gloire après sa mort, le Che n'aurait pas fait autant d'émules – il était un salaud authentique et un poète de la mort, un assassin et un tortionnaire. Les révolutionnaires voient dans le mélo une ruse de bourgeois pour détourner l'attention de la lutte des classes, la noyer dans l'eau de rose. Ils pensent que la littérature est une perte de temps face à l'imminence de la révolution. Ils n'aiment pas la poésie, préfèrent les discours fanatiques. Ils n'ont toujours pas compris que c'est dans le clair-obscur, hors des certitudes, que le désir s'épanouit. Ils ne savent rien, ni du désir ni du plaisir – les pires sont les anarchistes : ils ne boivent pas, ne fument pas, ne baisent pas, et ce, pour éviter d'être ailleurs quand sonnera l'alarme de la révolution.

Peut-être est-ce la raison pour laquelle Tala abandonna les Beaux-Arts pour l'architecture. Elle voulait mettre son talent au service du réel. Erreur. Les idéalistes ne comprennent pas, ou trop tard, que la geste révolutionnaire est un conte, une longue épopée de prince amoureux. Ils ne peuvent concevoir que c'est la littérature qui réussit les meilleures révolutions.

Tala partit donc en vrille : elle oublia l'amour, ne quitta plus Mitra et le Chinois d'un pouce et cessa de regarder mon père. En représailles, Omid se fit rare après la descente de la brigade antiterroriste : il continua de me donner des cours de français et de me faire découvrir tous les musées de Paris et de ses environs, grâce à lui je fus enfin capable de tenir une conversation. Parce que c'était lui, j'aimais tout, je me passionnais pour tout. Il partait dès qu'il m'avait déposée, ne restait plus dîner et fuyait Tala – qui l'attendait de moins en moins et parlait de plus en plus de contre-révolution à combattre. Omid baissait la tête devant tant d'idées mal placées.

Il *devait* la quitter mais Omid était un prince : il croyait en l'amour. Tala avait été si impressionnée par le Chinois et sa compatibilité terroriste, qu'elle se perdit dans le fantasme de l'héroïsme. Est-ce qu'elle voulait libérer l'Iran, le Chili, la France ? C'était vague, elle voulait juste tout faire sauter. Dès la reprise des attentats en juillet, je sus qu'ils étaient l'œuvre des copains d'Amir, parce que ma famille souriait en entendant les informations. Je compris alors que les bombes des Iraniens étaient des outils de négociation avec les Français, et les bombes des copains d'Amir rien d'autre que des pets d'idéaux.

Mon père se démenait pour que nous puissions quitter cet appartement : il savait qu'à la prochaine descente de flics on aurait moins de chance, et qu'Omid ne nous sauverait plus.

Il eut une idée.

Il avait déjà passé l'équivalant de la licence et s'apprêtait à attaquer sa thèse de doctorat mais le nerf de la guerre étant toujours l'argent – nous en manquions cruellement –, il décida d'ouvrir une librairie et eut la très (très) mauvaise idée de se confier à sa femme.

Ma mère, ce personnage romanesque qui n'a jamais joué d'autre rôle que celui qui provoque une série de catastrophes tout en voulant bien faire, voulut prouver qu'elle n'avait pas besoin de ses sœurs, et leur fit part de la nouvelle. Mon père était assis sur le canapé qui se creusait tant à force de supporter le poids des fesses familiales, que ses mains posées sur les genoux lui remontaient au niveau des épaules. La réaction ne se fit pas attendre, elle fut d'une brutalité inouïe : mes tantes et le Chinois lui intimèrent l'ordre d'ouvrir le capital de la librairie à la famille. Mon père chercha le regard de ma mère, qui, postée dans la pièce d'à côté, regardait ailleurs – l'histoire de sa vie. Mon père répondit par la négative. Sans argumenter, sans fuir, sans se laisser intimider. Mais ce n'était pas assez. Zizi éclata en sanglots (c'était tout à fait hors de propos mais Zizi était toujours hors de propos) et annonça, au milieu de ses larmes, qu'elle avait envie d'une pizza aux anchois parce que la mer lui manquait ; le Chinois baissa innocemment la tête et Tala, soudain investie d'une mission, se dressa devant mon père.

— Que tu nous détestes est une chose, mais que tu sacrifies tes enfants, c'est vraiment digne d'un connard de droite qui n'a jamais pris parti sur rien.

— Tala, n'en rajoute pas, s'il te plaît. Pas devant père. (Mitra la conjura avec une voix de drama queen qui vient d'enterrer ses deux enfants et n'a plus le courage de se battre.)

— Et qui nous dit que ce n'est pas toi qui nous as dénoncés ?

Sous le coup d'une inspiration divine, Tala balança son accusation avec une légèreté qui me fit froid dans le dos. Si elle avait su que c'était moi, j'aurais peut-être fini en morceaux dans ses statuettes de mendiante.

Mon père tenta de se lever du canapé défoncé. Sa difficulté à s'en extraire révélait tout autant son embarras à s'accommoder du réel. Il y parvint finalement, quand le grand-père fit entendre sa voix (la première fois depuis l'exil).

— Cet argent avec lequel tu veux acheter pour toi seul ta librairie est la dot de ta femme. Je donne ma bénédiction pour le divorce.

C'était faux. La dot de ma mère était entre les mains de Mitra et du Chinois. L'argent de mon père lui venait d'Iran et des économies que sa sœur lui avait fait parvenir. Ma mère s'évanouit. Tout le monde blâmait mon père, sans penser à ma mère qui gisait comme une baleine tandis que je courais dans la cuisine pour lui préparer de l'eau tiède avec du sucre. Mon père se rassit sur le canapé qui l'avala tout entier. À défaut d'un grand hôtel sur les Champs-Élysées, c'est une librairie qui réunit pour la dernière fois la famille Hedayat.

18.

Mon père capitula, ma mère capitula et la famille s'engouffra dans une brèche de passivité. Ils trouvèrent une librairie rue Keller et voulurent forcer mon père à signer une série de documents qui le condamnaient à endosser toutes les pertes et tous les risques. Mon père ne signa pas tout de suite et demanda conseil à Omid qui le renvoya vers Hannah, une voisine juive retraitée, autrefois avocate. Quand elle lut le contrat que le Chinois voulait faire signer à mon père, elle leva les yeux plusieurs fois vers lui, avant de lui annoncer : « Ils vous prennent franchement pour un grand con. Vous pouvez en être fier. » Mon père l'aima immédiatement.

Elle rédigea un nouveau contrat et proposa à mon père de le représenter devant la famille. Hannah n'appréciait pas mes tantes qu'elle trouvait hautaines, elle entendait donc leur apprendre le respect. Elle n'avait pas peur de Mitra et m'avoua que cette femme qui avait passé toute sa vie à détester les autres au lieu d'être un peu bienveillante avec son propre désastre, lui faisait de la peine.

Hannah savait que les hommes ne veulent pas changer. Elle ne croyait pas aux discours et surtout pas à ceux qui fonctionnent – ceux qui flattent et appuient sur le bouton de la veulerie naturelle, poussant les hommes à quitter leur famille pour tuer le voisin. Fourguez quelques formules faciles, déterminez un ennemi responsable de tous les malheurs et vous obtenez un discours efficace qui envoie les hommes à la mort.

Hannah vivait seule dans un grand appartement au 3e étage de l'immeuble (sur le même palier que Mitra) et elle nous proposa de nous y installer en attendant que nous déménagions. Mes parents refusèrent, mais Hannah insista pour que j'y passe quand bon me semblait. J'y passais donc mes journées. Hannah était hongroise. Adolescente pendant la Seconde Guerre, elle y avait perdu toute sa famille, ses grandes sœurs, son petit frère, ses cousins, sa mère, ses oncles et tantes. Son père survécut mais il se suicida – il la pensait morte elle aussi. Difficile de vivre quand il n'y a plus personne pour se souvenir avec vous. Elle avait été envoyée en pension dans le Gers et avait joué à être catholique tout le temps où il ne fallait surtout pas être juive. Elle n'en parla pas jusqu'à ce qu'une association lui propose de se rendre dans des écoles pour raconter sa guerre. Elle avait dit non, puis, elle avait dit oui. Raconter, c'est forcer les gens à ne pas oublier. À part ça, elle ne faisait plus que du bénévolat. Je ne savais pas ce que ça voulait dire exactement, mais il y avait toujours du monde chez Hannah. On y pleurait beaucoup et on la remerciait tout autant, certains se jetaient même à ses genoux pour lui embrasser la main bien qu'elle n'aimât pas du tout ça. Elle faisait ce qu'elle faisait parce qu'elle pouvait le faire. Hannah ne ressemblait à personne de ma famille.

19.

Mitra décida que la rencontre aurait lieu un vendredi soir. Hannah, qui ne faisait pas plus des trucs de juifs que nous ne faisions des trucs de musulmans, offrit à mon père une kippa pour emmerder Mitra qui voulait bousiller Shabbat, et elle posa sur ses épaules un châle de prière élimé qui appartenait à son père. Je n'oublierai jamais la tête de mes tantes et de mon oncle, le trouble de Tala, et les moues écœurées quand Hannah et mon père firent leur entrée. Zizi exprima ce que tout le monde pensait : le châle et la kippa c'était de la magie juive pour les ensorceler.

Mitra avait arrangé le salon de telle sorte qu'il ressemblait à un vrai tribunal, avec toute la famille d'un côté, mon père et Hannah à l'opposé, et le grand-père au milieu – moi, j'étais sous mon canapé et je comptais les points tandis que ma mère était assise au-dessus de moi, m'écrasant au passage mais ce n'était pas grave parce que je ne voulais pas rater le procès, et surtout voir comment il était possible de tenir tête à Mitra (et je l'ai vu : avec de la logique et des faits. Personne n'était aussi incohérent et nuisible qu'elle). Ma mère, qui n'y comprenait rien, ne pouvait soutenir ni mon père ni ses sœurs, mais depuis qu'elle avait embrassé l'étudiant, quelque chose avait changé en elle : elle se sentait capable d'avoir une opinion, elle qui n'en avait jamais eu. Elle testait dans sa tête des idées qui n'étaient qu'à elle, et se rendait compte qu'elles ne valaient pas moins que celles de ses sœurs. Seul un baiser interdit peut semer le doute dans un esprit étroit, bourré de préjugés. Ce léger doute, ce tremblement incontrôlable face à l'enfer qu'on lui avait promis si elle ne suivait pas les règles, lui permit d'entamer le long et ardu chemin vers la découverte d'elle-même. Elle y est parvenue, mais une trentaine d'années plus tard.

Avant qu'on ne commence à débattre du nouveau contrat rédigé par Hannah, mon père posa un chandelier à sept branches au milieu de la table. Grand-père sursauta avant de reculer légèrement son siège. Premier point marqué par mon père et Hannah. Voire dix, tant l'assemblée en fut perturbée – au point que Zizi demanda si on avait bien pensé à faire brûler des herbes contre le mauvais œil des juifs. Tandis qu'ils faisaient semblant de lire, mon père se mit à allumer les bougies du chandelier avec déférence. Hannah se retenait de rire pendant que tante Mitra remuait les lèvres : elle récitait une prière contre le mauvais œil. Séquence mémorable dont Mitra me reparlerait des années plus tard sans avoir changé d'avis : ce soir-là, Hannah et mon père leur avaient jeté un sort pour détruire la famille, les juifs étant génétiquement jaloux. Pour tante

Mitra, les juifs sont d'ailleurs responsables d'à peu près tout (du mauvais temps, des révolutions qui ne sont pas les leurs, des pesticides, du fascisme, de Tchernobyl, de la mort de Lénine puis de Staline, du gauchisme, de toutes les maladies – surtout du sida et du cancer et de tout ce qu'elle n'aimait pas, en particulier l'aneth sur le saumon et les prostitués).

Enfin, le débat s'engagea. Hannah les réduisit en miettes. Elle défendit mon père avec des chiffres et des articles de loi très compliqués et admit, en blaguant, que mon père était le dindon de la farce : elle ne supportait pas l'injustice, méprisait l'égoïsme et croyait ardemment que tout humain avait le choix. Elle ne pardonnait donc pas. Elle avait surtout compris qu'ils comptaient sur la librairie pour aider Amir à blanchir l'argent du terrorisme et ça, elle ne pouvait pas le laisser passer : elle n'aimait pas les morts gratuites.

Très vite, Mitra comprit que c'était foutu, Hannah connaissait son droit et elle n'avait pas l'intention de les laisser transformer mon père en homme de paille. Elle signa, mais, à cet instant-là, mon père comprit qu'elle avait un autre plan, que les choses finiraient mal malgré Hannah, et malgré son désir de tenir une librairie pour que les gens ne perdent pas la tête. Pourtant, il signa. Pour ma mère, pour enfin fuir cet appartement de misère, pour nous, pour se donner un métier, pour sauver un peu l'argent que Mitra et le Chinois tenaient fermement.

Ma mère proposa à Hannah de rester dîner et tout le monde lui en voulut d'introduire la juiverie dans l'idéal communiste. Mais mon père avait prévu le coup avec

Hannah : ils avaient déjà commandé de quoi faire Shabbat. Ils avaient fait les choses en grand et il y avait tellement à manger, et les autres étaient tellement iraniens, qu'ils ne pouvaient pas ne pas goûter de tout par politesse. Ils souffraient à chaque bouchée, sauf Tala qui ne savait pas dire « non » à l'appel du ventre. Ma mère qui connaissait déjà la cuisine des juifs grâce à Wanda et qui la cuisinait lorsque ses sœurs n'étaient pas là, remerciait Hannah à chaque bouchée. Mitra fulminait.

Après ce dîner qui me vaccina pour de bon de ma famille, toutes mes tantes, mon oncle et le grand-père se firent vomir.

Qu'ils aient pu imaginer que mon père et Hannah aient tenté de les empoisonner révèle leur insanité viscérale, et ce dont ils étaient capables. Mon père gagnait la première bataille mais la guerre allait être longue et inégale. Après la mort d'Hannah, mon père ne put jamais entendre son nom ou le prononcer sans balancer sa tête de gauche à droite comme seuls savent le faire les Orientaux dans un geste qui dit si joliment le regret et l'amour. Sans Hannah, nous aurions perdu plus vite.

Toute la nuit, mon père rit avec ma mère et je m'endormis, l'esprit léger, bercée par la mélodie rassurante de la complicité retrouvée de mes parents.

20.

Quelques jours plus tard, je sonnais chez Hannah qui n'était pas là. Nous avions un double de ses clefs, mais ma mère ne voulait pas que j'y sois seule, alors je restais avec elle. Elle était enceinte de presque treize mois et avait du mal à bouger, il fallait l'aider à se lever et à s'asseoir – mais elle pouvait encore tenir debout pour préparer les dîners. Depuis la guerre de la librairie, elle était ostracisée par ses sœurs. Elles ne lui proposaient plus d'aller boire un café ou de sortir faire les courses. Elles lui parlaient encore mais elles la laissaient seule presque tout le temps. Au terme de la première année de l'exil, ma mère se dédoubla. Son visage harmonieux et enfantin se tordait parfois comme sous l'effet d'une grimace et elle disait alors des choses horribles. Ma mère racontait son enfance, son adolescence, la mort de sa mère, sa révolution, son mariage, elle peignait tout en noir et nous honnissait, mon père et moi. Dans cette sorte de transe, la frustration s'exprimait en une interminable litanie, qui trahissait le manque d'affection, le manque de confiance, le manque de volonté et de joie.

Puis, elle oubliait tout. Elle retrouvait son doux visage, sa voix se faisait caressante et elle reprenait son sourire en continuant de proposer du thé à tous ceux qui lui témoignaient un peu d'affection comme à tous ceux qui passaient seulement le pas de la porte. En présence de ses sœurs, elle reprenait son attitude enfantine, elle buvait leurs paroles, elle leur faisait des cadeaux très chers alors qu'on n'avait pas assez à manger, elle se ridiculisait en les faisant rire, en inventant des histoires fausses, en s'amusant de leurs railleries qui n'étaient jamais drôles. La schizophrénie de ma mère s'aggrava avec les années. Incapable de croire en l'amour de mon père, incapable plus encore de s'aimer (un peu, un tout petit peu plus aurait été suffisant), incapable d'imaginer que des enfants sortis d'elle puissent valoir quelque chose, incapable de se remettre en cause, incapable de vivre sa vie, elle en fut chaque jour plus violente envers elle-même et plus sotte devant ses sœurs.

Quand elles ne la sollicitaient pas, elle passait davantage de temps avec moi et m'apprenait à lire dans le marc de café. Ma mère connaissait les symboles, les associations, les signes. Sa tante les lui avait appris, la sœur de sa mère, surnommée la Laide. La tante était certes laide, mais enjouée, vivante, charmante. Elle avait choisi de rester vieille fille pour ne pas supporter un vilain mari ni subir la condescendance d'un époux médiocre. Pour combler sa solitude, elle s'imaginait réincarnée et belle, et s'intéressait à toutes les cartes, à toutes les étoiles, à toute sorte de presciences. Elle apprit tout à sa nièce préférée qui avait du talent et de la mémoire. Il est interdit de lire dans son propre marc alors ma mère lisait le mien et je notais les symboles et les significations dans un carnet. Ce jour-là, mon marc l'inquiéta. Il y avait des yeux fermés, une montagne qui obturait le ciel, des rats écartelés au fond de la tasse et des scorpions qui grimpaient le long des parois. Je notais les symboles qui ne racontaient que la destruction, la pourriture, le silence, la maladie, l'aveuglement et je commençais à appréhender mon avenir quand elle me dit : « Il va y avoir beaucoup de problèmes qui ne s'arrêteront jamais plus et quelqu'un se vengera. » Elle fut alors prise d'une crise, et évoqua sa mère qui la frappait au sang quand elle renversait un plat, son père qui l'avait battue après l'avoir découverte assise sur les hautes branches d'une arbre, son frère qui s'était aussi déchaîné sur elle quand il avait appris qu'elle s'était inscrite en cours de littérature en lieu et place d'un cours de chimie.

Le téléphone sonna alors qu'elle reprenait son souffle. Elle répondit d'un « allô ? » si implorant que j'en eus une crampe à l'estomac. Elle espérait entendre une de ses sœurs (qui ne l'avaient pas moins humiliée et battue). Ensuite, elle laissa retomber le combiné, m'oublia tout autant que Mina, et sans mettre ses chaussures, sans même attendre l'ascenseur, elle se précipita. La porte étant grand ouverte et le goût de la fugue me titilla les pieds. Mais je ne pouvais pas abandonner Omid. Je ne pouvais pas partir en prenant le risque qu'il ne revienne pas me sauver.

21.

Ma mère n'était pas rentrée après son départ sans chaussures et sans ascenseur. Elle était à l'hôpital où elle avait accouché du tout petit frère. Je ne l'ai su qu'après, il faisait déjà nuit quand je vis revenir mon père, il semblait tellement las que je n'osai pas lui avouer que j'avais faim. Il s'assit sur le fauteuil de grand-père, m'annonçant que ce dernier était mort et que mon petit frère était enfin né. Il ne semblait pas plus heureux de la mort de grand-père que de la naissance de son premier fils. À moins qu'il ne fût trop fatigué pour se réjouir d'une naissance et s'attrister d'un mort (ou le contraire, peut-être). Il alluma une cigarette. Je trouvai de quoi me restaurer dans la cuisine, mais une odeur de brûlé me parvint du salon où je retrouvai mon père endormi. Sa cigarette avait mis le feu au coussin posé par terre. J'attrapai un torchon, étouffai les flammes, mon père se réveilla. Sans doute était-il encore dans son rêve, parce qu'il me prit dans ses bras – il ne le faisait jamais.

Je ne savais pas faire à manger, mais je savais éteindre un début d'incendie sans paniquer, me disais-je amusée quand on frappa très fort à la porte. C'était Omid. Il avait pleuré, l'air ahuri, ne sachant pas s'il devait s'asseoir, ou monter au 8e ou partir. Mon père ne disait rien, il ne savait pas consoler de mots inutiles. Peut-être n'osait-il pas intervenir dans la douleur de l'autre. En vérité, il préférait le silence qui soude mieux les âmes. Les yeux d'Omid ne nous voyaient pas, ils regardaient dans le vide, laissant défiler tantôt la colère, la tristesse, ou les larmes.

Il était tard. Personne ne pensait à m'envoyer au lit ou à me cantonner alors qu'Omid parlait de tuer ce salaud-là, à quoi mon père répondit : « C'est déjà fait. » Je crus qu'ils parlaient d'Amir et je commençais à être très contente… puis très inquiète parce que personne ne parlait de Tala, et je sentais qu'il ne fallait pas parler d'elle.

Alors Zizi surgit, l'air encore plus perdue qu'Omid. Dès qu'elle le vit, elle se jeta dans ses bras et elle pleura. C'était gênant de voir Zizi pleurer : son visage était tellement parfait que les pleurs défiguraient tous ses traits, la faisant soudain ressembler à une vieille sorcière acariâtre. Mitra et le Chinois entrèrent à leur tour dans le salon, accompagnés de Pejman (ses yeux étaient exorbités, il m'agrippa, me fit trébucher et je sentis son cœur battre à une vitesse inquiétante). Quelque chose de grave s'était passé, personne n'osait lever la tête et croiser le regard noir d'Omid. Ils restèrent ainsi, immobiles, les pleurs de Zizi ponctuant le silence, jusqu'à ce que mon père ouvre une bouteille d'alcool, et ils burent sans un mot. Mitra tenta de dire quelque chose mais elle se ravisa. Le Chinois tenta de dire quelque chose, mais il se ravisa lui aussi. J'étais assise par terre, Pejman s'était endormi en posant sa tête sur mes jambes et en serrant ma main.

Le téléphone sonna : c'était ma mère nous informant que tout allait bien, que le tout petit frère était très éveillé. Personne ne prit une chambre à l'hôtel pour être auprès de ma mère à son réveil le lendemain – les naissances, les mariages et les décès, plus personne ne prenait ça au sérieux dans ma famille. C'est pourtant grâce à ces rituels qu'une famille ressemble à une famille. Je ne connaîtrais jamais ces rituels rassurants. Dès l'an I de l'exil, il suffisait que je tombe sur une publicité, un film ou une série sans intérêt ou un téléfilm bêtifiant de Noël (le pire), mettant en scène une famille heureuse, pour sentir monter en moi le manque tragique, le cocon moisi. Jamais je ne pourrais me réfugier dans le sein rassurant de ma famille, pour y panser mes plaies, jamais, après un échec comme nous en connaissons tous, je ne pourrais frapper à la porte familiale pour me consoler dans les souvenirs apaisants d'une enfance protégée. Je sais bien que toutes les familles dysfonctionnent, je sais bien que les familles épanouies n'existent pas, je sais bien que tous se plaignent de leur mère, de leur père, de leur fratrie. Mais tel l'anneau de pouvoir de Tolkien qui ne peut être détruit que dans le feu qui l'a forgé, c'est la famille qui soigne les blessures familiales.

Ce soir-là sonna la fin officielle du refuge, et le début de ma solitude. La vraie, celle qu'aucune présence amicale, aucun amour sincère, aucune joie ne peut jamais combler. Celle que vous traînez avec vous jusqu'à votre tombe qui en paraît dès lors moins terrifiante.

Quand mon père retrouva ses esprits et insista pour que les enfants aillent au lit, je protestai à peine car je savais comment suivre les conversations interdites : j'attendis que mon père regagne le salon pour ramper dans le couloir et les observer en reflet dans un grand tableau sous verre qui était au-dessus du canapé défoncé où Zizi était installée seule, les yeux rouges, silencieuse, plus belle et plus angoissante que jamais. Mon père sortit avec le Chinois pour revenir avec des bouteilles ils se servirent et entamèrent enfin une conversation.

— Ça devait arriver, nous n'avons pas été assez vigilants, il ne fallait pas le provoquer, disait Mitra avec assurance.

— Il aurait dû crever en prison depuis des années. T'es une merde, Mitra ! Omid criait. Tu n'as pas le droit de faire ça, tu ne peux pas foutre la merde dans le puits et continuer de boire son eau. Tu imagines ce qui est arrivé ? Non, tu ne peux pas, ce n'est pas ta came, « imaginer », tu ne sais pas ce que c'est, tu ne ressens pas, tu n'existes pas. Tu penses à quoi là ? À ton père ? Qui vous a élevées et nourries malgré sa haine ? Il t'a jamais touchée, toi, non ? Ah ! Non ! On ne touche pas à Mitra et sa peau laiteuse et ses yeux de pure Persane, pas bridés, pas impurs. Mitra et sa gueule d'origine, sans mélange visible, sans métissage, sa gueule de Persane de merde qui répète les conneries de sa mère, qui les a répétées avant elle et encore sa mère avant elle et sa mère avant elle, jusqu'au ver de terre dont vous êtes issues.

— Nous avons eu de la chance d'avoir notre père avec nous après la mort de notre mère. Il nous a aimées et élevées.

Mitra n'éleva pas la voix, elle contrôlait chacun de ses mots, se tenait droite, aux aguets, faisant semblant de boire (elle m'expliqua un jour qu'elle était gagnante sur tous les points : les hommes aiment les femmes qui boivent car ils se sentent plus hardis mais il n'y a rien de plus laid qu'une femme qui boit, alors elle faisait semblant de boire pour adopter l'attitude chancelante et osée que permet l'alcool tout en préservant la qualité de son foie et la vivacité de son esprit). Je crus que mon père et Omid allaient se lever et partir. Finalement, Omid se mit à rire, exagérément.

— Mitra, t'es immonde. Pas tout à fait femme, pas tout à fait humaine. Tu viens de voir le cadavre et tu en conclus qu'il n'y a pas eu de crime ? Fille de chien !

— Tu ne sais pas de quoi tu parles. Tu es drogué ou tu ne supportes pas l'alcool, dans les deux cas, tais-toi ! Tu as entendu la police.

— Crève. Personne n'a examiné Lala. Crève.

Je n'avais jamais entendu Omid appeler Tala, « Lala ». Et même si ce n'était pas le moment, je sentis une pointe amère de jalousie se planter dans mon ventre. Les sentiments étaient comme Mitra : sans égard pour la situation ou l'environnement, intraitables, absolus.

— Comment va Niloo ? demanda entre deux sanglots Zizi à mon père, alors que le Chinois hésitait sur le bord de son siège pour savoir s'il devait se lever pour en coller une à Omid.

S'il s'était tourné vers Mitra, il aurait pu y lire son mépris et il était clair qu'elle ne l'aimait pas, qu'elle ne l'avait jamais aimé, mais qu'elle le garderait parce qu'il l'aimerait jusqu'au bout.

— Non ! Niloo va mal ! Connards ! Même avec une arme pointée sur sa tête, elle proposerait du thé en souriant ! Connards !

C'était encore Omid et je me suis sérieusement demandé s'il n'était pas celui qui aimait le plus ma mère.

Puis, le silence retomba sur eux. Ils buvaient sans s'arrêter et enchaînaient les cigarettes alors qu'Omid laissait éclater un « Connards » retentissant à rythme régulier. Ils ne savaient pas lui répondre : ils pouvaient se balancer des verres au visage pour divergence politique mais ils étaient incapables d'aborder l'intime, le sentiment et le réel. La politique, c'était du fantasme, des idées qui volent alors que l'intime était ancré dans la réalité, fait de désir, de frustration, de silence et ils ne le supportaient pas, alors ils disaient n'importe quoi pour ne pas sentir la morsure de la vie.

22.

Tala avait des traces bleues qui sont devenues violettes puis jaunes sous les yeux et une partie de la joue droite.

Elle était alitée dans l'Atelier, Zizi ne dormait plus pour lui tenir la main. Les yeux de Tala se remplissaient régulièrement de larmes, elle éclatait en sanglots et l'on eût dit les aboiements d'un chiot qui a peur.

Jamais je n'aurais imaginé que Tala puisse être moche un jour. Des cheveux blancs lui avaient poussé tout autour du visage, et sans ses yeux cernés de noir et le rouge de ses lèvres, elle avait le visage d'une petite fille en train de devenir sans transition une vieille femme. On m'avait recommandé de ne pas lui parler de grand-père Mahmoud. Lui aussi posait un problème : une semaine après sa mort il n'était toujours pas enterré et cela mettait tante Mitra dans tous ses états mais personne ne voulait s'en occuper. Mon père affirma devant moi – il n'avait personne à qui se confier depuis plusieurs jours – que cette situation offrait la preuve de l'aveuglement de Mitra : même le nez dans la merde, elle faisait semblant de renifler la rose.

Tala ne parlait plus, elle fixait le plafond. Je proposai à Zizi d'y faire des dessins pour qu'elle s'ennuie moins – Zizi avait peint une de ses toiles étranges et gênantes, avec beaucoup de couleurs et d'ombres lumineuses, des fleurs très grandes qui touchaient le ciel comme dans *Ali et le haricot magique* et des instruments de musique qui jouaient tout seuls. Tala se portait mieux quand elle regardait l'intérieur de la tête de Zizi. Peut-être est-ce la raison pour laquelle je vais toujours voir des tableaux quand je vais mal.

Omid appelait tout le temps, mais Tala ne pouvait pas lui parler et ne voulait pas le voir. Elle était devenue si maigre que je pouvais sentir ses côtes quand elle me prenait dans ses bras et je commençais à douter : attendait-on qu'elle meure pour l'enterrer avec le grand-père et ainsi faire des économies ? C'était comme ça en Iran avec les enfants qui mouraient à la guerre, et même avec les vieux : plein de cadavres qu'on envoyait sous terre ensemble.

Omid guettait Tala et passait tout son temps chez Mitra et le Chinois. Il ne me voyait plus, il ne me parlait plus. Quand quelque chose arrive, c'est terrible pour un enfant de ne pas savoir. Mais je savais, Pejman savait, qu'il y avait *autre chose*. Cet autre chose qui se murmurait, cet autre chose qui faisait régner un silence pensant, cet autre chose qui nous maintenait dans une attente insupportable. Pejman ne m'avait jamais paru aussi insaisissable – il se nourrissait moins que moi encore et je me disais parfois qu'un matin, il deviendrait transparent et que personne ne se souviendrait de lui.

23.

Souvent, on m'envoyait chez Hannah qui me prenait dans ses bras. Je lui avouais que je n'aimais pas grand-père, et que je me fichais qu'il soit mort. Je me fichais bien moins que Tala soit moche. Hannah me félicitait alors, affirmant qu'il était important que je me fasse confiance, et que si je n'aimais pas quelqu'un, je devais suivre mon instinct.

Un après-midi, mon père était venu voir Hannah alors que nous lisions des poèmes de Victor Hugo (Hannah m'avait raconté son enterrement et toute cette foule d'enfants et de vieux et de gens célèbres et d'ouvriers, tous ceux qui le pouvaient avaient suivi le cercueil, ce devait être une belle affaire de mourir accompagné comme ça, avec des larmes qui finissent par faire comme un océan). Hannah m'avait collé un casque sur les oreilles avec de la musique, mais cela ne m'avait pas empêchée d'épier leur conversation. Mon père parlait encore mal français, il parlait lentement, et Hannah ne finissait jamais ses phrases, elle patientait par respect. Le regard de mon père disait sa faute, un regard pareil à celui d'un assassin qui n'est pas inculpé, malgré le sang qui coule sur ses mains. Mélange de soulagement et de frayeur.

— Je savais, tout le monde savait qu'il touchait Zizi et Tala. Sauf Niloo qui ne veut pas savoir, jamais. Et comme les autres, je dis rien. J'ai fait des choses pour protéger *ma* fille. *Ma* fille seulement. *Ma* fille n'est jamais seule avec lui.

Je retenais mon souffle en cherchant un lien entre les bleus de Tala et ce verbe *toucher*. Mon père annonça soudain qu'il n'irait pas à l'enterrement :

— Un imam vient ! Un imam chiite de l'ambassade ! Comment tu peux faire des choses comme ça ?

Et Hannah éclata de rire. Mon père avait l'air coincé. Je remis les écouteurs mais mon cœur battait trop fort dans mes oreilles. Je venais de comprendre que grand-père avait à voir avec l'état de Tala. Une camarade de classe à Téhéran se faisait battre par son père, tout le monde le savait, tout le monde la plaignait, mais personne ne le disait à haute voix, encore moins aux personnes concernées, et personne ne dénonça son père ou ne lui mit son poing dans la gueule. La veille de l'exil, mon père m'avait promis qu'en France, aucun père ne pouvait battre sa fille sans être dénoncé. Que ces pères-là finissaient en prison.

Soudain, le lien entre les bleus de Tala et le grand-père explosa devant moi sous la forme d'images qui s'entrechoquaient comme dans le film porno. Je voyais distinctement grand-père s'approcher de Tala et lui caresser le visage avant de la mettre à genoux, et je ne parvenais pas à imaginer à quoi pouvait ressembler le pénis du grand-père, qui devait être aussi ridé et mou que son visage et son corps, et comment il parvenait à le lui mettre dans la bouche et à lui faire mal. Son pénis avait-il les proportions monstrueuses du pénis de l'acteur ? Le pénis des hommes restait-il jeune tout le temps ? Il y avait trop d'images, trop de possibilités, j'en devenais malade. Je ne parvenais pas à fixer ce qui était arrivé et c'était pire d'avoir trop d'images qu'une seule.

*

Le lendemain, je suis allée voir Tala dans son lit. Je lui ai glissé à l'oreille que plus personne ne la toucherait avec un pénis, que c'était fini, que j'allais m'occuper de tout, qu'en France, ce n'était pas comme en Iran, on emprisonnait les pères qui touchaient leur fille. Tala m'a regardée comme si elle ne comprenait rien alors j'ai répété en français cette fois – elle avait pris un coup dans la tête et les mots en persan s'étaient peut-être enfuis – mais au lieu de sourire et de me remercier, elle s'est roulée en boule. Zizi m'a fait sortir et je n'ai plus eu le droit de rendre visite à Tala.

24.

Ma mère rentra de l'hôpital avec le tout petit frère. Quand je le vis pour la première fois, je reculai d'un pas : il n'avait pas l'air d'un bébé. Ses yeux verts vous fixaient sans chercher à séduire, et ses sourcils étaient naturellement froncés comme s'il allait vous engueuler. Il avait la tête d'un adulte qui sait déjà tout – peut-être était-ce parce qu'il était resté longtemps dans le ventre de notre mère qu'il avait pris de l'avance dans le monde des adultes. Il ne clignait pas des yeux, il nous observait, il fouillait, nos mots, nos silences, nos gestes, rien ne lui échappait. Personne n'avait envie de le bercer ou de l'embrasser, au risque de prendre un coup. Il se mit debout très vite et parla encore plus vite. Il comprenait rapidement parce qu'il savait déjà des tas de choses. Il ne pleurait jamais, ne réclamait jamais à manger – il était anorexique. Il avait déjà compris que les larmes ne servaient à rien dans cette famille. Il fallait le forcer à manger et tous les deux mois, ma mère l'emmenait à l'hôpital pour qu'il soit nourri grâce à une sonde. Il était têtu, il fallait le forcer pour tout – sauf pour dire les choses, ça, il allait le faire vite et bien, tout seul.

Tout le monde s'accordait sur une chose : il était précoce. Le tout petit frère était même un génie. À moins d'un an il marchait, à moins de deux ans il parlait français et persan, à trois ans, il tint tête à Mitra en lui claquant la porte au nez, alors qu'elle venait de crier sur notre mère. Il sut lire très tôt, mais ce qu'il préférait, c'étaient les chiffres : à quatre ans il s'amusait à résoudre mes équations de mathématiques, à six ans il se prit de passion pour les plantes et à sept, pour la chimie. Le balcon de notre appartement se transforma alors en jungle. Le tout petit frère y créa un petit paradis de fleurs, d'arbustes et de plantes. Il y suspendit un hamac et dès les beaux jours, il y dormait, se laissant bercer par le chant des canaris et autres oiseaux dont il s'entoura au gré des années. Il passa son bac à quinze ans et jamais il ne désira quitter notre mère. Il n'avait qu'un seul ami et nous ne connaissions rien de ses idées ou de ses sentiments – sauf qu'il aimait notre mère absolument, amoureusement.

Le tout petit frère hérita des yeux verts de notre grand-père et de notre père, ce qui ne le rendit pas plus attirant. Il avait les paupières tombantes et les sourcils broussailleux, son large front était proéminent (comme celui de mon oncle Behrouz) et sa bouche n'était qu'un trait, fin et indéchiffrable (qu'il tenait de grand-père Mahmoud et de Mitra). Son anorexie infantile laissa des marques dans son corps d'adulte : il était maladivement chétif et garda une silhouette d'adolescent toute sa vie. Il parlait peu mais disait précisément ce qu'il pensait. Il se passionna pour les médecines douces et sans ma mère, il eût passé sa vie dans des pays lointains à ramasser des plantes médicinales aujourd'hui oubliées. Personne, sauf ma mère, ne l'aimait. Tous le craignaient. D'ailleurs, dès l'âge de dix ans, il remplaça notre père. C'est le tout petit frère qui accompagna ma mère aux déjeuners et dîners de famille quand mon père cessa d'adresser la parole à mes tantes et au Chinois. Il ne quitta jamais notre mère. Il était le fruit de sa frustration et de ses espoirs, mais aussi ce qu'elle ne savait pas et qu'elle ne saurait jamais : le vengeur de son humiliation. Quand il eut trois mois, ma mère se décida à lui donner son prénom : Siyavash.

Histoire de Siyavash

« On ne peut surmonter sa mauvaise étoile par l'héroïsme », dit un vieux dicton persan, qui résume bien le destin de Siyavash, le prince innocent. Il explique aussi le choix de ma mère. Voulait-elle conjurer le sort et défier sa mauvaise fortune, en prénommant ainsi son tout petit garçon ? Ou aimait-elle profondément Siyavash comme la majorité des Iraniens ? Première grande figure du martyr, victime de la jalousie et de l'envie, le prince ne parvint pas à inverser le destin, malgré sa tendresse, son humanisme, ses choix justes et raisonnables.

Siyavash était le fils du roi du monde, Key Kâwous, un roi raté, qui se fit toujours avoir par son mauvais caractère, son manque d'esprit critique, et par ses femmes. C'est justement l'une de ses femmes, Soudâbeh, sa préférée, fille de l'ennemie, femme la plus influente de la cour, qui fut la première à entraîner la perte du jeune prince. Parce qu'elle jeta son dévolu sur lui, parce qu'elle était incapable de s'avouer vaincue, parce qu'elle possédait le courage des survivants, elle poussa Siyavash – après moult manigances où elle manqua perdre la vie – à quitter le palais pour prendre la tête d'une nouvelle guerre contre le roi cousin et voisin, Afrâsyâb.

Siyavash gagna cette guerre et fut loué comme le plus beau, le plus courageux, le plus juste des guerriers. Il eut alors le choix : accepter la paix offerte par l'ennemi ou traverser le fleuve et poursuivre la guerre pour soumettre une fois pour toutes cet ennemi ancestral. Il voulait la paix, alors que son père Key Kâwous voulait poursuivre la guerre – le fils choisit en toute conscience. Il tourna le dos à l'Iran et avec ses six mille plus fidèles compagnons, ils prirent le chemin du Tourân et de la cour d'Afrâsyâb qui leur offrit protection.

Siyavash charma le roi ennemi, ses filles, ses conseillers, ses sujets. Il excellait dans l'art de la guerre comme dans ceux de la danse et de la chasse. Il aimait la vie. Il épousa la fille aînée du roi et la fille préférée d'un des Grands du royaume. Il bâtit deux villes plantées de roses où l'art et la joie s'épanouirent durant le court temps de sa grâce.

Trop de beauté et de talent réunis en un seul homme provoquèrent la jalousie et l'envie : possédé par Ahriman (le démon), le frère du roi Afrâsyâb, Garsiwaz, murmura tant et si bien dans l'oreille viciée du roi qu'il y distilla la méfiance et la haine. Garsiwaz se rapprocha aussi de Siyavash, profitant de ses deux faiblesses : son amour et sa bonté à l'égard des plus vulnérables. Garsiwaz joua sur les deux tableaux : il dressa le roi contre Siyavash et s'agenouilla devant le prince, enflammant la jalousie du roi tout en flattant l'empathie de Siyavash. Entre-temps, Siyavash fit un songe entre les bras de sa seconde femme enceinte. Il sut que le temps de sa gloire arrivait à son terme. Il vit que l'enfant à venir serait célébré et admiré. Il lui donna le nom de Key Khosrow. Il sut que sa tête ne porterait jamais de couronne, qu'il n'aurait ni tombeau, ni cercueil, que ses restes seraient cachés sous la terre du

Tourân. Il vit sa femme pieds nus, traitée comme une moins que rien, avant d'être sauvée pour mettre au monde l'enfant qui le vengerait avec l'aide de Rostam, le plus grand des guerriers iraniens. Il eut encore le temps d'ordonner à son cheval d'attendre dans la montagne l'appel de son fils pour reprendre la guerre, et mettre fin à cette suite sanglante de vengeances.

À force de médisance, le roi changea son cœur et lança son armée sur la ville de roses de son gendre héritier. Siyavash ne se défendit pas, il ne leva ni son arc ni son épée, ni même son bouclier. Il eût pu à lui seul battre toute l'armée d'Afrâsyâb et renverser le destin. Il n'en fit rien. Car il avait fait vœu de paix et d'amour.

Ses ennemis n'osèrent pas le toucher et il fallut toute l'autorité du roi pour le faire prisonnier. Mais ni les soldats ni les sujets ne voulurent lui trancher la tête, car couper une tête promise à la couronne porte malheur. Craignant que son frère ne fasse marche arrière, Garsiwaz attisa à nouveau sa haine envers le jeune prince. Le roi craignait pour son trône. Le sang de ses ancêtres coulait dans ses veines, le désir de vengeance millénaire brouilla sa vue et il ordonna la mort du prince Siyavash qui fut emmené jusqu'à un endroit tellement pierreux qu'aucun arbre ne pouvait y pousser. Sa tête fut coupée au-dessus d'une cuve d'or. Mais une goutte de sang tomba sur le sol et à l'instant même une plante sortit de la terre aride. On lui donna le nom de Pariwachân – l'adiante ou cheveu-de-vénus, plante médicinale qui existe toujours et continue de soigner et guérir.

Depuis, la figure de Siyavash est chantée, louée, pleurée. Il est si puissant dans la psyché des Iraniens, qu'après les invasions arabes, alors que le peuple persan boudait la nouvelle religion imposée, il fallut que le petit-fils de Mahomet, le fils d'Ali et de Fatima, Hossein, beau et juste guerrier, périsse en martyr sur le champ de bataille, assoiffé et affamé, et le corps démembré, pour que le peuple iranien s'approprie cette figure familière, confonde le prince innocent Siyavash avec le nouveau prophète Hossein, et que naisse la nouvelle religion : le chiisme.

Siyavash apparaît dans tous les chants, dans toutes les lamentations, dans toutes les fêtes, dans tous les deuils. Ni la beauté, ni la force, ni la justice ne purent le sauver des mains aveugles du destin. Il accepta la mort alors qu'il aimait la vie, il accepta de ne jamais connaître le fils qui non seulement le vengerait mais dominerait enfin l'Iran et le Tourân réunis, il ferma les yeux sur la beauté du monde pour offrir la paix à l'avenir. Siyavash est le prince du sacrifice.

25.

L'enterrement du grand-père eut lieu trois jours après le retour de ma mère et du tout petit frère. Les enfants n'eurent pas le droit d'y assister : cela ne se faisait pas en Iran, bien que la mort fût là tout le temps. Mon père resta à la maison pour nous garder. Mitra, Zizi et ma mère se couvrirent de noir et de larmes.

Alors que personne ne l'avait jamais aimé, alors que je me repassais tous les soirs avant de m'endormir les détails, les remarques, les regards que je récoltais cachée sous le canapé, planquée derrière la porte, réfugiée aux toilettes ; alors que je savais, comme tout le monde, que grand-père avait fait comme dans un porno avec Tala ; alors que ça sentait la dissimulation de partout, les sœurs le pleurèrent (sauf Tala qui n'avait toujours pas quitté le lit), et le Chinois ne joua plus au backgammon, le temps du deuil. Nous reçûmes des condoléances de toutes les villes de l'exil, des gerbes de fleurs et des friandises. Mon père ne protesta pas, ne répondit même pas à ma mère quand elle insista pour qu'il vienne à l'enterrement et laisse les enfants à Hannah – qui aurait par ailleurs refusé de participer de près ou de loin à ce qu'elle appelait une mascarade (je ne connaissais pas le mot que je confondais avec le mascara et je me disais que c'était ça l'enterrement du grand-père : du maquillage pour cacher les bleus qui deviennent jaunes). Elle fit d'ailleurs l'erreur de le dire à ma mère qui ne pouvait l'entendre.

Quand toute la famille fut partie, Omid sonna à la porte. Mon père me confia les cousins et le tout petit frère et accompagna Omid au 8e étage pour qu'il puisse voir Tala. Je sentis que j'avais grandi aussi : mon père ne me fit pas la liste de tout ce que je ne devais pas faire pendant leur absence, il ne me répéta pas qu'il fallait surveiller Pejman pour éviter qu'il tente de nouveau le saut de l'ange, il me dit simplement de garder un œil sur les petits. Je sus que j'étais devenue grande pour de bon et même si j'en tirais une certaine fierté, je savais aussi que c'en était fini de se reposer sur les épaules des adultes, qui mouraient en perdant leur pouvoir de consolation.

*

Des années plus tard, Omid me raconta que Tala s'était mise à trembler quand elle l'avait vu entrer avec mon père, qu'elle s'était réfugiée sous les draps et qu'il lui avait fallu beaucoup de patience pour qu'enfin elle accepte de parler ou de le laisser tenir sa main. Mon père s'apprêtait à partir quand Tala se mit à hurler qu'elle ne voulait pas rester seule avec Omid.

Enfin, Tala accepta de sortir la tête des draps, et son Lawrence d'Arabie tenta alors de la convaincre de venir vivre avec lui, de s'éloigner de la famille, de voir quelqu'un pour aller mieux, de prendre un chat, de ne plus s'occuper de la révolution, de faire l'amour plus souvent, de partir à la mer sur un coup de tête, de reprendre les Beaux-Arts, de retrouver la liberté de ne pas avoir d'idées, d'oublier le rouge à lèvres et de ne garder que le sourire. Il lui lista la vie telle qu'il la rêvait avec elle, il lui répéta qu'elle n'avait rien fait de mal, qu'il mourrait si elle l'oubliait, et il lui fit l'honneur de ne pas la demander en mariage pour qu'elle sache à quel point il l'aimait. Mon père, qui regardait le plafond peint par Zizi pour ne pas trop entendre tout ce qu'Omid disait de beau, n'oublierait jamais le « non » de Tala, ce cri d'un cœur qu'elle n'avait pas, son refus de l'inconnu, sa phobie de l'insouciance, son incapacité à couper le cordon. Alors, Omid déposa un baiser sur son front entouré de cheveux blancs, puis sa paume comme pour vérifier qu'elle n'avait pas de fièvre et qu'elle était convaincue de ce « non » si blessant pour un homme amoureux, et il partit. Mon père resta encore quelques instants et il demanda à Tala la raison de son refus. Tala prit son temps pour répondre. Puis, d'une voix ferme, elle lui dit : « Je veux rester avec mes sœurs. »

Et mon père revit le visage de sa femme, son regard affolé quand il lui avait proposé, à Téhéran, d'attendre avant de s'exiler ou de choisir Londres, ou de faire leur vie à eux sans tenir compte de la famille. Au fond, Tala ne valait pas mieux que ma mère.

*

Mais quand elle sortit de son lit, Tala revit Omid et leur histoire redémarra. Elle revit aussi Amir, et leurs manigances reprirent de plus belle. Omid et Tala dînèrent de nouveau tous les deux à la maison et, pendant neuf années, ils furent présents à presque tous les anniversaires, et à presque tous les Nouvel An. Elle n'accepta jamais de vivre avec lui, pas plus qu'elle n'assuma leur relation auprès de ses sœurs (à l'exception de Zizi qui n'envisageait pas d'être éloignée de sa sœur), elle ne partit jamais sur un coup de tête à la mer et ne cessa jamais de cacher son vrai visage sous des couches de maquillage qui la vieillissaient et la firent ressembler de plus en plus à Mitra et de moins en moins à la grande amoureuse qu'elle aurait pu être si elle avait accepté de se voir dans le regard d'Omid plutôt que dans le miroir déformant de son ascendance.

26.

L'arrivée de mon oncle Behrouz éteignit, le temps de son séjour, la fronde familiale. Il ne put obtenir de visa pour arriver à temps pour l'enterrement, mais dix jours plus tard, il était à Paris. Toutes les sœurs se mirent au régime et ma mère distribua des robes, des chemises, des cravates, des chaussures, un nouveau tapis par-ci, un nouveau vase par-là, des bijoux semi-précieux un peu partout, des écharpes, des plantes, et même un autre fauteuil confortable qui empêchait tout mouvement dans la pièce à vivre de Mitra et du Chinois.

Dieu en personne foulait le sol parisien, la grande tartuferie pouvait débuter. Deux jours avant son arrivée, toutes mes tantes passèrent chez le coiffeur et elles la jouèrent comme à Téhéran. Même ma mère et moi fûmes invitées à les accompagner. Et pour la première fois, Tala sortit du lit, amaigrie, le visage creusé, les yeux dans le vague et le blanc de ses cheveux dissimulé sous un chapeau. Quatre femmes et une petite fille presque adolescente entrèrent dans un salon de coiffure parisien place de la Bastille. Les coiffeurs hallucinèrent : ma mère et mes tantes se comportèrent comme des grandes dames désagréables, conversant en français, anglais et persan, dirigeant les opérations avec précision (ma mère alla jusqu'à prendre les ciseaux de la main du coiffeur pour rectifier sa frange), en faisant des sous-entendus dégueulasses en persan sur l'homosexualité flagrante de certains, à qui elles n'accordèrent, bien sûr, aucun pourboire. J'avais envie de crier qu'elles trichaient avec leurs grands airs et leurs vêtements griffés, qu'elles vivaient dans des tout petits appartements, qu'elles comptaient leurs sous, et que nous étions pauvres. Mais les coiffeurs n'étaient pas dupes (ils avaient l'habitude des humains) : ils voyaient bien que tout ça c'était que de la poudre aux yeux.

Ce jour-là, pour la première fois, j'exerçai mon français en dehors du cercle familial. Je fus aussi surprise que ma mère et mes tantes de pouvoir tenir une conversation, et même de les faire rire en leur parlant de la coiffure de Julie Récamier. Et j'enchaînai avec l'histoire de la Belle Otero, la plus grande courtisane de tous les temps qui poussa au suicide plus d'une quinzaine d'hommes et finit ses vieux jours à Nice (elle mourut à quatre-vingt-seize ans), entretenue par les casinos où elle avait dilapidé sa fortune, la plus importante d'Europe à l'heure de sa gloire. Je sus alors que pour se faire aimer, il n'y avait pas de meilleur moyen que de raconter des histoires.

Mais surtout, je découvris l'hermaphrodite vivant : une coiffeuse avec un corps de garçon, des cheveux courts et un beau visage fin. J'avais déjà été saisie par *L'hermaphrodite endormi*, aperçu au Louvre avec Omid, j'avais tourné autour, passant de la volupté de la femme assoupie à la surprise du sexe masculin, pile ou face, rêve ou réalité, femme ou homme. Habituée depuis l'enfance aux lignes droites et aux idées tranchées, aux femmes très femmes, aux hommes très hommes, je découvrais l'ambiguïté, l'entre-deux, le possible dans l'impossible et un monde s'ouvrit à moi. On pouvait être femme tout en étant homme et dans mon monde limité, cette détonation me fit immédiatement préférer le flou aux certitudes.

La coiffeuse hermaphrodite me captiva : je n'avais jamais vu une femme tout en jambes (en Iran, les femmes étaient des seins), la démarche masculine, sans autre maquillage que des yeux charbonneux et pourtant, il se dégageait d'elle quelque chose de profondément féminin. Je vibrais quand elle glissait ses doigts dans mes cheveux et en retour, je voulais la séduire, c'est à son attention que je brodai ma première histoire en public. Zizi le remarqua. Elle qui ne disait jamais rien, changea de place pour s'installer près de moi et me fit la conversation en persan, coupant le lien entre mon hermaphrodite et moi. Mais je ne lâchais pas, je n'avais d'yeux que pour elle et si je répondais à Zizi, je ne manquais pas de parler de Sarah Bernhardt et de sa jambe en bois, ni de *L'hermaphrodite endormi* du Louvre, et peut-être qu'à ce moment-là, mon androgyne sut qu'elle me plaisait parce qu'elle fut moins souriante et plus charmeuse. Je n'étais qu'une enfant, mais je compris alors qu'ils étaient rares ceux qui résistaient à l'amour. Même si elle n'allait pas s'enfuir avec moi, même si elle n'allait pas m'embrasser, elle fut touchée et ce d'autant plus qu'elle sentit l'hostilité de Zizi. Une solidarité s'installa entre elle et moi.

Malgré le manque de tact et de sympathie de mes tantes, les coiffeurs ne firent pas payer ma coupe. Mes tantes n'avaient rien compris : elles pensaient que j'avais charmé les coiffeurs avec ma bouille de blonde, d'Occidentale, et qu'ils étaient désagréables avec elles parce qu'ils étaient racistes, mais c'étaient mes histoires qui leur avaient plu. Tala, qui n'avait pas décroché un sourire ni un mot, me prit par le bras et le serra très fort en me disant sans aucune tendresse – et c'était étonnant qu'avec sa maigreur elle possédât encore tellement de force dans ses mains osseuses :

— Arrête de faire le clown comme ta mère pour te faire aimer. Ça ne marche pas.

Je me dégageai de son étreinte et je marchai devant elles. Peu importait que Tala ne comprenne rien. Peu importait qu'elle dise que je ressemblais à ma mère. Petit à petit, je tissais un lien entre le visage si féminin d'Omid, l'hermaphrodite endormi du Louvre et l'androgyne du salon de coiffure. Voilà ce qui importait. Car ce lien était le désir. Ce mot inconnu de ma famille, ce mot honni, m'attirait irrésistiblement vers l'indéfini, l'entre-deux, les femmes qui ressemblaient à des hommes et les hommes qui ressemblaient à des femmes. Oui, voilà ce qui comptait vraiment.

27.

C'est dans leur rapport à la mort que les hommes se distinguent. Ou aux cadavres, à ce qui reste d'une vie. À Bombay, les Parsis abandonnent les cadavres sur les tours de silence, où les vautours, le calcaire, les rampants et le temps, se chargent de les faire disparaître (il n'y a presque plus d'oiseaux de proie, ce qui rend plus difficile la décomposition des corps, les rites millénaires sont mis à mal par la main de l'homme qui détruit joyeusement la nature). Les musulmans enterrent vite. À même la terre, le corps emmitouflé dans trois draps blancs (pour les hommes), dans six (pour les femmes). Les juifs enterrent vite aussi, et les proches déchirent un bout de leurs vêtements le jour de la mise en terre, pour matérialiser la douleur. Durant les veillées, les pieds du défunt doivent être dirigés vers la porte, pour l'aider à trouver la sortie. Les chrétiens exposent leurs morts et les enterrent dans des cercueils hermétiques, pour préserver l'intégrité du corps en attendant son arrivée au ciel. Quant aux hindouistes, ils brûlent leurs cadavres – à mon avis, c'est un problème de pudeur, les Indiens ont un sacré problème de pudeur malgré ou à cause du *Kama-Sutra*.

Pour les idéalistes tels que mon oncle Behrouz, ses sœurs et leurs semblables, la mort aussi doit être idéale. Elle doit avoir un sens politique, servir la révolution. Ce qui compte, c'est le symbole, l'année de la mort, l'événement historique dans lequel elle s'inscrit, le nombre de balles, la violence. Ils aiment la mort quand le cadavre parle. Ils se foutent du cadavre et de la façon dont il est enterré. Ils veulent une plaque qui exalte, un lieu qui fédère, un souvenir qui brise des chaînes. Les idéalistes sont prisonniers de leurs cadavres.

À Paris, il y a le Père-Lachaise pour vous réconcilier avec la mort si elle vous contrarie, et pour l'accepter si vous craignez la solitude. Pour les non-croyants, la promenade au Père-Lachaise est un rituel au moins aussi important que la messe du dimanche pour les croyants. Tous les dimanches matin, avec mon père, je me baladais dans le cimetière. Cela devait durer aussi longtemps que je vécus avec mes parents, et même plus tard, quand, sans nous en rendre compte, mon père et moi prenions le chemin du Père-Lachaise pour poursuivre notre conversation silencieuse, sachant parfaitement où nous allions et devant quelles tombes nous arrêter.

Le Père-Lachaise et ses tombes célèbres furent aussi un moyen de faire parler les cousines d'Amérique en visite à Paris. Je leur montrai la tombe de Colette qu'elle partageait avec sa fille unique Bel-Gazou, et leur racontai comment, après l'avoir adorée, gâtée, louée, aimée, parce qu'elle ressemblait à Henry de Jouvenel, Colette la rejeta pour cette même raison, au lendemain de son divorce. La cousine se confia alors, me raconta le rejet de ses filles par leur père, à cause de sa mère mongole à qui elles devaient leurs yeux bridés. Ensuite, ce fut une autre cousine, plus jeune celle-là, mais qui savait beaucoup de choses sur les deux dernières filles de la Sombre, mon arrière-arrière-grand-mère : enfuies à Moscou, l'une d'elles s'était défenestrée par amour. J'étais parvenue à la faire parler sur la tombe de Modigliani et de Jeanne Hébuterne qui s'était jetée enceinte par la fenêtre après la mort de son grand Amedeo. Mes cousines d'Amérique se confessaient au Père-Lachaise, comme jadis Louis XIV. Sur le plus haut plateau de ce qui était alors un monastère où sévissait le père Lachaise, confesseur du très jeune Louis XIV, ce dernier avait assisté à la Fronde et face à cette violence, qui mettait en cause sa légitimité, la monarchie absolue avait vu le jour. Mon oncle se dressa fièrement sur le chemin dit de Mont-Louis, au point le plus haut du cimetière et pour un peu, on l'aurait pris pour le futur monarque. Son séjour se voulait un pèlerinage de l'histoire de la gauche radicale en France. Il s'était tant nourri de livres, que découvrir, grandeur nature, les stigmates de l'Histoire l'excitait totalement – il voulut aussi visiter le Louvre, avant tout parce que les révolutionnaires du XVIIIe siècle l'avaient transformé en musée. Tout était connoté avec l'oncle Behrouz, tout était destruction totale du passé. Il avait une attitude de toxico. Alors, vous pensez, le Père-Lachaise ! Il savait tout déjà. C'était là qu'avaient été enterrés les Lafargue, après leur double suicide, là que Lénine, Kollontaï, Trotski et tous leurs petits copains s'étaient retrouvés pour discourir sur la révolution qui réussirait quelques années plus tard, mais qui était déjà en cours dans leur cœur : la tombe des Lafargue était le lieu de l'exil triomphant – ils avaient réussi leur révolution alors qu'ils n'étaient encore que des opposants isolés à Paris. Mais surtout, c'est là que mon oncle sentit la grâce de la révolution se poser sur son épaule et l'adouber.

La vie est farceuse. Elle nous fit le cadeau d'une scène de film, au tournant d'un chemin pavé, tout au bout du Père-Lachaise, devant le mur des Fédérés, là où les cent quarante-sept derniers communards furent exécutés par le pouvoir qui se transforma en Troisième République – celle que nous chérissons tous, nous les exilés, parce qu'elle nous parle comme à personne d'autre. Nous nous étions arrêtés devant un groupe de Roumains rouge coco qui rendait hommage aux communards en chantant à tue-tête *L'Internationale* dans leur langue maternelle. Ils chantaient la rengaine éternelle, le poing levé, la tête haute. Une petite fille habillée comme Gavroche portait un grand bouquet de fleurs rouges, sa mère la tenait par l'écharpe et la surveillait du coin de l'œil pour qu'elle dépose le bouquet au bon moment. Mon oncle versa une larme et mon père regretta le destin qui nous avait menés là, à ce moment précis : Behrouz n'allait pas quitter la mystique communiste de sitôt.

Après la séquence de *L'Internationale*, mon oncle me raconta la Commune et le jeune Marx et la rue des Cordeliers et la communauté des hommes qui vaut mieux que l'individu tout seul, et il recommença avec les-putains-d'enculés-de-fascistes et les-gardiens-de-la-morale-mon-cul qui menacent la liberté de l'homme. Je me demandais déjà si la liberté de l'homme, ce n'était pas d'être peinard dans son coin, avec son bout de terre et sa solitude. Alors pourquoi mon oncle voulait absolument leur coller des copains avec qui tout partager ?

Ensuite, mon oncle demanda à voir la tombe de Sadegh Hedayat (même nom de famille, mais rien à voir avec la nôtre), un écrivain très connu en Iran, un peu connu en France, parce qu'il était copain avec Cocteau, fumeur d'opium et s'était suicidé à Paris dans sa chambre d'hôtel. Sa tombe était à quelques pas de celle de Proust. Mon oncle Behrouz ne put s'en empêcher : « c'est le coin des pédés », dit-il. Ni mon père ni moi n'avons ri, et mon oncle fut surpris de voir la tombe noire, brillante, conique de Hedayat couverte de fleurs et de petits mots écrits en persan. Ce qui le mettait en colère, c'est qu'on adule un écrivain, un poète, un dilettante, un bourgeois inconscient qui préférait se droguer et se faire enculer plutôt que de participer au bien-être du monde – qu'importe que Sadegh Hedayat ne soit pas homosexuel. Il fit son discours à mon père qui ne l'écoutait pas, j'en suis certaine, parce qu'il aimait *La chouette aveugle* et qu'une chouette était gravée devant le nom de l'écrivain, une chouette en trois traits qui était comme un clin d'œil réservé aux initiés. Je levai la tête vers le ciel pour y trouver un souffle, j'y découvris un cerisier.

Mon père leva la tête et oncle Behrouz fut fâché que je l'interrompe au milieu de sa harangue.

— Il doit y avoir un peu de l'âme de Hedayat dans le goût de la cerise, dit mon père dans un sourire mélancolique à faire regretter d'être en vie.

— Tu deviens religieux ? demanda mon oncle.

— Tu crois qu'on peut en manger ?

Je tirai la manche de mon père qui me prit dans ses bras et je tendis mes mains vers les premières branches accessibles.

Alors que mon oncle Behrouz refusait d'y goûter – il craignait certainement de devenir homo et d'écrire de jolis mots – mon père et moi nous régalâmes des cerises de Hedayat en regardant sa tombe.

28.

Mon oncle Behrouz ne sut rien des luttes intestines, des enjeux financiers, de la guerre froide entre Mitra et mon père, de Tala et d'Omid, de Zizi et de ses scarifications. Il vit Amir dès qu'il posa le pied sur le sol parisien et disparut trois jours avec lui, pour rencontrer des « révolutionnaires » et des « intellectuels », ce qui fit beaucoup rire mon père, mais pas du tout ma mère. Il pleura discrètement son père qu'il aimait pour avoir redonné du lustre à sa famille (en finançant généreusement sa révolution), il porta le deuil et se recueillit sur sa tombe (dans le carré musulman d'un cimetière de banlieue parisienne, un emplacement qui me donnait une certaine légitimité à être française, mais ne voulant pas de mon grand-père, je ne suis jamais allée me recueillir sur sa tombe). Il ne comprenait pas que la gauche française fût aussi tranquille alors que la droite était au pouvoir. Il pensait que la France était rouillée, qu'elle ne savait plus du tout sa Commune – il n'aimait pas la révolution française : si elle avait fait table rase de la royauté, elle restait l'œuvre de bourgeois, donc du travail mal fait – et il nous regardait, enfants de la famille, en se demandant ce que nous allions devenir au milieu d'un tel marasme.

Un petit détail aurait dû nous mettre la puce à l'oreille : quand l'oncle Behrouz tenait le tout petit frère dans ses bras, celui-ci se mettait systématiquement à chier et ça puait particulièrement fort. La première fois, tout le monde a ri, la deuxième un peu moins, la troisième fois, tout le monde s'est demandé si le tout petit frère ne faisait pas exprès jusqu'à ce que Mitra explique qu'il faisait un cadeau à mon oncle. C'était un bébé et tout ce qu'il avait à offrir, c'était son caca. Et elle ajouta : « Ce ne serait pas la même chose s'il te vomissait dessus à chaque fois. » Et le tout petit frère se mit à vomir sur oncle Behrouz à chaque fois qu'il le portait ou l'approchait de trop près. Le tout petit frère comprenait déjà ce qui se racontait autour de lui. Dorénavant, il vaudrait mieux se taire en sa présence.

*

Durant vingt et un jours de trêve, je ne vis pas Omid, toutes les sœurs s'appelèrent « chérie », toutes les pièces rapportées se tinrent tranquilles derrière leur femme, ma mère n'eut plus à faire ni à manger ni le ménage : chacune voulant prouver au frère à quel point elle était aussi bonne ménagère que parfaite révolutionnaire, les sœurs évitaient aussi d'humilier ma mère devant Behrouz parce qu'elle avait été la seule à transporter des armes et à risquer sa vie à Téhéran. Puis, Behrouz s'en alla, rassuré de savoir ses sœurs heureuses et bien pourvues matériellement – Mitra l'avait embobiné, preuve supplémentaire de son talent. Il confia à Amir ses doutes sur l'esprit révolutionnaire de la France. Ce dernier lui répéta qu'il avait déjà proposé à Tala de rejoindre la lutte à Londres, et se vit confier l'hygiène politique de la famille. Avant de quitter l'appartement pour l'aéroport, Behrouz s'arrêta devant moi et me demanda de retourner régulièrement devant le mur des Fédérés en pensant à lui. Je lui répondis que je préférais les cerises de la chouette aveugle. Il ne m'embrassa pas et se retourna vers mon père pour lui dire que la poésie ne menait souvent qu'à l'égoïsme. Mon père lui rappela combien ils avaient aimé lire de la poésie à l'université.

— Oui, mais c'était de la poésie iranienne !

— Hedayat aussi, rétorqua mon père.

— Non, Hedayat s'est suicidé en France.

— Mais il écrit l'Iran.

— Vu de Paris.

— Je ne te savais pas nationaliste.

— Je ne te savais pas cosmopolite.

— …

— Fais attention à ta fille. Elle peut mal tourner avec tout cet Iran vu de Paris.

Je ne revis jamais mon oncle. Il n'appela jamais ma mère pour prendre de ses nouvelles. Et la seule fois où mon père reprit contact avec lui, ils s'insultèrent (fait inédit, pour mon père).

29.

À l'heure où mon oncle Behrouz remontait dans l'avion, à l'heure où ma mère et ses sœurs se serraient dans un taxi, silencieuses, aucune ne pouvant ignorer que les liens étaient bel et bien brisés, je me mis à enfler. Mon père cuisait le thé, le Chinois faisait le tour des révolutionnaires de Paris – auréolé par la furtive présence de Behrouz –, Pejman était à l'école, et Mina dormait. Le tout petit frère, déjà assis dans son berceau, me regardait fixement. Soudain, le tout petit frère commença à devenir de plus en plus flou, je voulus appeler mon père mais aucun son ne sortit de ma bouche. Je cherchai à me lever mais je ne contrôlais plus mon corps. Je n'entendais plus rien. Mon père, le plateau de thé à la main, entra dans le salon. Je vis la surprise puis la panique sur son visage jusqu'à ne plus rien voir du tout.

*

J'étais victime d'une allergie sévère. Mes paupières, mes lèvres, ma langue, mes mains et mes pieds gonflaient, mes voies respiratoires étaient bouchées, d'épaisses plaques rouges couvraient mon corps. Mon père appela les urgences avant de sonner chez Hannah. Après une piqûre de cortisone, je me réveillai mais j'entendais mal, je voyais flou, je ne pouvais pas parler, ma langue étouffait ma parole. Lorsque ma mère et mes tantes rentrèrent, elles se figèrent devant mon corps et mon visage déformés, ma mère se laissa tomber près de moi, Mitra voulut savoir si c'était contagieux et Zizi s'empressa de me dessiner. Tala dut se rendre compte qu'elle m'aimait encore puisqu'elle pleura – ce fut mon père qui me raconta la scène, je ne m'en souviens pas, je confondais les visages, tout était enveloppé dans un épais brouillard.

Tante Mitra ne proposa pas son lit, ni l'appartement de grand-père Mahmoud qui n'était toujours pas loué. Elle s'y réfugia en famille après avoir fermé sa chambre à clef, puis un jour où mes parents et le tout petit frère étaient à mes côtés, elle en profita pour fermer l'appartement, changer les serrures et déposer les affaires de toilette et quelques vêtements sur le palier. C'est alors que mes parents s'installèrent chez Hannah.

30.

Hannah me transporta chez elle, me mit dans sa chambre et ne quitta pas mon chevet. Elles se relayaient avec ma mère qui croyait que j'allais mourir – c'était étonnant de voir le tout petit frère passer ses mains sur son visage quand elle pleurait. Hannah était là qui me lisait un livre – je ne sais plus ce que c'était, mais elle jouait les dialogues, et tentait de me retenir à la réalité. Les visages se superposaient, je confondais ma mère avec

Tala, Zizi avec Mitra, j'appelais Ziba alors que je ne la connaissais pas, je m'endormais, me réveillais en sueur. Je ne rêvais pas, je faisais des cauchemars. Je voyais mes tantes, mes oncles Behrouz et le Chinois, les yeux bandés, les mains derrière le dos, alignés devant le mur des communards, mon père et Omid les tenaient en joue au bout de leur fusil ; je voyais Tala nue, attachée sur un lit, offerte, vulnérable, des chiens autour d'elle la reniflant, la léchant, et elle pleurait tout en me réclamant ; je voyais Zizi perdue dans un de ses tableaux, son beau visage, si parfaitement symétrique, vissé sur un corps de rat, traversait le grand salon de Téhéran dont les meubles s'animaient et la poursuivaient avant qu'elle ne découvre un passage à travers le tronc d'un cerisier pour trouver refuge dans l'appartement parisien de Mitra et du Chinois où elle me mordait les chevilles jusqu'au sang ; je voyais Omid vêtu comme un patricien de la Grèce antique, un doigt levé vers le ciel comme s'il commençait un discours tandis que des mains invisibles lui jetaient des œufs sans le faire réagir, et il souriait jusqu'à ce qu'un bruit terrible le fasse tomber en arrière sur un lit où se trouvait l'oncle Behrouz qui se métamorphosait en des milliers de rats qui lui mangeaient le visage.

Omid était là. Il était là, le matin avant de partir à l'université et le soir à son retour. Il me racontait des histoires sur Gerda Taro et Capa, Saint-Exupéry et Louise de Vilmorin, Aragon et Triolet, il me parlait d'amour, et si je n'entendais qu'un mot sur deux, je saisissais au vol que Gerda Taro était morte trop jeune et que sans elle, Capa n'aurait pas existé ; que Triolet avait choisi Aragon longtemps avant de le rencontrer et qu'elle ne le lâcha plus, le retenant dans les filets invisibles et puissants de son idéal ; que Louise de Vilmorin était une délicieuse et dangereuse séductrice qui manquait terriblement de cœur tant elle avait d'idées. Je brodais le reste, mon corps déformé, éclaté, me permettait de me récréer, de me donner un autre visage, un autre destin. Je ne savais plus qui j'étais ni à quoi je ressemblais. Je perdais mon corps et mon visage. Plus Omid me racontait d'histoires, plus ma peau rougissait, gonflait, se couvrant de petits boutons blancs difformes qui, bientôt, laisseraient apparaître une autre peau, plus romanesque et plus belle. Je me fantasmais autre, j'imaginais l'odeur de pivoine de Marie de Régnier et la passion qui accompagna sa vie au travers des hommes de lettres qui tous l'aimèrent à l'en haïr ; la dégaine sensuelle et vulgaire de Kiki de Montparnasse, l'ambitieuse sans poil au sexe ; la grâce hautaine de Liane de Pougy et des martinets qu'elle fut la première à utiliser dans le demi-monde pour mettre ses riches admirateurs à genoux ; je leur empruntais leurs amours, leur fantaisie, leur corps et demeurais en vie. Omid me sauva avec ses histoires, mon imagination fit le reste.

Tala essaya d'éloigner Omid, elle était comme ses sœurs, comme son pays de naissance, elle ne supportait pas qu'un étranger assiste aux ravages de la maladie. Elle avait protesté quand Hannah m'avait installée chez elle – sans pour autant réclamer à Mitra la clef de sa chambre. Elle ne fut pas vraiment là pour moi. Elle jouait la vigie familiale, rapportant tout ce qui se passait dans la chambre. Je n'ai pas souvenir qu'elle m'ait tenu la main une seule fois – elle aussi devait me croire contagieuse. Mon père sut alors que c'était foutu pour Tala. Car en quittant la chambre d'Hannah, elle le croisa et lui lança : « Il y a trop de juifs autour de cette enfant. »

*

Je gonflais le matin et le soir, je délirais le reste du temps. Mon allergie dura trois semaines. Malgré les prises de sang, les tests, les spécialistes, il fut impossible de trouver une cause à mon mal. Après une semaine, je remarquai que je prenais du plaisir à être muette et presque sourde à ce qui se disait autour de moi. Mon allergie filtrait les cris et la brutalité, tout me parvenait comme adouci. Mes délires étaient moins effrayants que la réalité. J'allais de mieux en mieux, je ne gonflais plus que le soir, Hannah me faisait des piqûres qui me calmaient instantanément, mes cauchemars s'espacèrent, je me réalimentais. Les membres de ma famille prirent l'habitude de prendre le thé dans la chambre d'Hannah, ils discutaient en persan alors qu'Hannah et ma mère s'occupaient de moi, me nourrissaient, me réveillaient quand je m'agitais trop, surveillaient ma fièvre, vérifiaient ma respiration. Alors que j'émergeais petit à petit, mon ouïe s'affina et je le regrettais presque, car la violence se fraya un chemin jusqu'au chevet de ma convalescence, et c'est ainsi que j'appris par mon père et Hannah que la famille s'était réunie autour du testament de grand-père Mahmoud. Mais il n'en avait pas laissé.

31.

Après le décès d'un patriarche, non seulement les vivants s'écharpent pour les biens matériels mais ils récoltent aussi, souvent bien malgré eux, les traits de caractère ou les habitudes du disparu. Face à la mort, la panique de l'inconnu est si grande, que préserver ce qui a été se révèle indispensable pour continuer à vivre. Ou peut-être que l'absence définitive du mort révèle soudain son héritage à ceux qui restent. C'est ainsi que Zizi devint opiomane, que Mitra se fit plus réactionnaire encore, cessant tout à fait de sourire pour ne faire que compter, et que Tala commença, quoique ralentie par la présence d'Omid, sa longue descente vers l'enfer de ses sœurs (comme si, après s'en être si brutalement éloignée, elle ne pouvait que le payer en les surpassant dans la médiocrité). Ma mère ne changea pas, son père ne l'ayant jamais aimée (ni touchée). Plus personne ne parla jamais de grand-père Mahmoud.

Tous se réunirent pour assister à la lecture du testament qui n'en était pas un. Oncle Behrouz était déjà reparti, jamais Mitra n'aurait osé faire ce qu'elle s'apprêtait à faire devant celui qui était le vrai chef de famille, le seul frère, celui qui avait contaminé tout le monde avec le virus de la révolution permanente.

— Étant donné qu'il ne reste plus grand-chose, nous pensons qu'il faut investir ce qui reste dans l'affaire familiale. C'est ce qu'aurait voulu notre père.

Mitra parlait et tout le monde hochait la tête sauf ma mère, qui savait qu'il restait plus qu'on ne le disait puisqu'elle faisait le ménage chez tout le monde et voyait traîner tous les papiers, mais elle n'osa pas contredire sa sœur et n'en fit part à personne. Tala ne dit rien non plus, parce qu'elle ne parlait plus quand il s'agissait du grand-père.

— Les morts ne reviennent pas nous tirer les oreilles, je pense qu'il serait bien de tout partager et de laisser à chacun le loisir d'investir, répondit mon père qui tenait la main de ma mère pour s'assurer qu'elle ne protesterait pas.

Mitra ne voulait pas répartir équitablement l'héritage. Elle avait déjà signé pour l'achat de l'appartement et avait besoin de cet argent. Nous ne l'avons su que des années plus tard, de même qu'elle avait aussi acheté l'appartement du grand-père. Au bout de dix ans, l'immeuble lui appartiendrait.

— Mitra chérie a raison : il faut voir à long terme. Si l'argent est distribué n'importe comment, ce sera comme s'il n'avait pas existé et nous n'aurons jamais d'avenir solide ici.

Le nouveau patriarche, le Chinois, avait donc parlé. Personne ne protesta même si tout le monde savait que Mitra décidait de tout ; les titres avaient leur importance dans la hiérarchie familiale et le Chinois demeura comme Puyi, le dernier empereur de Chine à garder le titre sans exercer une miette de pouvoir.

*

L'héritage se limitait à quelques assiettes, des briquets en argent, des cravates, un service à thé avec son samovar en plaqué or, des chaînes de montre de valeur, les bagues du grand-père et quelques miniatures qui furent partagées par tirage au sort. Ma mère récolta les miniatures, trois cravates et une assiette qui était dans la dot de sa mère. Zizi avait déjà subtilisé les pipes et l'opium de son père (elle proposa de tout jeter, mais après un long mois d'hésitation, alors que Tala découchait pour le troisième soir d'affilée, elle alluma sa première pipe. Depuis, elle est toujours aussi étrangement belle mais son regard s'est éteint, et tout le monde lui parle en chuchotant comme pour la réveiller en douceur).

Mon père, qui comptait sur l'argent de Mahmoud pour déménager, sortit discrètement avant le déjeuner. Il alla chez Omid qui habitait en face de la résidence et se démenait pour nous trouver un appartement. Le premier qu'il avait trouvé n'était pas dans le quartier de Bastille, et ma mère refusa de s'éloigner de ses sœurs. Mon père savait qu'il fallait fuir, Omid le savait aussi, mais personne ne voulait faire de la peine à ma mère. Une erreur comme nous en commettons tous, par pitié. Il ne fallait pas avoir pitié de ma mère, mais l'arracher comme une mauvaise herbe à son environnement toxique, lui intimer l'ordre de faire ses bagages et de s'échapper. Il ne faut jamais avoir pitié de ceux qui sont incapables de prendre une décision pour leur bien et n'agissent que par peur. Mais ils étaient iraniens et tenaient le malheur en respect.

Pourtant, ma mère savait que Mitra gardait tout l'héritage, et elle lui en voulait *un peu* d'avoir fermé sa chambre et son appartement à clef suite à mon allergie. Il fallait déménager avant que je sois remise, ma mère en était certaine. Je l'entendis l'annoncer à mon père. Jamais elle ne m'avait semblé aussi sûre d'elle.

Finalement, Hannah nous trouva un appartement. Dans la même résidence, à l'opposé exact de ce qui deviendrait l'immeuble familial. Un exil dans un exil. Un deux-pièces ! Rien que pour nous ! Mon père et Hannah auraient certes préféré que nous nous installions plus loin, très loin de mes tantes, néanmoins ce fut un soulagement pour tout le monde. Je crus un instant que j'aurais ma chambre, ma solitude, mon monde. Mais je dus partager ma chambre avec le tout petit frère.

Le jour de l'emménagement, toutes les tantes et le Chinois eurent « quelque chose à faire ». Par mesure de précaution, Mitra cacha toutes les lampes, la vaisselle, les vases, la déco, les miniatures, les rideaux, les nappes, les draps et même les torchons, tout ce que ma mère avait acheté et tout ce qu'elle avait détourné, recyclé, fabriqué de ses mains durant la presque année que nous avions passée à vivre les uns sur les autres. Il ne nous resta rien pour meubler notre nouvel appartement. Heureusement, Hannah et les gens qui lui baisaient la main nous offrirent un canapé cassé, une table boiteuse, des chaises disparates, des lits trop vieux, tout ce dont nous avions besoin – et la magie de ma mère fit le reste. Elle reprit son marteau et sa perceuse, ses peintures et son imagination, et elle répara tout, harmonisant l'ensemble.

Nous découvrîmes alors le vrai goût de ma mère : en Iran, puis à Paris chez Mitra, elle suivait la ligne traditionnelle, mais soudain, abandonnée par ses sœurs, son goût se déploya en toute liberté. Elle aimait le rouge. Elle en mit partout. Elle aimait le vert, elle en peignit la chambre. Elle aimait la nature et des tableaux d'inspiration japonaise couvrirent les murs. Elle aimait les fleurs et il y en eut dans tout l'appartement, avant que le tout petit frère ne transforme le balcon en jardin d'Eden (au sens propre : avec serpent et pomme et faute et culpabilité), elle aimait l'espace et ne le surchargea pas de consoles, de secrétaires, de tables basses, comme chez les tantes. Ma mère et son bon goût occidental déplurent à ses sœurs. Quand elles défilèrent chez nous, les unes et les autres, pas une ne complimenta ma mère, pas une n'applaudit à sa débrouillardise et malgré les photos des sœurs éparpillées partout, malgré son amour débordant et ses mains tendues vers elles qui ne réclamaient rien qu'un peu d'amour et d'affection, elles n'eurent qu'un commentaire désobligeant à lui donner en échange : « La vue sur l'école est moche. »

32.

Un matin, je me suis sentie mieux, même si j'étais encore incapable de tenir sur mes jambes. Je décidai de ne rien dire pour qu'Hannah continue de poser ses mains sur mon front, pour profiter encore des histoires d'Omid, et de l'attention de mes parents. Je restais faible, je dormais sans cesse, des plaques rouges apparaissaient encore par intermittence sur mes bras et ma poitrine, mais j'entendais mieux et je recouvrais la vue.

L'après-midi suivant, mes parents étaient à mon chevet, le tout petit frère dans les bras de ma mère, Zizi dessinait,

Hannah veillait et le Chinois faisait signer des bons de commande pour la librairie de mon père, quand, soudain, il fut question de « grand-père ». Mon ventre se tordit de douleur et mon cœur se mit à battre la chamade. Zizi éclata en sanglots, j'entendis ma mère se lever avec l'intention de s'en aller et mon père la retenir : il fallait en parler, lui dit-il, une bonne fois pour toutes, pour ne plus faire des cauchemars le soir. Je gardai mes yeux fermés. Ma mère se laissa retomber sur sa chaise et je sentis, sans les voir, tous les regards se poser sur elle. Elle avait une belle voix, ma mère, et elle s'exprimait si rarement que cette invitation à parler réveilla en elle des talents qu'elle ne se connaissait pas. Elle raconta et je restai immobile, les yeux clos, l'effroi et la colère collés au cœur. Enfin, je sus. Je savais déjà, mais le déroulé de la séquence, la précision des détails, l'émotion de ma mère, la violence du silence, le déni de réalité, la brutalité familiale, l'imposture, tout se recomposa pour me figer dans ce passé qui m'empoisonnait sans que je sache pourquoi.

*

Ce jour-là, Tala était repassée à l'Atelier sans prévenir. Ma mère faisait le ménage dans l'appartement du grand-père et l'avait installé chez Tala et Zizi, puis elle était redescendue chez Mitra et le Chinois pour rester avec moi et m'apprendre le marc de café. La cadette tomba sur son père qui regardait un porno – il regardait des pornos dès qu'il était seul, c'est-à-dire à peu près tout le temps. Tala hésita, mais des idées nouvelles germaient dans son esprit :

combattre ses peurs, s'affirmer, se tenir droite face au père et combattre pour sa liberté individuelle (ça, c'était particulièrement nouveau : en Iran, on faisait tout en famille, et il fallait se lever de bon matin pour distinguer un individu au milieu de son étouffante communauté). Elle la joua française, s'avança au milieu de la pièce. Elle jeta un œil faussement dédaigneux aux bites et aux cons qui occupaient l'écran, puis à son père, et elle fit l'erreur de lui tourner le dos. Le grand-père se leva, et il l'attaqua par-derrière, le sexe gonflé, les mains puissantes. Tala mit un temps à réagir – c'était le temps de la sidération –, il lui déchira la jupe, lui arracha sa culotte, et il chercha un chemin pour sa queue avec une force surprenante pour un homme de son âge. Tala se défendit, se retourna, le frappa puis il la poussa si brutalement qu'elle heurta plusieurs fois le visage contre le bureau. Il la viola. Elle hurla, repensa à la mort de sa mère et se souvint que ce n'était pas la première fois. Elle se revit avec d'autres hommes, saisie par l'envie de vomir. Tout lui revenait. Elle pleura, soudain gagnée par les nombreux souvenirs de la bite de son père en elle.

Puis, elle se ressaisit. Elle donna un gros coup de hanche vers l'arrière, cogna son père qui perdit l'équilibre. Il ne s'y attendait pas : c'était un homme, et un homme qui avait appris, depuis l'enfance, que le sexe des femmes lui appartenait. Elle se dressa face à lui, et le frappa. Il recula sur ses jambes maigres, mais elle le suivit, le frappa encore, et alors qu'il était à quelques pas du balcon, elle espéra qu'il n'ait plus d'autre choix que de sauter du 8e étage. Mais il s'arrêta. Elle se rua alors sur lui et le poussa de toutes ses forces. Il tomba la tête la première sur le radiateur, sa tête fit le bruit d'une noix de coco, le sang gicla. Tala se figea devant le cadavre de son père.

Combien de temps lui fallut-il, avant qu'elle appelle ma mère ? Combien de temps, avant qu'elle cesse de regarder son père ? Combien de temps avant qu'elle pense à sauver sa peau ? Ma mère arriva très vite sans chaussures et sans ascenseur – comme tout le monde, elle savait. (À ce moment du récit, je maintenais mes yeux fermés avec force, mon corps commençait à trembler. Elle savait, tout le monde savait, mais personne n'avait jamais rien dit. J'avais envie de me hisser sur le lit et d'ameuter la terre entière pour répéter ce que je venais d'entendre. Je le ferais en écrivant des livres, et révélerais toute la poussière qui s'accumule sous le tapis des familles. Il me faudrait trente ans pour y parvenir. Trente ans et un cadavre de plus.)

Ma mère arriva chez Tala avec son gros ventre et ne posa aucune question. Elle vit le cadavre de leur père et se mordit les lèvres pour s'assurer de ne jamais rien dire. Elle essaya de déplacer le corps. Pourquoi ? Elle n'en avait aucune idée. Peut-être voulait-elle expier la faute de son silence en traînant ce corps trop lourd pour elle. Quels réflexes surviennent, devant le cadavre d'un père incestueux, tué par sa cadette ?

Ma mère essaya de traîner le corps sans vie de son salaud de père tandis que Tala, incapable de bouger, observait sa sœur. Peut-être qu'elle souriait. Peut-être qu'elle était un peu, rien qu'un peu soulagée. J'aimerais le croire.

Ma mère empoignait son père par les épaules, quand soudain, elle perdit les eaux. Elle refusa de lâcher son père, mais sentit la tête du tout petit frère, prêt à sortir – j'imagine qu'elle pensa, comme je le pensais alors, couchée entre mon allergie et ma fièvre, que cet enfant venait pour la sauver, la venger, la soutenir. Elle glissa sur ses eaux et perdit l'équilibre, le cadavre de son père tomba à son tour sur elle : la tête ensanglantée cogna son ventre et c'est ainsi que naquit le tout petit frère, après treize mois de gestation, sans un cri, sans une larme, les yeux grand ouverts sur cette découverte macabre.

Ma mère était couchée, incapable de faire un mouvement, son père en travers du corps, son tout petit garçon entre les jambes, emmêlée aux hommes de sa vie. Tala réagit : elle n'entendait pas le tout petit frère pleurer ou crier, mais elle voyait ses yeux s'agiter. Elle s'approcha et il la fixa, semblant lui dire : « Je sais. » Elle se baissa, le toucha du bout des doigts – elle aurait préféré avoir un bâton entre elle et le tout petit frère pour ne pas sentir le contact de sa peau gluante, ensanglantée. Il était bien vivant. Ma mère, Tala et le tout petit frère restèrent ainsi un certain temps, et ce dernier eut donc tout le loisir de mesurer le drame de sa naissance.

Tala appela les secours sans s'affoler, ni dramatiser. Elle s'assit près de ma mère qui lui demanda comment elle allait. Tala indiqua à ma mère ce qu'il fallait dire aux secours et à la police. Elle se lava, roula ses vêtements souillés en boule, enfila une robe, se remaquilla. Elle remonta le pantalon du grand-père en évitant de croiser le regard du tout petit frère qui n'avait pas encore émis un seul son, et attendit que les ambulanciers arrivent.

La version officielle : le grand-père était tombé tout seul. Tala était rentrée et avait tout de suite prévenu ma mère. Pourquoi ? Parce que c'était sa grande sœur et qu'elle ne pouvait, seule, faire face à la mort du père. Ma mère était arrivée, elle s'était penchée sur son père et, croyant qu'il respirait encore, elle avait tenté de le déplacer, mais elle était tombée, et avait accouché. La version fut validée. Tala tint le coup toute la soirée mais le lendemain, elle fut incapable de se lever. Elle commença à regarder le plafond et ses cheveux à blanchir.

Deuxième partie

An IX de l'exil

Depuis dix ans, ma mère courait toujours après ses sœurs, même si le tout petit frère la comblait de sa présence et de son indéfectible amour. Elle souffrait à chaque fête de famille : Noël, Norouz, chaque fois qu'elle n'était pas invitée chez Mitra. Nous pûmes mesurer l'ampleur du sadisme de Mitra à l'occasion du premier Noël qui suivit notre déménagement : elle frappa à notre porte pour remettre à ma mère des tas de photos de moi, de leur enfance, d'elles, au prétexte qu'elles l'encombraient. Ma mère en fut si affectée et ses larmes si nombreuses, qu'elles lui brouillèrent la vue et qu'elle faillit rater sa dinde (et n'en cuisina plus jamais pour Noël). Mon père enchaînait ses grèves de parole, mais plus personne ne le remarquait tant qu'il continuait à tenir la librairie sans poser de questions. Grand-père n'était plus qu'un souvenir, même pour moi – j'acceptais les silences, les prénoms oubliés, les drames de la chair, pour tenter de me fondre dans un quotidien scolaire où toute forme de bizarrerie est sujette à moquerie et harcèlement. Je n'avais jamais parlé du viol de Tala et du meurtre du grand-père et, à force de déni, l'oubli l'avait emporté. Hannah ne manquait jamais de venir nous voir, de nous offrir des moments de répit en entraînant la conversation sur des chemins qui n'étaient ni politiques, ni familiaux. À dix ans, le tout petit frère fréquentait une école pour surdoués dans les quartiers chics et donnait des cours de mathématiques, de physique et de biologie à des adolescents de quinze ans. Il gagna assez d'argent pour se consacrer à sa grande passion : les plantes médicinales. Après le salon et le vestibule, il envahit le balcon, et ma mère ne cessa de s'émerveiller en le découvrant chaque jour si doué, si concentré et aimant. Ma mère cessa d'acheter des médicaments et se fit soigner par son petit garçon. Mon père ne protestait pas. Il se laissait couler dans les règles du jeu imposé par le tout petit frère. Depuis qu'il avait accepté de passer ses nuits blanches, seul, dans un des lits superposés de notre chambre, il avait abandonné sa place. Mon père la retrouva quand le tout petit frère eut dix ans et que ma mère dut admettre qu'il n'était plus très sain de partager le sommeil de son fils – et mon père, le mien. Mais parfois encore, elle se couchait par terre, au pied de nos lits superposés et dormait d'un œil, en surveillant la respiration de son tout petit garçon si fragile. Ma mère qui, jusqu'ici, voyait à travers les yeux de ses sœurs, se mit à regarder le monde avec les yeux du tout petit frère. Elle l'écoutait en tout, le suivait sur tout, le soutenait envers et contre tout. Mon père s'effaçait. S'il est des Œdipe réussis, celui-ci fut parfait. Nul besoin de tuer le père et de coucher avec la mère, il avait suffi ici de réduire le père à la passivité, et la mère à l'amour absolu. Je fus exclue de cet amour familial.

Dès notre déménagement, dix ans auparavant, mes parents constatèrent que je maîtrisais bien le français : j'étais non seulement capable de tenir une conversation, mais aussi d'écrire sans faire de fautes. À l'âge de neuf ans et trois mois, toute la bureaucratie familiale m'échut. Je répondais aux courriers administratifs, je traduisais les lettres officielles, je remplissais la déclaration d'impôt. Ce renversement de rôles perturba tout l'équilibre affectif et familial : ils avaient besoin de moi pour survivre dans le nouveau pays, je n'avais plus besoin d'eux pour vivre. Le malaise s'installa dans notre relation et, si je ne me suis jamais résolue à les appeler par leur prénom, je ne pouvais plus user du vocable « maman » et « papa ». Je fus mise à l'écart, non par dédain ou par manque d'affection, mais par honte. Mes parents avaient honte de m'utiliser comme un indispensable traducteur du pays d'accueil, et de ne m'être d'aucun conseil dans le choix de ma première langue vivante. Ils n'étaient plus capables de m'orienter, ne connaissant pas les codes que je maîtrisais mieux qu'eux. Le français de mon père s'améliorait de jour en jour au contact d'Hannah ou des clients de la librairie, tandis que celui de ma mère stagnait. Elle souffrait mais se taisait. Elle ne dit rien non plus le jour où, pour la première fois, elle vint me chercher à la sortie du collège. Les professeurs comme les élèves la prirent pour la nounou. Je voulus rectifier tout de suite mais ma mère m'en empêcha. Elle m'affirma sur le chemin du retour, et alors que je retenais mes larmes pour ne pas rajouter à son malheur, que c'était mieux que je n'aie pas de lien avec elle, ni même à supporter, en plus de tout le reste, une mère qui ne se montrait pas à la hauteur de la France. Elle répéta que j'avais de la chance de ne pas avoir hérité de sa laideur. Je ne lui dis pas qu'elle était belle, comme n'importe quel enfant l'aurait fait. Je savais déjà qu'elle ne m'entendait pas, qu'elle ne me croyait pas. Elle n'avait foi qu'en Mitra, et son aînée l'avait toujours trouvée laide. Le lendemain, je rectifiai en vain le statut de ma mère auprès de mes camarades mais je n'avais rien de ses traits, et ils eurent donc quelque peine à me croire (je n'avais déjà pas d'amis et la dernière année au collège fut une agonie).

Le mal était fait : mes parents n'étaient plus vraiment mes parents et je savais que je prendrais désormais seule mes décisions, sans m'asseoir autour de la table familiale pour débattre de mon avenir. Les rares fois où je me risquais à leur poser des questions, ils me renvoyaient vers Hannah : « Demande à Hannah, nous, nous ne savons pas, nous ne pouvons pas, nous ne connaissons pas. » La langue nous sépara encore un peu plus : je ne pouvais pas m'exprimer en persan, ils ne pouvaient pas comprendre le français, nos conversations devinrent laborieuses, notre intimité impossible. Parfois, j'avais l'impression de vivre dans une pension de famille dont j'étais locataire. Dedans et dehors. L'exil fait ça aussi : il tue la filiation, il renverse le rapport de force.

Un jour, un cirque s'installa dans une région où personne n'avait jamais vu d'éléphant. Les habitants, impatients, se précipitèrent pour le voir, mais l'éléphant était protégé des regards par une tente plongée dans l'obscurité la plus totale. Chacun voulut donc savoir à quoi il ressemblait, et y entra en douce. Le premier toucha son oreille et déclara qu'un éléphant était semblable à un rideau fait d'une rude étoffe. Le deuxième toucha sa trompe et ressortit convaincu que l'animal était pareil à un serpent. Le troisième tâtonna dans le noir vers les jambes et dit qu'un éléphant avait l'allure de colonnes. Bien sûr, ils se querellèrent, chacun étant persuadé d'avoir raison. Si seulement l'un d'entre eux avait eu l'idée d'allumer une petite chandelle, ils auraient compris que la réalité était bien différente.

1.

L'appartement était en effervescence. Mitra et le Chinois venaient dîner pour le réveillon de Noël avec

Pejman et Mina qui n'avait plus de poil du tout. Mitra l'avait mise sous pilule et depuis que sa fille avait huit ans, elle épilait ce qui échappait au traitement hormonal. Elle n'était toujours pas jolie, avec son menton proéminent, son visage trop allongé et son expression bovine, mais c'était la fille de Mitra, et elle faisait illusion grâce à ses longs cheveux roux. Sur les conseils du tout petit frère, ma mère avait décidé d'inviter Tala et Omid. Zizi était à Londres avec ses deux amis d'enfance, Darius et Roud, ce qui arrangeait tout le monde. Espérant éviter la discorde, ma mère convia aussi les Irani – nous en fûmes tous surpris.

Les Irani étaient une famille iranienne qui habitait déjà la résidence avant notre exil. Nous avions mis du temps à les remarquer. C'est le tout petit frère qui nous les présenta alors qu'il n'avait pas encore sept ans. Il donnait des cours à l'aîné de la famille, Maziar, qui avait trois ans de plus que lui et une carrure de lutteur. En échange, Maziar veillait sur lui. Il y avait aussi leurs deux filles, des jumelles aux joues rondes qui souriaient même entre leurs larmes. Le père, un très bel homme, Vahid, était dans les affaires et Soheila était mère au foyer. Soheila avait les mêmes joues que ses filles : elle souriait comme elles, sans jamais faillir, ayant fait le choix de tout accepter, même le pire, avec bonne humeur. Ces Iraniens en exil aimaient boire et s'amuser, ils raillaient la révolution, raillaient la gauche, raillaient les pauvres et les bourgeois, raillaient tout ce qui pouvait les faire partir dans un éclat de rire. Ils bénissaient la liberté dont ils pouvaient jouir, ils bénissaient les plats surgelés et les cinémas, les jardins publics et les plages nudistes. Car en plus de voter à droite, ils étaient nudistes. J'étais éberluée devant tant d'inédits. Et je ne cesse, aujourd'hui encore, de m'émerveiller en repensant à ce qu'ils réussirent de plus improbable : entraîner mes parents et le tout petit frère dans un camp nudiste. Leurs premières vacances en dix ans, d'où ils revinrent bronzés de partout et souriants comme des imbéciles. Je ne remercierai jamais assez les Irani d'avoir choisi de nous adopter. D'emblée, je fus sous le charme. Ils étaient reposants.

Ma mère révéla la mesure de son inconscience et de sa générosité en conviant, à un même dîner, les plus intransigeantes de ses sœurs et cette famille hors norme. Les Irani étaient contagieux, elle ne pouvait l'ignorer. Elle était plus heureuse depuis qu'elle les fréquentait. Et surtout : ils nous aimaient. Pas avec des mots, avec des actes. Ma mère lisait le marc de café trois jours par semaine à des clients qui faisaient la queue tant elle était douée. Elle transformait le salon où elle dressait une table ronde recouverte d'une nappe indienne brodée de fils d'or, tirait les rideaux, et une multitude de petites lampes diffusaient une lumière rouge et vert, des tentures indiennes recouvraient les murs et les tapis persans au sol donnaient à l'ensemble un air de caravane insolite perdue dans le désert de Gobi. Le décor était essentiel à la lecture des signes. Les clients mettaient du temps à s'habituer à la pénombre, et quand ils prenaient enfin conscience de la réalité carton-pâte du décor, c'était trop tard, ils étaient pendus aux lèvres de ma mère. Elle leur signalait les dangers à éviter, les voyages à venir, l'argent qui sommeille, l'amour en planque. Si ma mère avait un client dans son salon quand le tout petit frère rentrait de l'école, il sonnait chez les Irani qui l'accueillaient avec un goûter et de l'affection. Quand un jour, je me fis voler mon portefeuille à l'autre bout de Paris, je téléphonai d'un bar à Vahid et il vint me chercher en voiture. Nous passâmes les anniversaires, les Noël, les Norouz, les Nouvel An avec eux. Et comme ce n'était pas assez, il fut décidé de fêter le Nouvel An chinois et les fêtes juives. On riait tant. J'aimais leur spontanéité. Quand il leur prenait l'envie de manger libanais, ou italien, ou éthiopien, ils ne manquaient jamais de passer un coup de fil pour savoir si nous voulions nous joindre à eux. Mon père qui, avec l'exil, avait perdu le goût des choses, le plaisir de la table, l'allégresse des nuits blanches à plusieurs, reprit vie à leur contact.

Depuis cinq ans qu'ils étaient devenus notre nouvelle famille, mes tantes ne les avaient jamais rencontrés. Elle ne voulaient pas les connaître et ne manquaient pas de vilipender Soheila qu'elles trouvaient « vulgaire ». Vulgaire ? Elle était toujours en tailleur pantalon, vert olive ou noir, ne chaussait que du plat, arborait un carré sage et un serre-tête en velours. Non, ce qui la rendait vulgaire aux yeux de mes tantes, c'était sa joie de vivre. Bien sûr : quand le prolétariat souffre partout dans le monde, quand les-putains-d'enculés-de-fascistes sont toujours au pouvoir, il est vulgaire de rire et encore plus vulgaire d'être heureux de son exil en laissant crever le pays natal. De même, elles estimaient que Vahid était « trop beau » pour être honnête – c'est vrai qu'il était beau. Elles trouvaient curieux qu'il soit marié à une femme si « vulgaire ». La beauté les rendait méfiantes, quand elle n'émanait pas d'elles, quand elle n'aboutissait pas à elles.

*

J'étais prise en étau entre la surexcitation que provoquait en moi la présence d'Omid, et l'appréhension de retrouver Mitra. Car, depuis mon inexplicable allergie dix ans auparavant, Mitra avait découvert mon carnet d'enfant qui recensait les mouvements et déplacements révolutionnaires de la famille. Elle n'en dit rien et m'évita en toute discrétion. Mais elle était au courant, et me le fit savoir par de petites remarques (*le ver est dans le fruit*, *les enfants de traîtres sont des traîtres*, *l'innocence n'existe pas chez les contre-révolutionnaires*), et surtout, elle m'ostracisa en m'empêchant de poursuivre mon travail d'espionne qui me reliait si fort à Omid. Hannah prit ma suite – l'œil jamais loin de son judas et des invités de Mitra – et transmit ce qu'elle recueillait à Omid. Je passais chez Hannah tous les jours après l'école, pour m'isoler, pour étudier, pour bavarder, pour me lover dans son amitié quasi filiale, et pour attendre Omid. Je ne l'ai jamais perdu de vue et de cœur, mais au gré des années qui rendaient pourtant la perspective d'un baiser possible, la pudeur s'installa entre nous. J'étais désormais gênée de lui tenir la main, de me jeter dans ses bras dès qu'il passait la porte, de m'asseoir sur ses genoux quand il dînait chez mes parents. Omid ne passait plus la main sur mes cheveux, il ne disait plus à quel point j'étais jolie pour me faire oublier ma gueule de métèque sans origine, il ne laissait plus son regard s'attarder sur mon visage à la recherche d'une ressemblance avec Tala. J'en souffrais, mais la pudeur allant de pair avec la tension sexuelle, je compris la difficulté pour un homme de son âge à caresser le visage d'une adolescente enamourée qui n'était encore qu'une enfant cachée dans des pulls trop larges. J'ai craint qu'il s'en aille – je ne mesurais pas l'importance que j'avais prise dans sa vie. Je croyais qu'Omid ne me voyait que pour mes carnets, je ne pouvais pas imaginer qu'il m'envisageait aussi comme un rat de laboratoire, comme un essai clinique sur l'exil. Lui aussi tenait des carnets et notait mes évolutions, mes prises de position, mes dégoûts, mes raisonnements (Hannah y veillait aussi. Elle faisait régulièrement le ménage dans mes préjugés familiaux tout en traquant la moindre trace morale dans mes jeunes pousses d'idées). Omid s'interrogeait : serais-je un jour capable de rire sans raison ? De jeter mes vêtements aux orties et de courir vers la joie sans penser aux conséquences ? Mais surtout : avais-je échappé au virus révolutionnaire et à sa violence ? Passés les doutes, Omid ne partit jamais bien loin. Durant dix ans, je le retrouvai assis à la table de mes parents, à des expositions où il m'entraînait, devant le collège puis le lycée, où il m'attendait et m'observait dans mon environnement social.

Pendant ce temps-là, la révolution se poursuivait dans ce qui était devenu l'immeuble de Mitra.

Si la descente de l'antiterrorisme et le statut de comptable révolutionnaire du Chinois revigorèrent l'esprit frondeur de la famille, les révolutionnaires de salon ne cherchèrent plus à faire la révolution. S'ils continuèrent, avec l'aide de leurs nouveaux amis, de prétendre sauver les pauvres de leur bêtise et les ouvriers de leur oppression, pas un seul d'entre eux n'eut jamais une idée précise de ce qu'était la faim ou le manque. Si Amir fit des séjours de plus en plus fréquents à Paris, tout prit fin deux ans après notre exil, quand les copains d'Amir furent arrêtés. Et le mur de Berlin s'effondra et l'Union soviétique explosa et ils entrèrent en hibernation. Entre-temps, ils tuèrent, kidnappèrent, posèrent des bombes – dont un certain nombre firent des dégâts comme ils les aimaient : avec paniques, cris et victimes sanguinolentes. J'entendais toute sorte de choses : les copains d'Amir travaillaient *peut-être* de concert avec l'Iran ; les gauchistes français prenaient *peut-être* l'argent de l'opposition en exil et l'argent des mollahs ; les révolutionnaires de ma famille n'étaient *peut-être* que des marionnettes qui, par besoin d'exister encore un peu, aidaient aveuglément ceux qui leur avaient mis un coup de pied au cul en les virant de leur maison de naissance. À défaut de fabriquer des bombes, de transporter des valises d'argent, d'éviter les banques et les institutions de la bourgeoisie dominante, ils purent encore faire des chèques et tenir des réunions où ce qui leur restait d'utopie barbare imaginait un monde nouveau. Ils vieillissaient aussi. Ils se préservaient. L'immeuble de Mitra devint une plaque tournante du débat anachronique. Ils se mirent à intriguer entre eux, en vase clos, et s'il ne fut plus question de faire la révolution en France ou en Iran, les-putains-d'enculés-de-fascistes changèrent constamment de visage. Ils capitulèrent devant la France.

Ils auraient pu devenir des citoyens qui militent, qui votent, qui peut-être même finissent par se présenter à une élection locale, qui constatent que les outils démocratiques sont suffisants pour faire avancer la cause du peuple ou du moins améliorer les conditions de vie. Ils auraient pu prendre le chemin du droit. Mais ils étaient trop idéalistes pour ça. Ils préféraient les messes basses, les rendez-vous à minuit, les bombes. Ils voulaient changer l'homme. Ils ne savaient toujours pas qu'on ne peut rectifier que les lois. Les hommes, eux, seront toujours avides, envieux, ambitieux, mauvais, traîtres, égoïstes. Et le seul intérêt du droit, c'est de protéger ceux qui ne sont pas avides, envieux, ambitieux, mauvais, traîtres, égoïstes.

La démocratie était pour eux une vaste arnaque, et l'alternance politique un retour en arrière un coup sur deux. Ils ne comprirent jamais rien à la démocratie, à la France, à la droite et à la gauche. Ils ne connaissaient que les gammes de la table rase. L'immeuble que Mitra mit dix ans à acquérir – appartement par appartement, étage par étage – devint la succursale de la révolution en exil. Et chaque retour d'Amir ramifia les racines de la lutte. Petit à petit, le vocabulaire changea de nature, il fut de moins en moins question de bourgeois et d'ouvriers mais de dominants et dominés, de colonisateur et de colonisés, de majorité et de minorité, et toujours d'Israël. On buvait du très bon vin dans l'immeuble de Mitra et il y avait toujours quelque chose à grignoter, on y débattait en grande tenue. On y retrouvait les amis d'avant la révolution, on rêvait rouge sang. Les idéalistes sont d'authentiques salauds.

Après la découverte de mes carnets, Mitra devint tendre avec Omid ; elle l'accepta, l'invita, minauda et si elle pensait l'avoir endormi, il n'en fut rien : il refusait systématiquement ses invitations, comme ses sourires. Mitra se fit câline avec tout le monde, sa contre-offensive mondaine fut bien pensée. Même avec ma mère, et presque avec mon père. Tous les deux mois, elle invitait toute la famille dans ce qui était devenu son duplex, faisait semblant de cuisiner (elle commandait chez le traiteur) et souriait (surtout au tout petit frère qui était bien le seul être humain à lui faire peur). Elle endormit ses opposants. Et les réunions politiques continuèrent, alors que le Chinois avait trouvé un vrai travail : il ouvrit une petite entreprise qui fournissait des caisses enregistreuses aux professionnels (tout le monde notera l'ironie pour un communiste radical de vendre des caisses enregistreuses). Mitra ne travailla jamais, elle s'occupait, en douce, à pétrir le monde selon ses convictions.

2.

Ma mère concocta un bœuf bourguignon et opta pour du foie gras en entrée. Comme il était loin l'An I de l'exil, quand ma mère s'exerçait à la cuisine française sous les quolibets de ses sœurs ! Elles se moquaient des efforts de ma mère pour être française. Et quand j'avais demandé à mon père pourquoi elle était davantage française que ses sœurs, il avait répondu : « Elle ne l'est pas, elle fait juste mieux semblant. » Mon père choisit les vins avec Vahid (ils rentrèrent titubants), le tout petit frère aidait ma mère et la fournissait en plantes aromatiques de son jardin.

Je me regardais dans le miroir, dubitative. Je n'avais pas d'amis de mon âge, pas de petits copains ou de petites copines, je ne connaissais pas les départs en week-end ou en vacances. Je n'avais pas d'amis et je n'en voulais pas : je n'avais rien à leur dire. Mon désir était ailleurs, Omid avait tout pris, tout gardé. Le jour de mes douze ans, Omid me fit cadeau d'un poème qu'il avait écrit pour moi. J'ai encore ce poème, et le bout de papier qu'il déchira de son carnet pour y noter : *Aujourd'hui / Éclair, Tonnerre, Pluie / Concert de lumière et de joie sur Paris / N'oublie jamais ces jours / Écris ! / Écoute un vieux ours ballon / Réfléchis ! / La vie ce n'est pas demain, c'est aujourd'hui.* Ce n'était rien mais c'était assez pour vouloir écrire, et suffisant pour continuer d'aimer Omid. Pour mes seize ans, Tala et Zizi ne me gratifièrent pas de leur présence, mais Omid et Hannah étaient là et j'eus encore droit à un poème, mais cette fois, Omid l'accompagna d'un baiser qu'il me vola à la porte, et aujourd'hui encore, je sens la chaleur de ses lèvres et le retour de flamme entre mes jambes.

Et puis, j'eus dix-sept ans, ce qui correspond à la maturité sexuelle chez le singe. Prenez un gentil petit singe en guise d'animal de compagnie. Il vous amuse, il vous surprend, il vous câline et exécute des tours inoffensifs qui font votre joie. Et un beau matin, il atteint la maturité sexuelle. Et vous êtes obligé de le mettre dans un zoo ou de le vendre à un laboratoire, ou de le noyer dans la baignoire. Car il devient soudain agressif et violent. Vicieux.

Il veut son territoire. Il veut assouvir ce qu'il découvre être des besoins sexuels. Essayez d'empêcher un singe parvenu à maturité sexuelle de s'envoyer en l'air et vous risquez de vous prendre des coups. En premier lieu fut la chair. Ainsi naquirent les civilisations. Par la frustration.

Je choisis de me maquiller légèrement et de porter des talons – je ne le faisais jamais, le maquillage et les talons étaient associés à mes tantes. Je fis aussi cette chose folle : je coupai seule mes longs cheveux blonds – j'avais appris en observant ma mère. Et surtout, j'avais acheté de quoi les éclaircir et comme je ne savais rien des artifices féminins, je me retrouvai blond platine. Je m'étonnai de me voir jolie. Sur ma lancée, j'échangeai mon éternel pull large et mon jean contre une chemise près du corps et un pantalon noir que je n'avais jamais porté. Je me transformai en appât. Malgré mon isolement, malgré ma piètre opinion du couple et de l'amour, malgré tout ce que je pouvais mépriser chez les femmes-femmes avec leurs cris aigus, leur hypocrisie, leur obsession du mariage et de l'enfantement, malgré leur idée faussée du pouvoir qui se limitait à l'intime, j'éprouvais le besoin d'être regardée et désirée. Étais-je capable, à l'époque, de me l'avouer ? Je savais que c'était aussi un moyen de contredire Mitra, si sûre de ma laideur, et de lui envoyer mon corps sexué au visage.

En observant mon reflet dans le miroir de la salle de bains, je réalisai que j'avais révélé mon visage en accentuant ce qui le différenciait de celui des mes tantes. C'était un acte de rupture. En rajoutant du rouge sur mes lèvres, je ne me reconnaissais plus, je m'étais donc trouvée. Changer de costume, c'est affirmer une conviction. Rien de ce qui couvre le corps n'est anodin. L'innocence disparaît avec la première robe rose ou le pantalon à pinces. L'une des raisons pour lesquelles l'adolescence ressemble tant à une dérive esthétique tient à cela : dans l'affolement de la découverte de soi, on cherche à camoufler la vérité, on tâtonne, on cherche à sortir de l'indifférenciation, à provoquer, à repousser, à attirer. Ce qui compte, c'est avant tout de se faire remarquer. Et puis, avec l'âge, on se reprend, on assume, on cherche moins à se distinguer qu'à se faire reconnaître. Pour moi, l'important était d'accentuer ma différence et surtout, d'éviter le terrain balisé de la féminité. L'hermaphrodite endormi planait au-dessus de moi.

Quand j'entrai dans le salon, même mon père qui ne remarquait rien s'aperçut que je n'étais plus une petite fille tandis que ma mère se planta devant moi, fixa mes cheveux, et s'offusqua… ce fut interminable. Elle refusait que je sorte avec des cheveux comme *ça*, elle voulait que j'enlève ce rouge trop rouge, elle répétait que je n'avais pas l'âge et que je me ferais enlever et vendre comme prostituée en Birmanie, que j'allais rater mon bac, qu'aucune université correcte ne voudrait de moi, qu'elle avait honte d'avoir une fille qui avait des cheveux de pute. Je la regardais, mon père la regardait et le tout petit frère lui prit la main, lui murmura quelque chose à l'oreille et ils s'éloignèrent tous les deux, si ressemblants de dos.

*

Les Irani arrivèrent les premiers. Ils s'étonnèrent de découvrir la jeune femme, et je fus flattée de provoquer le regard concupiscent de Vahid. C'était ça, les signaux extérieurs de la maturité sexuelle. J'eus l'impression de me promener avec une pancarte sur laquelle était inscrit : baise-moi. Je me demandais si Omid saurait lire ma pancarte. Mitra marqua une pause, observa mon visage, ma tenue et dut admettre que ce qu'elle avait toujours vu comme un manque de charme était finalement ce qui me rendait attirante. Elle s'en agaça. Mais la pire réaction fut celle de Tala. Si je m'étais éloignée d'elle tout au long de l'adolescence, si elle ne me confiait plus grand-chose, si sa vie était partagée entre Omid et la violence de ses grands discours, elle n'avait jamais oublié le regard de mes neuf ans sur l'homme qu'elle aimait. Et quand elle m'aperçut à l'aube de mon épanouissement, elle sut qu'elle avait vieilli. Elle ne me le pardonna jamais. Elle ressemblait de plus en plus à Mitra. Mais surtout, elle ne me regardait plus qu'avec un soupir de déception depuis que ma mère avait, dans un moment de faiblesse, confié à Mitra la terrible vérité – *Shirin veut devenir écrivain*. D'abord, ce n'est pas un métier. Et si c'est une vocation, personne dans la famille n'en connaissait d'autres que celles qui visent à sauver le monde. Ma mère – qui voyait les écrivains comme des polytoxicomanes homosexuels noyant leur vie dans les vapeurs d'absinthe au café du coin – proposait du thé et un gâteau (sublime) à la cannelle à ceux qui lui demandaient ce que je voulais faire plus tard, pour éviter de leur répondre.

Et pourtant. À ma grande surprise, mon père – et je sus plus tard que c'était un coup d'Hannah qui lisait tout ce que j'écrivais depuis que je maîtrisais le français et pensait que je pouvais être écrivain à la condition de « mettre mes viscères sur la table et d'écrire avec mon sang » – mon père osa contredire ma mère en lui rappelant l'histoire de Honarmand-Mâh.

Histoire de Honarmand-Mâh

C'était il y a très longtemps, au temps des rois héroïques : Fereydoun était encore sur le trône. Il avait eu trois fils, Tour, Salm et Iraj. Premier des grands rois, de ceux qui firent la Perse, Fereydoun était habité par l'esprit de justice et partagea le monde en trois, pour chacun de ses fils. Iraj qui était le dernier, le plus humble et le plus juste, reçut l'Iran, la terre historique, la terre des rois, la terre du milieu. Mais bien qu'ayant eux-mêmes hérité de l'est et de l'ouest, et malgré leur pouvoir et leur richesse, Tour et Salm se révélèrent jaloux d'Iraj – ils voulurent la guerre pour se partager la terre historique. Le cadet refusa la violence et se présenta devant ses frères aînés, sans arme ni haine. Tour l'abattit, sans larme ni culpabilité.

Ce qu'ignoraient les trois frères, c'est que le meurtre du cadet allait les enchaîner à un douloureux destin, où la vengeance nourrit constamment la vengeance. Leur descendance fut incapable d'oublier les morts accumulés au fil des siècles, au point qu'ils ne surent plus rien faire d'autre que la guerre. Le roi Fereydoun fut dévasté par la mort d'Iraj qui laissait derrière lui une femme enceinte d'une fille. Dès sa naissance, cette dernière fut distinguée par le roi des rois qui lui donna le nom de Honarmand-Mâh. Littéralement : Lune vertueuse. Son prénom Honarmand a été retenu par la langue persane, il signifie « artiste ». Car l'art est une vertu cardinale. De cette Lune vertueuse naquit Manoucher qui inaugura un cycle d'aventures et de conquêtes extraordinaires. L'art accoucha du bien.

3.

Mon père fit le coup du conte à ma mère, et ma mère haussa les épaules en lui rétorquant que les écrivains n'étaient pas des artistes. Personne (ou presque) n'avait jamais pris la plume dans la famille. Il y avait des musiciens et des peintres mais des écrivains, aucun. Écrire, c'était dire. La peinture, c'était autre chose, abstrait, indéchiffrable, décent. Écrire, c'était poser volontairement des mots sur les choses et ça, ce n'était pas tolérable. Cela supposait que ce pouvait être vrai, et peut-être même *inspiré* de la réalité, et ma mère ne pouvait l'accepter et encore moins s'identifier avec la mère du shah Manoucher – elle me réduisait à l'absinthe, aux cafés enfumés, et imaginait la mort et la prison au bout de mon chemin. Ma mère était impitoyable avec l'avenir.

Il y avait une autre raison à son appréhension : la sœur de mon père. Ma mère craignait que je suive la même voie. Ma tante paternelle s'était brouillée avec tout le monde pour une banale histoire d'héritage au bord de la Caspienne qui apparut à tous comme une excuse, un tremplin pour sauter par-dessus l'enceinte familiale.

Devenue veuve très jeune après notre exil, elle se mura chez elle et se mit à écrire dans un hebdo honteux qui faisait ses unes avec du racisme, de la délation, du caniveau d'information, le tout contrôlé par le ministère des Affaires religieuses. Le but était de distiller la haine, de désigner des ennemis – toujours des Arabes, toujours des sunnites, souvent des Afghans, les Noirs n'existaient pas de toute façon, mais aussi les athées et les libres penseurs. Il s'agissait de maintenir la peur, meilleure alliée des tyrannies.

La rubrique star était le conte moral. Chaque semaine, une nouvelle de quatre colonnes racontait par le menu les affres de l'adultère, les méfaits de la luxure, les pièges de l'alcool, la dévastation morale des vies hors Dieu. Mais ces vies-là avant la Chute étaient décrites avec tant de sensualité qu'elles en devenaient des nouvelles libertines. Et il fallait attendre la dernière colonne pour que le malheur s'abatte sur tel couple illicite qui s'était distingué en pratiquant le 69 environ 6 543 fois, ou encore tel homme qui, après avoir bu un verre de vodka, par politesse chez des juifs (bien sûr des juifs), y revenait sans cesse pour y boire et y forniquer par la même occasion avec le fils aîné.

Autant dire que personne ne lisait la dernière colonne. L'histoire s'arrêtait toujours sur le plus hallucinant des orgasmes, le plus merveilleux des rêves d'opiomane, la réussite d'une femme qui abandonne sa petite fille pour une autre femme de pouvoir avec qui elle fait l'amour dans les lieux les plus insolites, dans les positions les plus folles – aucun lecteur n'allait jusqu'à découvrir que le cancer de l'utérus emportait le même jour, et l'amante et l'enfant abandonnée.

Ma tante paternelle était la plume de ces contes faussement moraux. Elle y gagnait une fortune et le journal une augmentation constante de ses ventes. Ma tante s'y connaissait visiblement très bien en sodomie et en cunnilingus. Personne n'en avait honte dans la famille, pourtant ma tante coupa les ponts. Personne n'en connut la raison. Elle ne répondit plus au téléphone. À Norouz, elle envoyait seulement une carte qu'elle avait dessinée, représentant son visage chaque année un peu plus marqué par le temps, et de son écriture calligraphiée, élégante, lointaine, elle souhaitait une belle année. Il ne resta rien d'autre d'elle, sauf ses contes moraux que certains collectionnent encore. À la fin de sa vie, elle en avait écrit 2 080. Elle était le plus grand auteur libertin vivant. Elle signait sous un pseudonyme masculin, jusqu'au jour où je publiai mon premier roman. Elle fit alors cette chose incongrue : elle garda son prénom Shadi (qui veut dire « joie ») et y accola son nom de jeune fille, notre patronyme commun. Qu'elle ait voulu créer une filiation à travers nos signatures, qu'elle m'ait ainsi tendu la main après un silence de presque trente ans, dit bien les folies dont accouche l'exil.

4.

Nous passâmes à table alors qu'Omid n'était pas encore arrivé. L'ambiance était tendue entre le Chinois et Vahid. Ils s'étaient salués, avaient marqué une pause où le teint de chacun avait viré au pâle, puis s'assirent le plus loin possible l'un de l'autre dans un salon qui le permettait difficilement. Le Chinois ne décrocha plus un mot tandis que Vahid faisait le beau, complimentant les femmes, faisant rire les hommes. Le Chinois chuchota quelque chose à Mitra et elle reprit la conversation en main pour ne plus parler que d'Iran. Les cafés qu'ils fréquentaient, les films qu'ils voyaient, les concerts clandestins qu'ils finançaient, les livres défraîchis qu'ils échangeaient, les débats politiques qu'ils organisaient, cette rue si jolie au bout de je ne sais quelle avenue qui avait survécu à la modernisation forcée et où vivait un fameux pamphlétaire assassiné avant tous les autres, les faits divers qui les avaient fait rire, les pique-niques dans ce parc où les opposants au Shah se retrouvaient pour oublier la lutte tout en partageant des renseignements. Je ne l'avais jamais entendue parler avec tant de regret du pays natal (elle ne le faisait jamais, c'était comme accepter que la révolution ait eu lieu, et qu'ils l'aient perdue), mais tout ça sonnait faux. Ma mère, dont la sensibilité s'attisait au contact du passé, fermait les yeux pour se souvenir de ces jours qui n'avaient pas été si heureux, mais elle y avait une place, un rang, un but. Tala, alors trop jeune, s'exaspérait car elle avait peu de souvenirs.

Vahid et Soheila ne fréquentaient pas les mêmes lieux à Téhéran, ils ne se souvenaient pas de nos souvenirs, leurs habitudes n'avaient rien de commun avec les nôtres. Mitra les mettait terriblement mal à l'aise. Soheila riait quand il fallait rire, et Vahid saisissait toutes les perches que lui tendait ma tante qui s'appliqua néanmoins à démontrer qu'ils n'avaient décidément rien à voir avec nous. Cette faveur de l'exil – aimer des gens impossibles à aimer, en fréquenter d'autres qu'il eût été difficile de croiser à Téhéran, exploser les interdits sociaux du pays natal – apparaissait comme une tare, une déviance, une faute. Mon père tenta bien de profiter d'une anecdote, le viol d'une jeune fille en minijupe par des ouvriers, qui avait inspiré une chanson populaire et largement diffusée, pour souligner ce qui allait mal dans le pays natal, mais Mitra était rodée et remit la conversation sur les rails qu'elle avait plantés, Soheila rit moins et Vahid jeta l'éponge.

Je me demandai si le moment n'était pas venu de prendre la parole, mais j'en avais déjà fait beaucoup avec mes cheveux et mon rouge à lèvres, je ne trouvais pas assez d'audace pour imposer ma parole. Je sentais aussi que les cheveux de pute et le rouge à lèvres n'étaient pas suffisants, juste un mensonge de plus pour continuer de me taire. Peut-être que cet étrange réveillon de Noël, cette peur de me faire entendre, en plus de tout le reste, cette impossibilité à m'imposer, me firent réaliser que je n'existerais pas tant que je ne dirais pas. Quelque chose remuait en moi, quelque chose qui me dégoûtait de moi-même, et une toute petite colère de rien du tout, un microbe de colère, commença à grimper le long de ma pensée balbutiante. Dire, c'était vivre. C'était obscur mais c'était là – c'était grand-père Mahmoud qui ricanait dans mon dos.

*

Omid arriva enfin. Et le soulagement fut général. Il lança la conversation sur la poésie en chantant du Nazemi, il reprit trois fois du bourguignon, se leva à la fin du dîner pour exécuter une danse traditionnelle très gracieuse qui consistait à reproduire les gestes du boulanger – et quand mon père lui demanda ce qui le mettait de si belle humeur, il leva son verre pour annoncer : « Mon enfoiré de père est mort. » Tout le monde resta interdit. Est-ce qu'il était sous le choc ? Est-ce qu'il fallait le consoler ? Tala leva son verre à la mémoire de cet enfoiré. Mitra, qui ne supportait pas de perdre la lumière, ne parvenait pas à contenir Omid qui virevoltait littéralement, occupait l'espace, donnait la parole à tous, dessinait des sourires sur tous les visages (y compris celui du tout petit frère qui ne souriait presque jamais). Mitra provoqua alors Omid, en évoquant Tala qui venait (encore) de se faire virer d'un cabinet d'architectes. Elle avait refusé une commande, parce que le type était un connard qui avait osé glisser dans la conversation que les gauchistes ne reviendraient pas au pouvoir avant longtemps. Tala était devenue hystérique quand il avait affirmé que Mitterrand était de gauche. Elle ne gardait jamais un travail plus de trois, maximum quatre mois, et vivait aux crochets de Mitra qui ne manquait pas de le lui rappeler. Omid tentait de sortir Tala de cette dépendance et lui avait trouvé un poste de professeur. Elle refusait obstinément, sans argument valable, sinon qu'elle ne voulait pas être pistonnée par son mec. En vérité, elle était terrorisée à l'idée de prendre la parole devant une assemblée d'étudiants français. Malgré ses grands airs de pasionaria, elle n'était pas à l'aise avec l'exil. Au fil des années, elle ne fréquenta plus que des Iraniens. Les étudiants chiliens, italiens, argentins, palestiniens disparurent du paysage. Elle se renferma dans l'Iran.

Omid ne releva pas la provocation de Mitra, changea la musique, invita Soheila à danser, et donna enfin un air de fête à ce Noël agonisant.

*

Pejman me suivit dans la cuisine et me tint longtemps la main avant de me parler. Depuis que Mitra l'avait inscrit dans un collège privé tenu par des jésuites, où il était accueilli chaque matin par un Jésus crucifié qui le mettait dans un état de panique similaire à celui que lui provoquait *La Joconde*, je ne le voyais qu'en cachette, dans les jardins de la résidence, pour échapper quelques minutes à la vigilance assidue de Mitra (elle n'avait que ça à faire, en attendant de s'habiller et se parfumer pour recevoir ses révolutionnaires). Il me demanda dans un souffle s'il y avait des caméras installées chez nous, alors que je servais la bûche glacée chocolat noir et pistache saupoudrée de noisettes et de meringue, exécutée par ma mère, qui chaque année se surpassait en dessert, pour compenser la scandaleuse absence de dinde.

— Je ne crois pas qu'un 42 m² ait besoin de caméra. Nous sommes suffisamment les uns sur les autres. Tu te souviens ? Comme quand on était petits chez vous… et puis tu sais : le tout petit frère voit tout et entend tout !

Je ris et me tournai vers lui. Je remarquai alors l'inquiétude, la presque fébrilité de son regard. Il semblait fatigué, amaigri et se grattait la tempe nerveusement, il n'osait pas me regarder dans les yeux.

— Qu'est-ce qui se passe, Pejman ?

— On est surveillé. C'est la Savak. On est tous en danger.

Je ne reconnus pas sa voix. Le ton était neutre, l'émotion absente, le sens creux. Je cherchais son regard, il fuyait, il était resté le petit garçon craintif et sensible qui tournait toujours le dos à la télévision. Pejman délirait. Je savais qu'il ne prenait pas de drogue, il avait trop peur. Je savais aussi que tout le monde l'aimait comme lorsqu'il était petit. Il n'était pas sociable, jamais désagréable mais toujours sur ses gardes pour ne pas laisser paraître son angoisse, aucun de ses camarades ne l'avait jamais maltraité. De retour chez ses parents, il devait encore se contenir, éviter les questions qui le torturaient, ne pas sursauter chaque fois que la sonnerie du téléphone retentissait, se tenir droit et sûr de lui devant le regard inquisiteur de sa mère. Il souffrait, mais gardait la face (Pejman avait beaucoup de points communs avec ma mère et peut-être était-ce, pour Mitra, une raison supplémentaire de le repousser).

— Mitra sait ce qu'elle fait. Il ne vous arrivera jamais rien. Jamais.

— Tu sais pas tout.

Oh! Si, Pejman, mon petit cousin qui es mon aîné de quelques mois qui font un an, je sais tout. Si tu savais, toi, tu dormirais encore plus mal. Je sais que Mitra ne bouge plus comme avant, je sais qu'elle réunit des tarés qui fantasment et se masturbent avec des idées en buvant du rouge de Bourgogne et de la bière importée. Je le sais parce qu'Omid le sait. Je sais aussi qu'elle a gardé l'appartement au-dessus de la librairie de mon père pour son « usage personnel » et que toutes les semaines, une femme de ménage l'entretient méticuleusement. Je sais aussi qu'Omid l'a fouillé et qu'il n'y a rien d'autre qu'un studio, plutôt coquet. Après surveillance, il est fort probable qu'Amir y ait passé des nuits, que des amis d'Amir y aient séjourné des semaines ou des mois, mais ils ne laissent rien sur leur passage, il ne se passe rien quand ils y logent. Mitra n'est plus intéressante pour le renseignement, Amir ne vient plus que de loin en loin. C'est une bande de nostalgiques un peu fatigués qui tournent en rond entre les planètes impossibles de leur cosmos idéal. Ce serait tout à fait le genre de Mitra de garder le studio pour s'assurer que mon père ne l'utilise pas. Pejman, Pejman, comment est-ce possible que tu sois le fils de cette femme si cruelle ? Et cela aurait-il pu être autrement ? Mitra est lourde à porter pour un fils qui aime. Elle l'écrase et le torture, elle ne veut pas qu'il existe en dehors d'elle, si différent d'elle. Si seulement je pouvais te parler, te dire tout ça à haute voix. Si seulement je ne craignais pas de te briser encore un peu plus, en t'avouant avoir dénoncé ta mère à Omid qui l'avait dénoncée à son tour, si tu savais combien elle est dangereuse dans sa passivité. Pejman, Pejman, reprends-toi ! Renonce ! Fuis ! Loin de nous, loin de l'idéal. Tu as encore moins le choix que moi.

J'ignorais que c'était la dernière fois que j'avais une conversation à peu près normale avec Pejman.

Pejman tourna les talons et regagna le salon où sa mère l'accueillit par un de ses regards qui disaient la rancœur. Mitra ne supportait pas que nous nous aimions, Pejman et moi. Elle le punissait en lui refusant des cours de piano et en confisquant ses disques. Je me sentais coupable mais je ne pouvais pas refuser à Pejman mon épaule quand il relâchait (enfin) la pression et redevenait lui-même, tremblant, épuisé, rêvant la musique, fantasmant un ailleurs que Mitra lui refusait.

Mitra et le Chinois et les cousins partirent sans attendre le second thé, bientôt suivis par les Irani – ma mère les accompagna jusqu'à l'ascenseur, en tenant la main de Soheila, et ne sachant trop quoi dire, elle lui répéta qu'elle l'appellerait le lendemain, et s'excusa du comportement de sa sœur d'un regard qui leur indiquait qu'elle les aimait quand même. Tala souhaita aussi rentrer. Mais Omid voulait boire et rester. Tala se leva, prit son manteau, embrassa tout le monde sauf Omid et, avant de s'en aller, s'approcha de moi, et me dit : « Tu es contente de toi ? »

*

Ma mère alla se coucher avec le tout petit frère. Je restai avec mon père et Omid se confia à nous. Son père le battait quand il était enfant, l'attachait au radiateur de la cave à l'adolescence, lui offrit un chien qu'il tua sous ses yeux au prétexte qu'il était enragé, l'humiliait dès qu'il le pouvait, moquant là son visage de fille, ici son corps trop gracieux, et refusa qu'il entre avec deux années d'avance à l'université. Sa mère était complice de ces sévices. Il était fils unique, et le grand plaisir de sa mère consistait à lui tenir la main le plus longtemps possible au-dessus d'une flamme. Omid avait économisé une année durant, travaillé sur des chantiers, vendu de la drogue et dès qu'il avait eu de quoi payer son billet, il s'était installé à Istanbul avant de venir à Paris.

Ses parents étaient sadiques, de très riches sadiques. Son père était aussi un éminent magistrat qui combattait la peine de mort. Respecté et aimé. Un grand humaniste. Omid refusa l'héritage de son père, ce qui lui valut de la part de sa mère un colis contenant une semaine de sa merde. Je découvrais qu'Omid y était né – dans la merde – et je compris davantage son besoin de rire, son refus de tout prendre au sérieux, son combat contre l'idéalisme.

Mon père l'écoutait, je le regardais. Non, je le mangeais des yeux, je lui criais mon désir, je voulais le consoler et je ne voyais pas d'autres moyens que de me glisser nue dans ses draps. Et depuis que Tala était partie, Omid me rendait mon regard, il m'englobait dans son regard. Il me parlait comme à une femme capable de le consoler. Pour m'en donner la contenance, j'allumai une cigarette. Mon père n'objecta pas. Omid parlait encore, il racontait son paternel, le magistrat brillant, l'homme de raison qui le réveillait en pleine nuit pour le faire descendre au salon où deux ou trois amis l'attendaient pour le soumettre à des questions de culture générale et quand il se trompait, ils le fouettaient à tour de rôle. Pour l'endurcir. Le père d'Omid aurait aimé naître à Sparte, au temps où l'on plongeait les nouveau-nés dans l'eau glacée ; s'ils étaient trop faibles, ils ne méritaient pas de survivre. Omid raconta, il raconta tout. Et alors que le jour commençait à poindre, il se leva et je l'accompagnai à la porte. Il ne m'embrassa pas. Il prit mon visage entre ses mains et me regarda comme jamais.

— Ça te vieillit. C'est dégueulasse.

Puis il tourna les talons. Mon père aussi discret qu'un chat était derrière moi. Il était d'accord. C'est dégueulasse. Il le répéta avec son accent à couper au couteau. Heureusement que je lisais déjà les surréalistes. J'aurais pu croire qu'ils ne m'aimaient pas.

5.

Avant de quitter Willy – ou peut-être était-ce avant que Willy ne la foute à la porte alors qu'elle se torturait déjà depuis plus de trois, quatre, cinq ans –, Colette s'était mise à la gymnastique. Dans son appartement dont les fenêtres donnaient sur ce qui deviendrait, soixante ans durant, le temple de l'amitié de Natalie Clifford Barney (qui habitait encore Boulogne à cette époque-là), elle s'y astreignait tous les jours. Quand l'idée de fuir germa en elle, désormais consciente que Willy n'était qu'un nul dont les gesticulations mondaines le maintenaient en vie, elle reprit possession de son corps. Tout commence toujours par le corps. Prendre le corps en main, le faire suer pour donner assez de courage à l'esprit et s'arracher à son malheur. Pour survivre elle se fit pantomime : elle se mit nue sur scène pour accéder à la liberté, nue dans un lit avec une femme pour la même raison, se réappropria son corps et le plaça sous la lumière. Les *avant* sont toujours riches de beauté.

Je repensais à Colette en ce tout petit matin, à Omid qui me l'avait fait connaître et qui me racontait non pas l'écrivain respectable mais celle d'avant, la nègre de son mari, la Sidonie Gabrielle avant Colette. Je ne me couchai pas, et sortis pour courir au Jardin des Plantes. Je courais longtemps. Pour sentir mon corps exister, pour dépasser la douleur, pour me prouver que j'étais capable. Mais ce jour-là, je courais surtout pour me réveiller d'un très long sommeil. Depuis l'an I de l'exil et mon unique fugue, je n'avais rien tenté, rien choisi. Je suivais mes études, je vivais au rythme imposé par le tout petit frère. Me teindre les cheveux fut mon premier acte d'existence en neuf ans. Je courais surprise d'être aussi lucide, aussi éveillée. Je revoyais le visage de Tala et son « tu es contente de toi ? », et je sus qu'elle exprimait son inquiétude dans le face-à-face joué d'avance entre sa trentaine et ma presque vingtaine. Je courais en me disant que c'était fini : je n'étais plus une exilée, je n'étais plus un rouage familial, je n'étais plus obligée de subir, je ne devais plus me taire. Je pouvais fuir. Je pouvais dire. Je devais dire. Un lien se faisait jour entre le corps qui se dépasse, et la parole qui se prend. Je m'arrêtai sur le pont d'Austerlitz et le goût de la fugue me gagna de nouveau. Au cœur de cette volonté un point sombre me retenait encore. Grand-père Mahmoud se rappelait à moi, grand-père Mahmoud et le viol de Tala que j'avais enterré avec mon enfance et mes silences aussi coupables que ceux de la famille. Entendre Omid nous raconter ses parents à vif, avait ravivé en moi le souvenir de mon aïeul et son regard concupiscent. Peut-être que je constatais que je ne pourrais pas guérir sans dire. Peut-être que je me sentais d'autant plus coupable que j'usais de mon corps et de la panique qu'il provoquait chez le tout petit frère pour me défendre contre son regard.

*

Je rentrai à la maison et ma mère m'accueillit par un surréaliste : « et en plus tu vas courir avec ces cheveux-là », puis j'entrai dans ma chambre et me déshabillai devant le tout petit frère qui en fut tellement ahuri qu'il garda les yeux fixés sur ma nudité et quand je pénétrai dans la salle de bains, j'entendis sa voix redevenue enfantine hurler : « Maman ! Shirin m'a agressé ! » Ma mère surgit et tandis que je me lavais, elle se frotta les mains en se demandant à haute voix ce qu'elle avait fait pour mériter une fille qui n'avait aucun respect, aucune décence, capable de faire mal au tout petit frère alors que je connaissais sa fragilité. Ma mère l'ignorait, quant à moi, je venais à peine de me l'avouer : je traumatisais réellement le tout petit frère. Le seul moyen de le maintenir à distance était de me coller à lui, d'effleurer ses mains avec mes hanches, de me glisser derrière lui et de coller mes seins de rien du tout contre son dos d'enfant. Plus je m'approchais de lui, moins il me regardait. C'était efficace pour moi, perturbant pour lui. Mais après ce réveillon de Noël et cette nuit blanche, le fantôme de grand-père Mahmoud était revenu, me désignant comme son héritière. J'étais comme lui : j'usais de la chair pour faire le mal.

J'ouvris la porte de la douche et ma mère demeura interdite devant ce corps qui n'était plus celui d'une petite fille, mais ne ressemblait en rien aux corps de femme qu'elle connaissait. Il était ferme, il était longiligne. Le corps de la femme n'existe pas en Iran. Ni dans la poésie, ni dans la littérature, ni dans les conversations. Au mieux peut-on, au détour d'un vers, au creux d'une description, lire qu'elle a la taille fine et élancée. Rien de plus. Il n'y a pas de seins, de fesses, de ligne de hanches, de chute de reins. Il y a un visage avec des sourcils et des yeux, des grains de beauté, des lèvres rouges qui s'ouvrent sur une promesse (jamais un baiser, une promesse c'est déjà trop) mais tout s'arrête au cou. Ce refus du corps, les Iraniennes l'ont intégré. Elles l'abandonnent à la gravité, il n'existe pas, il ne respire pas, il ne se meut jamais. Ma surprise fut immense le jour où je découvris que l'impératrice Sissi avait fait bâtir une salle de gymnastique dans tous les palais où elle vivait. À la fin du XIXe siècle, il y avait une femme qui s'occupait de son corps, qui le musclait, qui le maintenait en forme. Inimaginable en Iran. Indécent, inexistant. La capacité des Iraniens à faire comme si la réalité n'existait pas est prodigieuse ! Le grand écart entre l'Occident et l'Orient tient au corps. Là, il y a affirmation d'un corps, ici négation. Là, il y a des corps de femme qui somnolent, qui rient, qui posent, qui dansent, qui rêvent, qui se dressent, des tableaux, des sculptures, des métaphores, des poèmes, des dessins, des symboles, des romans, ici il y a des visages parfois, des regards le plus souvent, des mains qui s'échappent par mégarde des robes qui couvrent l'interdit absolu.

Ma mère rebroussa chemin comme si je venais de la violenter, comme si mon corps l'avait agressée. Or c'est exactement ce qui venait de se passer. En ne me reconnaissant pas, elle me libérait.

6.

La tension était à son comble en ce dimanche 25 décembre. Ma mère ne disait rien, sauf quand ses yeux tombaient sur moi : elle faisait beaucoup de petits bruits, entre soupirs, gargouillements et tentatives infructueuses, tel un sourd-muet peinant à se faire entendre. Régulièrement, le tout petit frère lui tapotait la main. Lui aussi semblait soucieux. Que la vision du corps de sa sœur le mît dans un tel état de sidération avait de quoi inquiéter. Même mon père était nerveux. Quatre membres d'une famille dysfonctionnelle attendaient passivement qu'un drame vienne frapper à la porte… Ce fut Tala.

Mais Tala en mode « révolutionnaire » – elle n'embrassa personne, refusa le thé, alluma une cigarette et demanda que les enfants sortent (elle s'adressait à moi, elle n'aurait jamais osé avec le tout petit frère). Je ne bougeai pas. Personne d'autre ne me demanda de sortir. Tala me toisa du regard et comme dans un film, je soutins son regard – le seul mode de communication qu'elle connaissait était le drame, pour lui parler il fallait dorénavant prendre la pose. Mes parents attendaient, le tout petit frère semblait savoir de quoi il s'agissait parce qu'il avait la bouche entrouverte sur la première question qu'il poserait à Tala après ce qui se révéla être une déflagration.

— Nous avons un problème. Un vrai problème.

Et ce fut heureux qu'elle le précisât au vu du nombre incalculable de problèmes qui n'en étaient pas mais torturaient les esprits de ma famille. Elle enchaîna avec une intonation joyeuse dans la voix :

— Le Chinois a reconnu Vahid.

Ma mère faisait un effort pour trouver quelque chose à dire, pour reculer l'instant de la révélation parce qu'elle aimait vraiment les Irani et qu'elle se voyait tout à fait seule, tout à fait abandonnée à elle-même, sans eux, sans les dîners improvisés, sans les promenades avec les enfants, sans tous les Nouvel An à préparer, sans le rire de Soheila et les visages de lune de ses jumelles.

— Il s'est souvenu l'avoir vu à Téhéran.

J'eus envie de me lever et de la secouer. Après avoir laissé filer les secondes, après avoir tiré sur sa cigarette en passant sa langue sur ses lèvres, elle ajouta :

— Vahid est un agent de la Savak. Il était là à son interrogatoire. Il l'a torturé.

À ce moment-là du film, les violons se déchaînent dans les aigus et tous les personnages s'immobilisent dans une grimace mêlant la surprise au dégoût. Nous étions une famille faite pour le cinéma. Depuis l'exil, à chaque sonnerie de téléphone, d'interphone, à chaque passage du facteur, arrêt sur image. Comme si, depuis l'an I de l'exil, nous tenions en équilibre sur un fil, craignant que la plus légère des brises nous fracasse sur le sol. Enfant, je confondais les mots « somnambule » et « funambule » avant de comprendre que ces deux mots décrivaient le plus justement ma famille : elle marchait sur un fil en dormant. Voilà pourquoi elle était immobile, craintive et patiente, espérant retarder la prochaine catastrophe qui la détruirait pour de bon. Zizi pouvait facilement reproduire les scènes de la vie de l'exil tant nous restions pétrifiés, à chaque étape importante de nos vies emmêlées.

Ma mère se leva et répéta que ce n'était pas possible, qu'il y avait erreur sur la personne. Mon père réfléchissait. Ma mère disait « non ». Et Tala répétait : « C'est un agent de la Savak. »

Je voyais soudain notre vie avant les Irani, ma mère attendant devant le téléphone que ses sœurs se rappellent son existence et lui proposent une sortie ou un dîner. Pourtant, dès que Tala porta cette accusation, je sus qu'elle ne mentait pas : il est difficile d'oublier un interrogatoire musclé dans les caves de la Savak, d'oublier le visage et la voix de celui qui tenait, entre ses mains, votre vie et vos couilles reliées à un générateur électrique. Vahid avait torturé mon oncle et certainement beaucoup d'autres opposants, nationalistes, communistes ou bêtement démocrates (quoique ceux-là ne devaient pas être nombreux).

— Vous avez dénoncé, vous avez torturé, vous avez posé des bombes, vous…

Mon père était lui aussi affolé, en songeant à la perspective d'une vie sans les Irani.

— On parle de la Savak.

Tala n'eut pas besoin de développer. Il suffisait de dire Savak et aussitôt la CIA, le NKVD puis le KGB et la Stasi, la Gestapo passaient pour des associations de scouts humanistes.

— Vous avez autant de sang sur les mains.

Mon père refusait d'abandonner.

— Et dire que Behrouz était ton meilleur ami…

Tala argumentait toujours en dessous de la ceinture : Behrouz s'était longuement fait torturer par la Savak. Il en avait cessé d'être épileptique.

— Soheila et les enfants n'ont rien à voir là-dedans.

Ma mère essayait de sauver les meubles, mais sans y croire. Elle était vraiment mal. Elle avait eu assez peur de finir dans la cave pour ne pas voir la Savak comme la succursale d'un enfer qu'elle fuyait à Paris.

Tala se leva et partit sans demander son reste, nous abandonnant face à ce déchirant dilemme.

7.

Le passé ne passe pas. Et il n'est jamais aussi terrifiant que lorsqu'il donne la mesure de son talent. C'est ainsi que les perdants sanguinaires survivent malgré les morts, les mensonges et les coups d'État. En poursuivant la lutte acharnée contre ce qui a été, pour oublier ce qu'il a été, et continuer de vivre comme si de rien n'était. J'éprouve une certaine pitié pour les nostalgiques des totalitarismes, les staliniens ou les nazis : ils font comme s'ils n'avaient pas été battus, comme s'il n'y avait pas eu des millions de cadavres, comme s'ils n'étaient pas des criminels. J'ai pitié d'eux comme d'un cheval blessé qu'il faut abattre. J'eus envie d'abattre Mitra. Quoiqu'elle m'inspirât moins de pitié qu'un cheval blessé.

Mitra sonna quelques heures après Tala. Nous n'avions pas bougé, nous étions restés là, figés, à nous demander comment nous allions faire avec la Savak à Paris. Pour

Mitra, l'exil n'avait rien changé, or retrouver Vahid à Paris, c'était entretenir et réactiver le fantasme d'une lutte déjà perdue. Depuis le dîner de la veille, Mitra rajeunissait à vue d'œil. Face à sa joie, ravie d'avoir débusqué son ennemi de Téhéran à Paris, et face à son obstination à bousiller la vie de ma mère, le tout petit frère décida de ne pas rompre avec les Irani.

Mitra expliqua pourquoi il n'était plus possible de les voir. Elle proposa pourtant à ma mère de continuer de les fréquenter pour mieux les espionner. Or le tout petit frère ne pouvait pas laisser notre mère fouiller dans le bureau de Vahid, il ne pouvait pas la laisser redevenir la petite main de Mitra pour les sales besognes. Mais surtout, le tout petit frère savait (il avait déjà fouillé) que Vahid ne travaillait plus pour la Savak (qui avait été reprise par les mollahs et qui fonctionnait tout aussi bien qu'au temps du Shah), mais qu'il s'était depuis lors lancé dans des activités autrement plus fructueuses : le trafic d'armes pour un groupe d'Haïtiens survoltés.

Vahid était un opportuniste authentique, un homme sans diplômes, sans racines, sans d'autres désirs que voler, mentir, trahir. Tout avait meilleur goût quand il s'agissait de posséder ce qui appartenait à autrui. Beaucoup d'hommes sont ainsi faits : dès l'enfance, ils cherchent à mettre la main sur le jouet du voisin au bac à sable, puis sur la dissertation du voisin de classe, puis sur la femme du voisin de bureau. Je sais bien que ceux qui n'avancent que pour tirer leur épingle du jeu sont les plus dangereux, qu'on ne peut pas avoir confiance en eux, qu'ils vous poignardent dans le dos à la première occasion venue. Malgré tout, Vahid ne vivait pas dans le même espace-temps que Mitra : un jour, tortionnaire, le lendemain il vend, achète, négocie des armes.

Mitra s'attachait au passé comme à une bouée de sauvetage, une preuve de son pouvoir, le monde ne pouvant tourner qu'autour de ses souvenirs. Vahid aussi avait reconnu le Chinois, mais passée la surprise, il ne s'en était guère inquiété. Il avait travaillé pour la Savak parce qu'ils payaient bien, parce qu'il avait un logement de fonction, parce qu'il pouvait ainsi fréquenter ceux qui détenaient le pouvoir, donc l'argent. Il était loin d'imaginer que le Chinois n'en avait pas fermé l'œil de la nuit, qu'il avait tremblé, et trouvé refuge auprès de Mitra. Le monde selon Vahid était un jeu de dés. Tout n'était qu'une question de hasard : le Chinois devait s'estimer heureux d'être en vie et dès lors, Vahid se trouvait dédouané de l'avoir torturé.

(Vahid était un entremetteur, un de ces types qui ne mesurent pas leur ambition à l'aune de leurs capacités. Un jour, il crut pouvoir être autre chose et, n'ayant aucune rigueur ni le sens des priorités, il devint son propre patron… mais comme il n'était bon qu'à arnaquer ses supérieurs, il s'arnaqua tout seul et fit faillite. La famille Irani se retrouva à la rue et avant même que ma mère ait pu leur proposer de les accueillir sous notre modeste toit, les tantes firent tout pour l'en empêcher – elles profitaient aussi de l'absence du tout petit frère qui était au Brésil, en Colombie et en Équateur à la recherche de plantes oubliées. Ma mère céda et perdit du même coup son plus beau trait de caractère : sa capacité à tendre la main en toutes circonstances. À l'humiliation – son sentiment quotidien, s'ajouta le déshonneur. Quelques mois plus tard, les Irani partirent pour l'île Maurice afin de monter une affaire de confection qui marcha très fort. Soheila envoya chaque Noël des pulls en cachemire à toute la famille, qui furent comme des aiguilles chauffées à vif dans le cœur de ma mère. Elle ne se pardonnerait jamais de ne pas les avoir aidés.

Les Irani rebondissaient toujours, car ils possédaient ce dont nous manquions cruellement : un appétit de vivre qui ne souffrait aucun obstacle. Rien ne pouvait les empêcher de jouir du présent, ni les idées, ni la morale, ni la bienséance. Ils étaient des survivants. La seule chose qui me rassure, c'est qu'ainsi programmés pour la survie, ce sont ces tempéraments-là qui repeuplent la terre après les catastrophes. Et certainement pas mes tantes et leur ascendance qui ont bien trop d'idéaux et de verrous pour prendre le temps de survivre.)

Le tout petit frère mesurait vite et bien, il pensait coût et bénéfice : Vahid était très certainement un enfoiré, mais il nous faisait du bien. C'est donc lui qui répondit à Mitra.

— Nous allons y réfléchir. Tu veux un thé ?

Mitra ravala sa salive. Sut-elle que, ce jour-là, elle venait de faire du tout petit frère son ennemi ? Un ennemi qui, au contraire de tous les autres, aurait les moyens de la faire souffrir pour le restant de ses jours ?

Après le départ de Mitra, le tout petit frère embrassa ma mère sur le front et nous fûmes rassurés. Pourtant, nous aurions dû nous inquiéter : personne n'est préparé à vivre sous le toit d'un sociopathe.

*

J'aimais les Irani, ils faisaient très joliment illusion pour l'esprit de famille. Je fus donc ravie de la décision du tout petit frère qui imposa des déjeuners tous les dimanches en leur compagnie – cette atmosphère familiale reconstituée nous fit croire que mes tantes ne pourraient plus jamais nous nuire. Peut-être que le tout petit frère pensait, comme moi, que Vahid leur faisait peur et que tant qu'il était dans les parages, elles n'oseraient rien. J'aurais dû me douter qu'il n'y avait pas tant à craindre d'un arnaqueur à la petite semaine, que d'un petit génie anorexique, le dernier rejeton, le dernier maillon d'une ascendance bâtie sur le secret et la férocité.

8.

Maziar aimait profondément le tout petit frère et se tenait toujours près de lui. Leur improbable amitié était somme toute assez logique : le duo mille fois usité du grand crétin et du petit intelligent. La complémentarité des contraires, la force et l'esprit, le fort et le faible, le maigre et le gros. Laurel et Hardy. Depuis que Maziar était entré dans la vie du petit frère, il mangeait davantage, il souriait presque et, quand il prenait la parole, il usait d'euphémismes – il ne disait plus : « tu as une mine affreuse » mais « tu as mal dormi ? ». Ce fut un progrès.

Un jour, le petit frère se fit bousculer à l'école par un collégien qui ne supportait ni son aisance, ni sa sereine confiance en lui. Dès le lendemain matin, Maziar réduisit le nez et la mâchoire du collégien jaloux en bouillie ensanglantée. Si le tout petit frère était déjà reconnu comme le plus brillant élément de l'école, il fut à partir de ce jour le délégué de classe, le représentant des élèves, et la mascotte. Quand le tout petit frère devait se rendre en province pour chercher ses boutures spéciales, ses graines uniques, Maziar l'accompagnait pour le protéger des chiens de garde, éviter les agressions, porter les plantes, ouvrir les portes. Quand ils marchaient côte à côte, Maziar avait toujours le bras tendu, et le regard posé vers le tout petit frère pour l'empêcher de tomber.

Des années plus tard, quand les Irani s'installèrent sur l'île Maurice, Maziar rentra au bout de six mois. Après avoir décroché une médaille d'argent aux Jeux olympiques, il était devenu coach sportif et obtint une place dans l'équipe de France d'haltérophilie. En vérité, le tout petit frère lui manquait. Il s'installa donc dans le même immeuble que mes parents, revit tous les soirs le tout petit frère et fut invité régulièrement à notre table.

Si Maziar était très utile au tout petit frère, le contraire était aussi vrai. Le tout petit frère l'aidait dans ses études, lui apprenait à manger (pour entretenir ses muscles tout en évitant de prendre du poids), à contrôler sa force (rares furent les poignées de porte, de fenêtre, les assiettes, les verres ou les boîtes de conserve qui résistaient à la force de Maziar), et même à séduire des filles en étant rassurant. Ils complotaient tous les deux dans la chambre du tout petit frère ou dans son Eden, entourés de plantes florissantes. Plus tard, quand Maziar débuta à haut niveau l'haltérophilie, le tout petit frère devint son coach, son entraîneur, son manager. Maziar n'ennuyait jamais le tout petit frère – il était bien le seul. Peut-être était-ce sa rude franchise, sa simplicité émotionnelle : on lisait en Maziar comme dans un livre ouvert, il n'y avait nulle trace d'hypocrisie en lui, nulle tentative de louvoyer, nul désir de dissimuler. Maziar pleurait devant les films, défendait les faibles, portait les courses des vieilles dames. Il était à l'opposé du tout petit frère qui ne laissait jamais rien paraître de ses sentiments. Le tout petit frère posait un regard neutre et glacial sur les humains comme sur les événements. Il calculait. Et tous ses calculs tournaient autour de l'équation maternelle.

*

Maziar aidait d'autant mieux le tout petit frère à accomplir sa tâche (protéger ma mère et la venger) qu'il n'aimait pas mes tantes (personne ne les aimait, et Maziar voyait bien qu'elles ne l'aimaient pas non plus : il passait son temps à faire de la musculation, signe d'homosexualité latente pour des femmes traumatisées par leur aïeul lutteur).

Quand le tout petit frère lui proposa de l'aider à s'introduire dans l'appartement de Mitra et dans la salle de bains, d'ouvrir la boîte à pharmacie et de remplacer les pilules, Maziar n'hésita probablement pas une seconde. Grâce à Maziar, le tout petit frère réussit à voler les clefs de Mitra pour en faire des doubles, prépara les pilules de substitution, surveilla les va-et-vient de Mitra et du Chinois et s'immisça dans l'immeuble avec lui, habillés tout en noir, avec cagoule et gants. Tout se déroula exactement comme il l'avait prévu… Rien ne pouvait arrêter sa folie amoureuse.

9.

Mitra commença par ne plus pouvoir se réveiller le matin, puis elle eut une paralysie du côté gauche du corps, puis elle perdit ses cheveux, et enfin, elle commença à fondre du visage comme si sa peau était devenue pareille à de la cire. L'émoi fut général. Le Chinois n'en dormait plus, chacun proposait un médecin, un spécialiste, un ponte. Mitra courait les médecins, faisait des examens mais le mal demeurait mystérieux. Au bout de quelques mois, elle récupéra à peu près son côté gauche mais son bras resta figé et son beau visage fut perdu pour de bon. Il avait gonflé, noyant ses grands yeux dans des paupières qui n'étaient plus que deux bouts de peau qui tenaient tant bien que mal ; la bouche, jadis si élégante, s'était amincie sous la pression de la chair flasque. Le visage de Mitra était une ruine. Le tout petit frère aida au rétablissement. Il se plongea dans des livres, mélangea des plantes, inventa des crèmes, fournit Mitra en pilules de son invention et, elle en fut persuadée, les mélanges du tout petit frère lui firent davantage de bien que toutes les autres ordonnances… Il était le poison et l'antipoison, le mal et sa guérison. Il se rendit indispensable et passait parfois la nuit près d'elle, en lui tenant la main. Notre mère portait la tête haute, métamorphosée, digne : dorénavant, elle était la mère de celui qui sauvait Mitra. Il ne fut plus jamais question de Vahid et de Savak.

*

Pourtant, quelque chose n'allait pas. Mon père ne disait rien bien sûr, mais depuis l'époque où je passais ma vie sous le canapé du salon de Mitra, je savais décoder l'animal. Il réfléchissait. Il restait les yeux levés dans le vague, fronçait les sourcils, comme s'il cherchait à résoudre un problème scientifique. Il voyait aussi plus souvent Hannah : la fréquence et la durée de ses rendez-vous avec elle révélaient le niveau d'insolubilité du problème. Elle était la seule personne de son entourage qui fût dotée de raison, et c'est toujours vers elle qu'il se tournait quand il ne supportait plus de faire des nœuds tout seul avec ses idées et ses doutes. Il aimait parler avec Hannah parce qu'il lui disait tout et qu'elle entendait tout avec discernement. Elle n'y mettait pas de morale, pas de jugements, pas d'a priori. Il n'avait jamais eu ce genre de conversation avec ma mère – avec personne, en fait.

*

Hannah était une pure cartésienne, un pur produit de l'école française avec ses contradictions, la collaboration au milieu, là, comme une plaie, la raison érigée en boussole, le questionnement infini de la liberté, et cette grande et ridicule certitude française d'être les hérauts des droits humains. Ils en riaient souvent, mon père se désolant que cette pensée n'ait pas davantage pénétré les mentalités en Iran. Combien de brèches mille fois ouvertes entre l'Occident et l'Orient, combien de livres sont passés d'un côté et de l'autre, combien d'apports mutuels ? Et pourtant. Combien de grands hommes bâtirent des ponts et remarquèrent qu'un satrape était un gouverneur, qu'une Constitution bien faite était valable dans le désert, combien de grands hommes trinquèrent à leur différence et célébrèrent l'humain quand il était trop fatigué pour faire la guerre ?

Un été, j'avais alors quatorze ou peut-être quinze ans, Hannah nous proposa de l'accompagner un mois dans une maison proche de Paris qu'on lui avait prêtée. C'était une belle maison art déco avec un vaste jardin au fond duquel coulait une rivière. Mon père aimait s'installer au bord de ce cours d'eau, sur une chaise longue. Il se levait souvent, prenait une pierre dans l'eau et à l'aide d'un marteau, il l'ouvrait en deux : rien à faire, elle était toujours aussi sèche à l'intérieur. À la fin du séjour, la chaise longue était entourée de pierres coupées en deux et désespérément sèches. Il ne comprenait pas que l'environnement ne pénètre pas les hommes. Ou pas assez. Ou toujours avec les mauvaises idées. Les mauvaises idées sont vicieuses, c'est pour ça qu'elles sont plus contagieuses, répondait Hannah. Et mon père hochait la tête.

Quand l'odeur de Paris était nauséabonde, Bagdad érigeait et généralisait un système d'égout, rappelait toujours mon père.

— « Et puis patatrac boum boum », répondait Hannah.

Mon père enchaînait :

— Les hommes ne tiennent jamais longtemps une bonne résolution…

— Les bonnes résolutions ne sont pas faites pour être tenues, c'est comme ça, c'est bancal une résolution, ça dit la volonté mais pas le courage, ça s'oublie, ça s'efface. Et on recommence.

C'était la théorie d'Hannah : le problème était toujours le même, depuis le premier jour lointain des hommes qui couvrirent la terre de frontières pour se distinguer par la langue, le pagne, la couleur des paumes ; le problème revenait dans tous les temps des hommes, éruptions de colère, cris de la faim toujours, crises d'orgueil souvent, et moi j'en ai une plus grosse et je vais te le prouver, systèmes qui rouillent, rois qui vieillissent, et autant d'idées qui ne tiennent plus. Mais l'Histoire avance quand même. Et à chaque fois, les hommes avancent avec l'Histoire. Malgré les morts, les crimes, les salauds, les idées pourries, on avance. Et c'était vrai à peu près partout dans le monde. Et on recommençait jusqu'au prochain génocide. C'était moche. Et alors ?

— Tu crois qu'il fut un temps où tout le monde était heureux et où personne ne s'en prenait à son voisin parce qu'il n'aimait pas la couleur de sa robe ou le son de sa voix ou sa croix ou son étoile et hop on érige des frontières en représailles. C'est moche. Et alors ?

Hannah disait toujours à mon père qu'il avait un fond d'idéal, c'était pour ça qu'il ne comprenait pas tous ces « et alors ? » tandis qu'Hannah, elle, pensait à hauteur d'homme. Pour elle, c'était ça l'humanisme : ne pas penser aux hommes tels qu'ils devraient être pour être heureux, mais tels qu'ils sont malheureux. Mon père y voyait du cynisme. Mais Hannah rétorquait :

— Non, c'est ça l'humanisme : avoir toujours à l'œil l'homme assis sur sa montagne de fange.

Mon père regrettait que l'Iran ait pris les vêtements de Paris, ses cabarets, son canard au sang, Édith Piaf ; se réjouissant pourtant que Téhéran fasse la queue un vendredi à 17 heures devant le grand cinéma Atlantic avenue Pahlavi où on passait le dernier Fellini, ou que la ville ait pris le visage de Paris et de Rome… mais bordel, pourquoi jamais l'esprit ? Pourquoi la pierre restait-elle désespérément sèche à l'intérieur ? Téhéran lisait Camus et citait Sartre, s'engueulait sur Trotski et refaisait la guerre d'Espagne tous les soirs, buvait du whisky anglais et fumait des américaines tout en citant Romain Gary – qui était traduit et bien traduit. Téhéran était peuplé d'étudiants, d'intellectuels, de dentistes, de propriétaires terriens qui avaient tous en poche *Adieu Gary Cooper* parce qu'il y massacrait l'illusion américaine et qu'ils étaient férocement anti-impérialistes – et donc, anti-Shah. Romain Gary savait s'y prendre pour découdre les idéaux et ça arrangeait les Iraniens qu'il découse l'*American way of life*, mais ils oubliaient toujours l'histoire d'amour qui était là pour prendre la place laissée vacante par l'idéal. Ils oubliaient l'Amour, toujours.

Est-ce la raison pour laquelle leurs lectures et leurs discours ne constituaient qu'une façade qu'ils repeignaient à l'envi avec d'autres idéaux ? C'était en tout cas la théorie de mon père. L'Amour est l'opposé de l'Idéal, son antidote, son remède. L'Amour est imprévisible, irrationnel et imparfait. Il grandit et éteint les hommes, il libère et entrave, il obsède et dégoûte, il est tout et rien. On ne meurt jamais d'amour et c'est bien dommage, mais on crève d'Idéal et rarement tout seul.

Téhéran achetait l'idéal et dédaignait l'amour.

Romain Gary pose des peaux de banane sur le chemin fait d'idéal des hommes et il attend de voir – Téhéran a trébuché sur toutes les peaux de banane et ne s'est jamais relevé. Même pas drôle.

Téhéran avait l'apparence, mais pas l'esprit. Désespoir de mon père. Les Iraniens n'intégraient pas. Ils revenaient toujours à la virginité, à ce qui se faisait et ne se faisait pas, à ce que pensait le voisin. Ils vivaient toujours trop près de leur famille, de leur clan, de leur tradition, de leur passé.

À Téhéran, mon oncle Behrouz, communiste, progressiste, féministe, tenait tout un tas de discours : dès le matin, en ouvrant le journal officiel et celui de l'opposition clandestine qui tachait les doigts, et dès qu'il tombait sur une injustice, un ami arrêté, un autre torturé, un livre censuré, une usine fermée, une secrétaire renvoyée, un ouvrier syndiqué. Tout le temps. Il ne savait pas dialoguer, en revanche. Mon père s'étonnait que ce frère politisé tabasse ses sœurs quand elles rentraient tard, ou quand elles portaient trop de rouge à lèvres, ou s'envoyaient en l'air – sauf Mitra avec Amir : il n'avait rien dit, certainement convaincu que le pénis d'Amir était lui aussi révolutionnaire et méritait le respect. La pureté se niche dans de drôles d'endroits. Mitra savait choisir les bons pénis pour éviter de se faire battre.

Mon père était issu de la toute petite bourgeoisie, d'une famille aimante, cultivée mais pas brillante, sociable mais pas mondaine, traditionnelle mais pas bigote, soudée mais pas fermée, intéressée par le monde mais non politisée. Des artisans et des fonctionnaires. Quelques enseignants. Une petite famille, sans ambition, sans rancœur et surtout – c'était en fait sa première singularité – les femmes y travaillaient autant que les hommes. C'était à l'origine une famille de paysans qui possédaient des gènes trop performants, et dont les nombreux enfants survivaient malgré la rigueur de la vie et des épidémies et des guerres, et dont une partie avait dû émigrer à Téhéran à la fin du XIXe siècle pour résister à la famine. Les femmes travaillaient la terre, mais ne restèrent pas inactives à la ville. Elles devinrent blanchisseuses, institutrices, couturières. Et comme ils vivaient leur vie sans chercher à aller plus loin que ce qui suffit au bonheur quotidien, ils furent acceptés comme des originaux avec toutes ces femmes qui savaient lire et gagnaient de l'argent. Et comme ils étaient généreux sans ostentation, ils furent aimés. Cet esprit né dans la rigueur, et taillé par la régularité toujours contrariée du monde paysan, était ancré en eux. Les femmes avaient toujours relevé leurs manches dans la famille de mon père. Une aïeule avait dû reprendre l'atelier de céramique florissant de son mari décédé et, n'ayant que des filles, elle en avait formé une et envoyé les autres là où elles pouvaient s'instruire. Mon père était né de cette branche-là, la veuve céramique était son arrière-arrière-arrière-grand-mère.

Sa famille avait une autre singularité : la grand-tante de mon père était tenancière de bordel. Elle était respectée (et très riche), et jamais personne n'avait osé ne serait-ce qu'un battement de cil insultant, en référence à son métier. Elle était revenue s'installer près des siens à l'heure de ce qu'elle avait estimé être sa retraite. Même quand elle travaillait près de Qom, la ville sainte gavée à la gueule de religieux (ce qui est cohérent, le Vatican est bâti sur ce qui fut l'un des bordels les plus courus d'Italie, saint Pierre y installa ses valises à son arrivée – les religieux essaiment là où il y a désir car c'est surtout là qu'il y a culpabilité et frustration), elle venait, deux fois par an, passer quelques jours chez ses parents. Ils l'accueillaient les bras ouverts, lui posaient des questions sur son travail, s'inquiétaient de sa santé et offraient un dîner pour son arrivée, avec la famille au grand complet. Personne ne refusait de venir saluer la grand-tante maquerelle. Si l'histoire de mon arrière-grand-tante maquerelle était assumée avec une pointe de fierté provocatrice, mes tantes ne manquaient pas de se pincer les lèvres ou de rouler les yeux chaque fois qu'il en était question.

Quand mon père découvrit la façon dont Behrouz traitait ses sœurs qui devaient obtenir son accord pour pouvoir sortir, accord qu'il leur refusait régulièrement, il commença vraiment à douter des chances d'instaurer un système démocratique et égalitaire en Iran. Mon père avait développé un complexe d'infériorité face à la grande ville, Téhéran, son université et ses lettrés. Mais après deux mois de vie estudiantine, il s'était rendu compte que sa petite famille était nettement plus progressiste que celle de ma mère.

Mon père parlait tout le temps de ça avec Hannah. Plus tard, j'ai compris que son effacement, sa parole de plus en plus rare, sa carapace de livres, tout ce qui le réduisait à peau de chagrin, étaient la seule réponse qu'il pouvait apporter : il était seul. Le rêve qu'il formulait pour son pays, son engagement, son refus du communisme comme du nationalisme, sa haute idée du consensus, du juste milieu, des principes basés sur l'esprit critique, sur l'individu, sur la liberté, tout lui revenait au visage lacéré au couteau, inutilisable. Mon père s'effaçait depuis le premier jour de l'exil, depuis que le réel l'avait battu et transformé en spectateur borgne et cul-de-jatte. Mon père avait le goût de l'Absolu. Je le réalisai tardivement, très tardivement, après le départ d'Omid, quand il fut presque trop tard et que mon père choisit de se confier. Il ne pouvait digérer l'idéalisme de tous les autres, parce qu'il préférait l'Absolu. Je ne savais pas encore qu'il avait été vaincu par les Cathédrales de Téhéran.

*

Depuis que Mitra était malade, mon père réfléchissait davantage qu'il ne lisait. Il traînait de plus en plus souvent du côté du balcon, et de l'Eden, ce qui ne plaisait pas du tout au tout petit frère qui s'en plaignit à ma mère.

— Arrête d'aller embêter Siyavash dans son jardin, qu'est-ce qu'il t'a fait pour que tu l'embêtes comme ça ?

Ma mère grondait mon père de profiter de l'Eden.

— Je vais prendre l'air sur le balcon, répondait mon père.

— Eh bien arrête ! Laisse-le tranquille, tu l'embêtes.

Mon père se disait qu'il devait y avoir quelque chose dans ce balcon pour que le tout petit frère envoie ma mère jouer à la gardienne du temple.

Naturellement, mon père continua de s'y balader, acheta même une encyclopédie sur les plantes et arbustes. S'il ne laissait jamais rien paraître sur son visage, le tout petit frère observait et se méfiait de la curiosité de mon père. Il décida de rajouter un cadenas aux tiroirs de son bureau.

Mon père étudiait l'Eden du tout petit frère, ma mère harcelait mon père pour qu'il cesse, quant à moi, j'attendais le retour d'Omid. Il n'était pas réapparu depuis la mort de son père et quand je tentais de l'appeler, je tombais toujours sur le répondeur. Quand j'interrogeais Tala, elle fixait mes cheveux, mes chemises, mes pantalons ajustés et mes chaussures plates d'homme et me répondait invariablement qu'il était en voyage d'affaires.

10.

Zizi s'agita et devint plus incohérente que jamais. Elle parla d'empoisonnement, de tentative de meurtre et cessa de cuisiner. Elle n'acheta plus que des plats préparés et quand nous allâmes déjeuner à l'Atelier un dimanche, elle nous servit des lasagnes surgelées mal décongelées (la politesse iranienne surpassant toutes les autres formes de politesse dans le monde, nous nous répandîmes en compliments, tout en avalant sans mâcher les tristes lasagnes). Mais Zizi parlait trop. Inconsciente, elle balançait la vérité sans le savoir, et c'est ainsi qu'elle remarqua qu'Omid était en Iran depuis trop longtemps (personne ne savait qu'il y était – en fait il n'y était pas, mais à la frontière turque pour se mesurer à son passé) ; que Mitra avait pu s'offrir son immeuble avec l'argent volé de l'héritage paternel ; et que depuis le jour où le tout petit frère avait inauguré son Eden et ouvert sa pharmacie artisanale, tout le monde était malade. Deux semaines plus tard, elle se réveilla avec une maladie de peau qu'aucun dermatologue ne sut diagnostiquer, et qui parsema son corps et son visage de petits boutons blancs dont le centre était rouge sang, avant que le tout petit frère ne trouve un nouveau mélange pour la guérir miraculeusement. Je sus que je pouvais tirer quelque chose de Zizi.

*

Zizi faisait toujours une sieste après le déjeuner et sa seconde pipe d'opium de la journée, c'était donc le meilleur moment pour lui soutirer des informations : elle était tellement assommée qu'elle écourtait toutes les conversations avec des réponses précises, courtes et brutalement vraies. Ses paupières se fermaient par intermittence et il fallait faire vite avant qu'elle ne soit plus capable de rien dire.

— Tu sais, j'aimerais bien faire un arbre généalogique de la famille.

— Pourquoi tu n'essayes pas un peu de ressembler à une femme ? Il n'y aura que des pédés ou des Français qui s'intéresseront à toi. Je déteste les orchidées, elles ont l'air tellement décharnées avec cette pauvre tige qui souffre à tenir sa fleur. Tu sais pourquoi c'est aussi cher ?

— S'il te plaît, s'il te plaît, réponds au moins à une ou deux questions, s'il te plaît…

— Ton arrière-arrière-arrière-grand-père aimait beaucoup le noir aussi.

— Et après qu'il est parti, elle a fait quoi sa femme ?

— C'est bizarre ce noir alors que personne n'est mort, mais tout le monde va être malade et ça va durer beaucoup plus longtemps que la mort ! Elle a marié la Rousse à un cousin germain pour garder le nom. Elle n'avait que des filles. Mais finalement c'est la Sombre qui va accoucher.

— C'est qui, la Sombre ?

— La puînée, voyons ! C'est d'elle que nous descendons et du veuf neurasthénique, et il y a la cadette : l'Ardente, mais il ne faut pas en parler. Jamais. Je déteste ce couvre-lit, je ne sais pas pourquoi je l'ai acheté. Tu te chausses chez les petites tailles pour hommes ? Et pourquoi tu portes toujours *ça* ? (Elle montrait du doigt un bracelet en bois que je portais tout le temps, elle ne comprenait pas, ni elle, ni ma mère, ni mes tantes, que je ne change pas de bijoux en changeant de tenue. Cela ne se faisait pas chez les Iraniennes. C'était un truc de Française.)

— L'Ardente, elle…

— Chuut… et elle colla son oreille à la porte d'entrée, méfiante, soudain réveillée, tu as dit que tu allais au musée ?

— Oui.

— Mitra devrait donner des ennemis à abattre au Chinois, il empâte. Je ne devrais pas te dire ça mais tu ressembles à une femme qui préfère faire des choses avec des femmes. Tu crois que je devrais m'occuper du jardin ou partir en Californie pour fuir la maladie ?

— L'Ardente, Zizi et après ?

— Après je ne devrais rien te dire. Mitra me tuerait et le Chinois qui ne mange pas assez à force de se faire des suées pour s'occuper, il me tuerait aussi. Mais on va tous mourir. Enfin, pourquoi je te raconterais à toi ! Tu veux écrire ! Tu vas le faire et ce sera horrible.

— Comment tu le sais ?

— Tu ne dis rien et tu regardes. T'es dangereuse. Mais c'est peut-être pour ça que tu n'entends rien à la musique et que tu ne sais rien faire de tes neuf doigts. Tu viens venger l'Ardente ?

— J'ai dix doigts. Zizi, tu veux pas t'asseoir un peu, là, et me raconter ?

— Je vais changer les tapis. Je ne veux plus marcher sur Shiraz. Tu as neuf doigts, le petit doigt c'est ta part française, elle était déjà là dans ton absence de couleur.

Une fois assise, les paupières presque closes, elle me raconta tout. Je complétai avec ce que j'avais déjà égrené entre les messes basses, les remarques, les silences, les mensonges, les cousines d'Amérique qui se confessaient au Père-Lachaise.

Avant le printemps de mes dix-sept ans, je connus tout sur ma lignée.

Histoire des sœurs Hedayat

Tout le monde n'a pas la chance de naître dans une famille à tiroirs fermés à double tour, dont la clef est cachée dans un meuble fermé à triple tour, oublié au fond de la remise. Pour parvenir à une telle folie, il faut beaucoup de secrets, beaucoup de peur. Et un goût pour le moins contrarié de la chair.

Toute histoire commence un jour, quelque part. « Yeki boud yeki naboud, gheiraz Khodah hichky naboud. » *Il y avait quelqu'un, il n'y avait personne, à part Dieu, il n'y avait personne. En version française : il était une fois.*

Après la disparition de l'arrière-arrière-arrière-grand-père Hossein qui préférait les lutteurs à sa femme, il ne resta plus que quatre femmes Hedayat. Les trois filles étaient belles : la première était Rousse, la seconde Sombre, la troisième Ardente. Mon arrière-arrière-arrière-grand-mère Soraya était particulièrement attachée à son patronyme, et décida de le garder plutôt que son mari. Soraya maria la Rousse à un cousin germain, roux lui aussi. Ils n'eurent pas le temps d'avoir des enfants, la Rousse mourut assassinée par un voisin schizophrène qui voyait dans la lumière de ses cheveux le signe du diable. Un soir qu'elle était dans le jardin de la maison familiale – une maison immense et absurde : l'aïeul qui l'avait bâtie était fasciné par les Anglais et voulait que cela se sache, la maison était ainsi une reproduction parfaite d'une maison du Surrey qu'il avait vue sur un tableau à Téhéran – ce soir-là, la Rousse s'étirait et se demandait si elle aimerait encore la nuit qui venait, une dixième ou douzième nuit entre les bras d'un homme qui portait le même nom qu'elle et qui la faisait jouir. Elle n'eut pas le temps d'y répondre, le voisin se jeta sur elle et la poignarda tant de fois, lui arrachant par poignées ses longs cheveux roux, que son pauvre corps fut réduit en lambeaux.

Le voisin fut condamné à mort par le village (le village ou la ville, tout dépend de la personnalité du conteur : pour Mitra, c'était une grande ville, pour ma mère, un village), et exécuté par le veuf Hedayat en personne. Soraya, avec ses sillons de larmes, réagit avec pragmatisme. Elle donna sa seconde fille, la Sombre, à son premier gendre veuf, qui n'eut pas son mot à dire : il était devenu mutique.

Ils eurent sept enfants, six filles et un garçon. La Sombre aima passionnément son fils aussi roux que sa sœur assassinée, et prit soin tout au long de son enfance et encore durant l'adolescence, de lui appliquer minutieusement du cirage noir sur l'or de ses cheveux pour le protéger de la force destructrice du mauvais œil. L'œil est la passion de l'Orient. L'œil est toujours mauvais, l'œil c'est l'Autre qui vous jette un sort, l'Autre qui, d'un regard, détruit la beauté de ce visage ou l'élégance de cette démarche ou la possibilité d'une promotion.

L'œil est la première cause des malheurs de l'Orient, il est l'envie, la jalousie, la sociabilité. Il n'y a pas de franche sociabilité en Orient, il n'y a qu'une concurrence sauvage mille fois drapée dans des échanges mielleux qui font illusion. L'œil est une obsession particulièrement familiale : parce que les trois filles abandonnées par leur père étaient belles, l'œil s'est posé sur ma famille, il s'est vengé de tant de roux marié à tant de noir, de tant de charme et de passé. C'est toujours l'œil, celui du voisin, de la cousine mal-aimée, d'un passant mauvais, d'un collègue malheureux, d'une amie jalouse, c'est toujours l'œil extérieur à la famille qui brise nos élans, détruit nos mariages, fait prendre du poids, perdre au jeu, provoque les larmes après les rires. C'est la raison pour laquelle il est interdit depuis le temps de mes aïeuls de raconter ses réussites et d'afficher sa joie de vivre. Quand on demande à un membre de ma famille s'il va bien, il penche toujours la tête sur le côté, ferme les yeux, soulève les sourcils et répond « ça va, ça va, ça pourrait être pire ». C'est un talisman pour se protéger. Et surtout, il ne faut jamais, jamais, jamais dire la vérité, jamais dire ce qui se passe pour de vrai, il faut toujours biaiser pour éviter l'œil, éviter qu'il vous touche là où vous avez une chance de bonheur. Le problème, c'est qu'à force de répéter combien vous allez mal, combien vous souffrez, à force de nier le bonheur par superstition, vous finissez par être profondément malheureux. Plus besoin de craindre l'œil, vous êtes devenu votre pire cauchemar.

Reprenons : la Sombre se désintéressa affectivement de ses six filles et ne leur apprit qu'à balancer négligemment la cheville pour attirer l'œil du futur époux, à se taire sur leurs sentiments, à repousser les émotions, à ne plus jamais laisser s'évaporer un mari. Quatre de ses filles se marièrent très correctement, dont deux avec des Hedayat, pour maintenir le nom. Ses deux dernières filles disparurent dans les limbes de la mythologie familiale tout comme la troisième sœur, l'Ardente.

L'Ardente était intenable, du verbe comme du corps. Elle disait ce qu'elle ressentait, faisait ce qu'elle désirait et avait eu la légèreté de tomber amoureuse à dix-sept ans d'un notable nouvellement installé, de faire l'amour pendant plus d'un an sans tomber enceinte (comme elle parlait beaucoup, on lui racontait beaucoup, et elle savait comment éviter l'enfant pour jouir de la chair). Elle se fit finalement surprendre par la Sombre. Elle reconnut les faits et ne s'excusa pas. La Sombre la mit à la porte et, pour les voisins, lui inventa un destin d'universitaire à Téhéran. Personne n'entendit jamais plus parler de l'Ardente jusqu'à ce qu'une révolution, une guerre et un exil ne la fassent remonter à la surface. L'Ardente s'était bien installée dans la capitale et comme toute femme sans famille, sans revenus, sans amis, elle n'avait pas eu le choix : seule la prostitution lui avait ouvert les bras. Mais l'Ardente aimait trop faire l'amour pour le faire payer. Elle avait une belle voix, elle choisit donc Le Caire. À l'époque, Le Caire était la capitale magique qui regardait Téhéran de haut. Le Caire, c'étaient les cabarets, les cinémas, les poètes, les chanteuses. Des filles de rien qui venaient de Damas, de Beyrouth, de Téhéran et s'y transformaient en stars. L'Ardente mit donc le cap sur la capitale égyptienne. Et elle fut bien inspirée : engagée dans une troupe dirigée par un Libanais chrétien qui deviendrait le directeur du conservatoire d'art dramatique, elle accepta tous les rôles – les hommes, les vieilles femmes, les mendiantes et les reines. Elle était douée et beaucoup applaudie. On la demandait en mariage à la fin des représentations, des hommes se tuèrent pour elle, des mères enfermaient leurs fils pour éviter qu'ils retournent la voir sur scène. Le Caire était le centre culturel du monde arabe, mais la majorité de sa population était assommée de préjugés, et il arrivait souvent à l'Ardente de recevoir des œufs, des insultes et des menaces de mort – surtout de la part des femmes. Encore jeune et au sommet de son art, l'Ardente décida de quitter la scène. Elle fonda un journal pour défendre les artistes, les comédiennes, les chanteuses, les acteurs, tous ceux qui étaient si mal considérés. Elle disait en riant qu'elle voulait donner une voix aux femmes qui aiment faire l'amour sans éteindre les lumières. C'était quelqu'un, l'Ardente. La famille Hedayat suivait en douce les réussites de la bannie de la famille. Une grand-tante collectionnait les coupures de presse qui suivaient son actualité, et sa fille en fit autant. Un jour j'eus le dossier entre les mains. L'Ardente était impressionnante d'assurance. Elle ne se maria jamais, n'eut jamais d'enfant et mourut centenaire sans avoir jamais varié dans son choix : vivre bien, c'est vivre sans entraves. J'ai gardé le dossier et j'ai encadré un portrait d'elle, jauni. Elle se tient les mains sur les hanches, une cigarette entre ses doigts, un tailleur ajusté, le regard est franc, l'attitude conquérante. Quand j'ai le sentiment de m'emmêler dans les fils du malheur, je regarde mon arrière-arrière-grand-tante et je sais que si elle s'en est sortie, je le peux aussi. Ma mère ne m'a jamais posé de questions sur cette coupure de journal encadrée, elle a toujours refusé de partager avec moi ce qu'elle savait d'elle. Je vois bien qu'elle est aussi admirative que moi, mais cela lui coûterait trop de se l'avouer.

Les deux dernières filles de la Sombre qui ne se marièrent pas, quittèrent le village trois ans après l'Ardente. Quelque chose du secret de leur grand-père s'était retrouvé dans leur désir, et après avoir partagé la même couche, les sœurs incestueuses quittèrent le foyer. Elles s'aimèrent passionnément et partirent pour Moscou après avoir économisé en faisant toute sorte de métiers et se séparèrent après quinze ans. L'une rencontra une femme qu'elle aima jusqu'à son dernier souffle et l'autre, désespérée d'avoir perdu sa sœur, le seul amour de sa vie, se suicida en se gavant de médicaments avant de se jeter du cinquième étage de l'appartement qui avait abrité son inconsolable amour. Elle ne voulait vraiment pas se rater.

Ma mère ne connaît pas tout de ce passé. Pire, je crois que je suis la seule à le connaître – à l'exception de Mitra (mais elle réinventa toujours l'histoire pour l'adapter à son auditoire et jamais, pas une seule fois, elle ne mentionna les sœurs incestueuses ou l'Ardente).

Seule survivante de la fratrie d'Hossein le lutteur homosexuel, la Sombre s'imposa. Elle devint experte en potions, lotions, accouchements difficiles, maladies inconnues, afflictions impossibles. Elle transforma le bureau de son père, que personne n'avait osé toucher depuis sa disparition, en laboratoire où elle déterrait les recettes d'antan et les plantes aussi miraculeuses que mortelles. Elle fournissait la vie comme la mort au prix fort. Sa réputation grandit jusqu'à Téhéran. À la nuit tombée, il n'était pas rare de discerner une ombre dans le laboratoire de la Sombre, qui s'éloignait vite, munie d'une fiole qui contenait un mort à venir, promesse d'un soulagement. On raconte que les yeux jaunes de la Sombre vous suivaient longtemps après qu'on les avait furtivement croisés. Et c'est ainsi qu'elle se crut à hauteur des dieux. Et certainement la raison pour laquelle elle ne fut jamais inquiétée.

La Sombre s'est réincarnée dans le tout petit frère.

*

Mon arrière-grand-père roux, Rostam, fils unique de la Sombre, pourri par l'amour maternel qui lui promit toutes les beautés du monde sans lui inculquer l'effort nécessaire pour y parvenir, vécut dans l'indolence et la concupiscence. Mon père me raconta qu'il ne se trouvait plus, dans tout le pays, une seule femme mariée ou à peine pubère, veuve ou prostituée, qui n'ait été possédée par mon arrière-grand-père. Rostam avait passé les dernières années de sa vie dans l'ennui, assis sous la véranda de la folie anglaise, écœuré par son incessant vagabondage sexuel, fixant avec un mélange d'envie et de doute raisonnable, les chèvres et les poules qui passaient dans la rue.

Mais avant la vieillesse, Rostam obtint laborieusement un diplôme d'architecture et fit la fierté de sa mère. Son mari décédé (après le meurtre de la Rousse, le gendre veuf tourna neurasthénique et s'il fit sept enfants à sa femme, il ne coucha plus avec elle et choisit de vivre sur ses rentes, enfermé dans la folie anglaise, ne sortant qu'à l'heure où la Rousse avait été poignardée, entre chien et loup). Ses quatre filles désormais mariées, ses deux dernières évaporées, il ne lui restait plus que son fils. La Sombre, n'ayant que dix-sept ans d'écart avec lui, se mit à imaginer qu'il ne se marierait jamais. Pas à pas, l'idée fit son chemin (rappelez-vous qu'elle se voyait à l'égal des dieux). L'idée germa en elle qu'elle pouvait faire un enfant à son fils. Elle séduisit son fils – ce qui n'était pas très difficile, mère ou pas, c'était une femme –, elle le rejoignit dans sa couche toutes les nuits et tomba finalement enceinte. Mais elle ne pouvait accoucher au vu et au su de tous, alors que son mari était décédé depuis cinq ans. Elle cacha sa grossesse sous le voile, et s'inventa une maladie contagieuse qui éloigna les curieux.

Pendant ce temps-là, Rostam reprit son vagabondage sexuel et dans un village voisin, il tomba éperdument amoureux. La jeune femme était belle bien sûr, mais surtout, elle montait à cheval – ce qui était rare pour une femme. Il lui fit une cour acharnée, recopia des poèmes (il était incapable d'en écrire), lui envoya des fleurs (ce qui ne se faisait pas à cette époque mais il l'avait lu dans un journal qui rapportait les mœurs occidentales), la couvrit de bijoux qu'il disposait sur le chemin de sa promenade quotidienne. La jeune femme déchira les poèmes, refusa les fleurs et ne s'arrêta pas pour ramasser les émeraudes, les rubis et les saphirs que Rostam faisait venir du bazar d'Ispahan. Les parents de la jeune femme étaient visiblement évolués, ils respectèrent le choix de leur fille de ne pas donner suite aux assauts de Rostam. La Sombre, malgré sa grossesse, tenta de protéger son fils en lui rapportant ce qu'on savait de cette famille : ils étaient mongols et indiens. Ils n'étaient pas persans. Rostam n'en crut pas un mot car la jeune femme était blanche de peau, noire de cheveux et si ses paupières étaient légèrement bombées, ses cils étaient si longs qu'ils touchaient presque ses fins mais fournis sourcils de Persane. Il ne crut pas la Sombre et poursuivit ardemment la jeune femme qui se prénommait Elham (qui veut dire

« révélation »). Six mois de ce régime-là et Rostam en perdit la raison. Il se réveilla un matin et attendit en embuscade près de l'arbre où il avait vu Elham la première fois. À peine apparut-elle au tournant du chemin, qu'il s'élança et la viola. Il la viola longtemps, longuement, il la viola jusqu'à ce que ses cuisses soient recouvertes de sang et il l'abandonna. Le lendemain, il se présenta chez elle et demanda sa main pour la quatrième fois. La main d'Elham lui fut accordée, et la future belle-mère lui jeta au visage un vase rempli de fleurs (dans la famille d'Elham, on aimait les fleurs et on les disposait partout dans la maison), en marmonnant, dans une langue inconnue, une malédiction de son cru qui fit beaucoup rire mon arrière-grand-père.

Ils se marièrent. Six filles et un garçon naquirent de cette union. Et chacun put constater que la Sombre avait raison. Il y avait du mongol et de l'indien dans le sang de la jeune femme. Les yeux des filles étaient bridés et leur peau était sombre. Sauf le garçon qui était le portrait craché de Rostam. Il fut immédiatement chéri par la Sombre qui avait, entre-temps, accouché du fils de son fils, mais celui-ci s'avéra aveugle et ses mains palmées. La Sombre qui n'attendait pas moins que d'accoucher du messie fut tellement dégoûtée par le fruit de ses entrailles, qu'elle abandonna l'enfant dans les montagnes qui surplombaient la ville. Il ne faut jamais abandonner ses enfants, et surtout pas ceux dont on a honte. Ils reviennent toujours sur les lieux de leur naissance…

Au lendemain de son abandon, l'enfant aveugle aux mains palmées fut sauvé par des bergers, il fut nourri et aimé autant que faire se peut dans une famille habituée à l'hostilité du climat, de la géographie et des hommes de la cuve (les villageois). À l'âge de seize ans, il redescendit dans le village. Le premier villageois qu'il croisa fut Rostam. Le fils de la Sombre ne savait pas que le fils qu'il avait eu de sa mère était vivant, il vit le petit mendiant et le molesta comme tout homme de bien doit molester le pauvre en guenilles qui se trouve sur son chemin. Chaque fois qu'il le croisait, Rostam le frappait, l'insultait. Elham, qui avait le cœur tendre, assista chaque matin à la même scène. Et elle se prit de pitié pour l'aveugle aux mains palmées. Elle lui jeta en douce de la nourriture et de l'argent. Elle qui ne s'était pas occupée de ses enfants, qui accouchait puis refusait de tenir ses petits dans ses bras, qui, après le septième enfant, avait fermé la porte à son mari, Elham fut sauvée par le fils de Rostam et de la Sombre. Car l'aveugle lui trouva un cheval et l'aida à s'enfuir. Un matin, elle s'en alla donc avec le mendiant aveugle aux mains palmées.

En faisant entrer les yeux bridés et la peau sombre dans tout ce roux et tout ce noir, Elham renforça la beauté mystérieuse des femmes Hedayat. Les six sœurs nées de celle qui ne fut plus appelée que la Mongole eurent beaucoup de mal à se marier, elles sentaient la malédiction à plein nez. Toutes ces femmes qui disparaissaient du jour au lendemain ! L'Ardente, les sœurs incestueuses et maintenant la Mongole ! Aucun homme n'avait franchement envie de se voir humilié sur la place publique – cette fois-ci, il avait été impossible de cacher la fugue de mon arrière-grand-mère, elle ne s'était pas cachée, elle avait fui au grand galop en lançant un cri de guerre qui avait réveillé toute la ville.

Mon grand-père Mahmoud, roux comme son père et le père de celui-ci, ne pardonna jamais à sa mère et nourrit toujours de la rancœur envers les yeux bridés et les peaux mates. Il choisit la banque comme carrière – son père ayant dilapidé tout ce que le gendre veuf avait laissé de la fortune familiale. À force de modestie et de sérieux, et en fréquentant assidûment la mosquée (alors que personne ne se souvenait être religieux à cette époque), en arrangeant les affaires financières des uns et des autres, il parvint à trouver des maris pour toutes ses sœurs. Les gendres furent nettement moins prestigieux, il s'en trouva même un qui fut fermier et un autre, mollah (celui-ci engendra une descendance de mollahs et l'un de ses rejetons pourchassa mon oncle, mes tantes et ma mère après la révolution, durant la chasse aux rouges).

Mahmoud choisit d'épouser une femme laide. Ma grand-mère était noire de cheveux, des yeux, de la moustache, blanche de peau et ne riait jamais. Elle était aussi discrète que mon arrière-grand-mère était flamboyante, aussi terne que mon arrière-arrière-grand-mère était conquérante, aussi laide que toutes les autres femmes étaient belles. Mon grand-père pensait avoir détourné l'œil. Et pourtant. La Laide accoucha de six filles et d'un garçon. Ma mère et ses sœurs et son frère (en comptant la jumelle mort-née de Mitra qui ne supportait déjà pus la concurrence). Mon grand-père Mahmoud contempla sa descendance et sut que jamais l'œil ne se détournerait de sa famille : tous étaient beaux. Il y avait du roux, du bridé et du noir. La première fille, Ziba (qui veut dire « belle », c'était une idée de la Laide), était la vérité révélée de la Mongole : elle avait les yeux bridés, les pommettes hautes et la peau couleur confiture de merde comme on disait en Iran. Mon grand-père la détesta tout de suite : l'Inde et la Mongolie se battaient sur son visage, elle était le mauvais présage qui annonçait les cinq filles et l'unique garçon à venir. Il la viola alors qu'elle était une enfant, réitérant le geste de son père sur sa mère, croyant venger le destin. La Laide, ma grand-mère, se demandait comment elle avait pu accoucher d'une progéniture qui lui ressemblait si peu. Elle se morfondit de l'intérieur, s'assécha de l'extérieur et mourut d'un cancer foudroyant alors que la famille avait quitté la folie anglaise, juste après la mort de la Sombre (dont le cadavre disparut la veille de son enterrement, on la racontait immortelle, et peut-être que c'était vrai), pour s'installer à Téhéran, dans le nord bourgeois, après que mon grand-père eut retrouvé la fortune perdue par son père coureur et son grand-père neurasthénique.

Ma mère fut la seule à avoir aimé sa mère mais aussi celle qui fut la moins aimée. Si elle n'avait pas la beauté tapageuse de sa grand-mère, elle en avait les yeux bridés et les longs cheveux noirs – la Laide mourut trop vite pour voir Tala devenir le portrait craché de la honte familiale. Ma mère garderait toute sa vie la trace de cet amour sans retour. La Laide aima son fils unique. Il n'était ni roux, ni mongol, il avait la peau blanche et tout le reste était noir. Elle l'aima d'autant plus qu'il se révéla épileptique, signe de génie pour elle comme pour tout le village. Elle l'éleva comme le messie. Mon oncle Behrouz s'engagea naturellement dans la voie révolutionnaire et il fut le premier stalinien de la famille.

En arrivant à Téhéran, les cinq sœurs comprirent qu'elles étaient attirantes. Mais la capitale avait beau offrir davantage de liberté, le puritanisme y était le même que dans la ville de leur enfance. Si personne ne leur jetait des œufs pourris ou des tomates moisies, il n'était pas possible d'être libre de son désir. Mitra, qui avait toujours été plus maligne, excella dans l'art de la dissimulation. Ziba l'aînée fut tétanisée par la capitale et refusa de sortir de la maison. Si ma mère a toujours été la moins aimée, Ziba fut repoussée, à cause de sa peau foncée et de son talent : Ziba était poète. Elle pouvait rester des heures dans les montagnes surplombant la ville où l'aveugle aux mains palmés avait survécu, des heures à regarder le vol des oiseaux ou l'eau de la rivière. À six ans, elle se mit à écrire des poèmes qui disaient l'étau du sentiment, la douleur de la perte, la souffrance du manque. Mon grand-père Mahmoud et mon oncle Behrouz déchirèrent systématiquement ses poèmes, et l'isolèrent. Ziba était le seul rejeton familial qui aimait et s'épanouissait dans la nature. Ziba était sensible et brillante. Ziba se suicida trois ans après l'installation des Hedayat à Téhéran quand elle constata qu'elle était enceinte de son père. Elle se pendit dans sa chambre. Ma mère découvrit le corps. Elle avait aimé Ziba plus que toutes les autres. C'était la seule à n'avoir jamais levé la main sur elle, la seule à l'avoir chérie. La seule qui aurait pu offrir une variante à la cruauté familiale.

Ziba a été effacée.

Des années après l'exil et le suicide de Ziba, la grande maison de Téhéran vendue et revendue revint dans la famille par le biais de la nièce/cousine américaine, fille illégitime de Behrouz et d'une cousine révolutionnaire : Goli. Mon oncle Behrouz ne s'était jamais marié et avait systématiquement refusé de reconnaître sa multiple progéniture issue de son mépris révolutionnaire pour les femmes. Jusque sur son lit de mort, il refusa l'entrée de sa maison à une vingtaine d'enfants qui tambourinaient à la porte. Mais Goli était loin, elle avait suivi néanmoins les tragédies familiales et attendu son heure. Goli avait fait fortune dans la finance et profita de l'ouverture pour se réinstaller dans le pays de naissance de ses parents et racheter la grande maison de Téhéran. Elle y fit de grands travaux. Sous le parquet de la chambre de Ziba, elle découvrit des pages et des pages de poésie. La cousine américaine les fit publier. Les recueils de poésie de Ziba eurent un grand succès et on put lire entre les lignes qui célébraient le temps immobilisé dans le vent qui fait chanter les feuilles, l'inceste dont elle fut victime, la tragédie de son visage couleur de merde et le parfum de la mort. Toutes les sœurs Hedayat reçurent un exemplaire des poésies de Ziba. Et ma mère put, enfin, pleurer la perte de sa sœur aînée qu'elle aimait et qu'elle avait tenté de protéger. Les autres sœurs ne parlèrent jamais de Ziba.

À Téhéran, ma mère, qui avait déserté les bancs de l'école pour aider sa propre mère, faisait des yeux très ronds chaque fois qu'un homme la regardait. Elle refusa tous les prétendants, incapable de quitter sa mère et ses sœurs, tétanisée par tout ce qui n'était pas le village de sa naissance. Zizi et Tala, les cadettes, étaient enchantées de manger à leur faim depuis l'arrivée à Téhéran, et parce qu'elles étaient les dernières et qu'elles poussaient librement, elles se passionnèrent pour l'art. Mais Zizi avait déjà une autre passion depuis l'enfance : la fille du métayer et le fils du fermier général. Roudabeh et Darius avaient le même âge que Zizi, ils avaient grandi ensemble et il ne se passait pas un jour sans qu'ils ne se retrouvent. Après que le Chinois eut découvert que Zizi et

Roudabeh s'embrassaient dans le foin, il fit surveiller Zizi. Mais l'amour donne autant d'imagination que de hardiesse, et par l'entremise de Darius, elles purent encore se voir. À force d'organiser les rencontres entre Zizi et Roud, Darius devint l'amant de l'une et de l'autre. Durant quinze ans, de la petite enfance à l'exil, et malgré Bahram le joueur de ney, malgré Tala, malgré les aventures des uns et des autres, Zizi, Roud et Darius vécurent leur passion. Après l'installation à Paris, Roud et Darius préférèrent Londres et, pour faciliter les choses, décidèrent de se marier avec le consentement de Zizi qui, si elle ne put assister au mariage, leur parla chaque jour. À Londres, Roud entama une brillante carrière de journaliste scientifique tandis que Darius gravissait les échelons universitaires jusqu'à être reconnu comme un brillant professeur d'architecture. Aussi souvent que possible, ils se retrouvaient tous les trois et rien, jamais, ne put briser le lien émotionnel et le lien charnel qui les unissaient. Roud et Darius finirent par divorcer et Darius épousa Zizi, à Paris. Roud fut témoin à leur mariage. La nuit de noces, ils se retrouvèrent à nouveau tous les trois sous les couvertures. Quelques mois avant la disparition d'Omid, Roud vint s'installer à Paris, chez Zizi et Darius dans l'immeuble de Mitra. Si Zizi souffrit toute sa vie de son amour sans retour pour Tala, et si elle fut plus homophobe que toutes les sœurs réunies, elle fut aussi la seule à jouir dans les bras d'un humain. De cet antagonisme, de cette rupture au milieu de son désir, naquirent sa folie et sa perte.

Et l'oncle Behrouz entraîna progressivement toutes ses sœurs et les autres membres de la famille qui suivirent le mouvement à Téhéran sur les chemins de la révolution.

*

Depuis la Rousse, la Sombre et l'Ardente, les sœurs Hedayat sont vouées à se faire la guerre : vouées à poursuivre la voie tracée par la Sombre qui prend la place de la Rousse et qui se débarrasse de l'Ardente ; marquées par la figure de la Mongole violée qui nourrit patiemment sa vengeance en transmettant aux filles et au fils de son violeur le goût du vice et l'impossibilité du bonheur ; le fantôme de Ziba ne les a jamais quittées, il flotte au-dessus d'elles, leur dureté n'est que l'autre nom de la culpabilité ; elles sont pénétrées par le sens du malheur, la plus grande des qualités aux yeux de la Laide, la seule qualité qui préserve la « propreté de l'âme ».

Ma mère et ses sœurs ne pouvaient que se retourner les unes contre les autres, elles ne pouvaient que détruire la famille, elles ne savaient rien faire d'autre. Et celles qui n'étaient pas capables de dissimulation, de manipulation, de renoncement, s'en allaient. Elles prenaient la route, abandonnaient leur nom, elles se bâtissaient sans racines. Peut-être que le goût de la fugue est dans mon sang, et qu'il est passé de l'arrière-arrière-arrière-grand-père à moi, relayé par l'Ardente, les sœurs incestueuses, la Mongole et Ziba.

Une chose est vraie : celles qui sont parties l'ont toujours fait pour baiser en paix, pour épanouir ce qui restait bridé au milieu de leur corps. Compte tenu du destin familial, implacable, je me dis que nous ne pouvions finir qu'en France, qu'il fallait au moins la France pour donner une dernière chance à cette famille, pour qu'enfin elle accepte ses désirs, explose les digues qui se fissuraient depuis trop longtemps, et laisse passer un éclair de chair salutaire.

Pour toutes ces raisons, la mort de la grand-mère fut moins déterminante que la première projection de Lawrence d'Arabie. *À part ma mère et mon oncle, personne ne pleura la Laide. Le deuil avait été long comme il se doit, les sœurs se frottèrent les yeux avec des oignons pour paraître bouleversées devant les visiteurs, elles cessèrent de s'épiler de la tête aux pieds et portèrent le noir, voile compris, durant trois longs mois. Mais le cœur n'y était pas. Le cœur était déjà révolutionnaire, ailleurs, peut-être déjà en exil.*

11.

Un jour ou l'autre, nous sommes tous rattrapés par le janam. Nous ne l'avons pas perdu, ou enterré, il a toujours été là, mais nous ne le savions pas. *Le janam est la nature cachée et héritée.* C'est par la littérature que le janam est entré dans la langue persane. Depuis mille cinq cents ans, le janam renverse des familles en rappelant la graine vicieuse de l'ascendance. Dans ma famille, le janam est la seule chose équitablement répartie. Mais comme personne ne regarde en face l'héritage familial, nous nous promenons tous avec notre janam caché, qui finit toujours par réapparaître et fait bien des dégâts.

Plus le janam est occulté, plus sa mise au jour engendre des révolutions, des allers sans retour vers la folie, des dépressions sans fin, des voix qui se brisent avant même de se faire entendre, des enfants qui préfèrent oublier qui ils sont. Le janam est vicieux, il ne dit jamais sa présence, il attend que vous trébuchiez. Je tournais autour de mon janam à demi découvert, je n'osais pas le toucher, je l'observais timidement en espérant qu'il fasse le premier pas, qu'il se dévoile, de peur qu'il ne m'explose au visage si j'avais l'impatience de le prendre à pleine main. Mon appréhension devint obsessionnelle : je cherchais à travers les choix de mon ascendance comment m'échapper des fils de son destin.

Déterminisme : je regardais souvent ce mot en français. Je le lançais à voix haute, comme pour le défier. C'est un mot qui racle le palais deux fois avant de finir sur une caresse, un – *isme* doux comme un abandon. Ce n'est pas grave, laisse-toi aller, tu ne peux pas aller contre. Il est là qui décide de tout et t'entraîne vers l'inéluctable.

Le déterminisme, c'est le janam de l'Occident. Mon janam à moi m'était inconnu avant la longue histoire que Zizi me raconta – entre ses remarques sur sa brosse à cheveux qui avait peur de ses cheveux, sur son déshabillé du soir qui ne contenait plus ses seins (et c'était parce qu'elle était enceinte et elle dut avorter très rapidement), sur les cravates beiges du Chinois qui la faisaient penser aux cordes des pendus. Mon janam me fut révélé après. Je me rattachais à l'Ardente, aux sœurs incestueuses, à Ziba et à la Mongole pour me rassurer.

Déterminisme, c'était aussi la voie royale. Celle de la facilité, de la porte entrouverte, de l'injonction sociale. J'aurais pu prendre mon janam en guise de porte-drapeau, j'aurais pu me teindre les cheveux en noir, cerner mes yeux de khôl et me cacher derrière l'Iran. J'aurais pu être une tragédienne. J'étais pauvre, j'étais humiliée, ma condition m'offrait quelques atouts pour être aimée des Français. Le déterminisme les rassure : c'est facile et ça explique tout. Les Français aiment l'exilé quand il se plaint, quand il remercie, quand il ne veut pas épouser votre fils ou votre fille, préférant garder son accent, rappeler son histoire, baisser la tête et demeurer tel qu'il était le jour de sa naissance.

Moi, je ne pouvais pas. C'était la faute à l'hermaphrodite endormi. Je ne voulais pas être réduite, je ne voulais pas de drapeau, pas de chemin unique et étroit. J'étais claustrophobe. Et puis, je n'avais pas la gueule de l'emploi : ni celle de ma famille, ni celle de la France. Trop occidentale pour l'Iran, pas assez typée pour la France. Et pourtant. Il y avait quelque chose de métèque en moi qui persistait et que je ne voulais pas effacer. Quelque chose me disait que la boue où j'avais grandi était la bonne matière à travailler pour trouver mon vrai visage.

*

Je remarquais, j'accumulais : le regard de l'une qui s'attarde trop longtemps après la mention d'un prénom oublié, le geste d'une autre pour faire cesser une conversation qui remontait trop loin dans les secrets, les bras scarifiés de Zizi, la sauvagerie de Tala, la superstition envers les aveugles, l'homophobie agressive, la réécriture historique de Mitra, la xénophobie atavique, les non-sens de Zizi, les sacrifices de ma mère. Ils avaient des tics, des émotions, des réflexes qui ne leur appartenaient qu'à moitié, l'autre moitié était prisonnière de l'Histoire. C'était beaucoup trop à essorer d'un coup, je ressemblais à une vieille éponge oubliée. J'eus du mal à rentrer à la maison ou passer chez Hannah après les cours, et je pris l'habitude de m'arrêter dans un petit café entre le lycée et la rue de la Roquette pour reculer le moment où je devrais croiser le regard de ma mère. Elle m'apparaissait dorénavant comme la conséquence d'une histoire dont les racines étaient solidement ancrées dans le cœur de la Sombre qui continuait de distiller son venin noir à travers le temps.

Après la longue confession de Zizi, je ne pouvais plus la regarder. C'était comme si elle avait soulevé le tapis par inadvertance et que toute la poussière s'était logée dans sa gorge. Tout le malaise familial s'était niché en elle.

Je savais d'où je venais et tous les membres de ma famille m'apparaissaient dans leur nudité : des descendants condamnés à rejouer les mêmes tragédies sans les expier, génération après génération. Ils ne pouvaient pas guérir car ils ne pouvaient pas dire. Omid me manquait, il était bien le seul à qui je pouvais tout raconter. Je tentais d'aborder mon père, et puis quoi ? Je pouvais commencer par le début, tout lui dire, mais après ? Non seulement il devait en connaître une partie mais que pourrait-il me répondre ? « Oui, oui, la famille de ta mère est bâtie sur le mensonge, le meurtre, le vol, la concupiscence, le mépris, le viol, la fugue, l'exil, la révolution. La famille de ta mère est une toile d'araignée dans laquelle tu es coincée et je ne peux rien pour toi : j'ai déjà perdu. »

Je retrouvais ce sentiment qui avait été le mien lors de la première année de l'exil : j'étais en morceaux – c'est ce que j'éprouvais au Louvre en visitant les salles consacrées à la Perse où tout n'était que fragments, souvenirs d'un tout qui ne tenait plus debout, puis, plus tard, quand l'allergie morcela mon corps et mon visage comme sur les tableaux de Braque ou de Picasso. Peut-être était-ce la seule forme qui m'était autorisée : un éclatement, un puzzle absurde. Avant, je ne savais rien et j'étais floue. Maintenant, je savais tout et les contours étaient si marqués qu'ils faisaient mal aux yeux. La question qui revenait me harceler et que je ne pouvais chasser, qui m'immobilisait quand il s'agissait de faire un choix, qui me faisait remercier la nature de n'avoir pas de sœurs et me laissait interloquée certains matins : pouvais-je échapper au destin familial ? Mon janam s'était-il déjà révélé ? Le déterminisme allait-il m'entraîner dans la reproduction éternelle des crimes familiaux ?

12.

Le janam de Mitra ne nous laissa plus de répit. Diminuée, Mitra devint plus insupportable que jamais. Le tout petit frère était doué mais il ne s'intéressait pas assez aux autres. Il ne possédait ni intuition, ni finesse psychologique. Les autres, ceux qui l'entouraient ou qu'il côtoyait ou qu'il ne faisait que croiser, étaient des terrains d'expérience, des pions qu'il déplaçait pour l'arranger. Sa seule ambition était de protéger notre mère et de la rendre heureuse. Il n'avait pas anticipé que la beauté perdue de Mitra nous perdrait tous.

Mitra ne supportait pas le manque d'attention, et encore moins de regarder Tala ou Zizi, belles encore – quant à moi, mon absence de féminité la laissait de marbre. Son visage fondu lui apparaissait encore plus injuste que la révolution perdue, l'exil, la faiblesse de son fils, la laideur poilue de sa fille, l'arrestation du groupe d'Amir. C'était injuste car elle perdait son premier atout, son piège à con, sa réclame pour la révolution : son beau visage. Le corps avait épaissi et elle ressemblait davantage à une matrone italienne qu'à une égérie de la révolution permanente. En l'accablant d'une terrible maladie, le tout petit frère la poussa dans ses derniers retranchements.

Mitra commença par virer les locataires des appartements qu'elle avait achetés dans le secret pendant dix ans. Sans ménagement, en faisant appel à des copains d'Amir. Il ne resta plus qu'Hannah dans ce qui deviendrait très bientôt l'immeuble de Mitra – pauvre Hannah encerclée en haut, en bas et sur son palier par des femmes (et des hommes et des enfants) qu'elle méprisait et qui la détestaient en retour. Mitra fit des travaux, agrandit les appartements, les relia entre eux, puis elle y installa Tala et Zizi mais aussi des amis de la révolution impossible, réfugiés à Paris. Elle garda ce qui restait des huit étages pour sa fille et son fils quand ils seraient en âge de s'installer seuls (ce jour n'arriva jamais, et les deux appartements de cinq pièces restèrent meublés et vides comme une promesse faite ivre, et dont on est incapable de se souvenir). Elle poussa le culot jusqu'à sonner chez Hannah pour lui proposer de lui vendre son appartement en viager et Hannah lui répondit : « D'habitude, les gens de votre espèce ne prennent pas la peine de nous faire une proposition : ils nous mettent directement une balle dans la tête. » Mitra, qui n'avait pas l'habitude de la franchise et encore moins de la vérité, entreprit de détruire Hannah auprès de ma mère et elle y parvint un peu en la convainquant qu'elle couchait avec mon père – ma mère était pétrie d'imagination, elle croyait tout pour peu que cela soit joliment raconté.

Malgré la découverte de ses nombreux biens immobiliers, malgré les dîners qu'elle y organisait, elle continua de se plaindre à ma mère de manquer d'argent. Et tout le monde, ma mère comprise, continua de compatir, de lui faire à manger, de l'aider à faire le ménage, de lui brosser les cheveux, de la couvrir de cadeaux, de l'accompagner partout (elle détestait être seule, elle était comme mon oncle Behrouz, elle tenait le crachoir, elle avait besoin d'un auditoire). Et même si ce n'était pas le lustre de l'Iran, même si jamais plus ils ne brillèrent nulle part, même si jamais aucune diva, aucun présentateur vedette ni aucun politique ne passa le seuil de l'immeuble, et même s'ils perdirent toute élégance, les membres de ma famille retrouvèrent un semblant de vernis bourgeois. Mais cela ne suffit pas à tarir l'envie de Mitra.

Je la voyais traverser la résidence, décatie, vieillie avant l'âge, son bras immobilisé qu'elle tenait en bandoulière, elle aurait dû inspirer un peu de peine. Même pas. Elle ressemblait aux sorcières de notre enfance, les yeux diminués, la bouche amère, les mains crispées. Elle était la seule à défaire les sourires des jumelles Irani.

13.

Le jeune lycéen trotskiste qui tentait de m'aborder entre les cours m'offrit une issue de secours bienvenue. Numéro 1 fut mon premier petit copain français. Entre la découverte du janam, la maladie de Mitra et la disparition d'Omid, j'avais besoin d'air. Et mon nouveau costume appelait une aventure, un petit copain, un lit. Numéro 1 s'intéressait à moi parce qu'il était trotskiste et que j'étais la seule réfugiée politique du lycée. Mon statut fonctionnait comme un aimant à extrême gauche. Iranienne, réfugiée politique, c'était tout aussi chic que d'être une héritière, fille unique au bal des débutantes. Numéro 1 me regardait avec gourmandise, il devait déjà m'utiliser comme argument durant les réunions qui se tenaient tous les jeudis soir dans un bar près du lycée, où tous les fils et filles de soixante-huitards se retrouvaient pour mettre sérieusement à bas le système fondé par leurs parents. Numéro 1 devait dire : « Moi, je fréquente une exilée iranienne qui a été témoin de ce que le libéralisme sauvage, l'argent facile – celui du pétrole –, peut faire aux hommes, et qui sait ce que devient un si grand pays, une si belle civilisation, entre les mains des Américains qui ne respectent rien. » Il m'abordait fréquemment pour me poser des questions sur l'actualité, sur l'Iran, sur ma famille (je ne lui avais pas encore avoué que mon oncle Behrouz était un révolutionnaire pur jus et quand je le ferais, aucun doute que je gagnerais son amour).

Tout avait commencé après la balade idéaliste de Rey et Maupin. C'était le fait divers qui occupait tout le monde : ils étaient jeunes, ils n'avaient aucun intérêt mais elle était photogénique et ne parlait pas, ne réagissait pas, ne pleurait pas, malgré le sang qui coulait sur ses mains. Florence Rey devint rapidement une héroïne révolutionnaire, une figure de la contestation. Tala la trouvait fascinante et tentait comme beaucoup d'autres, nourris au biberon de la lutte, de justifier l'enchaînement de violence qui mena quatre hommes à la mort, en invoquant le romantisme nihiliste d'une jeunesse qui criait, à travers Florence Rey, sa disponibilité insurrectionnelle. Je ne voyais rien de tout cela. Je voyais une pauvre fille et un pauvre type, le ventre et la tête vides, qui s'ennuyaient et qui s'étaient laissé entraîner par un troisième type plus famélique qu'eux, et plus dangereux, qui avait fui juste avant la cavale (on le retrouverait quelque vingt ans plus tard, en même temps que le retour d'Amir déguisé en diplomate, aussi affamé de sang, aussi pétri de certitudes, avec des armes à la main et des morts au bout du fusil). S'ils avaient réussi leur casse dans une fourrière pour récupérer des armes, ils avaient raté tout le reste. Ils découvrirent ce qu'était le droit de vie et de mort, et en usèrent comme s'il s'agissait d'une bataille d'eau de leur enfance : cela suffit à mobiliser tous les cerveaux disponibles de France et même les autres, les cerveaux éteints, pour décrypter le pourquoi d'un fait divers devenu événement national. Tala les transforma en symbole des victimes du fascisme : ils voulaient le changement, ils voulaient dire leur révolte en braquant des banques et en utilisant l'argent pour sauver le monde. Le reste de la famille suivit l'enthousiasme de Tala en qui je sentais le regret de n'avoir jamais eu le courage ou la bêtise d'aller aussi loin.

Dans mon lycée niché au cœur d'un quartier bourgeois, l'innocence de l'âge aidant, tous les élèves furent fascinés par la mort du jeune homme (tué comme un lapin), et admiratifs de la maîtrise de la jeune femme (elle était sous le choc mais qu'importe : ils n'y virent que la dignité révolutionnaire), et ils crurent avoir trouvé les héros qui leur manquaient, leur bande à Bonnot à eux. Numéro 1 défendait le couple de libertaires, fumait des anglaises et portait les cheveux longs, il était joli et enchaînait les aventures, il avait lu « *Le Capital* pour les nuls » et discourait mieux que les autres, il portait le keffieh par solidarité avec les Palestiniens et c'était comme s'il avait fait et perdu la guerre de 1967 et pleurait les citronniers de son enfance. En somme, c'était l'équivalent parisien du meneur de l'équipe de football d'un campus californien.

J'appris le passé familial au printemps alors que Numéro 1 tentait de me séduire depuis l'automne. J'acceptai finalement de le voir. Il me proposa de nous retrouver dans un bar miteux, il buvait de la bière et avait révisé son Iran pour me prouver son intérêt.

14.

Notre premier rendez-vous aurait dû le faire fuir. Numéro 1 fut immédiatement plongé dans la psychose familiale. J'applaudis encore son calme, sa présence rassurante et son rationalisme bienvenu au milieu des lamentations et des idées surréalistes qui s'entrechoquaient.

Après le bar enfumé de gauchistes aux comptes en banque sécurisants, il avait réservé dans un restaurant italien beaucoup trop cher. Il était aussi à l'aise dans le bar où le tutoiement était de rigueur, que dans le restaurant aux nappes blanches et aux serveurs qui veillaient discrètement à la quantité de vin que contenait votre verre pour le remplir promptement.

Je l'enviais déjà : il connaissait tous les codes, tous les milieux, tous les cafés, tous les restaurants et il passait de l'un à l'autre avec l'assurance de ceux nés sur place. J'étais en alerte comme sur une scène de théâtre. Je ne savais pas choisir sur des cartes au papier luxueux, la liste interminable des vins, les ingrédients inconnus au milieu de tournures de phrase improbables. Et si je devenais familière de la cuisine française grâce au talent de ma mère et à son désir d'intégration, la gastronomie italienne était une grande inconnue et je confondais systématiquement ses appellations charcutières avec les fromagères. En ouvrant la carte, je décryptais un papyrus égyptien. À l'intérieur, je me sentais tétanisée, malade de ma vie d'exilée. À l'extérieur, je me concentrais en anticipant le nombre de maladresses auquel je m'exposais. Je savais les codes dans mon enfance, j'y excellais même, il suffisait de laisser l'instinct mener le jeu. Je finis par choisir une entrée où le mot truffe me fit saliver, puis des pâtes où il était question de safran associé à de mystérieux ingrédients. Je capitulai pour le dessert, à part les glaces, je ne savais pas de quoi il s'agissait – après ce premier dîner, j'appris tous les ingrédients et j'achetai des livres de cuisine italienne. Je n'ai jamais aimé la cuisine italienne. Elle est surfaite, rattrapée au dernier moment par l'huile d'olive, faussement enjouée. Mais je mange italien dès que je peux. J'efface chaque fois que l'occasion se présente, le feu de l'humiliation de ce premier rendez-vous, de ce premier restaurant, de ce keffieh que contredisait le prix des plats de pâtes.

Numéro 1 choisit en entrée une farandole de charcuterie puis des pâtes à l'encre de seiche. Tandis qu'il enchaînait discours politiques et anecdotes de sa vie privée, je me demandais si tous les rendez-vous devaient se dérouler ainsi, si ce n'était qu'une foire où chaque participant tente de vendre sa camelote, d'autant que je n'avais rien à vendre. Mais j'étais une exilée, le français n'était pas ma langue maternelle, j'étais blonde, mes parents étaient pauvres, c'était suffisant comme camelote. Numéro 1 voulait entendre mes souvenirs d'enfance, de révolution et de guerre, et je sus qu'il m'aimait déjà quand il apprit que j'avais vu des cadavres, des bras sans corps et des intestins à l'air libre (j'avais choisi de lui raconter tout cela pour éteindre les étoiles qui dansaient dans ses yeux quand il parlait de révolution). Il eut envie de moi quand je répondis à son insistante question pour savoir si ma famille était politisée : oui, ils étaient communistes et parlaient de changer le monde. Il fut à deux doigts de m'épouser quand, après un digestif offert par la maison (c'était l'une des adresses de ses parents), nous fîmes quelques pas dans la rue et que Zizi me tomba dans les bras en me racontant que depuis deux heures elle faisait le tour des bars et des restaurants pour me trouver. Numéro 1 regarda Zizi comme tout le monde : la bouche bée et les yeux trop petits pour contenir tant de beauté. Elle me racontait moitié en persan, moitié en français, que Pejman était perdu, qu'il avait parlé dans le métro, qu'il n'avait plus son pull, que la Savak le poursuivait. Je n'y comprenais rien. Numéro 1 proposa de s'asseoir pour démêler le mystère et je crus voir se refermer ma porte de secours.

Numéro 1 ne pouvait survivre à une crise familiale et je me maudissais d'avoir dit à ma mère où je le retrouvais. Zizi s'assit puis se releva puis se rassit, et je vis qu'elle avait mangé de l'opium car ses phrases se suspendaient dans le vide sans début et sans fin. Numéro 1 se tenait droit entre nous deux, passant du visage à moitié métèque de l'une au visage si parfaitement oriental de l'autre – il frétillait. Il parla lentement à Zizi, et lui posa des questions précises. Malgré ses paroles indistinctes et la méfiance de Zizi à raconter à un étranger les histoires de famille, nous comprîmes que Pejman, dix-huit ans au compteur, avait fouillé les appartements familiaux de l'immeuble de Mitra, et lacéré les tableaux et les matelas. Puis il s'en était pris aux livres, dont il avait déchiré les couvertures, et était ainsi tombé sur une série de lettres et de photos, ainsi que sur des articles de journaux qui racontaient les années 70, quand nos grands-cousins s'étaient rendus en Palestine dans des camps d'entraînement où ils avaient passé sept mois à apprendre le maniement des armes et à peaufiner leur discours révolutionnaire.

Pejman crut alors ses parents en danger et, persuadé d'avoir été empoisonné, il se força à vomir et jeta ses vêtements, mais avant de sortir de la maison, il constata tout de même qu'il était nu comme un ver et décida de se vêtir de vêtements d'été qui n'avaient pas eu le temps d'être contaminés (nous étions au mois de mars mais il faisait particulièrement froid). Il sortit en short et tee-shirt armé d'un couteau de cuisine pour combattre ceux qui l'espionnaient dans le but de le tuer au bon moment. Il avait été vu dans le métro, discourant sur la Savak qui tuait encore à Paris et ne lâchait pas ceux qui s'étaient dressés contre la dictature, changeant sa voix, tantôt aiguë pour dire que Mitra était la déesse de la Lumière, tantôt grave pour répéter que la Savak guérissait de l'épilepsie. Le tout en pointant son couteau sur les uns et les autres. Après le métro, il avait disparu, la police avait été prévenue, Mitra ne pleurait pas mais demandait sans cesse s'il avait pris ses chaussettes avec lui tandis que le Chinois tentait de convaincre la police que son fils n'était pas dangereux.

La réaction de Numéro 1 me surprit : il évoqua une crise de paranoïa, un traumatisme et se leva pour téléphoner. Il revint en nous disant que l'un des amis de son père était un grand psychiatre et qu'il l'avait appelé (et Zizi, qui ne pouvait pas plus regarder la vérité en face que ses sœurs, répondit que Pejman n'était certainement pas fou avec un air outré qui me fit sourire). Le docteur maboul se mettait directement en contact avec la police et il préparait une chambre pour Pejman. Puis, Numéro 1 proposa d'aller rejoindre la famille. Je me levai pour lui dire que non merci, nous allions nous débrouiller mais il ne voulut rien entendre : ses parents avaient aussi des contacts dans la police, il pourrait être utile.

C'est ainsi qu'avant même que Numéro 1 ne m'eût embrassée, il rencontra toute ma famille alors que Pejman faisait le tour des rédactions de journaux pour raconter son histoire avant de fuir persuadé que la Savak s'était aussi introduite dans les médias. Pejman fut finalement neutralisé devant les locaux de *Libération* et directement emmené à Sainte-Anne où il fut pris en charge par le docteur ami de la famille de Numéro 1.

*

Avant l'arrestation qui n'intervint qu'à six heures trente du matin, Numéro 1 consola toute ma famille, en se confiant à l'occidentale : son grand-oncle était schizophrène, il savait de quoi il retournait, Pejman pourrait vivre avec la maladie s'il était bien suivi. Et surtout, il leur répéta que ce n'était pas une honte et ma famille réagit à l'orientale et acquiesça de concert à son bon sens, mais aussitôt qu'il eut passé la porte, la honte reprit sa place et il fut décidé de taire la « maladie » de Pejman. Mitra chercha derechef dans la généalogie familiale du Chinois des traces de folie pour dédouaner sa propre branche : elle retrouva la mère du Chinois, déclarée décédée, qui était finalement bien en vie et habitait à San Diego, gérante d'un casino, mariée avec un homme de main et marraine du fils d'un mafieux authentique. Mitra décida que c'était suffisant pour justifier la schizophrénie du petit-fils et le Chinois apprit par la même occasion que sa mère n'était pas morte. Encore une descendante de l'Ardente, une femme qui fuit.

J'avais décidé de voir Numéro 1 pour échapper à ma famille. Et je le trouvais au milieu du salon de Mitra. L'endroit avait entre-temps doublé de volume et de dorures, de coussins, de rideaux bordeaux à liserés dorés, de reproductions de tableaux baroques et chargés, des coussins encore, des tapis persans, du cristal, de la porcelaine, du luxe de nouveau riche. Numéro 1 était impressionné par les personnalités hautes en couleur qui m'avaient élevée, offrant son carnet d'adresses, ses souvenirs, consolant Zizi (elle lui répondit qu'il ne fallait pas porter du bleu marine avec du noir et que les fleurs étaient plus jolies en hiver : c'étaient des survivantes), soutenant Mitra qui disait que l'exil était une maladie dont le cousin Pejman était la première victime – et ils étaient tous d'accord, Numéro 1 en premier.

De temps à autre, mes tantes me lançaient un regard admiratif et je constatais qu'elles me félicitaient d'avoir jeté le bon filet sur le bon homme. Il était à gauche, il avait un carnet d'adresses, il était joli, je ne pouvais imaginer en espérer tant avec mon visage sans origine et mes cheveux de paille. Numéro 1 se coula dans ma famille avec le passeport de la révolution internationaliste et des yeux d'enfant. Ses parents avaient seulement fait 68, ce n'était rien. Il n'y avait pas eu torture et exil et ils l'avaient emporté. C'était grâce à leur révolution qu'ils avaient pris le pouvoir, qu'ils gagnaient leur vie, qu'ils payaient leur maison de campagne. Dans le salon de Mitra, Numéro 1 se retrouvait face à une famille d'authentiques révolutionnaires, de vrais perdants. Je m'étonnais que les vaincus soient un tel objet de fantasme mais il devait déjà savoir que ceux qui gagnent sont des faux révolutionnaires, des opportunistes, des chantres du compromis. Ceux qui perdent, ce sont les purs.

(Des années plus tard, après la rupture, après le roman, il me présenta sa nouvelle compagne, une blonde à particule et me précisa : « Le seul critère après toi, c'était d'éviter les réfugiés politiques. Et les pauvres. » Il était devenu une sorte de lobbyiste opportuniste apolitique, qui ne gardait de son passé trotskiste qu'un argument convaincant vis-à-vis de ses clients de gauche qui hésitaient à s'engager auprès d'un homme qui affichait une ambition féroce. À dix-sept ans, il testait ses limites révolutionnaires, à trente ans il revint à la raison du compte en banque. Auprès de ma famille, il apprit un autre bréviaire révolutionnaire qui le rassura. C'étaient des bourgeois, des affamés de pouvoir, des malhonnêtes. Il pouvait faire tout aussi bien.)

Pendant ce temps, ma mère cuisinait ce qu'elle pouvait, avec les ingrédients qu'elle trouva dans l'immense cuisine de Mitra. Tout au long de la nuit, les deux tables basses du salon et la longue table de la salle à manger se remplirent de ragoûts de toutes les couleurs, du vert intense des herbes et du rouge des haricots du *ghormeh sabzi*, du marron lumineux, association de noix et de grenade du *fesenjoon*, du jaune safran et rouge airelles du *zereshkpolo*, du caramel à reflet émeraude des boulettes de pois chiche à la menthe, de caviar d'aubergine, de tomates, d'aubergines à la tomate, de feuilles de vigne, de poivrons, de choux farcis, de gâteaux souvent safranés, d'une charlotte au chocolat, d'une incongrue pizza à deux heures du matin et elle finit par une soupe aux oignons qui fit venir la larme à l'œil de Numéro 1. Il goûta de tout en parlant révolution avec les oncles et tantes, il but de tout en écoutant le récit des aventures clandestines de Téhéran avant la révolution – Mitra se donna le beau rôle –, il aima tout le monde en constatant sa victoire : il avait misé sur la bonne lycéenne, il venait d'obtenir son visa pour gagner le comité central de son bureau politique. Il pouvait dorénavant se vanter de fréquenter d'authentiques révolutionnaires, des exilés, des arguments politiques sur mesure, des récits déchirants, un suspense insoutenable, il perçait un mystère autour des années 80 d'Action directe et se retrouvait plongé dans un environnement qui bien qu'oriental ne le dépaysait pas tant que ça : *ça* sentait le bon bourgeois – avec des airs de provinciaux parvenus. Le dépaysement survint vraiment quand il découvrit l'appartement où je vivais avec mes parents. Il se gargarisa alors de connaître d'authentiques pauvres, de vrais déclassés.

La conclusion de ce premier rendez-vous me désola tout autant qu'elle me rassura : ma famille repoussoir était attrayante pour les Français.

15.

Pejman fut envoyé à Lausanne dans une institution que la mère de Numéro 1 nous indiqua. Mitra me convoqua alors dans sa cuisine (je ne méritais ni le salon ni le bureau) et me demanda d'expliquer à la mère de Numéro 1 – qu'elle n'avait jamais rencontrée – que Pejman s'était drogué avec des voyous et que sa nuit de folie n'était qu'une conséquence des ravages des psychotropes. Je refusai. Elle me gronda, m'accusant de saboter ma seule chance d'intéresser un Français à ma pauvre petite personne. Car il était évident qu'aucun Iranien ne voudrait de moi, que ni mon visage, ni mes mollets d'homme, ni ma poitrine de petit garçon, ni mon mauvais caractère, ni mes pantalons, ni mon manque de goût n'attireraient un Persan. C'était miraculeux qu'un Français ait daigné poser son regard sur moi et je ne trouvais rien de mieux que de détruire la « chance de ma vie ».

Quand je pus enfin me faufiler dans sa logorrhée, je lui demandai en quoi la paranoïa de Pejman pouvait détourner un homme, n'importe lequel, français, américain, pakistanais, danois ou même persan, de mon cul. Elle comprit alors – mais difficilement, je sentais qu'elle réfléchissait intensément, cherchant à imaginer un autre point de vue, un autre choix de vie possible –, elle comprit, dans un effort qui lui tordait la bouche, que je n'avais pas l'intention d'épouser Numéro 1 – ni lui ni un autre d'ailleurs.

— Mais enfin, pourquoi tu couches avec lui ?

— L'amour est en option ?

— Quoi l'amour ? Depuis quand un sentiment décide à ta place ? Tu es vraiment la fille de ton père. Il va se lasser, il va te laisser et plus personne ne voudra t'épouser.

— Et si je ne veux épouser personne ?

— Tu écartes les jambes juste par amour ?

— En substance, oui.

— En quoi ?

— Oui.

— Tu sais que tu ne vaux pas plus qu'une pute ?

— Tu sais, le jour où j'atteindrai cette chose mystérieuse dont tu n'as pas idée et qu'on appelle un orgasme, je crois que je serai encore plus heureuse d'être une pute.

— Tu lui parles, tu t'intéresses à lui, tu dors avec lui, tu couches avec lui et tu lui offriras certainement un cadeau pour son anniversaire et tu ne veux qu'un orgasme en échange ?

— Oui. De l'amour, de l'intime. Quel rapport avec un cadeau d'anniversaire ?

— Pour quoi faire ?

— Pour quoi faire quoi ?

— S'il n'y a pas de mariage à la clef, pourquoi tu t'attaches ?

— Amour ? Désir ? Plaisir ?

— Tu es vraiment la fille de ton père. Fais en sorte de ne pas lui offrir un cadeau trop onéreux. Et rends-moi service quand tu viens me voir : évite de t'habiller comme si tu venais de sortir du lit. C'est gênant.

L'échange s'arrêta là – rien de moins, rien de plus. Je n'avais pas encore couché avec Numéro 1.

*

Je n'étais qu'un caillou dans la chaussure de Mitra, je l'exaspérais avec mes tenues « saut du lit », elle n'avait pas d'amour en elle, ni pour elle, ni pour les autres, mais j'étais *sa* nièce et elle tenait absolument à me voir mariée

– mais certainement pas à me voir « réussir ». Elle détestait les femmes qui faisaient carrière. D'après le bréviaire de Mitra, le jour où les femmes s'étaient mis cette idée en tête, elles avaient perdu leur pouvoir. Une femme qui fait carrière réussira toujours moins bien qu'un homme et ne retrouvera jamais ce pouvoir intense de domination qu'elle tisse dans son lit. L'homme va au casse-pipe, une arme ou un porte-documents à la main, et la femme le dirige depuis son royaume horizontal. En sécurité, en planque. Une reine en son royaume. Mitra détestait surtout Hannah parce qu'elle était de ces femmes qui réussissent, vivent seules et heureuses, sans bouclier, sans fusible. Mitra n'aimait pas celles qui sortent des clous qu'elle avait plantés et sourient malgré tout. Elle en ressentait une forme d'injustice : elle n'avait pas muselé en elle toute forme de spontanéité pour se retrouver démunie face à des choix de vie diamétralement opposés aux siens.

C'est donc l'instinct familial mais aussi un réflexe de caste qui poussait Mitra à s'intéresser à ma vie maritale. J'étais issue de sa lignée quand même, j'étais une descendante de l'Ardente, des sœurs incestueuses, de Ziba, de la Mongole, et tout cela me légitimait. Ce qui sauve les mauvaises graines dans les familles, c'est qu'elles s'inscrivent dans une lignée parallèle. Elles sont issues d'un grand-oncle parti au loin, d'une cousine indépendante à une heure trop précoce, d'un neveu chercheur d'or. Dans toutes les familles, il existe une lignée décalée, désespérante, honteuse, libre. Souvent, les mauvaises graines meurent sans descendance mais il y a toujours un frère, une sœur qui transmet, à ses dépens, l'héritage de la mauvaise graine à ses propres enfants. C'est aussi une vengeance à rebours : la branche officielle ne peut oublier ce qu'elle a rejeté puisqu'elle survit là, sous leurs yeux, sous les traits de leur progéniture. La génétique est aussi farceuse que cruelle. Elle est aussi le meilleur soutien des singuliers, des insoumis, des sans-frontières, et des sans-idéaux.

16.

L'univers de Mitra se rétrécissait à vue d'œil dans l'exil, il ne lui restait plus que la famille pour assouvir son besoin de pouvoir. Elle rendait visite dès le matin à ses sœurs et y restait jusqu'au soir, chaque déjeuner devenant le théâtre d'une comédie qu'elle rejouait à l'infini. Quand venait le moment de passer à table, alors qu'une des sœurs s'agitait pour préparer le déjeuner, que l'odeur délicieuse des épices envahissait l'appartement, Mitra se levait pour rentrer déjeuner chez elle, attendant que la sœur en tablier la supplie de rester. Cette dernière lui désignait la cuisine et les casseroles fumantes qui prouvaient que tout était déjà prêt. Mais Mitra ne voulait rien entendre, elle marchait vers la porte, enfilait ses chaussures, passait son manteau, gardait la main sur la poignée alors que sa sœur, à genoux, lui tenait littéralement la jambe. Parfois, Mitra ouvrait la porte et atteignait l'ascenseur avec peine, une sœur agrippée à elle l'empêchant de marcher – ma mère, le plus souvent. Elle arrêtait enfin le jeu de la politesse trois fois millénaire, le *tarof*, et finissait par céder.

Aucun peuple au monde n'a poussé aussi loin dans l'absurde l'art de la politesse. Le principe en est simple : il ne faut jamais accepter quoi que ce soit du premier coup. Un ami qui appelle pour vous inviter à dîner ? Vous commencez par dire « non », l'autre insiste, vous redites « non » et vous proposez que cela se passe chez vous, l'autre insiste, vous dites encore « non » en arguant de la fatigue que la préparation pourrait occasionner, l'autre insiste, et vous dites enfin oui. Même chose pour servir à table ou pour passer une porte. Quand il s'agit de payer au restaurant, il faut compter dix bonnes minutes, le temps que l'addition passe de main en main, chacun proposant de tout payer, et finalement, chacun paye sa part.

Régulièrement, Mitra croisait le tout petit frère qui faisait sa tournée avec sa grosse sacoche au bras. S'il restait déjeuner quand le menu lui plaisait, aucune de nos tantes ne tentait de lui faire le coup du *tarof*. Il s'asseyait derrière la table, posait sa serviette sur ses genoux et attendait les plats. Il goûtait un peu de tout par petites bouchées. Il se concentrait sur chaque saveur et quand il n'aimait pas, il plissait la bouche et repoussait dans un coin de son assiette ce qu'il ne toucherait plus. Il n'aimait que la cuisine de ma mère. Mitra ne cuisinait presque jamais, un traiteur ou ma mère s'en chargeaient pour elle. Mitra avait pourtant un coup de main remarquable mais mécanique. Tout était trop équilibré, trop joliment dressé, trop faux. Quant aux autres, elles cuisinaient assez mal. Mais le tout petit frère aimait rester déjeuner pour amplifier le malaise. Les tantes étaient obligées de changer de conversation : le tout petit frère voulait qu'elles lui parlent d'elles – ce qu'elles ne faisaient jamais –, elles ne parlaient de rien si ce n'est de leurs douleurs réelles ou imaginaires – ce qui ennuyait terriblement le tout petit frère, alors, il pouvait quitter la table pour la salle de bains et échanger des pilules manufacturées contre d'autres de sa confection quand Mitra lui semblait trop bien remise de sa dernière crise, ou que le Chinois n'avait pas eu de syncope depuis trop longtemps. Les tantes, soulagées, ne se rendaient pas compte de la durée de son absence.

*

L'ennui, l'orgueil, le sentiment aigu de la défaite, le cœur usé de n'avoir jamais aimé, le plaisir intense de jouer à la marionnettiste, tout cela participait à la symphonie qu'écrivait Mitra pour sa famille. Et ce n'était pas loin d'égaler la *Tétralogie* de Wagner.

Ma mère racontait tout à Mitra qui ne croisa jamais plus mes compagnons, mais elle les condamnait à distance, en fonction des dossiers que ma mère lui rapportait. Elle sut que Numéro 2 était d'une famille de droite : l'oncle était un chroniqueur libéral éructant contre les communistes qui étaient déjà morts, le père était dans l'immobilier (son travail consistait à rentabiliser et faire fructifier l'immense parc immobilier hérité des parents et des beaux-parents) et entretenait deux femmes – l'une vietnamienne, l'autre algérienne – avec qui il avait deux enfants non reconnus ; la mère était une Rastignac épousée par accident (volontaire) de grossesse. Mitra le détesta dès qu'elle sut son pedigree, et ce malgré les efforts désespérés que Numéro 2 déploya pour convaincre de son gauchisme virulent (aux dernières nouvelles, il avait repris l'occupation de son père. Il se voulait grand reporter, il finit rentier).

Numéro 3 était issu de la moyenne bourgeoisie de banlieue qui capitalisait ses revenus moyens en se serrant la ceinture, en préférant la viande la moins chère, les légumes de fin de marché, les vacances à moindre coût et économisait, économisait, économisait au point d'en oublier ses goûts et ses désirs. Ses deux grands-pères avaient préféré s'engager au STO qui leur assurait la survie, plutôt que de prendre le risque de s'engager. L'esprit familial était à la mesure de leurs moyens : médiocre. Leur rejeton en rébellion qui crachait sur la banlieue et la famille, qui roulait en moto mais faisait quand même des études sérieuses, adopta une attitude de voyou à la petite semaine : ingénieur, célibataire endurci (il suffisait de lui servir un poulet rôti le dimanche pour qu'il parte en courant), alcoolique, il vendait aussi de la cocaïne, de l'héroïne, de l'herbe. Mais on échappe difficilement à l'esprit de famille : il économisa tant et si bien l'argent de ses deals qu'il constata après mon départ qu'il était riche. Il s'empressa de trouver une femme issue de la moyenne bourgeoisie, qu'il épousa très rapidement avant de lui coller deux enfants et il s'installa dans un pavillon à deux pas de chez ses parents. Mitra, apprenant la rupture, invita ma mère au restaurant, rassurée d'être débarrassée d'un prostitué héroïnomane.

Numéro 4 était de la bourgeoisie de province, l'une des dernières à s'enorgueillir de sa condition. Je crus pendant un temps avoir trouvé le refuge que je n'avais jamais cessé de rechercher. C'était une famille de femmes où tout le monde avait réussi son mariage, où tout le monde possédait une maison secondaire, où tout le monde se retrouvait pour Noël. Les femmes parlaient des soldes et des spectacles qu'elles organisaient dans les écoles privées de leurs enfants, des mariages auxquels ils étaient invités, des amis qu'ils avaient revus, des problèmes domestiques, de la dernière exposition prestigieuse, du dernier prix littéraire, du dernier film dont tout le monde parle. Les hommes échangeaient sur les impôts, avides d'économiser ce que l'État leur prenait impunément. Et tous s'enorgueillissaient de n'avoir eu que des résistants (et même un curé rouge) parmi leurs aïeux. Le bel esprit se fissura quand la patriarche décéda à un âge fort avancé. Les sœurs et les beaux-frères se jetèrent les uns sur les autres pour être certains de ne pas se faire flouer par le testament pourtant équilibré de la vieille. C'est à ce moment-là que les femmes se révélèrent dans toute leur bestialité : la grande sœur fit éclater un premier secret de famille (elle n'était pas la fille de son père mais celle du voisin) ; la troisième sœur rappela à tout le monde que le mari de la deuxième sœur avait d'abord été son prétendant et ledit mari en profita pour avouer qu'elle était sa maîtresse depuis dix ans ; la dernière enfin, qui avait six enfants, planta sa famille dès qu'elle toucha l'héritage et partit s'installer en Martinique, où elle ouvrit un café qui devint le repaire de femmes mariées en voyage sans leur mari, cherchant l'excitant interdit d'une aventure tarifée. Après ces révélations, tout revint à la normale – sauf la dernière qui ne quitta jamais la Martinique. Je m'étais déjà lassée des fades conversations, des longs après-midi d'hiver autour de la cheminée où chacun lisait un magazine décérébré en buvant un thé noir mal infusé avant l'apéritif et le dîner, où tout était surgelé, sans saveur, sans effort. Numéro 4 était le fruit de cette anémie familiale. Trop de sécurité. Il n'y avait pas d'aspérité, pas de lignée secondaire, pas de bâtards. Numéro 4 se laissait vivre sans ambition et sans volonté. Finalement, il épousa une femme très riche et plus âgée que lui d'une quinzaine d'années qui lui épargna de travailler. Mitra adorait cette famille : elle s'y reconnaissait.

Mais tous mes amours l'amenèrent à la même conclusion : Shirin n'était toujours pas mariée. Qu'entre-temps j'aie gagné mon indépendance, elle s'en foutait. Une femme qui n'était pas bonne à marier, était une quantité négligeable, une demi-femme, une bavure familiale. Ma mère, chaque fois qu'elle rentrait de l'immeuble de Mitra, pleurait à chaudes larmes sur mon célibat qui s'éternisait. Et plus Mitra renvoyait ma mère à son échec de mère, et plus je constatais, avec la ruine de mes histoires d'amour, la difficulté qu'éprouve une exilée à se faire aimer. Il y a toujours un moment où les hostilités s'imposent entre les protagonistes d'un couple mixte. Ce ne sont pas les différences culturelles, les expériences de vie qui rendent difficile la symbiose nécessaire à la vie amoureuse. Il est facile de sauter par-dessus ses habitudes culturelles. Comme il est stupide de reprocher à son conjoint de n'avoir pas connu la guerre, le bruit des bombes, ou la mort. Non, ce qui rend souvent l'union caduque, c'est la difficulté à accepter le métèque pour autre chose qu'un métèque, à le détacher de sa naissance. Cela commence par cette phrase, dite sur un ton humoristique et tendre : « Tu es plus française que les Français » et puis à la première crise : « Tu es trop française. » Quand un Français né ici de parents nés ici tombe amoureux de moi, il lui faut un peu moins d'un an pour réclamer un peu d'exotisme. Numéro 2 était contrarié que je ne cuisine pas persan. Il réclamait à cor et à cri un plat digne de ma mère. Je finis par casser trois œufs, rajouter du safran, du chorizo et d'autres légumes qui me tombaient sous la main, et ainsi naquit de mon imagination et de mon exaspération l'omelette à l'iranienne. Il fut rassuré : il avait choisi une métèque, il fallait qu'elle en possède au moins un ou deux signes distinctifs. Ils veulent, un jour ou l'autre, un retour sur investissement exotique. Sinon, à quoi bon être tombé amoureux d'un ailleurs si cet ailleurs vous ressemble ? À chaque fois, c'était le même schéma : moi et mes morceaux épars face à un homme qui réclamait ma part de naissance, des pistaches, une robe à fleurs, une danse inconnue, une musique de chez moi. Mitra appuyait là où cela faisait le plus mal : je luttais pour échapper à mon janam et c'était exactement ce que voulaient voir mes amoureux de passage. Chaque rupture était un retour à la case départ, un désaveu de qui j'étais, l'Iran qui me tirait la langue.

17.

Quand Pejman revint au bout de trois mois, il avait doublé de volume et ses réflexes diminué de moitié. Son regard était apeuré, ses mains tremblantes, son corps secoué de spasmes insoutenables. Je n'avais jamais ressenti autant d'amour pour un être humain. Mais Pejman ne m'aimait plus, ne se confiait plus à moi, ne me reconnaissait plus. Depuis le réveillon de Noël, il avait choisi de me mettre dans le mauvais camp : ceux qui lui voulaient du mal. Je n'avais jamais eu un tel désir de tendre la main et de sauver quelqu'un de l'abîme. Mais il mettait beaucoup trop de temps à la voir et, quand enfin il aurait pu tendre la sienne, il prenait peur, les scénarios les plus dramatiques lui chamboulaient l'esprit, il se fermait à lui-même et au monde et, bientôt, il ne fut plus possible de lui parler. Zizi seule était capable de le calmer avec sa conversation dénuée de sens. Il n'était pas rare de voir Pejman reprendre Zizi. Parfois, je me dis que seule la conversation confuse, illogique, poétique de notre tante, lui permettait d'émerger de ses ténèbres, grâce à l'effort qu'il devait faire pour la suivre dans le labyrinthe de sa pensée. C'étaient ses seuls moments de répit, les seuls où il n'était pas enchaîné à ses démons, à ses voix qui lui murmuraient à l'oreille le pire et le danger.

Consciente des bienfaits de Zizi sur Pejman, Mitra fit en sorte que son fils passe son temps chez Zizi, qu'il dorme chez elle et que, ce faisant, il s'éloigne d'elle. Il arrivait que Mitra ne voie pas Pejman pendant un mois entier. Elle cessa de le mentionner, en oublia qu'elle avait un fils. Elle se mit à parler de Pejman au passé. Elle chercha même à le faire adopter par Zizi, mais elle n'en eut pas le temps : Pejman partit s'installer aux États-Unis à vingt et un ans sans dire au revoir à sa mère. Il s'enfuit et elle en fut soulagée. Pour la première fois, ma mère refusa de répondre à Mitra au téléphone, après le départ de Pejman : enterrer son fils vivant, c'était trop odieux, y compris de la part de Mitra.

Les années, l'émigration aux États-Unis, les médicaments et l'éloignement familial apaisèrent Pejman. Il s'installa à San Diego, sorte d'Iran en exil, que les Iraniens appellent « Téhérangeles » : il y retrouva ses racines, oublia la langue française, et devint un vrai Iranien. Peut-être que la folie de Pejman était en effet due à l'exil. Il était né à Téhéran, puis trimballé à Paris, il n'eut jamais droit à sa ration d'affection, il était trop jeune pour être iranien, trop vieux pour être tout à fait français, trop tendre pour intéresser sa mère. Il voulait retrouver l'Iran et l'odeur de chèvrefeuille du jardin. À Téhérangeles, son jardin étouffait sous l'odeur du chèvrefeuille et des lilas. Il put poursuivre ses études, et sa passion du détail le fit devenir un très bon mécanicien. Il épousa une Iranienne divorcée et eut deux enfants. Si son fils fut un enfant fragile puis un adulte maniaco-dépressif, si sa fille fut aussi flottante que Zizi, il apprit à vivre avec sa maladie jusqu'au jour de son cinquante-deuxième anniversaire, où il se rendit dans son garage avant l'arrivée de ses nombreux employés et se tira une balle dans la bouche dans une voiture de collection sur laquelle il travaillait depuis des mois et qui était enfin prête à reprendre la route. Les voix étaient revenues le harceler. Il prit soin de laisser un chèque pour le nettoyage de la voiture.

*

Je pleurai longtemps dans les bras de Numéro 1 en racontant Pejman. Mitra n'avait rien compris à l'amour. Ces larmes-là, cet abandon, ce malaise entêtant face à la folie m'attachèrent davantage Numéro 1 que les snobs postures que me conseillait Mitra. Les Iraniennes n'ont jamais rien compris à l'amour.

18.

Mitra convoqua mon père dans son bureau (elle n'y travaillait pas davantage qu'elle n'y lisait, elle n'y écrivait pas, elle y convoquait ceux qu'elle voulait impressionner, ou Amir, mais c'était surtout de la frime), et lui annonça vouloir acheter sa part de la librairie. Mon père ne lui demanda pas pourquoi, elle lui tendit la proposition de rachat.

Il rentra à la maison et laissa la proposition reposer entre les livres de la bibliothèque une bonne semaine avant de la monter à Hannah, qui s'étonna que la somme soit correcte et qu'il n'y ait pas trace flagrante d'arnaque. Que cachait donc cette honnêteté ? Tous les deux s'interrogeaient afin de déterminer si Mitra n'avait pas découvert la vérité sur le tout petit frère. Car mon père avait mis Hannah dans la confidence, même s'il ne l'avait jamais formulé : l'Eden du tout petit frère était la continuation du laboratoire de la Sombre qui vendait la vie comme la mort au plus offrant. Mon père aurait pu prévenir notre mère, il aurait pu prévenir le service psychiatrique d'un hôpital, il aurait pu le dénoncer aux tantes. Il n'en fit rien.

Il n'en fit rien comme il n'avait rien fait pour Tala, pour tenter de la détourner de la voie radicale sur laquelle elle s'était engagée. De toute façon, personne ne l'aurait cru – pire, personne ne l'aurait entendu, trop transparent déjà –, il avait pris le pli du destin, du déterminisme, du janam. Quelque chose de plus fort que la raison lui disait qu'il n'y pouvait rien, que personne n'y pouvait rien. Il eut seulement un doute quand le Chinois perdit un œil – c'était un peu trop sanglant. Mais il constata aussi que le tout petit frère avait plus ou moins cessé d'empoisonner tout le monde – sauf le Chinois, mais au fond, mon père pensait que c'était mérité. Le tout petit frère n'avait plus besoin de ses mixtures : les tantes et oncles s'inventaient des maladies tout seuls. Ils s'inventaient des maux qui n'existaient pas, des allergies à la coriandre, à la cannelle, à l'ail, au safran, des douleurs lombaires qui n'apparaissaient sur aucun examen médical. Le tout petit frère était le premier étonné et lors de ses tournées, il n'offrit plus que des placebos, des vitamines et des minéraux aux tantes qui avaient intériorisé les maladies qu'il avait créées.

Quand Hannah et mon père virent le tout petit frère continuer ses tournées avec sa grosse sacoche médicale, et Mitra virer son dernier spécialiste qui ne trouvait pas l'origine de son mal, ils eurent la confirmation que cette dernière ne savait rien.

*

Pour la première fois, mon père et Hannah décidèrent de monter dans l'appartement au-dessus de la librairie. Ils furent surpris de découvrir le petit deux-pièces transformé en chambre d'hôtel, propre, avec des draps de rechange, un service complet de vaisselle, des reproductions de Monet aux murs, une table ronde de bistrot et deux chaises de bonne facture, une salle de bains refaite à l'italienne avec jets d'eau multiples et un jacuzzi et un bureau avec quelques livres faciles, des romans de gare et des policiers, ainsi qu'un exemplaire de la Bible qui les laissa dubitatifs. Mon père ouvrit les placards pour y découvrir des serviettes de bain, de table et des torchons s'alignant dans un élégant camaïeu ivoire. Le tout sentait bon la lavande. Il plongea la main dans la douceur des serviettes de bain pour y découvrir des sachets de lavande. Cette découverte mit la puce à l'oreille d'Hannah, qui souleva le matelas de la chambre à coucher : il y avait une trappe sous le lit qui contenait des armes à feu, des cagoules, des grenades, des couteaux ainsi que des revues, des flyers, des feuilles de chou confidentielles de la gauche radicale révolutionnaire classés chronologiquement. Ils ne touchèrent à rien. Ils fouillèrent encore et ne découvrirent rien de plus.

Ils repartirent en silence vers la résidence. Tous deux pensaient à la lavande. Elle était là pour détourner l'attention, pour cacher les effluves de la mort sous le lit. Le décor, les reproductions lumineuses de Monet, la Bible, le jacuzzi, c'était trop. Mitra en faisait trop. À l'orientale. Mon père en avait mal au cœur, cette odeur de propre, d'intérieur accueillant, d'épouse consciencieuse, d'ennui serein et de sécurité, tout ça allait si mal avec la violence des mots et des armes. Étrangement, la lavande ne dissimulait pas la violence, elle en rehaussait la brutalité.

Chaque fois qu'il sentirait l'odeur de la lavande, il se rappellerait la violence, et non la sérénité d'un intérieur bourgeois. Mitra pourrissait toute poésie, et confirmait que jamais il ne serait possible de faire cohabiter des hommes avec des idées différentes. Les hommes ne pouvaient vivre que sous un étendard. Pour mon père, la lavande fut l'odeur de la défaite.

Plongée dans les comptes avec une fébrilité que mon père ne lui connaissait pas, Hannah comprit très vite que durant neuf ans, de l'argent avait été blanchi, que certainement des terroristes avaient été logés là, qu'il s'agissait d'une planque autant que d'un sas de décompression. Comme l'armée française le ferait plus tard qui envoyait ses soldats et officiers de retour du front dans un hôtel prestigieux, pour reprendre pied dans la vraie vie avant de retrouver les siens. C'était impossible de passer de l'absurdité de la guerre à l'absurdité de la vie civile, cela nécessitait de passer par un hors-réalité, par un monde où tout est propre, beau, agréable comme cela ne l'est jamais ni dans la guerre ni dans la paix.

Hannah se demandait qui avait bien pu dormir là, comment aucune descente de flics n'avait découvert le paradis transitoire des terroristes. Mon père, ahuri, sut qu'il fallait signer pour ne plus tremper dans la folie de Mitra. Comment prouver, le cas échéant, qu'il n'était au courant de rien ? Qu'il n'avait rien vu, rien entendu ? Ce fut le jour où il regretta le plus son exil. En Iran, il pouvait s'éloigner de la famille, il avait la sienne et des amis. Avec le temps, il aurait certainement quitté ma mère pour ne plus subir les sœurs. Mais quitter ma mère dans l'exil, c'était impossible. C'eût été pire qu'un abandon : une condamnation à la misère. Il regrettait Téhéran où il pouvait fuir. Paris était devenue sa prison.

Pourtant, Hannah n'était pas certaine qu'il faille signer. Elle trouvait ça louche, comme tout ce qui venait de Mitra.

19.

Et Hannah avait raison : la perfidie de Mitra était sans borne, et la vérité plus moche encore que ce qu'Hannah et mon père avaient soupçonné. Les armes et la littérature de caniveau de la gauche révolutionnaire avaient été déposées par le Chinois dans la trappe sous le lit, au moment où la décision avait été prise de racheter la part de mes parents. Habituellement, s'ils avaient besoin de cacher des armes ou des tracts, les copains de Mitra utilisaient un garde-meuble en grande banlieue, loué sous un faux nom et auquel nul n'aurait pu relier ma famille. Hannah et mon père s'étaient donc fait avoir. Le studio au-dessus de la librairie n'était en réalité qu'une banale chambre qui accueillait des amis certes dangereux mais désarmés. Mitra voulait que mon père signe. Et vite. Mais elle n'avait pas l'intention de lui donner son argent, sachant parfaitement que mon père n'irait pas prendre un avocat et intenter un procès, qui mettrait au jour ses liens avec le terrorisme.

Mitra voulait aussi piéger Tala. Depuis que les choses s'étaient apaisées entre elles, depuis que Tala avait cessé de lui disputer son trône, elles étaient proches à défaut d'être intimes. Mais Mitra malade, son janam attisé aux flammes de l'envie, voulait exercer son emprise. Mitra connaissait les faiblesses de Tala qui ne supportait ni l'autorité ni le travail en équipe. Surtout, elle ne connaissait pas l'empathie : c'était un défaut de « neurones miroirs », elle ne bâillait jamais en écho. Omid l'avait remarqué un jour où nous prenions un petit déjeuner. Omid bâillait, je bâillais à sa suite, Zizi prenait le relais mais pas une seule fois Tala ne bâilla de concert. Omid en fut si fasciné qu'il en parla à un collègue neurologue et il lut tout ce qui pouvait expliquer le manque d'empathie de Tala. Elle était incapable de ressentir les émotions d'autrui, incapable de se mettre à la place de l'autre ou de s'y reconnaître. L'autre était toujours un étranger, un danger, un frein. Tala était un animal craintif qui supportait très bien la douleur, et cela l'empêchait de s'imaginer pareil à l'Autre. Mitra n'en connaissait pas les raisons, mais elle voyait bien que Tala n'interférait pas avec autrui. Elle voulait lui offrir la librairie de mon père pour y fonder son cabinet d'architecte. Mitra savait que Tala n'y arriverait pas, qu'elle ne supporterait pas les clients, qu'elle n'en ferait qu'à sa tête et qu'elle échouerait donc. Elle n'en serait que plus dépendante et soumise à son influence.

*

Les choses se passèrent comme Mitra l'avait imaginé, à un détail près. Le cabinet d'architecte de Tala coula : les rares clients lui intentèrent un procès en refusant de payer des travaux qui ne correspondaient pas à ce qu'ils avaient demandé – Tala n'avait d'autre argument à leur opposer que leur manque de goût. Mais Tala s'en tira : elle se maria à quarante ans avec un banquier anarchiste prêt à tout pour ses seins, racheta l'ex-librairie de mon père à Mitra et la transforma en épicerie de luxe. Pour une fois, Tala sut humer l'air du temps et répondre à la demande. Elle ouvrit la première boutique bio-équitable-indécemment-chère de tout l'arrondissement et gagna beaucoup d'argent. D'autant que la majorité de ses produits n'étaient pas bio. Elle changeait les étiquettes et servait de la merde transgénique sous couvert d'équitable sain. J'hésitai longtemps à dénoncer Tala et son arnaque. Finalement, je fis comme mon père, je passai mon chemin. Cela ne servait à rien de retourner vers la famille ou d'endosser la panoplie du chevalier blanc. Ils ne croyaient pas dans l'existence des chevaliers blancs. Il n'y avait que la fuite pour leur résister.

Ce fut Tala qui introduisit dans la famille le petit esprit commerçant, la mentalité de boutiquier. Elle cessa alors de s'intéresser à la politique, cessa de lire, ne fit plus que vendre, vendre, vendre toujours plus cher, faire de plus en plus de bénéfices. Quand elle rentrait chez elle, dans l'immeuble de Mitra, elle s'effondrait devant la télévision et s'endormait en rêvant à son compte en banque qui dansait la rumba. L'extrémisme qu'elle mettait dans la lutte contre les-putains-d'enculés-de-fascistes fut tout entier canalisé par son ambition commerciale.

Un jour où j'étais venue voir mes parents en prenant des détours pour éviter l'immeuble de Mitra et les cafés où elles avaient l'habitude de s'installer, je ne pus résister, et jetai un œil à la boutique de Tala que je n'avais jamais vue, puis m'installai dans un café en face.

Tala avait alors quarante-huit ans, elle était élégante, portait un tailleur noir et riait d'un air que je ne lui connaissais pas. Les clients sortaient de sa boutique, le sourire aux lèvres, persuadés d'être dorénavant plus beaux, plus forts, plus intelligents après leur cure de graines ou de tisanes sur mesure. Mais dès que les clients disparaissaient, Tala reprenait son visage sombre, sa bouche d'amertume. Quand Mitra poussa la porte de la boutique, je les vis reprendre une conversation où ni la pitié, ni l'émotion, ni l'amitié et encore moins l'amour n'avaient droit de cité… jusqu'à ce qu'une cliente passe la porte de nouveau, à laquelle les deux sœurs adressèrent un sourire affecté. Cette mascarade clown triste-clown joyeux me sidéra. Avec les ans, je découvrais que c'était aussi un truc d'immigré. Le sourire réservé aux autres, aux étrangers. La majorité des exilés n'osent pas ne pas sourire, ils se sentent comme en danger. Être gentil, c'est éviter le conflit, désamorcer la peur. Ils arborent des sourires sur mesure pour ne pas se faire virer. Mais il suffit que la porte se ferme, qu'ils se retrouvent entre eux, et ils déversent alors toute leur hargne, toute leur colère, toutes les grimaces qu'ils tiennent enfermées, et disent enfin leur haine.

Si j'avais hésité à pousser la porte de la boutique après quinze ans de silence entre nous, si malgré moi, les larmes m'étaient montées aux yeux quand j'avais aperçu la silhouette de Tala, si la librairie devenue épicerie gardait encore pour moi le visage de mon père et des années avant la fuite, l'hypocrisie qu'affichait le visage de mes tantes me fit oublier l'émotion de les revoir, même de loin, même derrière une vitrine. C'est le problème insoluble de tous ceux qui brisent les liens familiaux : ils traînent malgré eux les chaînes qui les relient à leur naissance. Je n'ai jamais pu les revoir sans sentir ma gorge se serrer douloureusement, sans avoir envie de courir me réfugier dans des bras dont je me rappelais encore la chaleur, quand je n'étais qu'une enfant. Je retournais, chaque fois que ma mère me suppliait, vers mes tantes avec l'espoir absurde que *quelque chose* ait changé, que le refuge se soit miraculeusement reconstitué tandis que j'avais le dos tourné. Un jour, alors que son mari était hospitalisé, alors qu'on s'attendait tous à ce qu'il crève, alors que je les voyais réunis autour du passé, alors qu'ils m'avaient accueillie comme si je les avais vus au dernier déjeuner du dimanche, alors que je caressais avec beaucoup de répugnance la main froide de Mitra, alors que la mort était là, derrière nous, en salle de réanimation, alors que depuis un mois elle se faisait dorloter, bercer, nourrir par ma mère, car elle ne pouvait rester seule et ne supportait pas la proximité du désespoir (Mina était insupportable de désespoir et Pejman son désespoir tout court), alors que je me demandais si elle ne sentait pas enfin battre son cœur, son janam explosa. Je le sentis dans sa main, celle-ci se crispa comme une main agrippe les draps dans une nuit d'amour. Elle me parla soudain de la sœur de mon père, l'écrivain libertin. Elle la convia dans notre conversation, dans le couloir attenant à une salle de réanimation. Elle la couvrit d'insultes sans égards pour le tragique du moment, sans égards pour ma main qui tentait de consoler sa peine.

Que Mitra me parle de cette femme solitaire qui n'emmerdait personne et faisait du très bon boulot pour régler les problèmes des entrejambes était inattendu, mais elle se mit à évoquer la dernière carte de vœux de Shadi, son visage qui maigrissait à vue d'œil, son regard « illuminé », preuve qu'elle était bonne à enfermer – ça tombait bien, elle était enfermée dans sa solitude depuis plus de vingt-cinq ans.

— On sait maintenant de qui Pejman tient.

— Mitra, Pejman est ton fils et celui du Chinois.

— Innocente !

— Tu as couché avec mon père ?

Oui, j'étais prête à le croire, tout était possible dans le bourbier.

— Bien sûr que non. J'ai toujours eu bon goût, ce n'est pas comme ta pauvre mère…

Là, elle marqua un silence pour se mordre la lèvre inférieure comme à chaque fois qu'elle mentionnait ma « pauvre mère ». Enfin, elle leva la tête et me donna une explication enchanteresse :

— Ce n'est pas une question de coucher, c'est une question de mauvais œil. Le regard de ta saleté de tante s'est posé sur Pejman : elle l'a enfanté.

— Mitra, Shadi n'a pas de superpouvoir. Tu t'en souviens ? Elle écrit des histoires de cul dégueulasse !

— Innocente !

— Mitra… Arrête tes conneries de sorcière.

Mitra a alors naturellement embrayé sur mon père.

— Innocente, innocente. Tu ne sais pas qui est ton père, tu ne sais pas de quoi il est capable, tu ne sais pas ce qui se passe. Tu ne sais pas de quoi il est fait, tu ne sais pas ce qu'il a fait. Tu ne sais pas ce qui se passe, tu ne sais pas ce qui s'est passé.

En vieillissant elle répétait ces deux phrases à la fin de toutes les conversations. Elle avait tellement réécrit l'histoire qu'elle embrouillait tous ses fils et ne parvenait plus à raconter. Elle balayait toute explication par « tu ne sais pas ce qui se passe, tu ne sais pas ce qui s'est passé ». Et son regard retomba dans le vide. Je me demandai alors, comme à chaque fois, ce que je faisais là, pourquoi j'avais répondu à l'appel de ma mère, et surtout, pourquoi j'avais tenu la main de Mitra.

Ne soyez jamais trop fier d'avoir bravement tourné le dos à votre famille, préparez-vous à vivre avec un manque terrible, un souvenir brûlant : le souvenir même vague, même fantasmé, du refuge qui semblait acquis au fin fond de l'enfance. Nulle témérité ici, juste le sentiment d'avoir choisi sa solitude.

20.

Omid m'attendait devant mon lycée, une cigarette à la main, ses traits fins étaient marqués par l'âge qui l'avait pris en douce au cours de son long voyage, ce qui le rendait encore plus attirant. Je le vis tout de suite avant de constater que tout le monde le remarquait, cet homme dont le regard se perdait par-delà la foule de lycéens qui se croyaient capables de supporter les forces contradictoires du destin, cet homme habillé de sombre, une veste sur un tee-shirt, un jean noir, des mocassins sans chaussettes, l'air je-m'en-foutiste mais intense. Les lycéennes gloussaient et quand je me jetai dans ses bras, je sentis rapidement la main de Numéro 1 qui me serrait le bras. Quand je me retournai vers lui, je l'avais déjà oublié. Les présentations faites, je partis, pendue au bras d'Omid, redoutant de le voir s'enfuir encore.

Il n'était pas parti en voyage d'affaires mais en Turquie, cherchant à fuir Tala, rationalisant sa passion, trouvant le courage d'oublier qu'il quittait une femme violée depuis l'enfance, acceptant qu'elle ne l'aime pas assez pour le suivre. Tous ces derniers mois, il avait marché près de la frontière, regardant vers le pays natal, crachant sur le pays natal, maudissant le pays natal et, de retour à sa chambre d'hôtel, il se couchait sur son lit pour fumer des cigarettes et regarder le plafond sur lequel il dessinait son enfance et son adolescence morbides, se demandant s'il devait prévenir sa mère de sa présence pour enfin lui en coller une, ou accepter l'héritage pour le distribuer aux domestiques, aux assistants, et autres souffre-douleur de ses parents… Ou s'il devait profiter de cette solitude qui l'enveloppait comme un linceul et en finir. Car enfin, c'était quoi sa vie ? Il était un bon professeur certes, un bon amant d'accord, un ami sincère, un délateur juste, un juif sans foi, un cynique sans patrie. Il n'avait pas assez d'idéal pour soulever des montagnes et trop de cœur pour s'en tenir à une vie banale. Il aurait voulu écrire, il ne connaissait que les chiffres, il pensait avoir un talent mais il lui manquait le courage. Durant six mois, depuis le décès de son père, il entendait ce père honni, ce monstre déguisé en juge humaniste lui rire au nez, ce père qui l'avait destiné à une vie de rampant. S'il n'avait su tenir tête à son père, comment pouvait-il se battre avec la vie ? S'il avait laissé cet homme l'humilier, lui faire manger les restes sous la longue table de la salle à manger, l'affamer puis le faire courir en le suivant dans sa voiture avec chauffeur, s'il n'avait jamais dit « non », à quoi bon espérer une autre vie ?

Omid se raconta tout en marchant dans les ruelles du village Saint-Paul, puis sur l'île Saint-Louis et nous nous assîmes sur les quais où Omid continua de se confier. Il y avait un tel décalage entre la beauté immuable du Paris historique et son discours, un tel abîme entre nos vies et le décor : l'exil m'apparut comme un sublime et permanent décalage. Nous reprîmes le chemin de la Bastille et il parla encore. Je voyais distinctement la mort danser devant les yeux d'Omid, la facilité qu'il y aurait eu à en finir. Pendant tout ce temps, il pensa moins à Tala, il sentit qu'elle s'effaçait doucement, incapable qu'elle était de nourrir son amour. Il l'appela de moins en moins. Les trois derniers mois, il n'eut plus aucune nouvelle. Et quand il chercha à se souvenir des raisons qui l'avaient fait venir ici, à la frontière de sa vie d'avant l'exil, Tala ne lui sembla plus avoir grand-chose à voir là-dedans. Il ne l'aimait plus, il voulait la sauver elle, à défaut de s'être sauvé lui-même, et il constata tristement qu'il se mentait comme les hommes se mentent : c'était lui et son enfance, lui et son père, lui et sa mère qu'il était revenu pleurer.

Puis une femme était apparue. Une archéologue autrichienne. Elle travaillait sur un chantier où elle espérait découvrir le tombeau d'un prince oublié qui avait tenté le syncrétisme à une époque dogmatique. Une nuit, elle avait frappé à sa porte, après l'avoir remarqué dans la salle commune de l'hôtel où ils prenaient leurs repas et elle lui avait fait l'amour sans plus de cérémonie, sans pourquoi, ni demain. Elle était blonde, grande, saine. Elle buvait sec, parlait franc et regagna sa chambre après l'amour. Elle balayait son enfance, son adolescence, ses parents par un rire. Elle ne vivait qu'au présent et refusait de posséder un appartement, un pied-à-terre, vivant d'hôtel en hôtel, donnant les vêtements qu'elle ne portait plus, jetant ses chaussettes et ses culottes après la première utilisation, mangeant quand elle avait faim, se coupant les cheveux quand elle passait devant un coiffeur. Omid fut remis sur pied par cette femme à qui il importait peu de mourir demain ou après-demain ou dans une heure : ses comptes étaient faits au jour le jour, elle ne se chargeait de rien, elle n'attendait que ce dont elle avait l'envie. Grâce à elle, il n'eut plus du tout le désir de mourir. Il rentra quand elle dut repartir chercher des fonds quelque part à Copenhague ou Amsterdam. Il lui avoua combien il la jalousait. Il y avait trop d'Iran en lui pour qu'il puisse un jour être aussi détaché et insolent face à la vie. Il était tissé de tragédie et de poésie. L'Autrichienne était faite de raison et d'aventures. Omid était un roman. C'était plus fort que moi, je lâchai son bras. Il continua de marcher en silence.

— Tu ne t'es pas trop ennuyée pendant mon absence.

— Numéro 1 est un idéaliste.
— On chasse toujours sur son territoire.
— C'était horrible ces derniers mois.
— Numéro 1 ne va pas bouleverser la donne.

Il avait tort. Numéro 1 bouleversait déjà la donne en m'offrant autre chose qu'une famille iranienne. Il eut mal en me regardant m'éloigner au bras d'Omid, tellement, qu'il avoua m'aimer quelques jours plus tard. Nous fîmes enfin l'amour. Je ne ressentis ni douleur, ni assez de plaisir pour m'oublier. Ce ne fut ni désagréable, ni transcendant. Mais doux et sincère de sa part, inédit et mécanique de la mienne. Il n'y eut ni sang, ni tremblements, ni cris. Pourtant, découvrir mon corps nu sous les mains d'un autre lui donna une autre dimension – ce sentiment fut confirmé lorsque je couchai avec une femme. Mon corps m'apparut alors sous un angle totalement différent : comme si les mains de l'amant le redessinaient à l'image de son désir. Avec Numéro 1 j'avais surtout des fesses, un vagin et une nuque, avec F. j'eus une poitrine, une taille, des bras, des cuisses, un vagin, des pieds, une peau, des mains, un ventre, un clitoris, des épaules, des hanches, des fesses. Les femmes désirent le corps comme un tout, et un absolu : chaque parcelle de corps est possiblement érogène, toute caresse devient source de jouissance. Les hommes réduisent la chair à deux ou trois parties du corps. Mais la brutalité avide des hommes compense leur manque d'imagination. Le sexe n'est jamais qu'un affrontement, une guerre de possession, une violence feutrée. Les femmes aussi savent être brutales, envahissantes, vicieuses, mauvaises joueuses mais jamais elles n'oublient qu'une ligne de peau, qui va de l'épaule à la naissance du sein, enflamme. Elles ne délaissent rien. Elles prennent tout. Toute ma vie j'éprouverai ce besoin de me coucher entre des bras féminins pour retrouver l'intégrité de mon corps après l'avoir démembré dans le lit des hommes.

21.

Omid dormit à la maison, dans le salon avec mon père et ma mère – son appartement était encore loué. Il ne prévint pas Tala de son retour. Elle ne chercha pas à le revoir mais alors que je buvais un verre de vin en lisant dans le café où Omid m'avait emmenée enfant, et où Verlaine descendait boire son absinthe de poète, je vis venir Tala de loin. Je baissai spontanément les yeux vers mon livre, elle ne s'arrêta pas. Je savais qu'elle m'avait vue – elle me le confirma plus tard.

Tala avait été le modèle de mon enfance, celle que je préférais. À la beauté de pierre de Zizi, je préférais l'originalité des traits de Tala, à la froide soif de domination de Mitra, je préférais sa ferveur bruyante et vulgaire, à l'évanescence sautillante de Zizi, je préférais sa cruelle spontanéité, à la générosité aveugle de ma mère, je préférais son égocentrisme joyeux. Mais du jour où Omid me prit la main, quai d'Austerlitz, pour me ramener à la maison, Tala amorça sa descente du piédestal où je l'avais longtemps hissée. Je ne me confiai plus à elle, je ne cherchai plus à lui ressembler et alors qu'elle avait abandonné le total look jean, puis le total look noir, pour des tenues extravagantes – des pulls à plumes, des jupes d'où s'échappaient des pompons de clown, des pantalons à motifs psychédéliques, des chaussures à talons transparents – j'optai quant à moi, définitivement, pour le noir et le blanc. Plus elle prenait de l'âge et moins elle riait. Tala se prenait terriblement au sérieux et mon refus du militantisme, des réunions politiques, mon temps libre passé en lecture de romans occidentaux, mes choix lui hérissaient les poils. Elle refusait de voir sa lignée se perdre dans la vie alors qu'elle *aurait dû* s'épanouir dans la lutte. Même après sa boutique, même après avoir renoncé aux livres et aux tracts, elle continua de soutenir, entre deux bouchées de fins mets, les révolutionnaires, les dominés, crachant sur le capital qui lui assurait une retraite bientôt dorée, prenant ses vacances dans des hôtels luxueux, se prélassant dans des stations thermales et refusant, obstinément, de voir ce qu'elle était devenue : la bourgeoise aigrie et médiocre qu'elle combattait à cor et à cri à la table familiale.

*

Omid resta quinze jours et jamais je n'eus autant hâte de me lever le matin pour le trouver assis à table, buvant son café, lisant le journal et commentant l'actualité. Même le tout petit frère appréciait ses facéties matinales, ses jeux de mots, sa bonne humeur. Omid était encore en congé, il vint souvent m'attendre à la sortie du lycée, et Numéro 1, même s'il était rassuré depuis que nous avions fait l'amour, faisait le coq, le contredisait, le poussait du coude. Omid s'en amusait. Numéro 1 enrageait.

Un soir, nous sortîmes tous les trois. Nous avions dîné dans un restaurant vietnamien place Monge – qui était un foyer vietnamien du temps de l'après-guerre pour les anti-communistes et antiaméricains, alors que quelques rues plus loin, vers la montagne Sainte-Geneviève, un autre foyer réunissait les anticommunistes et pro-américains. Numéro 1 tenta de faire avouer à Omid son atlantisme, son aveuglement démocrate, sa trahison de la masse des opprimés – les gauchistes ont cela de commun : dès qu'il s'agit de débattre, ils prennent le visage du procureur des procès de Moscou. Omid répondait toujours sur le même ton : « D'accord, si tu veux, je suis tout ça, je peux l'être et je crois bien que ça me va d'être un con de réac à tes yeux de révolutionnaire à la con. J'aime les individus, petit Léon, j'aime que chacun puisse choisir sa route et j'aime bien les routes qui ne vont pas droit devant. C'est beau les virages, c'est risqué mais c'est beau. Ton idéal, petit Léon, c'est de la merde, c'est pas des hommes que tu veux, c'est une expérience animalière, tu veux leur retirer leur singularité, leur infime possibilité d'être autre que ce qu'ils sont nés, tu veux les enchaîner à une machine. Tu ne connais rien à la chair, à la viande, aux cris que tu pousses dans ton lit pour ne plus avoir à t'y coucher le soir suivant… la liberté, t'as pas idée de ce que c'est, t'es né dedans, petit Léon… alors le train blindé qui traverse le pays en faisant trembler la terre et les hommes qui finissent par dire d'accord, d'accord, ce que tu veux mais me tue pas, tu vois, ça ne m'excite pas. C'est de la perte de temps, ça finit toujours par dérailler. T'es un con de gosse, petit Léon. »

Je m'ennuyais terriblement, je connaissais le duo depuis l'enfance. Omid faisait de l'ironie poétique, Numéro 1 puisait dans le bréviaire du parfait trotskiste : carré, réponse à tout, accepter que la masse n'est pas encore mûre, en profiter pour lui faire les poches en l'assommant et hop ! C'est la révolution des opprimés. J'en profitais pour les observer. La virilité arrogante et pourtant enfantine de Numéro 1 face à la féminité en pointillé d'Omid, regard frangé de cils noir sur un iris profond, perçant, impitoyable, sourire permanent, à deux doigts d'être bienveillant, mais réaliste.

Omid était de ces rares types qui, face à une pute, un fonctionnaire, un militaire, un médecin, un clodo, un vendeur de journaux, un cancéreux, un humanitaire, une bonne sœur, cherchaient toujours le vrai bonhomme derrière le costume. Il ne se faisait jamais avoir par des regards larmoyants, des mains sur le cœur, des attitudes « sauver le monde ». Il savait distinguer un voleur honnête d'un dangereux humanitaire comme une pute respectable d'un ministre sadique. Si bien qu'il passait souvent pour un sans-cœur, capable d'insulter un connard qu'il soit pauvre ou riche, beau ou moche, faible ou fort. Un connard, ça reste un connard. Il passait pour dur, il trouvait la pitié dangereuse. Et cette attitude face au monde était en telle contradiction avec ses traits féminins, ses longues jambes et ses mains de pianiste, qu'il irradiait de puissance sexuelle. Numéro 1, même s'il lui paraissait absurde de me voir préférer un vieux beau à sa virilité qui ne supportait aucune contradiction, avait raison de le craindre. Omid était presque un androgyne et toute la culture occidentale fantasme, imagine, espère l'androgyne qui réglera les problèmes de genre en un tour de hanches ambigu.

Après le dîner, nous allâmes dans des bars autour de la montagne Sainte-Geneviève et Omid fit boire Numéro 1 qui ne tarda pas à oublier les lunettes de Trotski pour se détendre un peu, et rire. Nous étions dans un bar où l'alcool était servi dans des biberons – « petit Léon » n'avait pas saisi l'ironie. La régression atteignait son apogée dans un duel de descente de biberons frappés, quand Tala fit son entrée encadrée par Zizi et Darius (il s'était installé avec Zizi depuis quelques mois dans l'immeuble de Mitra, et attendait que Roud les rejoigne). Je les remarquai la première et il fut trop tard pour se cacher sous la table, fuir aux toilettes, tirer Omid par le bras. Numéro 1 les reconnut, et se précipita. Omid, passablement ivre, s'approcha de Tala et lui fit une révérence si grande que son coude heurta le plateau du serveur qui vola jusqu'à la tête de Tala. Omid éclata de rire, Tala lui administra en réponse une gifle bruyante, ce qui le fit rire encore plus. La main suspendue, Tala tourna les talons et sortit en claquant la porte – c'était devenu son gimmick : tel un personnage récurrent de telenovelas, elle répétait la même sortie à chaque épisode, le regard noir, la gifle, la porte qui claque. Zizi qui se tenait collée à Tala ne me quitta pas du regard. En temps normal, le regard de Zizi était insoutenable, qui disait trop de choses en même temps, mais là, il m'exprimait sa haine et enveloppait Tala de son amour.

Ce soir-là, les dés furent jetés. Mais le rire l'emporta, les biberons volèrent dans les airs, et Numéro 1 tomba sous le charme d'Omid.

22.

Le Chinois obtint la signature de mon père sur le contrat d'achat de la librairie, sans tenir sa promesse. Peu enclin au pardon, le tout petit frère causa une attaque cérébrale au Chinois, qui en perdit l'usage du corps et de la parole. Le Chinois tenta par la suite de communiquer avec nous, nous désignant du menton le tout petit frère qu'il tenait responsable de la maladie de Mitra, des problèmes de peau de Zizi ou de la thyroïde de Tala. Nous pensions tous à tort qu'il nous exhortait à lui faire confiance, à suivre ses recommandations médicales. Le Chinois ne savait plus lire ni écrire, et ses tentatives pour s'exprimer par des clignements d'œil se révélèrent infructueuses : il confondait le persan et le français, les lettres de l'alphabet s'entrechoquaient dans sa mémoire et il fut incapable de nous dire quoi que ce soit. Mais ses yeux noirs s'étirèrent en deux fentes et il ne porta jamais aussi bien son surnom.

Mon père était persuadé qu'après une semaine ou deux, il aurait son argent. Il ne pouvait s'en empêcher, il avait encore au fond du cœur un semblant de naïveté : même si le Chinois était idiot, il ne pouvait pas être un salaud aussi radical. Et pourtant. Je crois que le tout petit frère saisissait quand même quelques subtilités : il n'en voulait pas aux hommes de leur faiblesse (qui consistait avant tout à ne pas aimer ma mère à sa juste mesure), non, il leur en voulait de faire les mauvais choix en connaissance de cause – il était comme Hannah. Le Chinois paya donc davantage que les autres. Il était aussi le plus âgé et, même dans une famille dysfonctionnelle, la barbichette blanchie inspire un tout petit peu plus de respect. Le tout petit frère ne pouvait pas lui pardonner sa promesse non tenue.

Notre mère vérifiait tous les jours la boîte aux lettres, espérant y découvrir le chèque attendu. Elle vérifia la boîte aux lettres durant vingt ans tous les matins mais chaque fois elle remontait les mains vides et répétait : « Ce sera pour demain. » Personne ne relevait. Le tout petit frère vengeait la folle espérance de notre mère. Il avait placé le Chinois face à ses choix coupables, et avait ensuite voulu le maintenir en vie le plus longtemps possible pour qu'il puisse assister au pourrissement de Mitra et de ses alliés : le tout petit frère était blessé, salement blessé, il ne supportait pas que l'on piétine continuellement notre mère.

Mon père n'adressa plus la parole à mes tantes et mes oncles. Quand ils se croisaient dans la rue, ils ne se saluaient pas. Mitra avait brodé sur mon père depuis qu'elle avait volé sa signature : opiomane, habitué des bordels, folie atavique, neurasthénique. Mitra avait fait comme Beauvoir avec Camus pour protéger son Sartre : elle avait collé sur le dos du premier toutes les tares du second. Des années plus tard, une cousine d'Amérique, qui connaissait mon père depuis Téhéran, qui le respectait et l'aimait, m'expliqua sa déception quand elle avait appris la *vérité* sur mon père. On grandit en apprenant que la vérité finit toujours par éclater, que les on-dit, ragots, mesquineries, finissent toujours par tomber en désuétude. Rien de plus faux. Il arrive, encore aujourd'hui, que je rétablisse la vérité sur mon père. Les anathèmes de Mitra étaient beaucoup plus excitants que la triste réalité.

Hannah s'amusa pour sa part à appeler régulièrement les pompiers ou la police pour réveiller l'immeuble de Mitra en pleine nuit. Elle se tenait dans l'encadrement de sa porte et souriait à Mitra. Et alors ?

23.

Le dernier dîner qui réunit la famille, moins mon père, se tint dans un restaurant iranien situé au pied de la tour Montparnasse à l'occasion de Norouz. C'était une idée de Mitra, or personne ne voulait la contrarier et encore moins argumenter : depuis l'attaque cérébrale du Chinois, elle se drapait dans un nouveau costume, celui du martyre, et avançait fière des malheurs qui la sanctifiaient, racontant, à qui voulait l'entendre, l'enfer domestique auprès d'un homme réduit à l'état de légume.

Je ne voulais pas y aller. Je préférais rester avec mon père. Et parce qu'il ne réagit pas, ni ne me remercia, même pas d'un sourire, parce qu'il était déjà loin et qu'il ne voulait plus prendre part au jeu dont il était devenu le principal pion, je décidai d'y aller pour les humilier, les accuser devant la communauté iranienne de Paris. Je partis telle une héroïne, le sabre à la main, laissant mon père avec Omid et quelques bouteilles.

*

Le tout petit frère imposa Maziar au dîner : il était en terrain inconnu et avait, dans les poches, quelques fioles de mixture naturelle à base de plantes vénéneuses *au cas où* ; son alter ego, l'homme de sa vie le protégeait. Nous fûmes tous surpris par l'immense bouddha qui occupait le mur central du restaurant. Les Iraniens sont capables de tous les anachronismes pour ne pas être confondus avec les Arabes. Des parfums luxueux se diffusaient, le persan occupait tout l'espace sonore, les femmes étaient très habillées et très maquillées au point que, de loin, on confondait les mères et leurs filles, les hommes étaient tous en costume cravate flambant neuf, les plis ne faisaient pas de plis, ça sentait la grande bourgeoisie en exil qui se souvenait d'avoir tenu son pays de naissance avant d'en être arrachée. Ils se retrouvaient là, pour fêter une année à contretemps de leur pays d'adoption, ils se réunissaient pour se souvenir, tout en oubliant, et pour sourire quelques heures à la vie telle qu'elle ne pourrait plus jamais être.

Je fus si paralysée d'être enveloppée par ma langue maternelle que toutes mes velléités de résistance et de combat s'évanouirent quand je m'assis à la longue table réservée par Mitra, la tête basse pour ne pas trop voir ni trop entendre le pays natal. La table que nous occupions était sur une estrade, nous étions visibles de tous, et comme les tantes et oncles échangeaient des sourires et des saluts avec les tables voisines (attendant qu'ils se déplacent pour venir les saluer), tous les autres convives faisaient de même. Ça jasait sur la beauté fanée de Mitra, sur le silence du Chinois, sur l'extravagance de la robe tutu rose de Tala, sur la beauté énigmatique et glaçante de Zizi, sur les enfants qu'ils comparaient aux parents, sur ma mère et son tailleur pantalon qui la distinguait si merveilleusement de ses sœurs dorées de la tête aux pieds, sur la présence d'un étranger à notre table (Maziar qui vous lançait de ces regards à sortir un sabre pour se faire hara-kiri), sur moi enfin, qui ressemblais si peu à l'Iran. L'absence de mon père fit pester une vieille femme qui, ayant perdu ses trois fils dans la révolution, déclara insidieusement que je n'étais peut-être pas la fille de mon père. Tous les regards se tournèrent vers moi tandis que Mitra glissait à Tala que mes cheveux trop blonds, mon pantalon d'homme, ma chemise noire et mes chaussures à talons aiguille attiraient sur nous la honte ancestrale. Le tout petit frère ressemblait à notre père, il n'y avait rien à en dire. Puis chacun défila avec déférence à notre table, tendant la main, la joue trois fois, se penchant respectueusement vers le Chinois, complimentant Mitra sur sa beauté, Tala sur sa robe, et s'étonnant que les enfants de Mitra soient si laids alors que ceux de Niloophar étaient si beaux. Sourires et compliments interminables se succédèrent, et des souhaits par milliers : longues vies et santé et beauté et argent et mariages et enfants.

Tout le monde connaissait mon oncle Behrouz, tout le monde savait qu'il avait été un grand révolutionnaire, tout le monde le craignait. D'autant que tous savaient combien la famille Hedayat continuait de soutenir la révolution mondiale. Je tendais la main, la joue, mais aucun son ne sortait de ma bouche. J'étais silencieuse, amorphe. Je regardais défiler ces visages familiers aux sourires chaleureux qui fouillaient mon visage à la recherche d'une ressemblance avec mon père qu'ils n'avaient pas revu depuis Téhéran. La réputation du tout petit frère n'étant plus à faire, son génie ayant circulé d'appartements en pavillons depuis qu'il avait intégré son école de surdoués, ma mère fut, pour la première fois, au centre de l'attention.

Cette femme discrète et soumise, qui leur avait paru depuis toujours la moins intéressante, la moins belle, la moins remarquable des sœurs Hedayat, prenait enfin la lumière grâce à sa progéniture. Quelqu'un se souvint même qu'elle transportait les armes sur ses épaules à s'en casser les deux jambes (les Orientaux ne peuvent dire la vérité : ils doublent toujours la dose pour conter et non raconter), apportait chaque jour son repas à Behrouz en prison (on lui refusait systématiquement l'accès et on lui confisquait son ragoût mais elle revenait le lendemain), et s'occupait de toutes ses sœurs, malades ou pas, ne demandant rien en retour. Toute foule étant versatile, toute masse bêtifiante, toute communauté bornée, notre mère exista enfin dans les regards et les conversations.

Ma mère ne remarquait rien, écoutait ses sœurs, jetait des regards inquiets vers ses enfants – elle était la seule à les trouver aussi ratés qu'elle-même. Elle n'y arrivait pas, elle espérait pourtant, elle comptait sur nous, elle nous regardait souvent avec cette conviction inébranlable des mères : nous ferions mieux qu'elle. Mais dès qu'elle était avec ses sœurs, elle doutait. Ce soir, ses deux enfants, si rarement complices, la cherchaient des yeux pour lui montrer sa gloire.

C'est alors que la lumière se tamisa et qu'un présentateur en smoking à revers doré, cheveux gominés, gourmette voyante et montre de valeur, apparut sur scène et remercia les convives d'être si beaux, si grands, d'être issus d'une telle terre, d'une telle histoire, etc. La salle était traversée de ricanements, de remarques étouffées, de regards entendus, de gestes déplacés : notre Monsieur Loyal de la soirée était visiblement homosexuel et cela était amplement suffisant pour transformer une salle de restaurant où se réunissaient des adultes prestigieusement diplômés, cultivés, politisés en une cour de récréation d'école primaire. Je préférais encore le malaise grandissant du tout petit frère – qui ne riait pas du tout mais s'étonnait de trouver des Mitra à toutes les tables – à ces ingénieurs, intellectuels, médecins, banquiers, rentiers qui se poussaient du coude en demandant à voix basse s'il jouait l'homme ou la femme du couple.

Enfin, dans un geste ample, Monsieur Loyal fit s'ouvrir les rideaux rouges et un orchestre apparut qui entama sans transition, prenant tout le monde au dépourvu, l'hymne national iranien. L'ancien hymne, celui que la révolution avait prohibé, celui qui était devenu le chant des exilés, le seul que je connaissais.

Toute la salle du restaurant retrouva son sérieux et tous se levèrent pour chanter ce qui était le signe le plus évident de la rupture au sein de leur vie, de cet avant/après qui marquait toutes leurs conversations, tous leurs soupirs, toutes les larmes qu'ils cachaient derrière leur réussite dans l'exil. Ma famille resta assise. Cet hymne-là était pour eux celui des nationalistes, des royalistes, des monarchistes. Soudain, ma mère se leva et chanta. Je suivis son mouvement, le tout petit frère aussi – et Maziar l'imita, il faisait tout comme lui. J'observais les mains de mes tantes et oncles qui se tordaient, je voyais les cousins qui levaient des visages interrogatifs vers le silence obtus de leurs parents, les visages obstinément baissés à se demander pourquoi il fallait encore tenir le rang révolutionnaire.

À la fin de l'hymne, ma mère retrouva sa place, le rose aux joues, la mélancolie débordant de son regard inquiet et elle remarqua enfin les sourires bienveillants, les coupes de champagne levées à son attention, les saluts pleins de respect. Ce fut si inattendu qu'elle chercha la main de Mitra. Qui retira la sienne avant qu'elle n'ait pu l'atteindre. Le tout petit frère se leva alors, Maziar en fit autant, et invita notre mère à danser. Elle rougit et refusa, mais le tout petit frère ne bougeait pas, la main tendue, le regard fixe et notre mère ne put résister à cette injonction et les autres danseurs leur laissèrent la place centrale : ma mère dansa avec son tout petit garçon, son génie, son vengeur. Ma mère dansait bien, le tout petit frère suivait ses mouvements pleins de grâce et durant quelques instants, je pus savourer ce qu'était le plaisir d'être au cœur de l'attention et de l'amour. Mitra souffrait depuis toujours, et plus encore aujourd'hui, en voyant cette sœur qu'elle ne détestait pas, qu'elle n'aimait pas plus qu'elle ne la considérait, ramasser les lauriers qui lui étaient habituellement destinés. Mais elle était si désenchantée, si dénuée de la plus élémentaire générosité – celle qui permet de vivre en société sans s'entre-tuer – que j'abandonnai là ma rapide tentative de la comprendre et de lui pardonner.

*

En attendant le service, Tala s'était déplacée jusqu'à moi. Elle m'en voulait de m'être levée et d'avoir chanté l'hymne national, qui est toujours le cri de ralliement des fascistes. Venant d'une femme qui voulait égorger un peu plus de la moitié de l'humanité pour imposer l'égalité et le partage, c'était plutôt comique, mais elle se déchaîna.

— Ce que tu as fait était ridicule et dangereux, je sais que c'est ta crise d'adolescence, je sais que tu fréquentes des bourgeois mais quand même, tout ça ne devrait pas t'empêcher de penser au mal que les hymnes font aux hommes.

— Je suis d'accord, *L'Internationale* ça fait très mal à plein de gens, en Sibérie.

— Tu sais ce que tu deviens ? Une fille à papa, snob, sans âme. Tu sais ce que tu deviens ?

— De droite ?

— Arrête de faire ça, arrête de sourire comme ça, gamine. Tu penses quoi ? Que les Français vont t'accepter parce que t'es de droite et blonde ?

— Tala, c'était pas l'hymne national : c'était celui de l'exil, de l'avant. C'est un hymne bâtard maintenant, la défaite lui est passée dessus. Tu devrais aimer, c'est le chant des vaincus.

— Le jour où on t'a perdue c'est le jour où ce traître de Siamak t'a mis un livre entre les mains. C'est quoi ce charabia ? C'est comme ça que les bourgeois ont endormi le peuple, en lui filant des jolis mots... ils enfilent les perles en regardant vers l'horizon alors qu'ils ont des boulets aux pieds. Putain ! Y a des gens qui crèvent au nom des hymnes ! T'es qu'une gamine gâtée.

— T'aurais jamais dû quitter les Beaux-Arts, t'es devenue un tract.

— Et je ferais quoi ? Je traînerais au café, je marcherais en rêvant ? J'irais au musée pour écouter des histoires de putes ? Et pendant ce temps-là, c'est ta mère qui t'habille, qui te nourrit. Tu devrais avoir honte, mais non, la Parisienne prend des notes dans des carnets et trouve poétique le nationalisme. Dire que je t'ai tellement aimée.

Le dîner fut servi et elle regagna sa place.

Nous ne nous parlions plus jamais intimement. Elle critiquait constamment mes non-idées politiques et ma littérature. Elle crevait d'envie de me poser des questions sur Omid, sur ce qu'il avait fait ces derniers mois, sur ce que je faisais avec lui, si mes seins l'attiraient, à quel point nous nous entendions bien, s'il me racontait encore des histoires sur les amours de la France. Mais si elle l'avait fait, elle aurait dû avouer qu'elle hésitait encore. Elle savait qu'Omid représentait un autre chemin, un chemin où il était plus important de vivre que de poursuivre des chimères qui se métamorphosaient en cauchemars dans le monde réel.

Je mis très longtemps à comprendre ses motivations, à saisir les raisons pour lesquelles elle avait choisi ses sœurs après le viol et le meurtre de grand-père Mahmoud. Et ce soir-là, en l'observant à l'autre bout de la table, je compris soudain qu'elle s'était réfugiée non pas dans leur tendresse et leur soutien, mais dans leur silence. Elle savait que jamais personne ne mentionnerait ce qui s'était produit, que personne n'irait fouiller le passé, et qu'elle pourrait traîner sa croix comme toutes les autres, la bouche cousue sur l'horreur. Mais un doute subsistait. Si elle le souhaitait, elle pourrait s'installer avec Omid, ce serait tellement facile de déménager ses affaires de l'autre côté de la rue, de quitter l'immeuble de Mitra, de passer des dimanches à lire des romans qui ne servent à rien. Il voudrait encore d'elle si elle faisait l'effort de traverser la rue.

Mais quand je vis Tala passer en revue sa famille, le doute s'effaça. Parce qu'ils portaient sur eux, grâce au tout petit frère, les stigmates, les traces de leurs vices, les conséquences de leurs mensonges, les limites de leur cœur. Tala s'y reconnut tellement fort qu'elle sut qu'elle leur appartenait pour toujours. Étrangement, j'en ressentis une douleur faite d'envie.

À cet instant, perdue au milieu d'un fragment de pays artificiellement reconstitué, j'aurais aimé me reconnaître dans ma famille, j'aurais aimé ne plus devoir tenir ensemble tous mes morceaux éparpillés. Le choix de Tala était peut-être celui de la facilité, mais je la jalousais : quoi qu'il arrive, elle ne serait jamais seule, elle était reliée à sa naissance, à ses sœurs, à l'histoire familiale qu'elle écrivait avec la même encre. Moi, j'étais hors sol. Je ne me reconnaissais nulle part. Pourtant, je regardais partout, et si je m'illusionnais parfois d'un nouvel amour, je finissais toujours, un carnet à la main, par constater ma solitude… une solitude bâtie sur les ruines d'une famille française.

Mais ce soir-là, un sentiment inconnu me gagna, et si je le mis rapidement sous le tapis, c'est que le moment n'était pas encore venu de l'affronter : la nostalgie me faisait signe. J'étais encore trop jeune, j'étais trop captivée par la découverte de tant de passé, de contradictions, de désamour, et trop amoureuse d'Omid pour affronter la nostalgie et la laisser s'installer dans mon cœur.

Ce fut le dernier Norouz où toute la famille moins mon père se trouva réunie.

*

Le lendemain, on eut à déplorer une attaque cardiaque, une mystérieuse éruption cutanée qui provoqua un coma, une paralysie faciale bénigne, deux intoxications alimentaires. La direction précisa aussi dans un courrier envoyé aux convives du dîner de Norouz, qu'un certain nombre de vols avaient été commis. Le tout petit frère s'était beaucoup amusé, et une très jolie statue de bouddha occupait désormais la place d'honneur de son Eden, ainsi que plusieurs statuettes indiennes figurant des dieux aux corps humains et visages d'animaux.

24.

Quand la loi des séries s'impose, ou que l'on peut la désigner comme telle, c'est qu'il est déjà trop tard. Après la vente de la librairie, après la signature que mon père apposa en bas de page, mais sans le règlement espéré, ma mère fut arrêtée.

Un jour où elle lisait dans le marc de café, ma mère vit la mort violente dans la tasse de celle qui deviendrait bientôt sa dernière cliente. Une mort par arme à feu. Un meurtre. Elle jeta un œil vers le mur qui séparait le salon de la cuisine – où le tout petit frère écoutait tout ce qui se disait, mais d'où il ne pouvait pas voir la tasse. Ma mère se trouvait seule face à cette mort annoncée.

Bonne à rien, la dernière cliente voulait donc tout. Elle voulait trouver le mari, partir s'installer aux États-Unis, perdre une dizaine d'années et une quinzaine de kilos. Ma mère l'avait déjà vue quatre ou cinq fois, et chaque fois, elle lui répétait que l'amant ne deviendrait pas le mari et qu'il n'y avait pas de trace de voyage dans son marc. La dernière cliente ne faisait rien pour faire évoluer la situation. Ses amants étaient tous des hommes mariés. Fonctionnaire à la préfecture de police, elle ne suivait aucune formation, n'avait aucun plan B pour quitter la France et faire fortune dans le Nouveau Monde. Elle attendait du marc de café qu'il lui annonce l'adresse de son futur mari et qu'un travail prestigieux se présente à sa porte.

La dernière fois que la dernière cliente, qui rêvait donc sa vie sans la vivre, avait interrogé le marc de café, elle était particulièrement en colère. Son dernier amant en date était enfin célibataire, il voulait quitter la France, il semblait même amoureux. Mais ma mère découvrit qu'il mentait : il était marié. Ce n'était pas le premier homme qui mentait à la fonctionnaire qui avait des kilos à perdre mais ce fut le mensonge de trop. Elle atteignait les quarante ans et sans enfant, sans mari, elle s'affolait, cherchant un coupable idéal. Ma mère ne mentionna pas la mort violente, elle pensa que c'était une erreur, que cette femme n'avait rien à voir avec une pareille tragédie. Elle lui confirma que l'homme mentait, mais qu'elle quitterait bientôt son appartement pour un autre. Le lieu lui apparaissait sombre, sans vue, triste. Elle ne lui en dit rien. Et pour les voyages, il y en avait bien un qui se dessinait à l'intérieur des frontières de l'Hexagone, mais le chemin qui y menait était lugubre, les corbeaux, les serpents, les chats y escortaient la dernière cliente. Ma mère se sentit très mal quand celle-ci se leva et tourna les talons. Elle se coucha et s'endormit sous le regard inquiet du tout petit frère. Lui non plus n'avait pas une bonne intuition concernant cette cliente, trop nerveuse, trop malheureuse, trop décidée.

*

Deux jours plus tard, alors que ma mère rangeait le décor de voyante pour retrouver notre salon, deux policiers sonnèrent à la porte. J'étais là – je détestais l'idée que ma mère lise dans le marc de café ainsi déguisée, qu'elle se cache derrière les tentures et la pénombre du cliché alors qu'elle était si douée, si perspicace, si instinctive. J'ouvris la porte et je pensai tout de suite : travail dissimulé, amende salée, prison. Je me tournai vers ma mère qui se présenta tout sourire, une tarte aux noix déjà en main.

Mais il ne s'agissait pas de travail dissimulé. La criminelle venait s'enquérir de la dernière cliente.

La veille, la dernière cliente avait tué son amant, qui lui avait menti, avec un fusil de chasse hérité de son grand-père. Auparavant, elle s'était rendue dans une boutique qui vendait des robes de mariée très chères. Elle en avait essayé une dizaine, fait son choix et payé comptant. Puis, elle s'était rendue dans une bijouterie pour acheter des alliances. Elle s'était aussi offert du champagne, du caviar, du saumon, du foie gras. Elle était rentrée chez elle, avait fait un ménage de printemps, enfilé sa robe de mariée, dressé la table, recouvert le sol, les étagères, le lit, la table avec des pétales de rose, mis des bougies partout et elle avait attendu en buvant une coupe de champagne.

Quand son amant avait passé la porte, elle s'était jetée dans ses bras, l'avait entraîné dans sa chambre, ils avaient fait l'amour sur un lit de roses (je ne cesse de m'émerveiller de la capacité des hommes à faire l'amour même quand l'environnement inspirerait à n'importe quelle femme le danger et la fuite), elle avait sorti les alliances, la lui avait enfilée sans lui demander son avis et il l'avait docilement suivie dans le salon. Elle avait servi le champagne et le caviar (il n'avait pu s'empêcher de remarquer que la vodka eût été plus appropriée) et ils avaient trinqué à eux. Il avait jeté des regards interrogatifs autour de lui, remarquant que la dernière cliente arborait un sourire de gosse qui a fait une bêtise et de femme bafouée qui garde péniblement sa dignité ; repéré le foie gras, le saumon de qualité, les bouteilles de champagne rosé dans un immense seau bleu en plastique qui détonait dans le décor. Il était pourtant passé à table en racontant sa journée de directeur d'une agence d'assurances (ses assistantes étaient toutes connes, ses employés tous incapables et ses supérieurs incohérents – et encore il ne pouvait pas mentionner sa femme).

La dernière cliente goûta de tout, but plus que d'habitude, garda son sourire vissé sur ses lèvres, puis quand il eut fini de manger, elle se leva, sortit du frigo un superbe fraisier sur lequel elle avait pris soin de placer un couple de mariés en plastique qui se regardaient en se jurant tout ce qu'aucun homme ne lui avait jamais promis à elle. Elle l'embrassa à pleine bouche avant de disparaître dans la chambre. Il se détendit un peu plus et se félicita certainement d'être un tel séducteur. Oh ! bien sûr, il trouvait étrange cette robe de mariée et son alliance était trop serrée, il n'arrivait plus à la retirer ; mais il se dit qu'elle était une femme, un peu fantasque certes, mais que les femmes et le mariage, c'était un truc mystérieux. Il en était là de ses réflexions, quand elle revint et pointa sur lui le canon d'un fusil de chasse. Il n'eut même pas le réflexe de se protéger, il la regarda comme il aurait regardé sa mère : « Pardon, j'ai pas fait exprès. » Il n'eut pas le temps de dire quoi que ce soit, elle tira trois fois. Puis, elle appela la police. Ils la trouvèrent assise à table, dans sa robe de mariée luxueuse, le fraisier constellé de traces de sang. Elle n'y avait pas touché. Elle n'aimait pas les fraisiers.

L'amant marié était mort. Elle n'ouvrit plus jamais la bouche. Durant l'enquête, les policiers avaient relevé les coordonnées de ma mère qui revenaient souvent et ils étaient là pour en savoir plus. Ma mère leur dit la vérité (moins la mort violente) : elle lisait dans le marc de café et elle avait annoncé, à la dernière cliente, les mensonges de son amant. Les deux flics échangeaient des regards moqueurs mais ils prirent la déposition. La dernière cliente était bonne pour la perpétuité. Ma mère était prête à leur proposer une séance de marc de café, quand on sonna à la porte plusieurs fois d'affilée.

*

Au même moment, le tout petit frère traversait l'avenue Ledru-Rollin. Il venait de quitter Maziar qui retournait à la salle d'entraînement. Il n'aimait pas laisser le tout petit frère et attendait de le voir disparaître avant de reprendre son chemin. Maziar vit le tout petit frère s'arrêter aux clous avant de traverser. Il n'y avait pas de feux à ce passage piéton très peu fréquenté. Mais le tout petit frère ne faisait pas confiance à l'habitude. Il s'arrêta et regarda à droite et à gauche. Une Renault 19 approchait mais, même en y allant doucement, il avait largement le temps de traverser. Maziar le regardait s'avancer quand la Renault grise accéléra, et avant que Maziar ait pu esquisser un seul geste, le tout petit frère fut frontalement percuté par la voiture qui ne s'arrêta pas. Maziar poussa un hurlement tel que les habitants de l'avenue Ledru-Rollin (du passage Dallery jusqu'au passage Bullourde) se souvinrent longtemps après de ce qu'ils faisaient, quand ce gémissement animal avait surgi. Une voisine ayant assisté à l'accident se précipita pour annoncer la tragique nouvelle à ma mère. Les flics l'accompagnèrent jusqu'au tout petit frère qui avait perdu connaissance. Maziar était menotté, entouré par deux flics moins costauds que lui. Il avait défoncé la première voiture qui lui était tombée sous la main à coups de poing. La Renault grise qui avait percuté le tout petit frère ne fut jamais retrouvée.

25.

Omid vint me tenir compagnie à la maison, tandis que mes parents étaient à l'hôpital, et les tantes aux abonnés absents. Le tout petit frère n'avait rien de cassé mais les médecins craignaient une hémorragie interne. Je tournais en rond dans le salon sous le regard désabusé d'Omid qui m'avoua qu'il commençait à croire au mauvais œil et aux malédictions depuis qu'il fréquentait ma famille. Tous ces malheurs qui s'abattaient sur nous semaient le doute dans son esprit. J'hésitais : devais-je dire la vérité sur le tout petit frère ? Avouer qu'il empoisonnait tout le monde et qu'il n'y avait rien d'énigmatique à ce qu'une voiture fantôme l'ait percuté dans le but délibéré de le tuer ? Mais je craignais de perdre Omid. Ce n'était pas de la lâcheté ni de la peur. Je pense que mon père, Hannah et moi, nous nous arrangions de la folie du tout petit frère qui ne faisait du mal qu'aux méchants. Jamais il ne s'en prenait aux ratés ou aux faibles. Et nous ne voulions pas l'éloigner de ma mère. Nous considérions tous qu'elle n'avait pas eu de chance avec son premier enfant (moi) qui ne lui ressemblait pas et ne la comprenait pas. Le tout petit frère l'avait rendue souriante à défaut de la rendre tout à fait heureuse et elle ne cessait de s'émerveiller d'avoir mis au monde un surdoué, un gamin tout fragile, tout faible, tout menu qui attirait l'attention sur elle. Je ne révélai rien à Omid car je voulais aborder d'autres sujets que celui de ma famille, et par conséquent d'autres sujets que Tala qui était toujours un peu là quand nous étions tous les deux. Et comme je ne pouvais rien dire d'autre, comme l'inquiétude de voir ma mère revenir sans l'unique fierté de sa vie me terrifiait, il proposa de regarder *Zorba*. Lui aussi connaissait nos films familiaux, il les avait vus avec Tala et il eut soudain envie d'un grain de folie, d'un solide Grec qui, malgré le malheur, se dressait dans un rire énorme.

Le film nous divertit un temps, nous projetant l'un et l'autre dans la peau de Zorba. Mais quand le générique de fin se mit à défiler sur l'écran, nous fûmes rappelés à nos réalités d'écrivain raté, qui n'ose rien et agit toujours à rebours. Omid décida de résister à la morosité en proposant *Le Guépard*. (Nous étions gênés aussi, et mettions des films entre nous pour ne pas remarquer que nous étions seuls.) Nous restâmes tous les deux figés devant la séquence où la famille au grand complet descend des fiacres luxueux pour prendre ses quartiers d'été. Le maire du village et les enfants endimanchés, la fanfare et les domestiques les attendent et ils défilent en une longue file indienne, les visages, les cheveux et les vêtements blanchis par la poussière de la route, effacés déjà, ils sont devenus des fantômes dans un monde qui n'existe plus pour eux. Nous pensions tous les deux à ma famille, à la révolution et à l'exil. Et peut-être que nous étions nous aussi des fantômes, des inadaptés, des trop tard. C'était triste, même si c'était beau, cette famille dans un monde qui se délite et ce vieil homme qui se rend compte qu'il ne tombera plus jamais amoureux.

Ensuite, Omid eut envie de regarder *Z*. Cela faisait longtemps que je n'avais pas revu ce film qui m'avait appris ce qu'est la tyrannie, et m'avait presque convaincue de militer. Nous ne pûmes retenir nos larmes devant la liste des interdits qui clôturait le film. Nous aussi, nous détestions les-putains-d'enculés-de-fascistes, les militaires, les fanatiques de l'ordre, les assassins de la liberté. Mais nous savions que ce n'était pas avec l'arme de l'idéal que nous pouvions les combattre : eux-mêmes étaient gavés à la gueule d'idéal. Et c'était pour ça qu'ils perdaient. Seul l'ambitieux journaliste, le non-idéaliste, celui qui faisait son boulot sans conscience de gauche, pouvait les sauver de la noyade fasciste. Nous, nous voulions combattre les fascistes avec des chansons et des films, des idées et des rires. Et comme nous pensions tous les deux à Tala qui aimait ce film (pour une raison qui nous échappait), nous demeurâmes longtemps silencieux, Omid, sondant son propre cœur pour savoir s'il l'aimait encore, et moi, sondant le sien pour découvrir s'il pouvait m'aimer ne serait-ce qu'un peu.

Je proposai *Lawrence d'Arabie*. Je ne l'avais jamais vu avec lui. C'était comme récupérer un peu de l'insouciance féerique de l'enfance : être assise à côté de l'homme de mes rêves et visionner le film sur lequel je l'avais fantasmé. Je fus déçue. Terriblement. Lawrence d'Arabie était un idéaliste, un naïf, qui entraînait vers la mort et la guerre interminable ceux qu'il pensait sauver. Il s'était trompé mais il l'avait fait avec grâce. Cela ne justifiait pas que je le garde dans le panthéon de mon enfance. Je partageai mon dépit avec Omid, et je m'emportai même : seul Zorba résistait à l'épreuve de la vie et du temps parce qu'il n'avait aucune morale, jamais, qu'il n'était ni fiable, ni juste, ni donneur de leçon et certainement pas un héros. Tous les autres étaient des mensonges, des fausses routes qui finissaient dans des charniers. C'était trop, même pour moi, toute l'enfance qui foutait le camp sans cesse. C'était ça alors, une vie d'adulte ? Enterrer chaque jour un peu de ses rêves innocents, un peu de ses sourires niais, tous ses héros ? J'étais épuisée, et je m'endormis enfin. Il était huit heures du matin. Mes parents rentrèrent avec le tout petit frère qui n'avait d'autre séquelle qu'un immense hématome sur le bras gauche. Ils nous découvrirent endormis dans les bras l'un de l'autre, moi souriante et rêveuse, lui, les sourcils froncés, comme s'il se demandait si sa présence en ces lieux était vraiment une bonne idée.

*

Ma mère jeta la cafetière turque, les tasses, les tissus indiens, la table ronde, ses jupes longues et ses colliers de pacotille avec lesquels elle se déguisait pour ressembler à une voyante. Elle ne lut plus jamais dans le marc de café. Pour elle, l'accident du tout petit frère était le signe qu'elle n'aurait jamais dû faire de l'argent avec son don. En Iran, elle n'avait jamais fait payer ses prédictions. Sa tante, laide mais charmante, le lui avait répété assez souvent : on ne monnaye pas son don. On l'offre. Ma mère pensait que les règles n'étaient plus les mêmes dans l'exil. Et puis nous avions besoin de manger, de vivre. Mais l'accident du tout petit frère prouvait le contraire. Mon père sans travail, ma mère sans travail, nous nous sommes soudain sentis fébriles, inquiets. Omid m'avoua qu'il n'avait eu qu'une envie ce matin-là : me prendre par la main, planter tout le monde et fuir.

Il aurait dû le faire, j'aurais dû le devancer, il fallait se barrer. Au lieu de quoi, j'ai fui en faisant mon premier nid chez Numéro 1. Je me lovais dans une famille qui affichait tous les signes extérieurs du bonheur, je me nourrissais de leur passé familial, je posais des questions tellement intimes qu'ils n'avaient d'autre choix que qu'y répondre, j'interrogeais les tantes, les oncles, les cousins dans des conversations visiblement anodines. Et ils parlaient, racontaient, réécrivaient. C'était fascinant. Depuis la Seconde Guerre mondiale, ils étaient globalement heureux, ils réussissaient tous ce qu'ils entreprenaient et ce qui leur manquait de pouvoir, ils l'avaient arraché avec Mai 68. Depuis, ils étaient en place. Ils étaient flattés de ma curiosité et ne me posaient jamais de question en retour. J'étais une réfugiée politique iranienne, c'était assez percutant pour faire taire les questions. Elles étaient trop nombreuses, il leur suffisait de savoir par Numéro 1 que ma famille était bourgeoise, intellectuelle (Seigneur ! les métèques devraient davantage se rappeler que les Français sont prêts à prendre n'importe lequel d'entre nous pour un génie, pour peu qu'on fasse l'effort de citer Hugo), et politiquement très active et très à gauche (ils se tortillaient de contentement, ils visualisaient très bien, les Brigades rouges, Action directe, ils avaient des amis dans le tas). C'était suffisant, j'étais leur Iranienne prise dans tous les filets possibles du préjugé, comme vingt ans auparavant ils avaient adoré leur Chilien. Encore quelques années, et chacun s'enticherait de son musulman. Jusque dans ses surprises, l'Histoire est terriblement terne. Et alors ? dirait Hannah. Bref, je respirais plusieurs fois par semaine dans la famille de Numéro 1 où me revenait en mémoire ma première vision des Français, celle qui me consolait : *Les Valseuses*. Décidément, « tous à poil et en voiture » correspondait très bien à la famille de Numéro 1. Il n'y avait pas une anecdote, une promotion, un séjour à la montagne, un week-end à la mer, la visite d'une expo, la sortie d'un cinéma, il n'y avait rien qui fût sans désir, sans sexe, sans rencontre, sans regard. Et c'était merveilleusement apaisant. S'il fallait définir Paris, je dirais : cette atmosphère sensuelle, cette séduction permanente, cette oppression charnelle. Tout le monde cherche tout le temps un corps à désirer, un visage à raconter, un regard à suivre. J'aimais l'idée que chaque sortie puisse se conclure dans un lit inconnu. L'aventure se vit au quotidien. Il y avait des drames, beaucoup de drames, dans la famille de Numéro 1, mais ils étaient mignons comme des chatons face à ce que je vivais. Je me planquais dans des histoires de fesses et de carrière, de cancans de luxe (ils ne concernaient que des types qui passaient à la télévision), dans leurs envolées politiques lyriques et leurs débats visant à prouver qui était le plus authentiquement à gauche (donc dans le vrai), et à démontrer qu'Arafat avait eu raison de signer (ce débat-là fut interminable, un calvaire). Pendant quelques heures, j'oubliais la folie authentique, le drame surjoué qui m'attendait rue de la Roquette.

Pendant ce temps-là, le tout petit frère se surpassait avec sa boîte de chimie et ses plantes, découvrant de nouveaux mélanges d'une efficacité remarquable dans l'attente de retrouver le conducteur de la Renault grise. Il flottait à quelques centimètres du sol, une auréole lui avait poussé au-dessus de la tête, persuadé d'être un ange vengeur.

À court terme, nous avons chacun fui à notre manière. Nous étions incapables de claquer la porte à cette famille de merde, touchée par la maladie du chuchotement : elle était tout ce qui nous restait dans l'exil.

26.

Depuis dix ans, depuis l'exil, une à deux fois par semaine, ma mère sortait, seule ou avec Mitra, et elles se rendaient dans les grands magasins. Je ne comprenais pas l'obstination de ma mère à fréquenter un lieu où elle ne pouvait rien s'offrir. Chaque fois, elle revenait avec un petit quelque chose et affirmait que c'était un cadeau de Mitra. Cela me surprenait mais j'y décelais une tactique à la Mitra : maintenir l'amour de ma mère à flot en lui offrant là un pull, là une robe, là une assiette, là une théière tout en continuant de l'humilier.

Nous avons toujours été bien habillés, ma mère mettait un point d'honneur à ne pas paraître pauvre. Elle m'offrait mes vêtements, s'adaptant en grognant au noir et blanc. Je n'achetais rien. Ma mère avait bon goût, et elle savait déterminer, à l'œil, la bonne coupe pour chacun de ses deux enfants. Jamais elle ne m'offrit un pantalon mal ajusté ou un pull trop petit. La première fois que j'achetai des vêtements, ce fut un désastre : je ne trouvais rien qui m'allait, j'avais vingt-six ans et je n'étais jamais entrée seule dans une boutique. Aussi pathétique que comique, je dus faire appel à ma mère et c'est elle qui continua donc de m'habiller, même si elle n'aimait pas mes goûts, et m'infligeait une moue indignée et désapprobatrice (cela dit, elle ne supportait pas plus de me voir nue, c'était trop de distance entre nous ce corps inédit dans la famille) : j'aurais pu être si jolie ! Mais elle m'offrait ce que j'aimais – son sens du sacrifice est inégalable. Il n'y avait que mon père pour refuser les vêtements que ma mère lui offrait. Il les achetait lui-même. Ses vestes étaient toujours trop larges et mal coupées, ses pantalons ne lui allaient pas, ses manteaux étaient élimés, ses chemises jaunies, ses chaussures trouées, l'ensemble trahissait le manque de moyens. Il était le seul dans la famille à porter le vrai costume de l'exil. Nous, nous trichions tous (la dégaine de mon père nourrissait aussi le mépris de mes tantes, non seulement il leur faisait honte mais il leur renvoyait leur mensonge au visage).

Quand Mitra organisait tous les deux mois un déjeuner de famille, elle désignait systématiquement un habit, un bibelot, la chemise que portait le Chinois, la veste de Zizi, un vase, et disait : « C'est un cadeau de Niloo. » Je manquais à chaque fois d'avaler de travers, ne comprenant pas où ma mère pouvait trouver l'argent nécessaire pour faire des cadeaux si onéreux. Je cherchais, comme toujours, le regard de mon père et, comme toujours, il évitait le mien.

J'y pensais un moment et puis j'oubliais jusqu'à la fois suivante. Mais je ne trouvais aucun indice, aucune réponse à glaner dans le comportement des uns et des autres, tout était apparemment normal : ma mère faisait des cadeaux que nous n'avions pas les moyens d'offrir, nous possédions des nappes, de la vaisselle en porcelaine et des verres en cristal de Bohême mais nous parvenions difficilement à boucler les fins de mois. Je voyais bien que quelque chose n'allait pas. Mais je ne m'en inquiétais pas outre mesure.

Le principal problème de la solitude, c'est le temps perdu à vouloir dénouer la pelote de laine dans laquelle vous vous débattez, mais vous n'avez aucun recul ni même l'envie d'en avoir, parce que vous ne pouvez pas affronter la vérité seule. Il faut du temps, pour se dessiller. De là l'importance d'un confident, sorte de troisième œil. Je n'avais pas de confident. Je pouvais en parler avec Omid, mais je sentais que ce serait une couche supplémentaire sur la montagne de merde où je me trouvais… Or je voulais lui plaire.

*

Un après-midi, je surpris une conversation entre Tala et ma mère. La première désignait à sa sœur aînée le catalogue d'un magasin, et la robe qu'elle rêvait de s'offrir sans pouvoir se le permettre (elle mentait : elle piochait dans l'argent volé par Mitra sans culpabilité). Il était aussi question d'un entretien pour un boulot hyper-important. Ma mère garda le catalogue. Trois semaines plus tard, je vis Tala dans la robe qu'elle convoitait. Quand je la complimentai sur sa robe, elle m'avoua que c'était un cadeau de ma mère. Ce détail me mit la puce à l'oreille.

Je quittai précipitamment Tala et sa robe au prix indécent (et beaucoup trop ajustée pour un corps qui épaississait à vue d'œil), hésitant un court moment devant l'immeuble de Mitra. J'allais chercher la clef du mystère auprès d'Hannah. Elle n'était pas là. Je m'installai dans un café où elle avait ses habitudes et où j'étais certaine de la trouver. Elle arriva avec une canne et mon père.

— Comment maman peut-elle offrir des robes au prix de notre loyer à Tala ?

J'avais préparé une introduction mais j'ai toujours fui les scènes d'exposition.

— Quelle robe ?

Mon père cherchait à gagner du temps.

— On s'en fout. La robe de Tala, les lampes art déco de Mitra, l'écharpe en cachemire du Chinois… mais, enfin ! Comment elle fait ?

— Elle vole. Ta mère est une magicienne.

Hannah était essoufflée quand elle me répondit et que tout s'éclaira. Elle me désigna sa canne, magnifique, surmontée d'un pommeau en bois sculpté, figurant un cerf.

— Mais depuis quand ? Pourquoi ? Comment elle fait ? Et pourquoi ? Et toi tu étais au courant ? Mais enfin, c'est… est-ce qu'elle s'est déjà fait prendre ? Merde, merde, merde… Putain, papa !

J'ai hurlé. Tout le café se retourna mais mon père ne bougea pas d'un cil.

Il gardait un silence coupable : il n'avait jamais rien pu faire pour l'en empêcher, ni son amour, ni ses arguments, ni ses menaces, rien n'avait pu convaincre ma mère de cesser de voler pour ses sœurs. La seule chose qu'il pouvait faire, c'était refuser de jouer le jeu en refusant ses cadeaux. Elle était télécommandée par ses sœurs, lui ne faisait que les subir, et alors que tous les matins la boîte aux lettres demeurait vide de l'argent promis, ma mère continuait de leur être soumise.

Ce fut Hannah, la voix cassée, épuisée, qui me raconta ce que mon père lui avait appris. Ma mère était une magicienne, je le savais déjà : elle savait tout faire avec ses mains, la couture, la cuisine, le bricolage et le vol à l'étalage. Avant que grand-père Mahmoud ne fasse fortune, ma mère à peine âgée de six ans volait déjà de la viande, des fruits, du riz pour ses sœurs. La Laide ne se nourrissait pas, elle trouvait ça indécent de manger à sa faim, et pendant ce temps, ses enfants crevaient la dalle. Ma mère découvrit alors qu'elle pouvait chaparder sans se faire prendre. La magicienne avait ainsi nourri en douce ses sœurs et son frère. Après, pendant la révolution, mon oncle l'envoyait à des réunions de groupes rivaux et elle volait des documents internes, des carnets d'adresses, des enregistrements des réunions. Et dans l'exil, pour maintenir un semblant de vernis bourgeois, elle dérobait des vêtements, de la vaisselle et des tapis pour ses sœurs et pour ses enfants, mais jamais pour elle (elle récupérait les vêtements que ses sœurs ne mettaient plus). Depuis toujours les sœurs passaient commande. Elles se plaignaient de manquer de moyens, désignaient le manteau, la théière, le parfum, le jouet qu'elles convoitaient et ma mère partait à la chasse. Le tout petit frère n'était pas au courant. Il ne fallait surtout pas qu'il l'apprenne. Il risquait de ravager ceux qui restaient debout dans la famille.

*

J'avais remarqué que ma mère était la seule à descendre à la cave. Ce jour-là, en quittant Hannah et mon père, je pris la clef et je m'y rendis pour la première fois. Je découvris un espace parfaitement rangé. Sur les étagères couvrant les trois murs, des vases, des assiettes, des fourchettes, des coupe-papier, des lampes, des ustensiles de cuisine, des bijoux, des beaux livres, des rideaux, des tapis de bain, des peignoirs, des cendriers, des cadres. Tout était emballé, classé, rangé. Quand je soulevai les couvercles des trois grands paniers en osier posés au sol, ils étaient remplis à ras bord d'étiquettes. Ma mère avait daté tout ce qu'elle avait volé pour ses sœurs et ses enfants. Je plongeai la main dedans, j'attrapai un grand nombre d'étiquettes et je les fis retomber. Mécaniquement, je recommençai en me demandant pourquoi ma mère gardait ainsi les preuves de ses maraudages, loin d'imaginer qu'elle y faisait exactement la même chose que moi. Elle descendait à la cave, s'asseyait et plongeait sa main dans l'océan d'étiquettes.

Comment ma mère, cette femme menue, souriante et hurlante, crevant d'amour, inquiète et enfantine, parvenait-elle à surmonter sa timidité, pour rouler un tapis qui faisait trois fois sa taille et deux fois son poids, et le transporter sur ses épaules comme si de rien n'était ? La sécurité lui ouvrait même la porte. Je l'imaginai courir les grands magasins pour répondre aux injonctions de ses sœurs et devinai sa peur, les tremblements de ses mains dans le métro quand elle tenait serrés contre son cœur les larcins du jour. Depuis l'âge de six ans, elle courait les rues, les épiceries, les étals à la sauvette, les boutiques de fringues, de décoration, elle courait à en perdre le souffle, elle courait, courait pour nourrir, habiller, décorer ses sœurs. Elle courait pour l'indispensable comme pour l'artificiel, à condition qu'elle coure pour elles. J'étais nauséeuse depuis qu'Hannah m'avait appris la vérité, mais me retenais de secouer ma mère et de lui demander « pourquoi ?? », car elle était incapable de voler pour elle-même. La force de surpasser sa crainte, d'affronter le monde extérieur en risquant l'humiliation publique (rien ne pouvait être pire pour elle que d'entacher sa réputation) lui venait de cet amour impossible qu'elle nourrissait pour ses sœurs monstrueuses, égoïstes, malsaines, lâches. Jamais elle n'eût trouvé le courage de voler un bout de pain pour se nourrir, mais elle était capable de vider une boulangerie pour arracher un geste tendre à ses sœurs. Je regardais ma mère et elle m'inspirait un respect teinté d'appréhension : et si elle se faisait prendre ? Elle n'y survivrait pas, elle devrait l'expliquer au tout petit frère, elle devrait s'asseoir à table avec ses enfants et subir leur regard comme le mien quand je la suivais des yeux dans l'appartement, rangeant là, découpant des herbes ici, lançant une énième machine, cousant, bricolant, toujours en mouvement, incapable de se poser pour se reposer. Elle ne pouvait pas se laisser aller à penser à elle. Trop de monstres attendaient de lui sauter à la gorge dans la longue conversation qu'elle refusait obstinément de tenir avec elle-même.

Ma mère, cette magicienne qui ne connaissait pas la puissance de son amour, ma mère qui ne savait pas ce qu'elle eût pu devenir, si toute cette énergie en elle avait été mise ailleurs que dans cet amour indéfectible qu'elle réservait à ses sœurs, ma mère qui n'avait jamais voulu entrevoir ce qu'une vie pour soi aurait pu signifier, ma mère m'arrachait des larmes de colère.

Je plongeais ma main dans les étiquettes, et le mouvement régulier des papiers qui retombaient invariablement, le silence étouffant de la cave où le minuteur ne cessait de marteler les secondes, le tremblement qui me parcourait en imaginant la force que ma mère déployait pour se faire aimer, tout ça me submergea, et j'eus soudain envie de réécrire son histoire. L'autre histoire. Celle qu'elle aurait pu être *si*. *Si* elle avait eu le courage de créer au grand jour, *si* elle avait eu le courage de poursuivre ses études de médecine, *si* elle avait eu le courage de reprendre des études, *si* elle s'était un peu, rien qu'un peu plus aimée. Elle possédait l'imagination et l'endurance, la créativité et la folie, l'amour et la compassion. Elle m'apparaissait comme un immense gâchis, une conséquence du manque misérable d'attention, une esclave de son sexe de femme et de ses yeux bridés. Et pourtant. Combien de fois avait-elle eu conscience de ce qu'elle aurait pu être ? Combien d'univers a-t-elle eu conscience de laisser derrière elle, en embuscade, venant lui rappeler, dans le sein du désespoir ou pire, dans ces instants furtifs où elle constatait son talent, devant la finition d'un secrétaire, la beauté d'une robe, l'harmonie d'une étagère patiemment restaurée, combien de fois a-t-elle eu conscience de ce qu'elle aurait pu être ? Ma mère et ces mille chemins qu'elle n'avait pas empruntés m'apparurent soudain comme la conséquence d'une culture trois fois millénaire où le destin, le janam, le déterminisme, le mektoub, le karma – appelez cela au goût de vos prières – avait une part trop grande, ma mère n'était que le produit d'une culture qui brise les femmes, davantage que les hommes, en les enchaînant à tant d'interdits, tant de malédictions, tant de réputations, tant de regards qui empêchent, aliènent, qu'elles se prennent à croire au malheur de leur sexe alors qu'elles ne craignent que l'isolement, l'opprobre, et qu'elles ne s'autorisent qu'une seule route, celle du sacrifice. Pourtant, elle n'était pas une victime. Elle n'était pas un jouet. Elle était imbibée de préjugés. Elle aurait pu. *Si.* Elle aurait dû. *Si.* Mais elle possédait tout sauf le désir de s'accomplir elle-même.

27.

La pilule eut du mal à passer après cette nuit de Norouz dans le restaurant à Montparnasse. Mitra avait pourtant cru ne rien laisser au hasard, et choisi scrupuleusement le lieu des festivités : elle savait exactement qui serait là, et qui ne serait pas là, elle en connaissait la lumière tamisée qui lui permettrait de dissimuler la perte de son beau visage ; de plus, ce restaurant offrait un cadre idéal pour s'afficher et prouver que, malgré tous les malheurs qui s'étaient abattus sur leurs glorieuses têtes, ils étaient encore là, vaillants, assis à la meilleure table et arborant leurs beaux bijoux de famille. Mitra était une orgueilleuse vindicative, une obsessionnelle incapable de pardon, la plus digne descendante de la Sombre (jusqu'au règne du tout petit frère).

Mais elle n'avait pas prévu le succès de ma mère, et le rumina donc pendant un certain temps.

Elle commença par l'isoler, ne l'appelant plus, ne répondant plus à ses appels et les sœurs l'imitèrent – sauf Zizi qui avait déjà oublié qu'elle ne devait pas répondre à ma mère quand elle lui téléphonait. Ma mère fit comme elle faisait à chaque fois que Mitra se dérobait, elle cuisina, elle vola pour elle, et déposa le tout, tous les deux ou trois jours, sur le palier de son tourment sans même prendre la peine de sonner (elle n'était pas idiote, elle savait que Mitra l'observait à travers le judas). Mais cette fois, Mitra fit durer la sentence. Une semaine, deux semaines, trois semaines, un mois. Ma mère pleurait. Quand Mitra la croisait, celle-ci faisait comme si elle ne la voyait pas. Tala et Zizi l'ignoraient tout autant (à la décharge de Zizi, elle ne voyait jamais personne, il fallait la toucher et la regarder droit dans les yeux pour lui donner le temps de vous reconnaître).

Au bout de dix jours, le tout petit frère interrompit ses visites. Mitra téléphonait et raccrochait à chaque fois que ma mère répondait. Enfin, le tout petit frère prit le combiné et Mitra réclama ses crèmes et ses pilules. Le tout petit frère dit « non », et raccrocha. Tala se plaignait de l'absence du tout petit frère qui manquait également à Zizi (le tout petit frère lui préparait une potion qui la maintenait éveillée alors que l'opium l'endormait, elle vivait depuis des mois dans un entre-deux délirant qui inquiétait Darius, le premier amant, le futur mari).

Mitra tint bon deux semaines encore, mais la révolte grondait : les sœurs remettaient en cause une de ses décisions, elle commençait à perdre ses cheveux et l'élasticité de sa peau, ses mains tremblaient, ses genoux lui arrachaient des cris.

*

Mitra appela finalement ma mère et lui proposa d'aller faire les magasins. Ma mère se précipita à s'en faire décoller la rate. Mitra fit comme si elle n'avait pas soumis ma mère à une diète radicale. Ma mère fit comme si son cœur ne battait pas à tout rompre en tenant le bras de cette sœur adorée dont elle ne discernait pas l'inhumanité. Elles marchèrent longtemps, ma mère écoutant Mitra, changeant déjà le menu du soir, et se tenant prête à nous affronter mon père et moi. Puis elles entrèrent dans un grand magasin boulevard Haussmann. Mitra fit comme d'habitude : elle désignait ce qu'elle convoitait à ma mère sans cesser de parler, de la dresser contre nous, de l'armer à son service. Ma mère s'exécutait avec une dextérité qui fascinait même Mitra. C'est vrai qu'elle était douée, vrai qu'elle avait été bien utile à Behrouz à Téhéran, vrai qu'elle était capable de tout (chaque fois que je pense à cette scène, j'imagine à combien d'opérations suicide, de risques, à combien d'accidents Mitra destinait ma mère).

Mais alors qu'elles se dirigeaient vers la sortie – non sans avoir pris le temps de boire un chocolat chaud au dernier étage, les poches et le sac et la taille de ma mère remplis de larcins – Mitra fit cette chose impardonnable, quand elles arrivèrent à la hauteur d'un agent de sécurité, elle poussa ma mère de sorte que son sac se renverse, que ses poches se vident, et ma mère se retrouva comme dans son pire cauchemar, debout, les bras levés, le visage défiguré par la peur et les genoux tremblants. Elle dit alors cette chose incroyable : « Elle n'a rien à voir, c'est moi toute seule ! Pardon. » L'agent de sécurité n'avait jamais vu tant de candeur et de vulnérabilité chez un voleur professionnel, et avait encore moins croisé une femme terrorisée capable de dédouaner la personne qui l'accompagnait. Il répondit en souriant « Ce n'est pas grave » et les passants sourirent également à ma mère. Elle regardait Mitra, prête à lui présenter des excuses. Mais Mitra ne pouvait soutenir son regard. L'agent de sécurité ramassa tout ce qui s'était échappé – « malencontreusement » selon ma mère, et elle aurait mérité une claque – et très poliment, il prit le bras de ma mère pour la diriger vers le local où il fallut attendre la police. Il fit un geste à Mitra sans lui accorder la moindre attention.

*

Face à ma mère, la police fut aussi désarmée que l'agent de sécurité. Ils interrogèrent les deux sœurs séparément. Ma mère, dans un heureux réflexe de survie, évita la confession et jura que c'était la première fois, qu'elle n'avait pas les moyens et voulait bêtement faire plaisir à sa sœur, tout en la dédouanant avec élégance (après vérification, ils constatèrent que les vêtements subtilisés étaient de la taille de Mitra, ce qui confirma ses dires). Quant à Mitra, après l'avoir volontairement dénoncée, elle expliqua aux flics, sans une once de culpabilité, sans l'ombre d'un doute, que depuis des mois, elle tentait de convaincre sa sœur d'arrêter, concluant qu'elle était malade et qu'il fallait la soigner dans un institut.

28.

Depuis son arrestation, et en attendant son passage devant un juge, ma mère vivait dans un état de somnolence. On voyait bien, quand elle y repensait, qu'un tremblement la traversait tout entière et ses yeux se creusaient un peu plus. Les sœurs ne l'appelaient plus mais elle ne s'en rendait même pas compte. Omid et Hannah venaient la voir tous les jours à son retour de l'atelier de couture – Soheila, qui lui avait trouvé ce poste, était là, elle aussi, un gâteau à la main et un sourire radieux sur les lèvres. Malgré tout, ma mère refusait de se confier à Soheila, qui n'était pas dupe et n'insistait pas. Dès qu'Hannah ou Omid sonnaient, elle se retirait, sans rancune. Ma mère aimait son travail à l'atelier de couture, elle travaillait bien, elle connaissait toutes les manières de coudre, elle cousait façon nonne du XVIIIe siècle et pour une fois, elle recevait des compliments sincères. Elle nous permit de survivre. Une fois de plus.

Hannah avait trouvé un charmant avocat qui avait assuré à ma mère – à peu près une demi-centaine de fois – que l'enquête lui était très favorable, que l'agent de sécurité comme les policiers (sans compter qu'elle avait tout réglé sans faire d'histoire avant même qu'on le lui ait demandé), tous la dédouanaient de son larcin tant elle les avait bouleversés. Ma mère entendait, remerciait, se torturait. Rien ne parvenait à la consoler. Elle ne pensait pas à la trahison de Mitra, elle revoyait la scène, le regard des passants, le visage du vigile. Elle revoyait cette scène et elle imaginait toutes les occasions où elle aurait pu se faire prendre. Elle imaginait si bien qu'elle donnait l'impression de prendre pour perpète. Elle continuait de faire ce qu'elle faisait tous les jours, elle rangeait, lavait, cuisinait, partait au travail, revenait, recommençait, ne manquait jamais d'éplucher des pommes pour le tout petit frère et de préparer une salade de fruits pour moi, mais elle avançait les épaules chargées de son déshonneur et quand elle croisait nos regards inquiets, ses yeux criaient la déception qu'elle croyait voir en nous. Ma mère devint un déchirement.

Hannah ne saluait plus Mitra ni aucun des membres de la famille de ma mère. Elle lança à Mitra dans l'entrée commune : « Elle est laide » en désignant sa fille. Ce n'était rien, mais cela rendit Mitra furieuse – il n'y a pas de petites victoires. Tala n'avait pas l'intention de se laisser faire, et elle lui fit toute une comédie, insistant sur le fait qu'Hannah ne fréquentait que des voyous, voilà pourquoi elle n'éprouvait aucune honte à fréquenter ma mère. À quoi pensait-elle ? Il ne nous manquait que ça ! Une voleuse ! Une Hedayat devant un juge pour vol, c'était le pire affront jamais infligé à cette famille ! Hannah pouvait jouer les bons samaritains, ma mère était une voleuse ! Hannah fut d'abord sidérée tant Tala semblait convaincue par les mensonges qu'elle proférait, puis admirative du culot avec lequel elle s'y prêtait, enfin, elle éprouva une profonde aversion pour cette femme qui portait une veste en cuir et une écharpe de soie qu'elle avait commandées à ma mère deux mois plus tôt. Elle lui cracha finalement dessus, en plein sur la joue, la glaire débordant légèrement sur les lèvres entrouvertes de consternation de Tala. Puis Hannah passa son chemin, le temps que Tala reprenne ses cris décousus incriminant Israël et l'infamie de ma mère.

Omid, qui répétait sans se lasser les mêmes mots rassurants à l'attention de ma mère, rassembla tous les souvenirs qui lui restaient de Tala, les lettres qu'elle lui avait envoyées, les photos où ils apparaissaient tous les deux, les cadeaux qu'elle lui avait faits, la jupe à fleurs orange, les épingles à cheveux, un fond de shampoing, une paire d'escarpins, un vieux pull difforme qu'elle détestait mais qu'il adorait la voir porter, un nécessaire de maquillage et son bol préféré. Il déposa les deux cartons devant sa porte. Il ne garda d'elle qu'un portait que Zizi avait fait aux débuts de leur rencontre quand il avait été emporté par l'enthousiasme qu'elle mettait dans toute chose, sa liberté de ton, ses rires. Il remarqua soudain que ce n'était plus la même femme. Qu'il l'avait aimée alors qu'elle n'était pas encore finie, qu'il lui restait encore un choix à faire, quand elle n'était que spontanéité bruyante et pas encore gagnée par ses certitudes rances. Et il garda aussi une statuette de mendiante, qu'il n'avait pas détruite, et qui lui rappelait la folie et la lâcheté de Tala. Il en fut soulagé, nous aussi. Il redevenait lui-même, il riait, repérait l'aspect comique de tous les drames que ma mère jouait dans sa tête, redevenait le cynique, le clown triste, le prince du quotidien qu'il était, avant de se perdre à espérer l'amour.

Omid savait et autorisait le tout petit frère à s'en prendre à Tala (il me confia plus tard que le tout petit frère n'attendait que leur séparation pour détruire Tala). Il savait de quoi le tout petit frère était capable avec trois plantes et une boîte de chimie pour enfant. Il l'avait su tout de suite et lui non plus n'avait pas envie de le dénoncer. Il avait le cœur trop tendre.

Tala ne réagit pas quand elle découvrit les cartons, mais déposa en retour le pull difforme sur le palier d'Omid (combien de fois durant trois ans allais-je m'enrouler dans ce pull que j'avais lavé à plusieurs reprises mais qui gardait un peu de l'odeur de Tala ?). Quatre mois plus tard, Tala fut opérée d'urgence de la thyroïde.

29.

Après tous les tourments que ma mère avait endurés, le procès fut une pure formalité. Son casier était vierge, c'était un moment d'égarement, elle s'était tout de suite repentie, n'avait pas cherché à minimiser son geste et l'élégance avec laquelle elle protégea sa sœur lui attira la sympathie du juge qui n'avait pas besoin de tant d'arguments. En la découvrant, apeurée, la voix tremblante, les mains nouées, les épaules basses, il n'imagina pas un instant de quoi cette femme était capable. Ma mère sortit blanchie et vacillante du tribunal, demandant plusieurs fois d'affilée à mon père s'il était certain qu'elle n'irait pas en prison. Mitra, outrée d'une remarque du juge sur son manque de délicatesse au moment de l'arrestation, décréta le juge raciste et Tala pérora contre le fascisme qui pourrissait jusqu'à la justice quand il s'agissait de musulmans. Je n'avais jamais entendu quelqu'un de ma famille se désigner comme musulman. J'en fis la remarque à Tala, insistant sur le fait que maman était aussi née dans une famille vaguement musulmane. Tala me répondit : « Non, elle est mongole », reprenant le préjugé de la Sombre et de grand-père Mahmoud, condamnant ma mère au métissage honteux de son sang, oubliant qu'elle, Tala, était le portrait craché de la Mongole. Le Chinois en fauteuil roulant (un bandeau de pirate sur l'œil qu'il venait de perdre suite à une infection qui lui avait valu des larmes de sang, il attendait son œil de verre) hochait la tête avec conviction devant ma mère, redevenue la honte familiale.

*

Après le procès, ma mère ne mentionna jamais ce qui s'était passé dans les grands magasins sur le boulevard Haussmann le jour de sa grande déchéance. Mais elle se détacha de ses sœurs. Un peu. Suffisamment, pour la libérer beaucoup. Trop tard au goût de mon père, mais il put converser avec sa femme sans être interrompu par ses belles-sœurs. Elle avait encore les Irani près d'elle, et puis elle apprit à aimer d'autres gens qui n'étaient ni ses sœurs ni iraniens et si elles lui manquaient toujours, elle apprit à vivre sans elles. Elle se remit à sourire et ses cris se firent plus rares. Le tout petit frère poursuivit ses tournées et la maladie continua de tenir la première place dans la famille.

30.

Au milieu de toutes ces éruptions cutanées, des migraines inguérissables, des allergies devenues des cancers malins, des yeux aveuglés du jour au lendemain, personne ne remarqua qu'Hannah maigrissait à vue d'œil et qu'elle ne sortait plus qu'avec la canne offerte par ma mère. Discrète Hannah qui ne se confia qu'à mon père : elle avait un cancer déjà trop avancé pour être soigné. Elle se dirigeait vers la mort sans perdre son mordant, sa bienveillance, son humanité. Mon père la persuada de le laisser faire les courses, de l'accompagner dans les musées qu'elle voulait voir une dernière fois, de louer les films qu'elles avait aimés, de lui faire la lecture des poèmes qui l'avaient aidée à surmonter ses peurs quand elle était jeune. Il partit même un long week-end avec elle pour voir la mer, et tout le monde chuchota qu'il y avait « quelque chose entre eux », ce qui était à la fois vrai et faux. Mais les membres diminués et malades de ma famille ne pouvaient imaginer qu'un homme (non communiste, ce qui était une circonstance aggravante) et une femme (juive, également circonstance aggravante) puissent être ensemble sans intérêt sexuel (ils ne pensaient pas amour, ils ne savaient pas ce que cela voulait dire).

La famille très éloignée d'Hannah qui ne venait jamais la voir, qui ne l'appelait jamais, rappliqua à sa mort pour réclamer sa part d'héritage et avec l'aide d'un détective, ils montrèrent mon père du doigt l'accusant d'avoir profité d'une femme diminuée pour changer les termes du testament. Hannah nous avait tout légué. Mon père refusa tout legs, se contentant de ses recueils préférés de poésie – même pour eux, il dut se battre, la lointaine descendance ayant remarqué deux ou trois recueils de valeur.

*

Hannah et mon père passèrent trois mois et six jours à voyager dans la tête d'Hannah, sur les traces de ce qu'elle avait aimé, de ce qui l'avait changée, de ce qui l'avait aidée à tenir face à cette chienne de vie. Mais quand Hannah n'eut plus la force de se promener ou courir sur la plage ou prendre le soleil sur les quais, tout le monde dut admettre l'inéluctable : elle mourait. Tala prit peur, Mitra décréta la quarantaine. À partir de ce jour, les nombreux visiteurs d'Hannah croisèrent Tala, moulée dans une robe de grande marque, talons hauts et maquillage minutieux, des gants en latex roses couvrant ses mains et ses avant-bras et un seau de javel à ses pieds, désinfectant l'entrée de l'immeuble, l'ascenseur, les poignées de porte. Ma mère tenta bien d'expliquer qu'un cancer n'était pas contagieux, mais Tala javellisait la mort. Ma mère réalisa que la disparition d'Hannah, qu'elle pensait être la maîtresse de son mari, allait créer un grand vide. Alors chaque jour, elle cuisina un des plats qu'elle aimait, et ceux qu'elle ne savait pas faire, elle apprit à les concocter pour elle. Tala tenta bien de l'empêcher d'entrer chez Hannah, ses mains gantées de latex rose lui tenant fermement le bras, lui répétant qu'elle ne lui devait rien, mais ma mère qui comprenait toujours trop tard, savait que la mort ne se fuyait pas. Elle y retourna et peut-être qu'elle eut honte quand elle vit Tala en Chanel javellisant à tout-va, alors que des tas de gens qu'Hannah avait aidés, aimés, soutenus, défilaient sous le regard réprobateur de mon ex-tante préférée. Car Tala avait aussi remarqué que toute cette foule n'était pas nette : que des mal-nés, des battus de la vie, des toxicos, des putes, des perdants. Quand elle n'était pas dans l'ascenseur, Tala était collée au judas de la porte et à chaque nouvel arrivant, elle appelait ma mère pour lui dire qu'il ne fallait pas qu'elle vienne, qu'il n'y avait qu'un peuple de voyous, de dangereux drogués, des homosexuels, sans compter que tout ça était probablement juif. Ma mère murmurait ses arguments, défendait ceux qui n'avaient pas les moyens de le faire. Tala décréta que ma mère excusait les voyous et faisait semblant d'être triste, par ma faute. Pour se rapprocher de sa fille qui disait n'importe quoi, qu'on voyait partir en short en courant presque tous les matins, et qui s'habillait chez les hommes.

*

Alors que ma mère frappait à la porte de Mitra, cette dernière ne lui ouvrait pas sa porte. Elle ne voulait pas du voisinage de la mort, elle ne voulait pas consoler les larmes de ma mère qui ne pleurait pas sur elle, mais sur l'agonie d'une juive, et Mitra ne voulait pas consoler qui que ce soit de la mort d'une juive. Ma mère rentra à la maison et le tout petit frère l'installa dans son Eden, lui servit un thé, lui chercha des gâteaux et lui tint la main alors qu'elle pleurait. Elle pleurait non seulement sur Hannah, mais aussi sur sa mère qui ne l'avait jamais aimée, sur Mitra qui n'ouvrait plus sa porte, sur son mari qui découchait tous les soirs, sur ses sœurs qui ne l'appelaient plus que pour lui faire des reproches, sur sa fille qui ne lui ressemblait pas.

Le tout petit frère prit sa sacoche et se rendit dans l'immeuble de Mitra. Il frappa d'abord chez Hannah et lui fournit sa dose habituelle d'antidouleur et elle le remercia, non sans trembler, car elle savait ce dont le tout petit frère était capable. Si la douleur devenait trop forte, elle lui demanderait de l'achever. Puis il se rendit chez Mitra à qui il remit ses pilules sur mesure qui la clouèrent au lit le temps de l'agonie d'Hannah, il monta ensuite chez Tala à qui il n'avait encore rien fait. Elle était la plus jeune, elle était celle dont notre mère s'était occupée depuis toujours, le tout petit frère s'interdisait donc de lui faire subir une quelconque maladie, il l'avait préservée jusqu'à ce qu'elle tourne le dos à notre mère, jusqu'à ce qu'Omid autorise sa destruction, jusqu'à ce que notre mère s'en plaigne pour la première fois. Tala l'attendait tous les jours, aux heures des repas, dans l'entrée de l'immeuble et lui sautait à la gorge pour l'humilier et la diminuer. Le tout petit frère devait la neutraliser. Tala fut victime d'une diarrhée si puissante qu'elle en devint légendaire. Elle incrimina les microbes des visiteurs d'Hannah et remercia plusieurs fois le ciel de sa mort prochaine, qui lui éviterait de croiser toutes ces bactéries hautement contagieuses dans les parties communes.

Zizi fut appelée à la rescousse et elle s'avéra incapable de faire le garde-malade, entre ses crises d'inspiration et sa prise quotidienne d'opium – elle s'installa chez Mitra et rendit chèvres ses sœurs avec sa conversation décousue.

Notre mère put dès lors se rendre deux fois par jour chez Hannah, sans être importunée par Tala.

31.

Je vis Hannah le matin du jour où elle s'éteignit. Je n'eus pas assez de force pour lui tenir la main jusqu'au bout. Elle me dit, sans pathos, sans mélancolie – et ce fut plus dur encore – qu'elle aurait voulu m'avoir comme fille. Je m'en étais bien sortie malgré tout, malgré les tantes et le reste, mes silences étaient ma force, mon sens de l'observation, l'assurance de ne pas me faire piéger, mon physique sans identité, ma chance, l'écriture, ma voie. Elle se rappela mon enfance, l'an I de l'exil, mon désir de parler le français pour ne plus avoir à parler le persan, ma petite main dans la sienne quand nous nous promenions, mes curieuses questions, mes rougeurs d'amoureuse quand Omid passait la porte. Elle me mit en garde contre l'amour que je refusais de donner et que je refusais de recevoir, elle me consola de n'avoir jamais connu la sérénité, elle me promit que je serais libre, à défaut d'être jamais apaisée. Elle me conseilla encore de ne pas m'encombrer d'enfants, de rituels, d'habitudes, d'avancer au rythme de mes pas et de ne jamais perdre de vue l'enfance. Elle eut encore le temps de maudire Mitra, de plaindre ma mère. Je pleurais, incapable de répondre ou de la faire rire, ou de me rappeler que sans elle, nous aurions été encore plus perdus et plus seuls. Elle rit en remarquant que c'était la première fois que je pleurais un mort et elle était heureuse que ce fût elle. Hannah était une grande dame amorale et juste.

Mon père lui tint la main jusqu'à la dernière minute. Ses derniers mots furent : « Et alors ? » Mon père reprit sa légendaire exclamation, perpétuant ainsi sa mémoire. Quand il cessa de parler pour de bon, il lui restait toujours les « Et alors ? » d'Hannah pour la faire vivre encore.

32.

Quoi de mieux que la chair, pour combattre la mort ? Ou est-ce la proximité de la mort, qui nous pousse à chercher de quoi nous rassurer ? De toute évidence, le sexe est ce qu'il y a de plus rassurant face à l'inéluctable. Je retrouvai Omid sur le palier d'Hannah. Je venais vérifier l'état émotionnel de mon père et j'hésitais sur le palier, devant le corps déjà froid d'Hannah. Omid me prit le bras. Nous nous dirigeâmes vers un bar, pour boire en silence et tandis qu'Omid se rappelait toutes les facéties d'Hannah, je me remémorais la signature du contrat chez Mitra et mon père déposant le chandelier à sept branches sur la table.

Puis l'alcool, la tristesse, la complicité aidant, Omid me proposa de continuer à boire chez lui. Ce que nous fîmes en nous remémorant les mille et une piques qu'Hannah adressait au monde. L'aube pointait quand finalement nous n'eûmes plus rien à nous dire. Le jour se levait, quand le silence ouvrit la voie aux corps. Nous étions assis côte à côte et pas une fois nos mains ne s'étaient frôlées, pas une seconde ma jambe n'avait insisté contre la sienne. Mais avec le lever du jour et les oiseaux qui chantaient pour l'accompagner, nous réalisâmes que nous venions de passer une nuit ensemble, sans films entre nous. Et nous restâmes figés, chacun évitant le regard de l'autre. Et j'eus soudain envie de pleurer en réalisant qu'Hannah n'ouvrirait jamais les yeux sur ce jour-là. Peut-être ai-je alors levé la main devant mon visage pour empêcher les larmes de couler, ou gratter le bout de mon nez mais enfin, je fis un geste et Omid tourna son visage vers moi et avant que je n'aie le temps de tenter un sourire ou de dire une de ces phrases qui n'ont rien à voir avec la situation, il prit mon visage entre ses mains, me regarda longtemps (et je sais qu'il cherchait, comme chaque fois qu'il me regardait ainsi, une ressemblance même lointaine avec Tala qu'il ne trouvait pas) puis rassuré, il approcha son visage du mien et m'embrassa. Soudain, la gravité disparut, Hannah était encore en vie, mon père n'avait pas besoin de son carnet pour communiquer, le tout petit frère n'était pas encore né et ne naîtrait jamais, il resterait au chaud dans le ventre de notre mère, Pejman était un gentil garçon un peu timide et très méticuleux, les tantes riaient sans se forcer, ma mère s'offrait une robe juste pour se faire plaisir, le monde se redessinait, tout devenait possible et nous fîmes l'amour sur le canapé puis par terre, cherchant dans le désir de l'autre de quoi panser tous les manques, tout ce contre quoi nous ne pouvions rien habillés.

*

Le premier sentiment amoureux vous poursuit toute votre vie. La première fois, toutes les premières fois, sont comme un décalque qui se pose sur toutes les rencontres, toutes les peaux, toutes les lèvres. Pire, vous le recherchez fiévreusement. L'étrange première fois. L'inconnu, le flou, l'ivresse de ne pas savoir encore et pourtant, tout est là. L'intensité du premier regard contient déjà toute l'histoire à venir. Après Omid, j'ai cherché à retrouver ce regard qui emprisonne, cet échange qui raconte tout, cette promesse qui n'est inscrite que dans le temps des amants. Je n'y suis jamais parvenue. La majorité des hommes n'y parviennent jamais mais s'illusionnent plus facilement.

Je sais que toutes les histoires, même celles de rien, débutent par un regard. Mais je sais aussi comme il est tentant de créer, à partir d'une ridicule appréciation physique, la possibilité d'un absolu. Le vrai regard, le seul qui vaille qu'on s'y accroche, est celui qu'aucune peur de la solitude, qu'aucune volonté de plaire, qu'aucune frustration sexuelle n'ont le temps de broder. C'est celui qui s'impose, vous brûle et transforme l'absence en une présence silencieuse.

Omid fut cette présence silencieuse. C'est lui qui m'enseigna la France, le sentiment amoureux et m'ouvrit la porte du désir. Il était l'anticorps dont ma famille avait besoin pour se défendre contre l'hostilité qui emprisonnait son cœur. Je sus ce qu'était faire l'amour, quand je fis l'amour avec Omid. C'était donc *ça*. *Ça* pour quoi les hommes étaient capables des pires violences, les femmes des pires folies, c'était donc pour ça qu'on trahissait, qu'on mentait, qu'on assassinait, c'était ça qui tourmentait les rois, qui défaisait les règnes, qui transformait les pucelles en guerrières. C'était ça qui permettait de rire quand il était temps de pleurer, et d'oublier, quand il aurait fallu se souvenir.

33.

Trois ans s'écoulèrent trop vite à retrouver Omid dès que possible, c'est-à-dire tous les jours, après le lycée, avant le dîner, après le dîner, le matin avant les cours. Jusqu'alors je n'avais vu son appartement qu'une ou deux fois, il n'y organisait jamais rien et il y avait tellement de livres, de revues, de tableaux, deux guitares, un piano envahi de partitions, un bureau croulant sous des dossiers, qu'il était impossible d'y convier des amis. Il aimait sortir. Chez lui, c'était pour dormir, faire l'amour et étudier, il n'y mangeait jamais – il avait transformé la cuisine en chambre noire pour Tala du temps où elle s'intéressait à la photographie. Depuis, Zizi sonnait régulièrement, à l'improviste, pour développer ses photos qu'elle utilisait ensuite pour des collages qui révélaient le kaléidoscope infernal de son inspiration.

Dès l'instant où nous nous donnions l'un à l'autre, il n'y avait plus de question, ni de doute. Nous nous retrouvions, nous faisions l'amour, et nous reprenions notre conversation, celle qui avait débuté quand j'avais presque neuf ans. Je pouvais dorénavant lui répondre, le contredire, lui apprendre des anecdotes qu'il ne connaissait pas, lui faire découvrir des lieux que j'avais découverts seule. Le temps que nous ne passions pas ensemble nous maintenait dans un état brumeux, où nous nous demandions comment cette histoire pourrait prendre fin. Les conséquences forcément dramatiques, le scandale que Tala ne manquerait pas de faire, le drame de ma mère, tout nous poussait à nous retrouver au plus vite pour n'avoir plus à y penser. Trois ans durant, le corps-à-corps avec Omid fut le seul phare de mon existence. J'ignore comment j'ai pu réussir à achever ma scolarité, comment Numéro 1 me supporta alors que je ne le voyais plus que pour maintenir l'illusion de la normalité, comment personne ne remarqua que je n'avais plus le même visage, plus le même corps, plus la même voix, que je ne relevais plus les provocations de Tala, ou que je ne chancelais plus, quand ma mère me racontait la dernière crise familiale.

J'étais sortie définitivement de l'enfance, dorénavant je savais ce qu'aimer voulait dire. Je passai mes examens facilement, je choisis d'étudier les lettres, Numéro 1 me suivit, je fréquentais davantage mes professeurs que les étudiants, je vivais dans l'attente de retrouver Omid. Lui aussi changeait. Il ne fréquentait plus les Iraniens, ne faisait plus remonter les informations, ne cherchait plus à croiser Tala par hasard et quand Zizi passait développer ses photos, il ne lui posait plus de questions auxquelles elle ne répondait pas. Il aménageait son emploi du temps en fonction du mien, il m'attendait.

Nous devions sentir alors qu'aucun autre homme, qu'aucune autre femme ne saurait être à la hauteur de ce que nous vivions. Car jamais plus personne ne pourrait me créer comme Omid m'avait créée. Depuis dix ans, il m'avait faite à l'image de son idéal. En me transmettant son savoir, en s'imposant comme un modèle, en suivant mes lectures, en influençant mes goûts, en me tenant la main, il m'avait sculptée tandis que je faisais tout pour lui plaire, pour être à la hauteur de son exigence. Nous aimer était aussi facile qu'inévitable. La bulle dans laquelle nous vivions, la fascination que nous exercions l'un sur l'autre – lui si surpris de découvrir la femme sous les traits de la petite fille, moi si fière d'être parvenue à devenir telle qu'il fantasmait Tala si elle s'était laissée aller à s'écouter, au lieu de se bercer des illusions familiales : tout renforçait la puissance de notre passion. C'était comme si, en nous aimant, nous remportions une victoire sur la famille, sur les pense-petit, sur les idéalistes, sur la morale, sur Amir, sur tout ce qui renforçait notre solitude. À deux, nous pouvions.

*

Arriva le jour où Zizi poussa la porte de l'appartement d'Omid, que nous avions oublié de refermer derrière nous. J'étais couchée, nue sur le canapé, il était aussi nu et nous servait un verre de rouge. Personne ne bougea, et la scène dura un certain temps, puisque Zizi serait ensuite capable de la reproduire parfaitement dans ses tableaux. Elle ne pouvait détacher son regard de mon corps de garçon, cherchant les ressemblances entre mes jambes fluettes et celles d'Omid, entre ma poitrine inexistante et le corps androgyne d'Omid, entre l'étroitesse de nos épaules, la minceur ambiguë de nos silhouettes, elle n'avait aucune expression sur le visage qui pût dire la surprise, le dégoût, ou la haine. Elle enregistrait la scène, elle accumulait les preuves contre nous, elle remarquait mon pantalon sous ses pieds, ma culotte sur le dossier du canapé, la chemise d'Omid sous mes cuisses, elle interrogeait notre amour, elle se demandait depuis quand, comment. Elle ne dit rien, nous non plus. Elle recula, elle ne pouvait pas nous tourner le dos, elle recula jusqu'à heurter le mur et elle partit en laissant la porte grand ouverte. Je me levai et je fermai la porte.

— Elle va parler.

Omid disait ça sans s'affoler, il constatait.

— Non, elle ne fera jamais ça. Ce serait trop dramatique. Elle va faire comme tout le monde, elle va le ranger dans la boîte à secrets. Mais tout le monde saura.

— Et Tala ?

— Elle ne fera jamais de mal à Tala, elle l'aime.

— Qu'est-ce qu'elle va faire ?

— Nous pourrir la vie, nous empêcher de nous voir, s'inviter à dîner chez mes parents tous les soirs, venir développer ses photos tous les jours. Il faut changer la serrure. Elle va faire des tableaux. Beaucoup de tableaux. Personne ne saura exactement mais tout le monde le saura. Ce sont des poisons, ses peintures illuminées. Tu finis toujours par les comprendre à un moment où tu es bien, tranquille, relâché et bam ! Toutes ces distorsions, ces couleurs qui ne vont pas ensemble, tout se remet en place. C'est un cauchemar qu'on ne vit qu'éveillé. Je peux pas regarder celles qu'elle a faites après… après l'accident de Tala… c'est…

— Le viol.

— Oui, après le viol, putain t'es dur, tu ne lâches jamais. Merde. Bon, les tableaux de Zizi vont nous pourrir la vie. Et ça va être bizarre, tu sais, ce truc poisseux quand quelque chose s'est passé et personne n'ose en parler, sinon ça existe pour de vrai. On a trois ou quatre mois avant que ça ne devienne irrespirable.

— Je vais déménager.

Je m'approchai de lui, j'enroulai mon corps contre le sien et nous fîmes l'amour debout, sans plus penser à Zizi et son regard abyssal. C'était ce qu'il fallait faire : déménager à l'autre bout de Paris, puis je quitterais tout doucement Numéro 1 et je partirais vivre avec Omid. *Piano*. On en parlait, on y croyait. Il n'y avait pas d'avenir, ni dans les cartes, ni dans les statistiques, ni dans les astres mais nous nous pensions supérieurs parce que nous faisions la nique à nos familles respectives. Nous parvenions à arracher de la joie à la folie atavique et à la décrépitude sentimentale.

Il ne déménagea pas, il n'en eut pas le temps. Sept mois plus tard, Omid disparaissait.

34.

Des attentats frappèrent de nouveau, et la psychose familiale repartit de plus belle. J'avais presque oublié leur fascination pour la mort qui s'abat aveuglément. Soudain, j'eus de nouveau neuf ans et je retrouvai la peur, l'incompréhension sous le canapé de mon enfance. Mes révolutionnaires de salon se découvrirent une nouvelle cause. Pourtant, cette guerre-là n'était pas la leur, c'était celle des paysans analphabètes (les Maghrébins) qui invoquaient Dieu à bon compte. Ils se foutaient des paysans analphabètes, s'étonnant de temps en temps – comme beaucoup de Persans – de voir ces guerriers jadis redoutables, ces conquérants sans concession, nés des temps du prophète qui avait envahi et gagné la Perse, être réduits à rien.

Mais ils étaient misérables quand même et, par la magie de l'idéal, ils devinrent des opprimés et mes tantes et mes oncles se mirent à parler de colonisation et de la France qui payait pour ses fautes passées. C'était la première fois. Je ne savais même pas qu'ils avaient déjà entendu parler de colonisation – jusqu'alors, il s'agissait pour eux d'histoires d'Arabes et de Noirs : rien, en somme.

Amir était à Paris. J'avais entendu Tala et Mitra mentionner Amir qui s'éternisait dans les Territoires occupés (ils ne disaient plus Palestine : ça devait leur sembler trop prestigieux à défendre, Territoires occupées, cela sonnait « opprimés » et c'était ce qu'ils préféraient).

J'appris par ma mère qu'Amir ne fumait plus, ne buvait plus et qu'il avait rencontré Dieu lors de la dernière attaque ratée dans les Territoires occupés. Il avait rencontré la foi en même temps que l'argent des Saoud et il voyageait sans avoir besoin de changer de nom, d'itinéraire, de passeport. Il était toujours aussi inquiétant mais il souriait dorénavant – ce qui était pire, finalement. Mitra n'eut plus besoin de veiller toute la nuit en l'attendant, il venait dîner comme tout le monde. L'internationale révolutionnaire changeait de stratégie : la lutte armée ne suffisait plus, les bombes ne faisaient finalement que des morts, la diplomatie victimaire augmentait le nombre des alliés. D'abord surpris, les tantes et oncles se réajustèrent à la nouvelle donne radicale : si les opprimés l'étaient, c'est qu'ils étaient musulmans. Mon père fit de grands yeux et se réfugia auprès d'un groupe de réfugiés algériens invités au théâtre de la Bastille. Ils lui racontaient les égorgements, les balles dans la tête des femmes sans voile, des villages entiers détruits pour instaurer la terreur. Ils se planquaient à Paris, ils étaient poursuivis et hurlaient à l'aide. Mon père put oublier sa peine d'avoir perdu Hannah en les fréquentant, en entendant de nouveau les mots liberté, libre arbitre, individu, démocratie. Mais les tantes et oncles ne s'intéressaient pas à ceux qui souffrent, seuls ceux qui tuent les fascinaient.

Ils ne condamnèrent pas les attentats qui suivirent l'annulation des élections en Algérie. Mes tantes arboraient de larges décolletés, menaient les hommes par le bout du nez collé à leurs seins et péroraient sur la liberté religieuse, sur l'ingérence, sur le relativisme culturel. Ils n'eurent honte de rien. Tala se surpassa en annonçant : « Il faut soutenir ceux qui disent "non" à l'impérialisme, même s'ils ne sont pas du même bord politique que nous, même s'ils sont nos ennemis. » Merde alors. Numéro 1 dénonçait les attentats et les massacres en Algérie – s'il ne pouvait s'empêcher de rappeler le passé colonial de la France. Je lui répondais décolonisation, mauvais choix politique, économie socialiste qui n'était que clientélisme et corruption, il souriait en m'embrassant et en me rassurant : « Personne ne va te renvoyer en Iran. »

Tala eut finalement un doute quand un de ses amis, militant communiste, perdit ses deux jambes dans le RER à Saint-Michel, ce moment de vertige la fit s'interroger sur la légitimité de cette lutte-là, celle de ces hommes qui tuaient pour imposer la tradition, la même qu'elle avait combattue et qu'elle combattait encore. Mais l'ami militant en fauteuil roulant se fit encore plus extrémiste, il refusa de condamner les attentats et se glorifia d'avoir perdu ses jambes : ce n'était pas la cause du peuple qui l'avait cloué sur son fauteuil, c'était l'Histoire. Tala repartit en guerre en famille. Mon père recula, il recula jusqu'à buter contre un mur et il ouvrit grand les yeux sur la folie des hommes qui veulent changer l'homme. Il faut dire que depuis la chute de l'URSS, depuis la fin de l'Histoire, ils s'ennuyaient tous. Il n'y avait plus de lutte totale, ni de lien entre tous les malheurs du monde. Et soudain, ils retrouvaient l'internationale à la sauce opprimé. Ils reprirent leurs discours. Si Tala était devenue commerçante, si Mitra et le Chinois n'étaient plus guère capables de fabriquer des bombes, si la librairie de mon père n'était plus là pour servir la cause, ils s'en foutaient. La clandestinité n'était plus nécessaire. L'argent coulait à flots et les tueurs de l'ombre d'hier étaient accueillis en plein jour et même à la télévision. Ils furent de nouveau heureux sous le drapeau de la révolution et de l'idéal.

Je m'en foutais, Omid s'en foutait. Nous riions de leurs bêtises, de leurs luttes pour faire encore plus de morts. Ils ne supportaient pas la beauté, ni rien qui pût ressembler à la vie. Nous maintenions notre bulle, ils ne s'occupaient plus de nous, ils s'occupaient des nouveaux opprimés. Nous avons cru que nous étions libres. Nous avons cru avoir détourné leurs regards. Pourtant, celui de Zizi nous poursuivait encore.

Les idéalistes sont des bâtisseurs de cathédrales, des fossoyeurs d'humanité, des fascinés de l'improbable, des fanatiques du « je sais ».

Si nos pas résonnent dans l'enceinte des cathédrales, c'est pour nous faire frémir : c'est notre culpabilité qui nous répond en écho. Si nous frissonnons toujours dans le froid des cathédrales, c'est qu'elles sont bâties sur une idée dénuée de chaleur : la certitude de la mort qui ricane sur notre destin. Si nous écarquillons toujours les yeux face à la beauté des cathédrales, c'est qu'elles nous tendent un miroir déformant où nous constatons notre laideur. Je me sens toujours trop petite, insignifiante dans les cathédrales. Elles sont faites pour ça, pour nous narguer, nous qui n'avons pas assez d'idéal pour bâtir nos propres cathédrales. Mais je sais qui les a bâties, ces maudites cathédrales, je ne le sais que trop bien. Ce sont des hommes et des femmes qui constatèrent, un beau matin plus désolé que les autres, qu'ils n'avaient pas assez d'amour en eux, pour eux. Alors ils bâtirent des cathédrales pour détourner les hommes de l'amour et les arrimer à la foi qui offre des certitudes solides comme la pierre.

Certains atteignirent des sommets dans l'art des cathédrales – eux acceptaient comme préalable, absolument et plus que tous les autres, qu'un « je sais » vise à annihiler tous les « je ne sais pas ».

35.

La dernière fois que je vis Omid, nous nous étions donné rendez-vous dans une exposition consacrée à Chagall au musée d'Art moderne. Il aimait Chagall pour sa poésie, pour le bordel, pour la mélancolie joyeuse. Il disait aussi que les tableaux de Chagall jouent de la musique, chantent des chansons, invitent à danser (même avec des larmes et des sanglots). Chagall était un peintre bruyant. Omid aimait surtout les tableaux qui représentaient sa femme, Bella, il possédait une reproduction d'*Autour d'elle* que le peintre parvint à peindre neuf mois après la mort de son grand amour. Sa vie, son mariage, ses années de bonheur, son rire, la peinture, l'écriture, la musique, la mort qui lui avait arraché la seule femme qu'il avait aimée, tout se superposait sur la toile, il n'y avait plus de frontière avec la réalité : seulement le souvenir de ce qui avait été vécu, et qui permettait d'avancer encore un peu. Il disait aussi : « Chagall, c'est nous. » Moi je préférais Soutine et je repris son expression à mon goût : « Soutine, c'est moi. » Sans dieux, il nous fallait de quoi nous relier au monde et Chagall tout comme Soutine nous y aidaient. Ils nous légitimaient. Ils étaient des métèques et ils avaient fait la France, ils étaient venus, morts de faim, chercher des toiles vierges à couvrir de leurs fantômes. Quand nous buvions à en perdre la mémoire, nous étions Soutine et Modigliani qui oublient où ils habitent ; quand, après l'amour, je prenais un carnet pour écrire ce qui deviendrait mon premier roman, Omid prenait des feuilles éparses et composait un poème et nous étions alors Apollinaire et Marie Laurencin ; quand nous regardions passer une manifestation sous ses fenêtres et buvions un verre de vin en riant de ceux qui oublient de rire du pire, nous étions Dalí et Buñuel qui renversaient la table pour la remettre à l'endroit. Nous jouions à nous retrouver dans la généalogie que nous nous étions choisie.

Omid connaissait son Chagall et de tableau en tableau, il me disait beaucoup sur nous. Il y avait eu la mort et puis l'amour. Il y avait eu la fin de Tala et nous étions encore là. Il existait une permanence dans notre histoire. Je lui tenais le bras, je me collais à lui, je me voyais bien continuer ainsi de musée en lecture, de cinéma en théâtre, je me voyais bien continuer avec Omid à regarder le monde autrement et lui donner ses vraies couleurs. Lui aussi. Il se moquait de moi quand je préférais les carcasses de Soutine aux *Amants bleus* de Chagall. Il disait que c'était ma violence qui s'exprimait là, mes restes familiaux. Je me défendais mais je sais qu'il avait raison : il en fallait beaucoup pour me secouer, pour me faire ressentir quelque chose, j'avais la peau dure et le cœur fermé.

Il savait que Soutine était mon talisman tout autant que mon repoussoir. Cet homme battu par la vie dès l'enfance, dès le jour où il eut le désir de peindre, cet enfant qui faisait honte à sa famille religieuse, cet enfant seul prit un jour la route pour Paris. Il ne savait pas se tenir, il ne savait pas sourire, il savait peindre. Il eut faim longtemps, il fit les poubelles pour se nourrir, rien ne nourrit mieux que le mauvais alcool. Mais la gloire arriva trop tard : quand il put enfin s'asseoir à la table des grands restaurants, quand il fut invité par les bourgeois, son corps ne supportait plus aucune nourriture, tout ce qu'il avalait lui déchirait l'estomac. Il fut donc condamné au mauvais vin. Puis la guerre vint le prendre, lui le métèque qui ne put jamais se poser au creux de la sérénité, lui le juif qui reprit la route, mais avant, il prit soin de brûler les toiles qui restaient dans son atelier. Il fuyait encore quand il mourut en se tordant de douleur, à la suite d'une opération qui ne servit à rien. Il fut enterré sans inscription dans le caveau familial de sa dernière maîtresse. Soutine, c'est le saint des métèques. Je regardais souvent les paysages qu'il avait peints avant de mourir, en pleine guerre, ses maisons déformées, ses matières organiques, ses toits rouges. Alors que tout brûlait en lui et autour de lui, il cherchait encore le refuge, la maison isolée dans le paysage verdoyant, ce lieu qu'il poursuivait depuis son enfance ukrainienne entre deux pogroms et trois interdits.

La dernière fois que je vis Omid, l'école de Paris nous fit donc cortège. Jamais je ne m'étais sentie aussi bien à Paris qu'en cet instant-là, où nous avions une raison d'être, parrainés par les anciens, ceux qui avaient ouvert la voie de l'art dans l'exil. C'est alors qu'il me dit qu'un jour, j'aurais ma maison avec son toit rouge dans un paysage verdoyant, bordélique, avec toutes les nuances de vert, et que je pourrais me coucher dans l'herbe, pieds nus et fermer les yeux sans être aux aguets, sans craindre que la maison brûle, que le jardin pourrisse, que tout s'arrête. Il ne me promettait pas d'y vivre avec moi, nous étions prudents, nous refusions les promesses pour pouvoir les tenir.

*

Nous étions rentrés en marchant, en parlant encore du Paris d'avant, du Paris qui fascinait davantage les exilés. Nous étions rentrés chez lui et nous avions fait l'amour. J'avais appelé Numéro 1 pour le prévenir que je restais dormir chez mes parents et nous avions passé la nuit ensemble, fragiles mais assurés de vivre la plus belle histoire d'amour de notre vie. J'avais vingt ans, j'étais étudiante, je ne voyais plus mes tantes que de loin en loin, et je félicitais mon tout petit frère d'être enfin parvenu à tenir ma mère hors de leur portée toxique.

Nous avions reparlé de son déménagement, du moment que nous choisirions pour mettre mes parents dans la confidence, de la façon de nous protéger de la famille quand ils apprendraient la nouvelle. Zizi avait commencé à peindre nos corps, ma mère entendait des remarques qui la travaillaient sans qu'elle sache pourquoi, Omid avait croisé Mitra dans la rue qui lui avait décoché un regard où il crut percevoir qu'elle savait déjà.

*

Cette nuit-là, Omid décida d'écouter de la musique iranienne. Nous ne le faisions jamais. Je me soulevai brusquement en entendant la voix de Sima Bina déchirer la nuit parisienne. Je ne l'avais pas écoutée depuis treize ans, depuis l'an I de l'exil. Et alors que nous avions passé les dernières heures à nous aimer, soudain l'Iran, mon enfance, ma famille, l'angoisse de ma mère, le silence de mon père et la vengeance du tout petit frère me prirent à la gorge. Ni Soutine, ni mes carnets, ni mes désirs, rien de ce que j'avais bâti pour me protéger, pas même Omid, ne put retenir ce qui m'envahit alors. Ce que j'avais refusé le soir de Norouz dans le restaurant iranien de Montparnasse, revenait soudain dans la voix de Sima Bina : la nostalgie. Cette putain de nostalgie, ce sentiment enfoui depuis treize ans en moi, ce sentiment qui était celui de ma famille, me revenait en plein cœur.

Omid, inquiet de ma stupeur, cherchait à me faire parler sans que je puisse formuler le début d'une phrase. La voix de Sima Bina, la voix de mon enfance dispersait tous les morceaux dont j'étais faite. Rien ne tenait face aux rires de l'enfance. Hannah avait toujours raison.

Omid abandonna l'idée de me voir m'épancher, et il me consola de ce qu'il ne savait pas, me laissant le temps de reprendre mon souffle, de retrouver la cohérence du langage, de faire fuir les fantômes qui me paralysaient. Ce n'était pas encore le petit matin et la voix de Sima Bina continuait de marteler ce qui ne serait jamais plus.

Il est impossible de pleurer la nostalgie, c'est l'hymne national de l'exil. L'exil est une identité, un langage, un passé sans avenir. L'exil est une île où se retrouvent tous ceux qui n'ont ni le visage du pays natal ni celui du refuge : ceux qui sont trop vieux pour oublier et pas assez jeunes pour se fondre, ceux qui restent toute leur vie sur une île qui flotte sur des océans qui ne leur appartiendront jamais.

Nous n'étions plus une famille. Il n'y avait plus de déjeuner ni de dîner d'anniversaire, de mariage et personne n'était encore mort. Nous étions dispersés, rien ne nous reliait plus, si ce n'est les souvenirs – et encore : chacun avait choisi ce qui l'arrangeait, le valorisait, le détachait des autres –, les quelques films de notre mémoire collective, Hâfez (mais il compte pour moitié : il lie tous les Iraniens), et un patronyme qui signifiait encore quelque chose quand on fermait les yeux et que la Rousse, la Sombre, l'Ardente, la Mongole et la Laide apparaissaient au détour d'un rêve. Il devenait impossible d'écouter une chanson de Sima Bina sans pleurer les chaudes larmes de l'enfance. Téhéran était encore là. Pire : il n'avait jamais disparu, il s'était dissimulé derrière Soutine.

36.

Le lendemain, Omid avait ses cours à assurer, deux appartements à visiter et nous devions nous retrouver après l'université, et avant un dîner chez les parents de Numéro 1 où mes parents étaient conviés. Depuis trois ans que nous volions du temps à nos quotidiens, nous étions rodés, certains de nous retrouver, certains de nous revoir, certains d'être prémunis contre tous ceux qui nous entouraient.

Après notre nuit blanche, je me sentais dans un état vaseux, buvais des litres de café, évitant toute forme de conversation, encore sous le coup de la découverte de la nostalgie qui me donnait le sentiment d'avoir vieilli d'un coup. Ce lendemain-là, Numéro 1 me trouva transformée. Forcément : se découvrir un gros morceau d'Iran après l'avoir occulté pendant des années, ça devait se voir, et pas seulement dans mes cernes.

Ce lendemain-là, j'étais plus impatiente que jamais de retrouver Omid, de plonger dans son odeur, dans sa tendresse, dans son corps. Il demeurait le seul lien d'amour avec le pays de mon enfance mais il en était assez éloigné pour ne pas m'y tenir prisonnière. Nous n'étions que des bâtards et c'était bien la première des raisons pour lesquelles nous nous aimions.

Ce lendemain-là, les étudiants, les professeurs, les passants, le vendeur de journaux, le buraliste, le garçon de café et l'adorable concierge d'Omid, tous les autres qui n'étaient pas Omid me semblèrent fades, sans saveur. En me découvrant la corde sensible de l'exil, je m'enorgueillissais d'être riche de sensations qu'aucun de tous ceux qui sont nés et ont vécu là où leurs parents sont nés ne peuvent comprendre. J'étais prête à me lancer tout entière dans la fable vraie de ma famille d'origine.

Ce lendemain-là, j'ai fermé les yeux et j'ai fantasmé ma vie avec Omid comme je ne m'étais jamais autorisée à le faire. Et alors ?

Ce lendemain-là, je souriais souvent dans le vide, me rappelant tout ce qui avait été dit, murmuré, soupiré, crié la veille.

Ce lendemain-là, je croisai mon père devant l'immeuble d'Omid et je compris qu'il savait sans avoir vu les toiles de Zizi. Il me dit de saluer Omid et me félicita pour une dissertation sur Carson McCullers que je lui avais fait lire. Mon père se réjouissait de me savoir amoureuse et intelligente.

Ce lendemain-là, quand je poussai la porte de l'appartement où j'avais appris à aimer, il était vide. Il n'y avait plus rien du grand capharnaüm rassurant d'Omid. Tout avait été vidé, tout avait disparu, tout était comme si rien n'était jamais arrivé. Je refermai la porte, j'attendis quelques minutes. Puis je rouvris la porte en espérant avoir rêvé, ou avoir eu une hallucination due à la fatigue. Mais non. L'appartement était désespérément vide.

Ce lendemain-là, j'ai téléphoné à l'université où il travaillait, aux deux agents immobiliers qu'il devait retrouver, à ses amis que je connaissais. Personne ne l'avait vu, tout le monde l'avait attendu, et me répétait : « Ce n'est pas son genre. » Et je m'y accrochais, je savais qu'il ne pouvait être parti sans m'avoir dit au revoir ou à bientôt. J'appelai même Tala pour savoir, au cas où. Elle éclata d'un rire mauvais quand je lui demandai si elle avait vu Omid. « En enfer », me lança la diva de pacotille avant de raccrocher.

Ce lendemain-là, il n'y eut plus d'Omid. Je me suis souvenue de toutes les promesses que nous avions refusées, bravaches, de tout ce qui faisait de nous des amants différents, des amants heureux. Nous étions éternels parce que clandestins, hors morale, hors vertu. Je me suis souvenue de l'homme qu'il était et de la femme qu'il espérait en moi. Je ravalai des larmes qui ne venaient pas, je fermai la porte sur ce qui resterait certainement mon plus bel amour, mon seul amour et je partis rejoindre mes parents, Numéro 1, ses parents, cette vie en surface qui ne valait pas une once de ma vie clandestine avec Omid. Il m'avait élevée dans l'idée que l'amour n'était pas une prison. L'amour était l'inattendu, un partage, un renouveau. Je l'aimais trop pour le pleurer. Il n'y avait que ça à faire : accepter son choix de disparaître. L'apogée est peut-être toujours la fin. Peut-être que les romans ont raison, qu'une histoire d'amour n'en est une que si elle s'achève sur sa plus haute note, à son point culminant.

Ce lendemain-là, il ne restait plus que Chaïm Soutine pour me tenir debout et poursuivre une vie qui n'était pas grand-chose mais qui était la mienne. *Reste libre*, répétait Hannah.

37.

Mon prénom et la princesse à laquelle il était emprunté me condamnaient à me souvenir, et ne plus faire que ça : me souvenir des treize ans de l'exil pour retrouver Omid dans les brumes du passé, repasser le film de cet amour d'enfance, de ses gestes, de sa voix, de ce soir précis où il passa *deux fois* la main dans mes cheveux et où Tala comprit que je l'aimais, que je l'aimais plus qu'elle. C'est ce soir-là aussi qu'il me raconta l'histoire de Shirin, un prénom choisi par mon père contre l'avis de ma mère.

Shirin me murmurait qu'Omid ne reviendrait plus. Elle me martelait que c'était trop tard pour lui, pour moi, trop tard pour l'amour. Il n'était pas question d'amour mais de circonstances, de forces contradictoires, et du malheur qu'engendre le désir. Ne désirez jamais, pauvres mortels ! Vous êtes voués à en souffrir et à en mourir, quoi qu'il arrive, quel que soit l'alignement des planètes, quels que soient vos choix et vos rêves d'enfant.

Inutile de lutter contre le sort. Shirin et Khosrow auraient dû se reconnaître au bord du lac. Leurs cœurs le savaient, ils auraient pu s'arrêter, se renifler, s'aimer. Mais Shirin fuyait et Khosrow oubliait. Mon père ne croyait pas aux contes de fées, il avait foi dans les préjugés et l'ignorance. Il avait voulu me faire porter sa croyance dans mon prénom comme une mise en garde contre la vie.

À partir de ce jour, dans tous mes romans, dans toutes mes intrigues, les figures de Shirin, de Khosrow et de Farhad m'ont inspirée. Ils se sont acharnés à s'aimer alors qu'ils étaient voués à ne jamais se reconnaître. Toutes les histoires d'amour que j'écrivais racontaient, sur tous les modes, combien les hommes ne savent pas aimer, comme ils se trompent, pourquoi ils pensent aimer alors qu'il est déjà trop tard.

*

Pour oublier, je réussissais brillamment mes études universitaires et prenais de plus en plus de notes sur la famille de Numéro 1 qui n'était pas si insouciante, heureuse, épanouie et ouverte que je l'avais initialement pensé. Ils avaient accès à tous les plaisirs, n'avaient jamais manqué de rien, n'avaient aucun problème qui ne pût être réglé par un simple coup de téléphone. Leur passé était disponible, au mieux en TGV, au pire en TER, ils avaient des malles à ouvrir, des greniers à vider, des maisons de famille où soigner leurs blessures. Pourtant, ils gémissaient. Tout le temps. Pour rien d'autre que des histoires d'amour, pour un amour qui ne venait pas ou qui partait ou ne s'installait pas. Ils se plaignaient aussi du boulot, de la hiérarchie qui les enrageait et aussi des impôts (comme tout le monde d'ailleurs, toutes les classes sociales, toutes les professions, tous les nantis et tous les pauvres s'en plaignaient). Dans chaque famille française, le même schéma se reproduisait : fascination, sécurité, facilité, dégoût. Ils ne savaient pas la chance qu'ils avaient de n'avoir que des problèmes à hauteur de ceinture.

Je quittai rapidement Numéro 1 qui n'y comprenait rien. Il s'effaça de ma vie sans fracas, aussi évidemment que notre histoire avait été simple. Je partis avec une dizaine d'épais carnets que je relirais pour retrouver le passé, en transformant ce qui avait été vécu en ce qui pouvait être raconté. Avec les ans, je ne voyais plus que l'aspect romanesque de chaque famille. Je n'avais pas besoin de me forcer, ils étaient déjà des personnages qui n'attendaient qu'à se transformer en fiction.

(Rien ne fut plus difficile que d'accoucher de ma famille, d'accepter de revenir en arrière, là où tout s'était joué et de constater qu'il n'y avait peut-être que trois ou quatre années dans une longue vie d'homme pour résumer la trajectoire, les victoires et les défaites.)

38.

Mais il manquait encore un gros morceau du puzzle pour que mon janam m'explose au visage. Pourquoi Mitra répétait-elle sans cesse : « tu es comme ton père ! » sur un ton méprisant, désespéré, réprobateur, chaque fois qu'il était question d'amour ? Mon père était à mes yeux ce qu'il paraissait être : le contraire d'un personnage romanesque, un homme qui n'avait pas connu l'amour. Encore moins l'amour fou.

N'ayant plus de librairie, plus d'Hannah, plus d'Omid, il trouva un travail dans un laboratoire de développement de photo professionnel (mon père, ce génie du décalage, n'avait pas vu venir le numérique et la fin de l'argentique. Il fut l'un des derniers à travailler dans un labo argentique et il trouva le moyen de se retrouver à la porte à deux ans de la retraite. Le décalage est un art). Mon père voyait bien que depuis le départ d'Omid, je n'attendais plus rien. L'amour, qui occupait la vie de famille de Numéro 1 et de ses amis, n'était que bavardage, sexe, illusion, peur. Il n'y était jamais question d'absolu comme dans le cœur de mon père ou dans les romans qui rattrapaient difficilement la laideur de l'amour au quotidien. Je savais aussi que la douleur allait passer, je savais que viendrait l'heure du souvenir qui fait sourire, je savais que je n'allais pas en mourir. Si l'amour pouvait ne pas revenir, le désir était toujours là. Hannah et Omid avaient fait du bon boulot en m'inoculant le virus de la joie, du haussement d'épaules, et des « et alors ? » salutaires. Je n'avais pas le droit de porter ma tragédie amoureuse en étendard, c'était tricher devant la vie, c'était mentir à mon cœur qui battait encore et à mon corps qui désirait toujours. Je nageais dans la douleur d'avoir perdu mon amour, consciente qu'un jour prochain, cette douleur demeurerait mon dernier lien avec Omid, quand mon père comprit que le moment était venu de me raconter une histoire. Son histoire.

Histoire de mon père

Grand-père céramique, le père de mon père, bâtit seul sa maison, après avoir agrandi l'atelier de céramique qu'il avait hérité de sa mère céramique. Sa maison, longue et étroite, se composait d'un rez-de-chaussée et de trois étages similaires. L'originalité de sa maison tenait à une petite cour à l'arrière, où il avait construit un bassin apparemment simple, mais il suffisait de s'en rapprocher pour apprécier le travail minutieux qu'il y avait accompli. Les petits carrés de céramique formaient comme un parterre de fleurs lorque l'on s'asseyait sur les bancs entourant le bassin.

Chaque année, mon père et ses sœurs, puis moi, puis les enfants de la petite sœur qui mourut en couches, y déposions le poisson rouge du haft sin. *Chaque année nous comptions les poissons, tentant de nous rappeler le nom et l'âge de chacun, et chaque année nous en enterrions quelques-uns dans le parterre de fleurs qui entourait la cour. C'était le plus bel endroit du monde. Grand-père céramique et sa femme, appelée la « Dame des Dames », s'étaient installés au rez-de-chaussée, réservant les trois étages à chacun de leurs trois futurs enfants quand viendrait l'âge de les marier. Mon père, le puîné blond entre deux sœurs brunes, était très brillant. Il gagnait son argent de poche en donnant des cours de mathématiques, de grammaire, de littérature à tous les mômes du voisinage. Il était timide et discret comme son père avant lui et son grand-père avant lui et son arrière-grand-père avant lui.*

Un matin, alors qu'il était âgé de huit ans, le petit Siamak assista à l'emménagement d'une famille originaire de Shiraz juste à côté de la maison. Le père était officier dans l'armée et la mère, fille d'un ayatollah. Ils avaient quatre enfants. Les trois garçons étaient destinés à être officier ou mollah, la fille était promise à un beau mariage, quoique trop intelligente et trop belle aux yeux de son père. Cette dernière avait exactement l'âge de mon père et ils prirent l'habitude de se retrouver dans la cour au bassin de grand-père céramique pour étudier ensemble. Ils sautèrent deux classes. Les familles s'entendaient bien – il faut préciser que tout le monde s'entendait bien avec grand-père céramique, il ne jugeait personne, ne critiquait jamais rien, souriait à toutes les faiblesses et applaudissait tous les courages – même si le père officier et la mère fille d'ayatollah trouvaient étrange cette famille comme il faut, qui ne pratiquait aucune religion et ne parlait jamais politique. Ils prirent l'habitude de se réunir tous les soirs autour du bassin pour boire du thé, un whisky pour grand-père céramique, un porto pour la Dame des Dames et des jus de grenade pour les enfants. Siamak et la fille intelligente étaient inséparables. Ils se virent tous les jours durant huit ans, et il n'était pas rare que l'un termine la phrase de l'autre ou sache, avant même qu'il l'exprime, de quoi l'autre avait envie. La Dame des Dames les surnommait « les siamois ».

Alors qu'ils allaient avoir seize ans, la semaine de leur anniversaire, Siamak proposa à la fille intelligente d'aller au cinéma. Il l'attendait devant la porte de la maison, tenant fermement dans sa main les billets pour Docteur Jivago. *Quand elle apparut sur le perron, dans un tailleur bleu marine qu'elle avait cousu elle-même, les cheveux relevés en une élégante queue-de-cheval et au bras un petit sac à main emprunté à sa mère, Siamak ne perdit pas ses moyens, il constata simplement qu'il avait envie d'embrasser une femme. Il n'en fit rien. Tous deux adorèrent le film. Pourtant, un malaise s'installa entre eux, un malaise qui devait moins à leur désir naissant qu'à la tragique histoire d'amour du docteur Jivago et de Lara. Peut-être qu'ils savaient déjà. Peut-être que l'art sert à ça : anticiper, prévenir. Peut-être qu'ils auraient dû davantage se projeter dans les personnages, et craindre les idéalistes et les sadiques, peut-être qu'elle n'aurait pas dû laisser sa main si longtemps dans celle de Siamak, peut-être qu'ils n'auraient pas dû être aussi confiants en l'amour. Peut-être qu'ils étaient trop polis avec le destin. Peut-être qu'il aurait fallu fuir dès la naissance du désir.*

Une semaine plus tard, Siamak avoua son amour à la jeune femme intelligente. Elle y répondit en toute simplicité. Ils affrontèrent leurs parents et annoncèrent leur intention de se marier, après leur entrée à l'université. Grand-père céramique en fut ravi, le père officier beaucoup moins. Il n'accepta qu'à une seule condition : que Siamak oublie l'idée farfelue de se faire metteur en scène. Siamak accepta et choisit la chimie tout en continuant de mettre en scène des pièces de Tchekhov, et même deux pièces écrites par la jeune femme intelligente qui rêvait de scène mais fut condamnée à des études de mathématiques.

Cinq années s'écoulèrent, de baisers et caresses échangées dans le dos des parents, de sorties au cinéma, au théâtre, d'écriture et de spectacles. Ils étaient alors tous les deux diplômés et si Siamak ne regrettait pas ses études artistiques, c'est qu'il aimait la jeune femme intelligente plus que tout au monde. Il se voyait heureux, et elle se voyait heureuse et chanceuse d'avoir échappé à un mariage arrangé pour le bien familial. Même si les parents de la jeune femme intelligente trouvaient tous les ans une raison de reculer le mariage, la jeune femme intelligente et Siamak haussaient les épaules, ravis de n'être pas séparés. Ils savaient qu'on jasait dans leur dos, que ces fiançailles interminables étaient louches, ils savaient aussi qu'on trouvait extravagant que lui mette en scène ses mots à elle, et surtout, ils savaient les qu'en-dira-t-on : les voisins, les étudiants, les amis, les passants, les trouvaient trop « occidentaux », trop libres, trop joyeux. Mais ils riaient tant, qu'ils n'entendirent pas l'orage qui grondait au-dessus des cathédrales de Téhéran. Ils avaient trop confiance en l'amour, en eux, trop confiance dans l'art. Ils pensaient que leur patience les protégeait, que grand-père céramique était assez respecté pour que rien de mal ne leur arrive.

À force de fréquenter grand-père céramique et la Dame des Dames, un doute s'était immiscé dans les certitudes du père officier : il était possible d'être un homme bien et juste, sans être inféodé à l'ordre militaire ou divin. C'était trop pour lui. Ce léger doute ébréchait la cathédrale de croyances sur laquelle il avait bâti sa vie.

Un jour où Siamak appela la jeune femme intelligente pour une sortie au cinéma, elle refusa, évasive et lointaine. Il ne prit pas garde et rappela le lendemain. Elle ne pouvait toujours pas. Il eut un soupçon, elle était trop hésitante. Mais il mit cela sur le compte du temps pluvieux, de l'habitude de se voir tous les jours et pensa qu'elle désirait un peu de solitude, de concentration, de rêve (elle écrivait une nouvelle pièce). Et c'était vrai : elle écrivait une très belle pièce et voulait lui en faire la surprise. Mais elle était aussi droguée à son insu : depuis dix jours, son père lui préparait son thé avec de l'opium. Mon père ne l'appela pas le lendemain, ni le surlendemain. Puis, il se réveilla, certain que quelque chose de grave s'était passé. Quand il frappa à la porte de la maison mitoyenne, il découvrit que toute la famille était absente. La vieille clocharde édentée qu'il connaissait depuis l'enfance lui apprit que la grand-mère était morte à Shiraz. Elle hésita à rajouter autre chose mais devant l'innocence de mon père, elle se tut.

Trois jours plus tard, sa sœur cadette entra dans sa chambre, bouleversée, bégayante et annonça à Siamak que la jeune femme intelligente venait de se marier à Shiraz avec un cousin officier beaucoup plus âgé. Le père officier ne supportait pas l'idée de donner sa fille à un saltimbanque. Il était persuadé que s'il le faisait, elle finirait sur les planches, à parader, à montrer son cul, à l'humilier. Il imaginait une descendance de saltimbanque et de pute, il imaginait tant, que depuis cinq ans, il cherchait le moyen de détourner sa fille du charme du démon. Il lui avait annoncé la (fausse) mort de sa grand-mère à Shiraz et avait précipité leur départ sans qu'elle puisse revoir Siamak. Il lui avait donné un peu plus d'opium pour la tenir lors du voyage. Et à peine arrivé, il lui avait présenté son mari. La jeune femme intelligente avait tenté de fuir, elle avait tenté de trouver un téléphone, de prévenir Siamak, de faire un scandale. Une autre dose d'opium l'avait calmée. Elle n'avait aucun souvenir de son mariage. Ni de son dépucelage. Elle se souvenait seulement que son mari sentait l'ail. Elle détestait l'ail. Neuf mois après, elle accouchait de son premier enfant. Elle ne sourit plus jamais.

Siamak ne dit rien. Grand-père céramique ne dit rien. La Dame des Dames constata simplement que les déménageurs vidaient la grande maison mitoyenne.

Des années plus tard, mon père appela la jeune femme intelligente qu'il n'avait jamais revue, ni même recontactée. Il l'appela car son fils aîné venait de mourir d'un cancer. Elle reconnut tout de suite sa voix. Il y eut alors un long silence où leurs instants à deux passèrent devant leurs yeux et ils surent combien ils avaient été heureux ensemble. Elle parla la première et dit qu'elle n'avait jamais aimé son aîné qui était un con de réactionnaire, insensible et brutal. C'était un con comme son père et comme son mari. Mon père lui raconta le tout petit frère. Et un peu moi. Elle répondit que c'était une belle histoire à écrire. Il lui avoua n'avoir jamais écrit ou mis en scène depuis elle. Elle dit : « Je sais. Ta fille fera le travail à ta place. » Il lui demanda : « Et toi ? » Elle soupira longuement : « Je n'ai fait que ça, écrire. Depuis quarante ans que je suis morte, j'écris. » Mon père ne sut que répondre. C'est elle qui termina la conversation : « Tu sais, quand je pense au docteur Jivago, je me dis que c'est un crétin. Il aurait pu. Il aurait dû. Il avait trop confiance en l'humanité. Il était trop poli. Les hommes sont des monstres, Siamak, et tu es un crétin. » Elle raccrocha. Mon père resta longtemps avec le combiné dans la main. C'était sept mois avant la disparition d'Omid, le jour exact où Zizi nous avait surpris.

Mon père a vu sa vie détruite par les cathédrales de Téhéran, les certitudes qui broient. Du jour où il perdit son grand amour, il refusa tout idéalisme. Il s'était résigné. Les cathédrales s'étaient dressées devant lui, imposantes, intransigeantes, interdites aux amants. Il avait pourtant essayé de contourner le monstre de pierre, il avait tenté de passer en riant, en chahutant, confiant, amoureux, libre. Mais rien n'est plus solide qu'une cathédrale.

Épilogue

An XXX de l'exil

Zizi m'écrivit une lettre en persan, mon père prit la peine de me la traduire. Une lettre à son image. Son vocabulaire était pauvre, son cœur sec, sa certitude inébranlable. Il n'y avait pas trace d'émotion sous la plume de Zizi. Ni de culpabilité. Ses aveux ne visaient pas à consoler, elle voulait me briser. Je n'avais pourtant que cette lettre pour recomposer le dernier jour d'Omid.

Zizi était arrivée chez Omid après mon départ (elle attendait au café d'en face). Il ne fermait jamais la porte. Elle s'était introduite sans bruit, et s'était postée derrière lui, sans qu'il ait le temps de réagir. Il avait senti une violente douleur au crâne, puis un liquide chaud lui couler sur le visage. Zizi l'avait frappé avec un marteau et une force démesurée. Elle le voulait mort. Vraiment mort. Puis elle avait appelé Amir – introuvable après la disparition d'Omid. Elle savait qu'il serait le seul à se réjouir de la mort d'un traître. Lui aussi détestait Omid, tous deux le tenaient responsable de nos malheurs. Il fallait donc se débarrasser de ce salaud avant qu'il ne soit trop tard (ils ne voulaient pas voir, bien sûr, qu'il était déjà trop tard, depuis la révolution, l'exil, depuis

Mitra, depuis Malâyer puis Téhéran…) Ils avaient attendu le départ des déménageurs et la nuit pour transporter le cadavre d'Omid roulé dans un tapis persan. Et ils avaient conduit pendant trois heures jusqu'à un lac, où ils avaient coulé la camionnette et le corps.

*

Je culpabilisais d'avoir laissé Omid disparaître, sans même rechercher son cadavre. Si je l'avais retrouvé, il y a vingt ans, peut-être n'aurais-je plus jamais eu besoin d'aucune autre forme d'amour – à moins qu'il ne s'agisse encore d'une jolie histoire que je me racontais, une histoire qui me rapprochait de mon père et de sa propre blessure d'amour. Après la découverte de son passé, j'avais pris le parti d'aimer. Malgré les déceptions, les désillusions, je repartais chaque fois au combat. Hannah m'avait répété qu'il fallait être heureux, le souvenir toujours vivace d'Omid me poussait vers la légèreté, mon père et son triste destin étaient une injonction à ne jamais abandonner, à ne jamais reculer devant l'ombre des cathédrales. Et alors ? Et alors, la vie a meilleur goût avec un sourire et un corps qui s'épuise à aimer.

Omid n'était plus, j'étais seule, chargée de ce grand amour. Peut-être qu'il était là, dans mon enfance, et ne me quitterait jamais… je sais qu'il aurait détesté ces jamais, ces toujours, toutes ces cellules fermées à double tour dans le cœur des amants.

Ma famille attendait autant qu'elle appréhendait la découverte du cadavre d'Omid. Mais je ne jouais plus leur partition depuis longtemps, j'avais la mienne bien plus adaptée à la vie. Ma partition n'avait rien d'idéal, elle était pleine de fausses notes, elle grinçait, trop d'instruments jouaient en sourdine pour se faire entendre. Il y avait trop de fantômes dans ma mélodie, trop de femmes puissantes, trop d'hommes faibles, trop de larmes pour rien, trop de secrets, et tout cela hurlait à m'en faire mal aux oreilles. Et pourtant. Je l'avais composée seule, au fil de mes choix et de mes fuites, accompagnée du souvenir d'un temps qui n'existait plus, d'un homme que j'avais aimé, d'un père qui avait aimé à ne plus savoir vivre, d'une mère qui était une héroïne méconnue de roman, d'un tout petit frère empoisonneur qui n'était autre qu'un amoureux intransigeant. Finalement, nous étions tous tombés au champ d'honneur de l'idéal.

*

Après les aveux de Zizi, Mitra et le Chinois disparurent. Ils étaient toujours domiciliés dans le même immeuble, à quelques pas de chez mes parents, mais on ne les croisa plus. Pejman ne revint qu'une seule fois à Paris : il s'enfuit en pleine nuit, en caleçon, et se présenta devant les grilles de l'Élysée, le corps et le visage recouverts de Bétadine et de dessins rouge orangé, réclamant un entretien avec le président pour dénoncer les bombes de Mitra. Il repartit ensuite pour San Diego. Son suicide nous fut annoncé par Goli, la fille illégitime de Behrouz.

Tala s'assura une vie prospère et gagna beaucoup d'argent. Beaucoup. Le banquier anarchiste aussi. Ils n'eurent jamais d'enfants. Ils quittèrent Paris, s'installèrent en Italie puis en Espagne. Mais pour moi Tala n'existait plus, elle était morte depuis longtemps, depuis le jour où elle avait refusé de regarder son janam en face. À l'image de l'arrière-arrière-arrière-grand-père lutteur, elle avait le janam de la bâtarde, de celle qui dit « non » – malheureusement, elle n'eut jamais le courage de suivre son désir. Pour moi, elle était morte le soir de ma fugue, le jour de ma rencontre avec Omid, la nuit où elle refusa un baiser à son merveilleux amoureux, le soir où elle recula devant la liberté et décida de couvrir son cœur du linceul de l'interdit.

Behrouz adressa à mes parents une lettre surréaliste, dans laquelle il les accusait d'avoir élevé leur fille dans le but de condamner les pauvres innocents communistes à la mort. Il insistait sur ma complicité – moi l'« invertie » avec un juif notoire, un sioniste reconnu, un espion capitaliste qui devait forcément avoir quelque chose à voir là-dedans. Behrouz prit soin, à la fin de son « J'accuse sous acide », de bénir le tout petit frère, sans lequel il serait venu les égorger de ses propres mains. Mes parents en furent soufflés, au point que ma mère fit cette chose qui les réconcilia pour le restant de leurs jours : elle encadra la lettre de son frère et l'accrocha au mur. Chaque fois que ses sœurs lui manquaient, elle s'arrêtait devant la lettre joliment encadrée et elle la relisait. Elle reprenait vie alors, et posait un baiser sur le front de mon père. Chaque fois, il sursautait. Et il souriait – du bout des lèvres seulement, car il ne pouvait sourire davantage.

Zizi mourut mystérieusement dans son sommeil deux mois plus tard, après une visite que lui fit le tout petit frère. Les trois autopsies pratiquées sur son cadavre ne permirent pas de déterminer les causes de la mort : ses organes avaient pourri en une heure. Du grand art. Avec elle, une lignée s'éteignait.

Mais la famille était déjà en deuil, et la mort de Zizi parut moins tragique que celle de Mina. La fille de Mitra et du Chinois s'était découvert des amis à l'orée de sa trentième année. Un 13 novembre au soir, elle était assise en terrasse, célébrait un anniversaire. Un 13 novembre au soir, elle perdit la vie sous les coups des kalachnikovs. Jamais ni Mitra, ni le Chinois, ni aucun idéaliste de la famille ne firent le lien entre la mort de Mina et les milliers d'euros qu'ils déversaient dans les poches de la nouvelle internationale terroriste à barbe. Mitra fut présentée comme une nouvelle victime familiale des-putains-d'enculés-de-fascistes. Si ces salauds d'Américains n'avaient pas envahi l'Irak avec des mensonges, tout cela ne serait jamais arrivé. Mitra lui organisa un enterrement grandiose, mais ne parvint pas à lui trouver une place dans Paris. Mina repose aujourd'hui à quelques pas de grand-père Mahmoud, dans le carré musulman d'un lugubre cimetière de banlieue.

Amir disparut pendant des années. Jusqu'au jour où mon père, lisant un quotidien, tomba sur une photo de lui : il était devenu conseiller pour les affaires religieuses du gouvernement indonésien. L'Indonésie était alors en pleine guerre civile, l'une des plus violentes de son histoire, encore en cours aujourd'hui.

Je ne me déplaçai pas pour l'enterrement de Zizi – même pour cracher sur sa tombe – où les sœurs pleurèrent en maudissant Omid. Ma mère, après une hésitation si douloureuse qu'elle la cloua au lit avec une fièvre hallucinatoire, ne put y assister. Mon père et le tout petit frère en furent soulagés et, ce jour-là, ils déjeunèrent en tête à tête et parvinrent même à échanger quelques mots. Certainement les premiers.

Jamais ma mère ne laissa la vérité sur son tout petit fils envahir son cœur. Elle devait bien savoir pourtant, quand elle le voyait partir faire la tournée des tantes. Il ne manquait jamais de lui rapporter les diverses dégradations que subissaient les corps de ses sœurs. Ma mère se chargeait de leur âme, elle possédait une imagination féconde.

Je remuai ciel et terre pour qu'Omid ait une sépulture au Père-Lachaise. Il fut finalement enterré à sept tombes de Modigliani. De là où il repose désormais, il domine le mur des Fédérés et les époux Lafargue, mais aussi les monuments aux morts de la Seconde Guerre mondiale et Édith Piaf. Je vais le voir chaque semaine pour lui lire à voix basse les pages de mon roman qui raconte une famille iranienne exilée.

Voilà ce dont je suis le fruit. Mais si l'on dit que la pomme ne tombe jamais loin du pommier, je suis l'exception qui confirme la règle. J'ai roulé très loin de mes racines – et c'est heureux. Pas mûr encore, je suis le fruit de tout ce sang, de toute cette merde, de cette folie jamais nommée, de ce mal qu'on se transmet par lâcheté, par facilité et conservatisme idiot. Le janam a fait du bon boulot dans ma famille, il s'est démené pour signaler sa présence et entamer les pourparlers. Mais personne n'a voulu le voir. Alors à force d'être ignoré, le janam s'est vengé. Il fallait au moins l'exil pour qu'enfin quelqu'un accepte de le voir, mieux, pour que quelqu'un accepte de le regarder en face. Je l'ai fait. Ça pue. Mais finalement, rien de méchant. Le janam a la gueule de l'exil et le cœur du pays natal, il charrie beaucoup de désespoir, d'idéaux et de perversions. Le tout petit frère suit les traces de la Sombre – inébranlable et puissante, dispersée en nous tous et pour longtemps. De cette descendance, je n'oublie pas l'aïeul qui aimait les lutteurs, la Rousse faite pour la chair, l'Ardente qui fut heureuse, les sœurs incestueuses à demi tragiques – la survivante fut toujours amoureuse, la Mongole qui tendit la main à l'aveugle aux mains palmées et fonda une autre lignée, ailleurs, et Ziba qui tressa de si jolis poèmes sur le dos du drame. Et puis ma mère. C'est un monstre de toute beauté. L'exil pique, mais il m'a fait le cadeau d'une nouvelle page, vierge. À moi de l'écrire. Cette lignée singulière, bâtarde, mal aimée, faite de trop de morceaux disparates, traversée de désirs morbides, fragile, excentrique, aventureuse, joyeuse, torturée, exilée, cette lignée est la mienne. C'était aussi celle d'Omid.

Omid, qui en persan veut dire : l'espoir.

Cet ouvrage a été achevé d'imprimer sur Roto-Page
par l'Imprimerie Floch à Mayenne
pour le compte des Éditions Grasset
en juin 2018

Composition Maury-Imprimeur
45330 Malesherbes

PAPIER À BASE DE
FIBRES CERTIFIÉES

Grasset s'engage pour
l'environnement en réduisant
l'empreinte carbone de ses livres.
Celle de cet exemplaire est de :
1 kg éq. CO_2
Rendez-vous sur
www.grasset-durable.fr

N° d'édition : 20512 – N° d'impression : 92862
Dépôt légal : août 2018
Imprimé en France